U0961322

中国古典诗词品汇

欧阳修诗词品汇

欧明俊 许朝晖 撰

长江出版传媒
崇文书局

图书在版编目（CIP）数据
欧阳修诗词品汇 / 欧明俊，许朝晖撰. -- 武汉 : 崇文书局，2025. 10. --（中国古典诗词品汇）.
ISBN 978-7-5403-8228-5
Ⅰ. I206.2
中国国家版本馆 CIP 数据核字第 2025AE9485 号

出品人　韩　敏
责任编辑　程可嘉
封面设计　甘淑媛
责任校对　郭晓敏
责任印制　李佳超

欧阳修诗词品汇
OUYANG XIU SHICI PIN HUI

出版发行　长江出版传媒｜崇文书局
地　　址　武汉市雄楚大街 268 号 C 座 11 层
电　　话　（027）87677133　邮政编码　430070
印　　刷　湖北新华印务有限公司
开　　本　880mm × 1230mm　1/32
印　　张　10.5
字　　数　262 千
版　　次　2025 年 10 月第 1 版
印　　次　2025 年 10 月第 1 次印刷
定　　价　49.80 元

（如发现印装质量问题，影响阅读，由本社负责调换）

本作品之出版权（含电子版权）、发行权、改编权、翻译权等著作权以及本作品装帧设计的著作权均受我国著作权法及有关国际版权公约保护。任何非经我社许可的仿制、改编、转载、印刷、销售、传播之行为，我社将追究其法律责任。

前　言

欧阳修（1007—1072），字永叔，号醉翁，晚年又号六一居士，吉州永丰（今属江西）人。祖父欧阳偃，少以文学名于世，官终南唐南京街院判官。父欧阳观，咸平三年（1000）进士，历任道州（治今湖南道县）判官、泗州（治今安徽泗县）推官、绵州（治今四川绵阳）推官、泰州（今属江苏）判官。真宗景德四年（1007）六月二十一日，欧阳修出生于绵州。四岁，父亲病逝，欧阳修随母郑氏投奔叔父随州（今属湖北）推官欧阳晔。家贫，母亲以荻草秆为笔，沙土为纸，教欧阳修识字、练字，亲诵古人诗，令学作诗。叔父欧阳晔亦关怀备至，多加督教。欧阳修少即聪慧，敏悟过人，读书辄成诵，家无书读，每至邻家借书抄录，以致废寝忘食，所作诗文，人多称颂。

仁宗天圣元年（1023），欧阳修十七岁，应举随州，以赋不合官韵，遭黜落。四年，州试中式，荐名礼部。六年，携诗文拜访时汉阳军（治今湖北汉阳）知军胥偃，入为门生，同至京城开封。七年，试国子监为第一。八年，试礼部复为第一，殿试中甲科第十四名。九年，任西京（今河南洛阳）留守推官，娶胥偃女为妻。后二年，妻胥氏不幸离世。居洛期间，府尹钱惟演、通判谢绛待下宽和，欧阳修与尹洙、梅尧臣等朝夕相从，“以文章、道义相切劘”（王辟之《渑水燕谈录》），声名渐著。此期，欧阳修诗以模仿为主，转益多师，初学李商隐及宋初西昆体；后厌其雕绘华艳，转学韦应物、韩愈，《伊川独游》颇具韦诗清淡之美，学韩之作有《巩县初见黄河》等。此期词如《南歌子》（凤髻金泥带）、《临江仙》（柳外轻雷池上雨）、《踏莎行》（候馆梅残）等，佳作迭出，或明丽，或清新，或婉约，风格多样，体式成熟，尤其《玉楼春》（樽前拟把归期说）一词，“于豪放之中有沉着之致”（王国维《人间词话》），尤具特色。

景祐元年（1034），欧阳修西京任满，返开封，试学士院，充馆阁校勘，续娶谏议大夫杨大雅女。次年，杨氏卒。三年，时吏部员外郎范仲淹上《百官图》言事，忤宰相，贬知饶州（治今江西鄱阳）。欧阳修仗义执言，亦遭贬峡州夷陵（今湖北宜昌）令。四年，至许昌（今属河南），续娶资政殿学士薛奎女。十二月，移光化军乾德县（今湖北老河口）令。此期，欧阳修诗走向成熟，《晚泊岳阳》《春日西湖寄谢法曹歌》等情韵悠长，“万树苍烟三峡暗，满川明月一猿哀”（《黄溪夜泊》），写景如画，笔力深厚。“曾是洛阳花下客，野芳虽晚不须嗟”（《戏答元珍》）、“须信春风无远近，维舟处处有花开”（《戏赠丁判官》），意兴奋发，议论深刻，初具“宋调”。

康定元年（1040），欧阳修被召还京师，复充馆阁校勘，后转太子中允、集贤校理、滑州（治今河南滑县东）通判、太常丞、右正言等，久任京官。庆历年间（1041—1048），宋廷内忧外患，国内“盗贼一年多如一年，一火（伙）强如一火”（欧阳修《再论置兵御贼札子》），境外西夏脱宋自立，连年攻宋，屡败宋军；辽国不顾“澶渊之盟”，“聚兵幽、蓟，声言南下”（陈邦瞻《宋史纪事本末》），迫使宋朝岁增银十万两、绢十万匹。仁宗迫于此，锐意改革。庆历三年（1043），范仲淹拜参知政事，推行新政。四年四月，因恩荫减少、磨勘严密等触及切身利益，保守派兴“朋党”之论，欧阳修作《朋党论》辩之。六月，夏竦阴令仆人仿石介笔迹，污蔑富弼欲行伊、霍之事。五年，范仲淹、富弼、杜衍等因党论相继罢官，磨勘新法、任子新法、科举新法等遭废除，新政失败。八月，欧阳修贬知滁州（今属安徽）。八年闰正月，徙知扬州（今属江苏）。滁、扬期间，欧阳修诗作成熟，各体皆有佳构，尤以七古、七绝为胜。前者如《啼鸟》《菱溪大石》《沧浪亭》《紫石屏歌》，学杜甫、韩愈，而不失自家特色，思深笔折，纡徐往复，一唱三叹。后者如《丰乐亭游春三首》，“与唐人声情气息，不隔累黍”（潘德舆《养一斋诗话》）；“始知锁向金笼听，不及林间自在啼”（《画眉鸟》），饶有理趣；“我亦且如常日醉，莫教弦管作离声”（《别滁》），旷达之情，出之以散文化、口语化，巧为翻案，别于“唐音”，自成风味。

皇祐元年（1049）正月，欧阳修移知颍州（治今安徽阜阳）。二年七月，改知应天府（治今河南商丘）。四年，母郑氏离世，欧阳修归颍守制，五年葬郑氏于永丰泷冈。初次知颍，欧阳修即“爱其民淳讼简而物产美，土厚水甘而风气和，于时慨然已有终焉之意也”（《〈思颍诗〉后序》）；离颍后，更与挚友梅尧臣相约“行当买田清颍上，与子相伴把锄犁”（《寄圣俞》）。他时刻思念，反复倾诉，“吾已买田清颍上，更欲临流作钓矶”（《归田四时乐二首》其一）、“待君归日我何为，手把锄犁汝阴叟”（《小饮坐中，赠别祖择之赴陕府》）、“鹿车终自驾，归去颍东田”（《秋怀》）、“颍田二顷春芜没，安得柴车自驾还”（《表海亭》）。此期，欧阳修诗、词皆有名作，诗如《梦中作》，迷离惝恍，莫可究诘，“如有神助”（陈衍《宋诗精华录》）；《庐山高，赠同年刘中允归南康》，飞扬激荡，排奡矫健，自诩“今人莫能为，唯李太白能之”（叶梦得《石林诗话》引）。词如《浣溪沙》（堤上游人逐画船）、《浣溪沙》（湖上朱桥响画轮），清新明快，意兴昂扬，“要皆妙绝”（赵令畤《侯鲭录》卷八引晁补之语）。

至和元年（1054）五月，欧阳修丧服期满，复官归京，迁翰林学士，兼史馆修撰。出使辽国归来后，历任权知开封府事、礼部侍郎、枢密副使、参知政事等。这一时期，欧阳修诗艺粹然，《食糟民》《边户》关注现实，情理兼胜，寄慨遥深；杂言体《盘车图》纡徐开阖；七绝《奉使道中作三首》深衷浅貌，语短情长；《钓者》《小池》活泼自然；《〈明妃曲〉和王介甫作》《再和〈明妃曲〉》尤负盛名。词作方面，《朝中措・送刘仲原甫出守维扬》“气骨开张”，“逸怀浩气，大近东坡”（龙榆生《研究词学之商榷》），“已跳出冯延巳之范围，洗脱南唐旧格”（朱庸斋《分春馆词话》）；《渔家傲》组词十二首，定格联章，咏十二月风物、习俗，清新自然，历代仿作众多。

英宗治平二年（1065）四月，朝廷议英宗生父濮安懿王名号典礼，吕诲、司马光等主张尊仁宗为皇考、濮王为皇伯，韩琦、欧阳修等则主张尊濮王为皇考，“濮议之争”兴。四年二月，御史蒋之奇等弹劾欧阳修与长媳吴氏通奸，神宗察其诬，欧阳修力求外任，三月，出知亳州（今属安徽）。神宗熙宁元年（1068）八月，改知青州（今属山东），充京东东路安抚使。二年，王安石任参知政事，施行新法。三年（1070），欧阳修屡上疏言青苗法之弊，不报，遂擅自“指挥本路诸州军并令未得俵散秋料钱”（《言青苗第二札子》），遭朝廷降诏诘责。七月，改知蔡州（治今河南汝南）。四年（1071）六月，以观文殿学士、太子少师致仕。七月，归颍州。五年闰七月二十三日，病逝于颍。此期作品，《忆焦陂》《嘲少年惜花》等诗富于情韵，《采桑子》组词清丽淡雅，成就较高。

欧阳修一生于众多领域皆取得突出成就。政治方面，参与“庆历新政”，切实改革政风、士风，影响世风，官至副相，位极尊荣。学术方面，经学不拘守前人成说，有独到见解，开宋学“疑经”先河；史学成就尤巨，与宋祁合修《新唐书》，又自撰《新五代史》，创制新体，完善古代正史体例；参与编纂现存最早官修总书目《崇文总目》，留名目录学史；作《集古录跋尾》，开创中国古代金石学；编撰《欧阳氏谱图》，改造家谱体例，创制谱牒新样式，为明清两代私家修谱及谱牒学繁荣奠定基础。欧阳修书法亦著称于世，受颜真卿影响较深，字如其人，外若优游，中实刚劲。

欧阳修被誉为“一世文宗”（葛立方《韵语阳秋》），古文、骈文、赋、诗、词皆取得开创性成就，领导北宋诗文革新，提携、培养了王安石、曾巩、苏轼、苏辙等一代新进文人。古文众体兼善，“纡余委备，往复百折，而条达疏畅，无所间断；气尽语极，急言竭论，而容与闲易，无艰难劳苦之态”（苏洵《上欧阳内翰第一书》），地位崇高，为“唐宋八大家”之一。欧阳修骈文为“宋四六”代表，其赋亦具特色，《秋声赋》变唐代以来律体赋为散体“文赋”，发展了赋体的表现形式，千载传诵。

欧阳修诗现存九百余首，内容丰富，风格各异，体式多样，“于物无所不收，于法无所不有，于情无所不畅，于境无所不取，滔滔莽莽，有若江河”（袁宏道《〈雪涛阁集〉序》），变更宋初白体、晚唐体、西昆体风气，开创“宋调”。近体“专以气格为主，故其言多平易舒畅”（叶梦得《石林诗话》），偶对精工，声情谐婉，喜借韵。古体多学韩愈，奇崛峭健中不失纡徐流利，好议论，喜作翻案语，以散文句法入诗，每以对偶句振起，偶押险韵。

欧阳修词现存二百余首，善学冯延巳，“以蜀词化南唐，抒深婉以疏俊，清新闲逸”（钱基博《中国文学史》），婉约明快，豪宕寓于沉着之中，“沉着在和平中见”（周济《介存斋论词杂著》），“疏隽开子瞻，深婉开少游”（冯煦《宋六十一家词选·例言》），推动宋词雅化。《生查子·元夕》等作富于故事性，“元曲之称绝者，不过得此法”（卓人月《古今词统》卷三引徐士俊语）；《渔家傲》《采桑子》组词定格联章，善学民歌；偶用俗字，“山谷俚语，欧公先之矣”（沈曾植《菌阁琐谈》），又富民间词风味。

本书由许朝晖提出基本选目，撰写初稿，欧明俊审定篇目，统稿并定稿。共选诗五十首，词四十七首，大体囊括欧阳修各阶段佳作。所选以《四部丛刊·初编》影印元刻本《欧阳文忠公集》及清宣统三年刻、民国六年续刻《宋金元明本词四十种》影宋刻本《醉翁琴趣外篇》为底本，广泛参校其他版本。依丛书性质和体例，先诗后词，分别编年排列，部分词作年不详，据《欧阳文忠公近体乐府》《醉翁琴趣外篇》序次，列于本书最后。注释、评析方面，除博采古代名家评点外，亦广泛参考俞陛云、王国维、钱基博、刘永济、黄公渚、俞平伯、夏承焘、唐圭璋、龙榆生、詹安泰、缪钺、胡云翼、沈祖棻、钱锺书、程千帆、金性尧、霍松林、叶嘉莹诸先生著作，融会众说，断以己见。限于丛书性质和体例，此处不一一列举，谨致衷心谢意！限于学识，书中难免疏漏与谬误，恳请学界方家和读者不吝赐正！

欧明俊　许朝晖

2023 年 2 月 15 日于福建师范大学文学院

目　录

诗

词

欧阳修诗词品汇

诗

伊川独游

绿树绕伊川①，人行乱石间。
寒云依晚日，白鸟向青山。
路转香林出②，僧归野渡闲。
岩阿谁可访，兴尽复空还③。

【注释】

①伊川：即伊河，黄河南岸支流洛河的支流之一。源出栾川，流经嵩县、伊川县，过伊阙，穿洛阳，东北至偃师，汇入洛河。

②香林：花木成林，清香远扬。一说指禅林、寺院。

③"兴尽"句：南朝宋刘义庆《世说新语·任诞》："王子猷居山阴，夜大雪，眠觉，开室，命酌酒，四望皎然。因起彷徨，咏左思《招隐诗》，忽忆戴安道。时戴在剡，即便夜乘小船就之，经宿方至，造门不前而返。人问其故，王曰：'吾本乘兴而行，兴尽而返，何必见戴？'"

【评析】

本诗作于景祐元年（1034）初，时诗人二十八岁，任西京留守推官。三月，西京任满，欧阳修离洛，至襄城（今属河南）。五月，归东京开封。诗写独游伊川，作于三月离洛之前。

起笔点题，"绕"字工妙，明写绿树环绕伊川，暗见伊川蜿蜒延伸之态。河边乱石林立，诗人行走其间，河、树之曲，石之乱反衬诗人心中之静。柳宗元曰："伐竹取道，下见小潭，水尤清冽。全石以为底，近岸，卷石底以出，为坻，为屿，为嵁，为岩。青树翠蔓，蒙络摇缀，参差披拂。"（《小石潭记》）青树、乱石，意象与本诗相近，而境界更加清幽。颔联写景精妙，偶对工稳，“寒云”“晚日”及“白鸟”“青山”句内自对，视觉、触觉通感，明暗相间，对比鲜明。董再琴指出：“‘依晚日’表达了一种惋惜之情，‘向青山’则表达出一种高昂的精神和对理想的向往。”（阳光、关永礼主编《中国山川名胜诗文鉴赏辞典》）略显附会。此二句更似诗人即目所见，不必深求其意，然亦不妨读者览二句而兴惋惜、高昂之意，特不必坐实为作者之见。南宋周弼诗曰“鸟向青山没”（《春暮登黄鹤楼》），变化本联对句而成，更显峭拔。颈联继续铺叙所见，道路迂回，转出香林，远处僧人返归野渡，意兴悠闲。“香”字写嗅觉，“闲”字点心态，多角度描写。尾联直抒胸臆，用《世说新语》典，而不师其意，“空”字流露淡淡怅惘之情。诗人明道元年（1032）秋二过缑氏县（今河南偃师南境），作诗道：“秋色满郊原，人行禾黍间。雉飞横断涧，烧响入空山。野水苍烟起，平林夕鸟还。嵩岚久不见，寒碧更孱颜。”（《又行次作》）本诗章法、句式与其十分相近。二诗风格近于贾岛、姚合，显露诗人早期五律亦不免受晚唐体诗风之影响。

明道元年（1032）春，诗人作有同题诗：“东郊渐微绿，驱马忻独往。梅繁野渡晴，泉落春山响。身闲爱物外，趣远谐心赏。归路逐樵歌，落日寒川上。”（《伊川独游》）同时，另有《答钱寺丞忆伊川》曰：“之子问伊川，伊川已春色。绿芷杂芳浦，青溪含白石。山阿昔留赏，屐齿无遗迹。惟有岩桂花，留芳待归客。”野渡、溪泉、春山、绿树、岩花……皆为本篇写及，三诗意境、情感亦相似，可对读。伊川令诗人记忆深刻。景祐四年（1037）春，诗人谪居夷陵，回忆当年洛阳游赏，写道：“结绶当年仕两京，自怜年少体犹轻。伊川洛浦寻芳遍，魏紫姚黄照眼明。客思病来生白发，山城春至少红英。芳丛密叶聊须种，犹得萧萧听雨声。”（《县舍不种花，惟栽楠木、冬青、茶竹之类，因戏书七言四韵》）今昔对比鲜明。庆历四年（1044），欧阳修重过洛阳，亦作诗留念："伊川不到十年间，鱼鸟今应怪我还。浪得浮名销壮节，羞将白发见青山。野花向客开如笑，芳草留人意自闲。却到谢公题壁处，向风清泪独潺潺。"（《再至西都》）时诗人三十八岁，却已白发"销壮节"，而景物依稀，仍笑颜相对，笔端感慨万千。庆历八年（1048），作者自滁州徙知扬州，仍作词忆旧："伊川山水洛川花，细寻思、旧游如梦。"（《夜行船》）始终未忘记当年伊川游赏时光。

江行赠雁

云间征雁水间栖①，矰缴方多羽翼微②。
岁晚江湖同是客，莫辞伴我更南飞③。

【注释】

① 征雁：迁徙的雁，多指秋天南飞的雁。

② 矰缴（zēng zhuó）：系有丝绳、弋射飞鸟的短箭，常用以比喻害人的手段。此处兼有二义。

③ "岁晚"二句：白居易《放旅雁》："我本北人今谴谪，人鸟虽殊同是客。"欧阳修《西征道中，送陈舅秀才北归》："人随黄鹄飞千里。"

【评析】

本诗作于景祐三年（1036）七月下旬，时诗人三十岁。是年，司谏高若讷诋毁范仲淹，欧阳修维护范氏，于五月十六日致书高若讷，责其未尽言官职责，"不复知人间有羞耻事"（《与高司谏书》）。高氏缴其书，奏曰："有馆阁校理欧阳修，令人持书抵臣……诚恐中外闻之，所损不细。"（田况《儒林公议》引）诗人因此得罪朝廷，二十一日，以“托附有私，诋欺罔畏，妄形书牍，移责谏臣。恣陈讪上之言，显露朋奸之迹”（胡柯《庐陵欧阳文忠公年谱》附《制词》）遭贬夷陵。其自汴京乘船，走水路至真州（治今江苏仪征），后转长江，于十月二十六日抵夷陵。时值秋雁南飞之际，诗人于江中触景生情，遂写下这首一气呵成、含蓄隽永的绝句。

雁是一种候鸟，春季北飞，秋、冬季节南下。诗家善感，常借雁寓情。当雁与己异路时，雁可飞往自己想去而不得之地，于是乡愁连绵。庾信云：“阳关万里道，不见一人归。惟有河边雁，秋来南向飞。”（《重别周尚书二首》其一）借南飞雁抒发南归不得的乡关之思。杜甫曰：“春来万里客，乱定几年归。肠断江城雁，高高向北飞。”（《归雁》）借北飞雁发抒因安史之乱滞留蜀地、有家难归的旅愁。雁意象的另一含义在于雁与人同行，人流离，雁亦似流离，于是往往借雁喻己，相知相惜，展现漂泊境遇，表达流离之苦。白居易曰：“我本北人今谴谪，人鸟虽殊同是客。”（《放旅雁》）尤具代表性。杜牧云：“金河秋半虏弦开，云外惊飞四散哀。”（《早雁》）以早雁比喻因回鹘乌介可汗率兵南侵而流离失所的边民，饱含忧民情怀。再如朱敦儒词：“旅雁向南飞，风雨群初失。饥渴辛勤两翅垂，独下寒汀立。　鸥鹭苦难亲，矰缴忧相逼。云海茫茫无处归，谁听哀鸣急。”（《卜算子》）朱氏于靖康之变后南渡，恰逢南飞雁，思及逃难人民的乱离惨状，顿生孤苦无告、前途茫昧之感。诗家与雁异路，多生乡思；与雁同路，多感流离。本诗指向后者，寄情于物，借物喻人。诗人另有句“夜闻归雁生乡思”（《戏答元珍》），则指向前者，见雁思己，触景生情。

全诗以雁为载体，善用比兴，前两句实写雁飞翔于云间水边，自由自在，却难免暗箭中伤。后两句虚写，作者引“同是客”的南飞雁为知己，希望雁伴自己共至贬所。江天无限，仅诗人与雁两个点彼此照应，尤显孤独。诗表面笔触冷静，情感平淡，似乎不见激浪，然其下郁积勃发，既有无辜遭贬的悲愤，又有对自身处境的哀叹，复有对雁的知己之情，可谓含义丰富，引人遐思。

琵琶亭

乐天曾谪此江边，已叹天涯涕泫然[1]。
今日始知予罪大，夷陵此去更三千。

【注释】

①泫然：流泪貌。

【评析】

诗作于景祐三年（1036）贬峡州夷陵令途中。诗人离开京城开封，取水路自东向西而行。诗当作于是年八月十二日离江州时。

琵琶亭以白居易诗得名。元和十年（815），唐宰相武元衡遇刺身亡，白居易时任太子左赞善大夫，上书请严查凶手，以雪国耻，被劾越职言事。稍后，因"赏花"及"新井"诗未避其母坠井身亡事，复被劾以有损名教，遭贬江州刺史，后改司马。冬初，至江州，次年，白居易"送客湓浦口，夜闻邻舟琵琶声，问之，乃长安娼女嫁于商人，为作《琵琶行》。后人因以名（琵琶）亭"（《明一统志》）。诗中有"同是天涯沦落人，相逢何必曾相识""座中泣下谁最多，江州司马青衫湿"之句。二百余年后，欧阳修同样以直言遭贬，途经江州，有感作本诗。

诗写白居易贬江州，已有天涯之叹，而自己远贬夷陵，较江州更远三千里，方知自己之罪深重。夷陵距九江水路约二三千里，此处系大概言之。“曾”“已”二副词妙，见白居易与诗人境遇相似。“已”字复为下文“更”字张本。“今日”二字收归现在，“始”字意蕴深厚，含而不露，明言至此方知罪孽之重，暗逗此前不觉之意。诗人未说此前作何想，留一悬念，转写使自己有此转变之因正系三千里西行路。他深感其苦，方悟己罪之大，借“罪大”写路远，写远贬之苦，侧面见义，尤具匠心。刘德清等人指出，后二句意为“现在才知道自己的罪过有多大，所以会贬到那么远的夷陵。语意含蓄，哀而不怨”（《欧阳修诗编年笺注》）。丁功谊等人则认为：“今日之我，何罪之有？和白居易相比，我流放得还要偏远……‘夷陵此去更三千’，类似于韩愈《左迁至蓝关示侄孙湘》‘夕贬潮州路八千’；‘今日始知予罪大’用反讽手法，与韩诗‘欲为圣明除弊事’相似，都写出忠而获罪和远谪偏郡的愤懑之情。”（《欧阳修诗评注》）二说皆通。相较诗人“将吏戒生事，庙堂为远图。身居界河上，不敢界河渔”（《边户》）等讽刺语，本诗客观叙述感更强，反讽意味较弱，妙处正在似有若无之间。

全诗用透过句法，“曾”“已”“始”“更”等词逐层递进，愈写愈深。“此类句法，常用‘更’字、‘又’字、‘尤’字，以示层层深入之意”（唐圭璋《论词之作法》）。多用于上下两句中，如李商隐“刘郎已恨蓬山远，更隔蓬山一万重”（《无题》），欧阳修“平芜尽处是春山，行人更在春山外”（《踏莎行》）等，似本诗全诗四句皆递进转折者较为少见。丁功谊等认为本诗前二句“有白体之浅显婉转”，后二句“有韩诗之直露激愤”，“两种诗情的跌宕，两种风格的交织，意味着此时的欧阳修在诗风上尚不圆融，还走在诗歌的探索路上”（《欧阳修诗评注》），有一定道理。但整体来看，本篇亦具完整性，前二句起铺垫作用，故感情较内敛，后二句切入主旨，故诗情更沉郁。后来，欧阳修经历更多政治风波，自我反省，改变早年激进作法，诗风更趋稳重内敛、纡徐婉转，像本诗这样激荡沉郁之作逐渐减少。

本篇并非诗人第一次题琵琶亭。天圣五年（1027）夏，欧阳修落第归家，经江州，亦有诗作："九江烟水一登临，风月清含古恨深。湿尽青衫司马泪，琵琶还似雍门琴。"（《琵琶亭上作》）刘向《说苑·善说》载，孟尝君田文问雍门周，其鼓琴能否令自己悲伤，雍门周回答，人逢先贵后贱等悲伤之境时，听琴则悲，境遇愈悲惨，闻琴声则愈悲伤。其为孟尝君分析"从（纵）成则楚王，横成则秦帝"后，孟尝君泫然泣涕，雍门周适时鼓琴，孟尝君叹曰："先生之鼓琴令（田）文立若破国亡邑之人也。"此诗连用白居易典故及此典，巧妙关合琵琶与琴，自然晓畅，可与本诗对读。

元和十年（815）冬，白居易在江州有诗曰："九江十年冬大雪，江水生冰树枝折。百鸟无食东西飞，中有旅雁声最饥。雪中啄草冰上宿，翅冷腾空飞动迟。江童持网捕将去，手携入市生卖之。我本北人今谴谪，人鸟虽殊同是客。见此客鸟伤客人，赎汝放汝飞入云。雁雁汝飞向何处，第一莫飞西北去。淮西有贼讨未平，百万甲兵久屯聚。官军贼军相守老，食尽兵穷将及汝。健儿饥饿射汝吃，拔汝翅翎为箭羽。"（《放旅雁》）诗意、意象与欧阳修《江行赠雁》颇为相近，启发欧诗。本诗亦借白居易起兴，可见诗人贬官夷陵途中，深有感于白诗。

晚泊岳阳

卧闻岳阳城里钟①，系舟岳阳城下树。
正见空江明月来，云水苍茫失江路。
夜深江月弄清辉，水上人歌月下归。
一阕声长听不尽，轻舟短楫去如飞②。

【注释】

① 岳阳：宋时岳州州治，今属湖南。

② “一阕”二句：一阕，音乐终了为阕，因称歌曲一首为一阕。李白《早发白帝城》：“两岸猿声啼不住，轻舟已过万重山。”

【评析】

本诗作于景祐三年（1036）贬谪夷陵途中。欧阳修《于役志》载其九月“己卯（初四），至岳州，夷陵县吏来接，泊城外”，本诗即作于此时。

诗起笔点题，迭用“岳阳城”三字，有回环往复之美。诗人晚泊岳阳，卧闻钟声，系舟树下，转身即见江空月明，“正”字下笔准确。今人评三、四句，多以为写同时之景，陈新、杜维沫解释此二句道：“江上月华初上，暮霭与水气相接，一片苍茫朦胧，视线不能及远。”（《欧阳修选集》）陈顺智赏析道：“‘空江’二字，固然指洞庭湖口空旷开阔的景象，也暗示了诗人刚从遐想中醒来时的一片茫然之情。此时，他的视线由明月转向江面，探寻那归去的水路。江面云水茫茫，烟霭沉沉，江路又在哪儿呢？”（缪钺等《宋诗鉴赏辞典》）王以宪《宋诗三百首详注》、张鸣《宋诗选》、宋心昌《欧阳修诗文选译》等见解大体近似。丁功谊、刘德清则指出：“诗中‘空江明月’与‘云水苍茫’，‘月下歌还’与‘江路失归’形成两组情绪上的矛盾。”（《欧阳修诗评注》）独具慧眼。范仲淹写岳阳夜景云：“而或长烟一空，皓月千里，浮光跃金，静影沉璧，渔歌互答，此乐何极。”（《岳阳楼记》）方为皓月当空之景。明月朗照、清辉熠耀之时，必不至于云水苍茫，连江路也看不清晰。“正见”两句当写不同时之景。中唐张继有诗云：“月落乌啼霜满天，江枫渔火对愁眠。姑苏城外寒山寺，夜半钟声到客船。”（《枫桥夜泊》）诗人晚年评张诗后二句道：“句则佳矣，其如三更不是打钟时。”（《六一诗话》）后人多有反驳语，如宋吴聿引唐李延寿《南史》记载南朝齐邱仲孚喜好读书，“常以中宵钟鸣为限”事，指出：“乃知半夜钟声，不独见唐人诗句。”（《观林诗话》）欧阳修论张继诗虽不准确，但亦见出其未尝听闻深夜钟声，而本诗一说卧闻钟声，一说夜深月明，可见诗人久泊岳阳，听暮钟渐息，看朗月高悬，“月明多被云妨”（苏轼《西江月》），云江一片苍茫，“朦胧淡月云来去”（李煜《蝶恋花·春暮》），云去之后，清辉复现，诗人这才发现渔舟唱晚之人早已归去，渐行渐远，于是油然生出轻舟如飞之叹。诗人另有诗曰：“万树苍烟三峡暗，满川明月一猿哀。”（《黄溪夜泊》）写三峡昼夜之景，苍烟、明月意象与本诗仿佛，唯序次有别。据此，将本诗二句视作倒装，亦可备一解。

诗人当年七月“丙戌（初十），至于真州”（《于役志》），居十数日，离真州，泛江西行，作诗曰：“孤舟日日去无穷，行色苍茫杳霭中。山浦转帆迷向背，夜江看斗辨西东。滮田渐下云间雁，霜日初丹水上枫。莼菜鲈鱼方有味，远来犹喜及秋风。”（《初出真州泛大江作》）前两联意境与本诗有相似之处，而尾联作喜悦语，情感不同于本诗。丁功谊、刘德清认为本诗“在诗情上难有所指。这类似于杜牧《题宣州开元寺水阁》‘鸟去鸟来山色里，人歌人哭水声中。深秋帘幕千家雨，落日楼台一笛风’的写法，即将明丽与朦胧两种景物相搭配，将明朗健爽与低回惆怅两种诗情相交织，只是未能体现出杜牧诗歌的拗峭之感”（《欧阳修诗评注》），颇有卓见。本诗意境清空迷幻，月来又复失路，渔歌未尽而人已归去，“孤帆远影碧空尽，唯见长江天际流”（李白《黄鹤楼送孟浩然之广陵》），怅惘之情流转于诗句间，难以确指。范仲淹云：“（岳阳）北通巫峡，南极潇湘，迁客骚人，多会于此，览物之情，得无异乎？”（《岳阳楼记》）正系诗人写照。

全诗四句一换韵，由去声七遇韵转入平声五微韵，平仄交替，错落有致。句间多用连珠格，“岳阳城”两见，“月”“江”二字凡三见，“水”字两见，有纡徐往复之美。后四句皆为律句，符合近体诗粘对规则，宛如一首七绝。整体笔致婉丽，声情谐和，朗朗上口，余韵悠然，近于初唐七古。杨万里云：“诗已尽而味方永，乃善之善也。”（《诚斋诗话》）清方东树论欧诗道：“欧公情韵幽折，往反咏唱，令人低回欲绝，一唱三叹而有遗音，如啖橄榄，时有余味。”（《昭昧詹言》）本诗即代表欧诗幽深低回的一面，与早期模仿韩愈之作颇有区别。

春日西湖寄谢法曹歌

西湖春色归[①]，春水绿于染[②]。
群芳烂不收，东风落如糁[③]。（自注：西湖者，许昌胜地也。）
参军春思乱如云[④]，白发题诗愁送春。（自注：谢君有“多情未老已白发，野思到春如乱云”之句。）
遥知湖上一樽酒，能忆天涯万里人。
万里思春尚有情，忽逢春至客心惊。
雪消门外千山绿，花发江边二月晴。
少年把酒逢春色，今日逢春头已白。
异乡物态与人殊，惟有东风旧相识[⑤]。

【注释】

① 西湖：《大清一统志》“许州”条：“西湖，在州城西北七里。”许州，即许昌，今属河南。宋时，治今河南长葛东。

② “春水”句：白居易《忆江南》：“春来江水绿如蓝。”韦庄《菩

萨蛮》："春水碧于天。"

③ 糁（sǎn）：熟米粒。此处形容春风中散落的花。

④ 参军：指谢伯初，即诗题中"谢法曹"，时任许州司法参军。宋代州府置录事参军、司法参军等属官，统称曹官，司法参军即称法曹。

⑤"惟有"句：罗邺《赏春》："年年点检人间事，唯有春风不世情。"

【评析】

本诗作于景祐四年（1037）二月，时诗人三十一岁，任峡州夷陵令。景祐三年，范仲淹上《百官图》言事，忤宰相，贬知饶州。欧阳修作《与高司谏书》，责高若讷未尽言官之职，被贬为峡州夷陵令。次年三月，至许昌续娶资政殿学士薛奎之女。诗人晚年记载："闽人有谢伯初者，字景山，当天圣（1023—1032）、景祐（1034—1038）内，以诗知名。余谪夷陵时，景山方为许州法曹，以长韵见寄，颇多佳句，有云：'长官衫色江波绿，学士文华蜀锦张。'余答云：'参军春思乱如云，白发题诗愁送春。'盖景山诗有'多情未老已白发，野思到春如乱云'之句，故余以此戏之也。"（《六一诗话》）

谢伯初《寄欧阳永叔谪夷陵》曰："江流无险似瞿塘，满峡猿声断旅肠。万里可堪人谪宦，经年应合鬓成霜。长官衫色江波绿，学士文华蜀锦张。异域化为儒雅俗，远民争识校雠郎。才如梦得多为累，情似安仁久悼亡。下国难留金马客，新诗传与竹枝娘。典辞悬待修青史，谏草当来集皂囊。莫谓明时暂迁谪，便将缨足濯沧浪。"诗人甫过三十，却已连遭丧妻之痛，胥氏、杨氏先后离世，谢伯初对诗人遭际颇感同情，作诗安慰。本诗即为诗人答诗。

诗分两层，前八句写送春，就对方着笔，悬想许昌西湖之景，与杜甫《月夜》"诗从对面飞来"（浦起龙《读杜心解》）笔法如出一辙。

“归”指春归，此处即春去之意。“春归”为诗中成词，最早见于沈约“怵春归之未几，惊此岁之云半”（《八咏诗》），唐宋诗人多用以写春去。李白诗较早用“春色归”：“长安春色归，先入青门道。”（《寓言三首》其三）诗家多以之写春至，如唐刘威“一夜东风起，万山春色归”（《早春》），宋孔武仲“池塘春色归，波水已极目。凫雁稍下来，垂杨舞新绿”（《游城北李氏园池》）。欧阳修借以写春去，别开生面。“春水”句意谓春天的西湖水比染过的绿丝绸还绿，典出白居易《忆江南》，可追溯至荀子“青，出于蓝，而胜于蓝”（《荀子·劝学》），江淹亦有“春水绿波”（《别赋》）之句。“群芳”二句状花落之态，以“糁”喻花，与张若虚“月照花林皆似霰”（《春江花月夜》）有异曲同工之妙。“参军”二句用谢伯初诗句。此外，鲍照于大明五年（461）任刘子顼前军参军，后世称鲍参军，亦有诗曰：“愁心不可荡，春思乱如麻。”（《采菱歌》）与此句情境巧合。“遥知”二句转折，关合二人，视野收归诗人自身。王维云：“遥知兄弟登高处，遍插茱萸少一人。”（《九月九日忆山东兄弟》）清张谦宜评曰：“不说我想他，却说他想我，加一倍凄凉。”（《絸斋诗谈》）欧诗二句构思或从王维而来。

后八句写逢春，“万里”句用顶针格，文气更流转。“惊”字暗用杜审言“独有宦游人，偏惊物候新”（《和晋陵陆丞早春游望》）之意，“忽心惊”与“尚有情”相对，既可解作仍有情思，故能忽然心惊，又可解作有情思春，不觉春至，故而心惊。后解更见春至之突然，为下句蓄势。“雪消”二句对仗颇工，唯“绿”“晴”二字似仅词性相同，而不为颜色对。今人洪柏昭由之设问是否可改“晴”作“红”，并进一步否定道：“门外的雪消了，并不一定包含有‘千山绿’的意思；而江边的花发了，却一定包含有‘红’的颜色；再用‘红’字，意思就重了（自注：当然也还有押韵的关系）。改用‘晴’字，反可以衬托得这些色素更加鲜明——不但红花，连山上的绿树也这样。”（曾枣庄主编《欧阳修诗文赏析集》）对“晴”字的分析颇为到位。但实际上，“雪消”与“千山绿”间是有因果关系的。早春雪消，千山竞绿，万物萌动，诗人描述的正是这样一幅生机勃勃的景象，也正是这景象使诗人“心惊”。并且，“晴”字谐音“青”，与“绿”借音为对，亦属工对之一。洪柏昭另指出王安石“春风又绿江南岸”（《泊船瓜洲》）、“两山排闼送青来”（《书湖阴先生壁》）或受此句启发，为有得之见。欧阳修古体诗创作成就高，深谙其作法：“古诗时为一对，则体格峭健。”（吴可《藏海诗话》引）此二句即如断云横岭，有振起文气之势。“少年”二句亦用顶针格，诗人“逢春头已白”，呼应友人“白发题诗愁送春”，去迎之间，春仍是而人已非，寓不尽感慨。数句中多重对比，昔少年、今白头，昔日诗人喜逢春、前此友人愁送春、此时诗人又逢春，皆以流动之势出之，一如时空流转之态，诗情、诗艺妙合无垠，韵味悠然。结句更进一步铺陈，诗人谪宦夷陵，唯与东风为旧相识，而西湖之春已归，夷陵春色亦不知何时脱去客身而归，惺惺相惜之间，大有白居易“我本北人今谴谪，人鸟虽殊同是客”（《放旅雁》）之感。

诗人另有词云：“借问春归何处所。”（《玉楼春》）殷勤问询。本诗开篇说春归，结句说与春为旧识，“春”字凡八见，上半段写送春，下半段写逢春，暗寓春归之结局，章法奇绝。清范大士评曰：“弘丽之词，时带苍凉之色。”（《历代诗发》）王文濡赞为“感物怀人，深得风人之旨”（《历代诗评注读本·宋元明诗评注》），皆就本篇怨而不怒，暗寓悲凉而言。“弘丽”指宏伟华丽，本诗以丽语写春景，“雪消”句境界壮阔，近于杜甫“窗含西岭千秋雪，门泊东吴万里船”，“花发”句色调明媚，近于杜诗“两个黄鹂鸣翠柳，一行白鹭上青天”（《绝句》），确有弘丽之风。纵观全诗，以“春”为线索，四句一换韵，以仄声韵起，仄声韵收，“色”“白”“识”等入声韵声情激昂，文气流转，一唱三叹，音调谐和，意蕴悠长。

戏答元珍

春风疑不到天涯，二月山城未见花。
残雪压枝犹有橘，冻雷惊笋欲抽芽①。
夜闻归雁生乡思，病入新年感物华②。
曾是洛阳花下客③，野芳虽晚不须嗟。

【注释】

①冻雷：寒雷，早春之雷。

②物华：美好景物。

③“曾是”句：欧阳修于天圣八年（1030）中进士，初仕西京留守推官三年，与钱惟演、梅尧臣等人往来，作《洛阳牡丹记》，盛赞洛阳牡丹为天下第一。

【评析】

本诗作于景祐四年（1037）二月。景祐三年，欧阳修因支持范仲淹革新主张，作《与高司谏书》责高若讷，遭贬为峡州夷陵令。次年春，友人丁宝臣（字元珍）作《花时久雨》赠诗人，本诗即为其答诗，诗题又作《戏答元珍〈花时久雨〉之什》。宋人诗题多有标“戏”字者，实多借戏语抒真情，本诗亦然。

欧阳修对此诗颇自得，论首联云：“若无下句，则上句何堪？既见下句，则上句颇工。文意难评，盖如此也。”（《笔说·峡州诗说》）

即其夫子自道。历代评诗者亦多称道此联，元初方回曰：“此夷陵作，欧公自谓得意。盖‘春风疑不到天涯’一句，未见其妙，若可惊异；第二句云‘二月山城未见花’，即先问后答，明言其所谓也。以后句句有味。”（《瀛奎律髓》）首联“疑”字为句眼，二一二二的句式既显奇拔，又更突出“疑”字。上句写诗人疑思，下句写见疑之象，两句相生相应，即诗人所谓“上句何堪”。明末陆贻典曰：“句法相生。”（方回撰，李庆甲集评校点《瀛奎律髓汇评》引）亦是此意。读者由对诗句之疑到跟随诗人之疑，即方回所谓“若可惊异”到“明言其所谓”。方氏云“先问后答”，并非谓诗人自问自答，乃谓诗人设疑，而后答读者之疑。此意颇曲折，且过于坐实，故清冯班云：“欧公本佳，说出‘问答’二字，便欲呕矣。”（《瀛奎律髓汇评》）批评方回之语。清许印芳曰：“起句妙在倒装，若从未见花说起，便是凡笔。”（《瀛奎律髓汇评》）说得更透辟。程千帆、沈祖棻解释诗人之疑道：“二月已是开花时节，而久雨花迟，故有‘春风疑不到天涯’的疑问。”（《古诗今选》）结合诗题，点出“久雨花迟”，独具只眼。

清查慎行评首联曰：“起句得松快。”（《瀛奎律髓汇评》）“松快”状清爽流利之貌，就风格立论，其实亦突出二句相生之妙。律诗多单句成义，又多对偶，易流于板滞；本诗首联双句相合，文气更流动。纪昀曰：“起得超妙，不减柳州。”（《瀛奎律髓刊误》）历代诗人中，曹植、李白起句尤负盛名，如“高台多悲风，朝日照北林”（曹植《杂诗》），“惊风飘白日，忽然归西山”（曹植《赠徐幹诗》），“明月照高楼，流光正徘徊”（曹植《七哀诗》），“噫吁戏，危乎高哉，蜀道之难难于上青天”（李白《蜀道难》），“明月出天山，苍茫云海间”（李白《关山月》）等，多富气势，历来饱受称赞。而纪昀此处则独标柳宗元，其意盖为突出欧阳修此诗起句与柳诗同，皆胜在超妙，而非气势。纪批柳氏《登柳州城楼，寄漳汀封连四州》首联“城上高楼接大荒，海天愁思正茫茫”曰：“一起意境阔远，倒摄四州，有神无迹。”（《瀛奎律髓刊误》）赞其一片神行，不落言筌，堪为“超妙”作注。

颔联为“二月山城”的具体描述。其地无花，而有橘有笋，且“橘”为旧橘，“芽”为新芽，设思巧妙。残雪压枝，生机阻隔，而犹有旧橘存活；寒雷惊笋，万物生长，而新芽尚未出生。“犹”“欲”二副词巧为转折，文义自然，文势疏宕，堪称妙句。近人霍松林说：“次联承中有转；上下两句，每句又自具转折。”（《霍松林古诗文鉴赏集》）总结到位。诗人多次写到夷陵橘、笋：“野篁抽夏笋，丛橘长春条。”（《初至夷陵，答苏子美见寄》）“紫箨青林长蔽日，绿丛红橘最宜秋。”（《夷陵书事，寄谢三舍人》）记忆深刻。颈联出句以听觉写乡思，雁归而人未归，侧重空间；对句以体感写感时，岁去而病未去，偏重时间，用意工致，而力避合掌。中二联皆为四三句式，且非流水对，陆贻典评此诗“对偶流动”（《瀛奎律髓汇评》），当主要就诗意立论，并非仅针对句式、句法而言。

尾联“洛阳花”指牡丹。诗人《夷陵书事，寄谢三舍人》描写夷陵风物，结句云：“曾是洛阳花下客，欲夸风物向君羞。”语近本诗。洛阳牡丹为诗人心中美好回忆。清末陈衍指出：“结韵用高一层意自慰。又《黄溪夜泊》结韵云‘行见江山且吟咏，不因迁谪岂能来’亦是。”（《宋诗精华录》）此外，诗人“须信春风无远近，维舟处处有花开”（《戏赠丁判官》）亦系同一笔法，而与本诗偏爱洛阳牡丹有别。其后，苏轼《六月二十日夜渡海》结句：“九死南荒吾不恨，兹游奇绝冠平生。”亦以旷达语作结，诗意尤近前引“不因迁谪岂能来”，隐隐体现与欧阳修的传承关系。

本诗历代总评如清冯舒曰：“亦自工致。”（以下皆引自《瀛奎律髓汇评》）冯班云：“名作。”陆贻典曰：“欧公得意作也。”多赞誉语。许印芳指出：“‘花’字、‘不’字俱复。”律诗一般不重字，许氏指出此一瑕疵，有其道理。但重字时有连珠之妙，本诗颇自然流动，即不无此助。

戏赠丁判官

西陵江口折寒梅①，争劝行人把一杯②。
须信春风无远近，维舟处处有花开③。

【注释】

① 西陵：西陵峡，又名巴峡，是兵书宝剑峡、牛肝马肺峡、灯影峡、宜昌峡等的总称，三峡中最长的峡。嘉庆《重修一统志》卷三百五十《宜昌府》：“西陵峡在东湖县（今湖北宜昌）西北二十五里，一名夷山……《宜都记》曰：‘自黄牛滩东入西陵峡，至峡口百许里，山水纡曲，两岸高山重嶂，非日中夜半，不见日月。绝壁或千许丈，林木高茂。猿鸣至清，山谷传响，泠泠不绝。所谓三峡，此其一也。’《荆州记》：‘自夷陵溯江二十里入峡口，名为西陵峡，长二十里。’”

② “争劝”句：王维《送元二使安西》：“劝君更尽一杯酒，西出阳关无故人。”

③ 维舟：系船停泊。

【评析】

本诗作于景祐四年（1037），时诗人任夷陵令。当年三月，诗人告假赴许昌，续娶已故简肃公薛奎第四女为妻。九月，携夫人返夷陵。诗写“寒梅”“春风”，当作于景祐四年早春。尚允康《欧阳修夷陵诗文集注》系于是年冬，似误。丁判官，即丁宝臣，字元珍，晋陵（今江苏常州）人，景祐元年（1034）进士，时任峡州（治今湖北宜昌）军事判官。

起笔写峡口折梅，劝行人饮酒，点明时间、地点与场景。北魏陆凯曰："折梅逢驿使，寄与陇头人。江南无所有，聊赠一枝春。"（《赠范晔》）南朝宋盛弘之载："陆凯与范晔相善，自江南寄梅花一枝，诣长安与晔。"（宋李昉等编《太平御览》引《荆州记》）折梅相赠系友谊象征，富有诗意。天圣九年（1031），诗人有送别诗曰："人随黄鹄飞千里，酒满栖乌送一弦。望驿早梅迎远使，拂鞍衰柳拗归鞭。"（《西征道中，送陈舅秀才北归》）同有梅、酒意象，而笔调凄然，不及本诗雍容舒缓。古人送别多饮酒，曹植曰："亲昵并集送，置酒此河阳。"（《送应氏诗二首》其二）东晋谢混云："乐酒辍今辰，离端起来日。"（《送二王在领军府集诗》）陶渊明云："送尔于路，衔觞无欣。"（《答庞参军》）饮酒置宴，正式离别。梁简文帝萧纲曰："烛尽悲宵去，酒满惜将离。"（《送别诗》）用意尤工，启发王维《送元二使安西》及本诗。唐人更多置酒赠别，李白诗作尤多，如"人分千里外，兴在一杯中"（《江夏别宋之悌》），"劝尔一杯酒，拂尔裘上霜"（《留别于十一兄逖、裴十三，游塞垣》），"劝此一杯酒，岂惟道路长"（《留别贾舍人至二首》其二），皆是其例。诗人江口折梅，殷勤劝酒，情谊深厚，相信春风化育万物，不会有远近亲疏之别，停舟之处，皆有花开，格调昂扬、积极，可谓"凡送人多托酒以将意，写一时之景以兴怀，寓相勉之词以致意"（杨载《诗法家数・赠别》）。相较盛唐"莫愁前路无知己，天下谁人不识君"（高适《别董大二首》其一）的张扬，更加内敛、沉稳，生命意识亦更深厚。刘禹锡曰："沉舟侧畔千帆过，病树前头万木春。"（《酬乐天扬州初逢席上见赠》）清杨逢春曰："用对托之笔，倍难为情。"（《唐诗绎》）今人多将刘诗解释为生机勃发，属创造性误读。后解及陆游诗“山重水复疑无路，柳暗花明又一村”（《游山西村》）皆有枯木逢春意，可与本诗对读。

诗人与丁宝臣友谊颇深。丁氏官阶高，不以欧阳修贬谪之身为意，二人诗文唱和，往来频繁。欧阳修今存赠诗约十一首，分别为景祐元年（1034）《送丁元珍峡州判官》（题下原注：一作送朱处仁）、三年《冬后三日，陪丁元珍游东山寺》、是年冬《龙兴寺小饮，呈表臣、元珍》、岁暮《雾后看雪，走笔呈元珍判官二首》、同前《夷陵岁暮书事，呈元珍、表臣》、四年一月《新开棋轩，呈元珍、表臣》、二月《戏答元珍》、本诗、同年春《和丁宝臣游甘泉寺》、同前《至喜堂新开北轩，手植楠木两株，走笔呈元珍、表臣》、五年（十一月改元宝元）秋《离峡州后，回寄元珍、表臣》，皆作于景祐（1034—1038）年间。丁宝臣有文集四十卷，已佚。今《全宋诗》存其诗八首，仅《和永叔新晴独过东山》和欧阳修景祐四年诗《初晴独游东山寺五言六韵》，属二人唱酬之作。

诗人《戏答元珍》与本篇皆为戏题诗，亦作于同期，诗曰：“春风疑不到天涯，二月山城未见花……曾是洛阳花下客，野芳虽晚不须嗟。”本诗见及早梅，坚信“维舟处处有花开”，似正作于其后，有意反前言而为之。二诗主题皆不涉滑稽嘲谑，而加以“戏”字，除以戏言见深意外，或亦有相戏之意。对读之下，饶具意趣。

黄溪夜泊

楚人自古登临恨[①]，暂到愁肠已九回[②]。
万树苍烟三峡暗，满川明月一猿哀[③]。

非乡况复惊残岁，慰客偏宜把酒杯[4]。
行见江山且吟咏，不因迁谪岂能来[5]。

【注释】

①“楚人”句：宋玉《九辩》：“悲哉，秋之为气也！萧瑟兮草木摇落而变衰，憭慄兮若在远行，登山临水兮送将归。”

② 暂：始，初。愁肠九回：司马迁《报任少卿书》：“肠一日而九回。”

③“万树”二句：郦道元《水经注》：“自三峡七百里中，两岸连山，略无阙处。重岩叠嶂，隐天蔽日，自非亭午夜分，不见曦月……春冬之时……绝巘多生怪柏……每至晴初霜旦，林寒涧肃，常有高猿长啸，属引凄异，空谷传响，哀转久绝。故渔者歌曰：‘巴东三峡巫峡长，猿鸣三声泪沾裳。’”三峡，指长江上游的瞿塘峡、巫峡与西陵峡。

④“非乡”二句：杜甫《登高》：“万里悲秋常作客……潦倒新停浊酒杯。”

⑤“行见”二句：高适《送田少府贬苍梧》：“江山到处堪乘兴，杨柳青青那足悲。”

【评析】

本诗作于景祐四年（1037）冬谪居峡州夷陵期间。是年三月，诗人至许昌娶简肃公薛奎女，九月，返归夷陵。十二月二十五日，移光化军乾德县令。次年三月，赴任。诗云：“非乡况复惊残岁。”应作于当年年末。本诗为组诗《夷陵九咏》其六，其余八首分别为《三游洞》《下牢溪》《虾蟆碚》《劳停驿》《龙溪》《黄牛峡祠》《松门》《下牢津》，皆系诗人独游或携友出游所作，据诗中景色，多作于是年冬。黄溪，清乾隆《东湖县志》卷六已失考。诗人另有诗曰：“潭潭村鼓隔溪闻。”（《黄牛峡祠》）近人金性尧《宋诗三百首》据此推测溪在黄牛峡附近，可备一说。

首联用宋玉、司马迁典故，写愤懑之情。夷陵，春秋时属楚地，宋玉《九辩》自述忠而见谤、穷困失意之苦，与诗人境遇暗合，故借以发端。“九回肠”为诗中常见语，梁简文帝萧纲曰：“望邦畿兮千里旷，悲遥夜兮九回肠。”（《应令诗》）白居易云：“暗遮千里目，闷结九回肠。”（《酬郑侍御多雨春空过诗三十韵》）皆形容极端愁苦之情。柳宗元谪居柳州，作诗曰：“岭树重遮千里目，江流曲似九回肠。”（《登柳州城楼，寄漳汀封连四州》）曲笔见意，尤为精妙。本诗颔联出句亦写树林森郁貌，可与柳诗对读。三峡山崖陡峭，水势湍急，水气、雾气迷蒙，白天十分昏暗。夜晚明月升起，满川银辉，视野顿时明亮光洁，此时山林中一猿长啸，哀转久绝，极富意境。本联出句、对句间形成数字对，“万树”“三峡”与“满川”“一猿”又句内自对，构成多与少、光与暗、动与静、远与近、高与低、声与色多组对比，相得益彰，极富表现力。洪柏昭指出此二句具“沉郁的美、苍茫的美、辽阔的美、凄清的美……富于时间的流动感、空间的立体感……把画面结构得既壮又幽……还写出了没有形体的猿鸣之声”（曾枣庄主编《欧阳修诗文赏析集》）。刘扬忠认为：“无论从意境之苍凉、色调之凄清、景物组合之巧妙，还是从对仗之工、声律之美来看，都臻于上乘，是足为三峡风光生色的写景名句。”（《欧阳修集》）洵非虚论。颈联写异乡年末，举杯消愁，“况复”“偏宜”，写情有层次。尾联振起，格调颇昂扬，近于绝句三一格，有四两拨千斤之力。清陆次云指出：“以见江山为慰，迁谪人善自遣心之法。”（《宋诗善鸣集》）诗人贬官夷陵，多作旷达语自慰，如“须信春风无远近，维舟处处有花开”（《戏赠丁判官》）等，与本诗同调。

唐人诗喜作放旷语，多于分别时宽慰友人，如高适云：“莫愁前路无知己，天下谁人不识君。”（《别董大二首》其一）又曰：“江山到处堪乘兴，杨柳青青那足悲。”（《送田少府贬苍梧》）李商隐云：“美酒成都堪送老，当垆仍是卓文君。”（《杜工部蜀中离席》）皆是其例。亦有自我开解、格调昂扬之作，李白曰：“天生我材必有用，千金散尽还复来。”（《将进酒》）意兴张扬。“永贞革新”失败后，刘禹锡遭政敌忌恨，远贬朗州（治今湖南常德）十载，始得返京。次年，即暗讽当朝新贵云：“玄都观里桃千树，尽是刘郎去后栽。”（《元和十年，自朗州召至京，戏赠看花诸君子》）激怒权贵，复远贬播州（治今贵州遵义），后改连州（今属广东），十余年后始归，又曰：“种桃道士归何处，前度刘郎今又来。”（《再游玄都观》）风骨傲岸，一反诗中悲愁语。欧阳修后，苏轼尤发展此格。贬惠州（今属广东）时，曰：“日啖荔枝三百颗，不辞长作岭南人。”（《食荔枝二首》其二）远谪海南，亦云：“九死蛮荒吾不恨，兹游奇绝冠平生。”（《六月二十日夜过海》）胸襟分外豁达。

远　山

山色无远近，看山终日行。
峰峦随处改[①]，行客不知名。

【注释】

①“峰峦”句：梅尧臣《商山早行》：“好峰随处改。”

【评析】

本诗约作于景祐年间（1034—1038）。陈新、杜维沫《欧阳修选集》系于景祐元年。李之亮《欧阳修集编年笺注》指出作于是年任馆阁校勘时。据宋胡柯《庐陵欧阳文忠公年谱》，欧阳修于是年闰六月二十八日授馆阁校勘。“终日行”“行客”系旅途之辞。当年十二月，欧阳修至椹涧（今河南许昌建安区西北），有诗曰：“羸骖绕涧行。”（《行至椹涧作》）李说可通。刘德清等指出：“原辑《居士集》卷一〇，无系年，列景祐元年诗后。作于是年五月，时在襄城赴京师途中。”（《欧阳修诗编年笺注》）亦可备一说。洪本健《欧阳修诗文集校笺》、宋心昌《欧阳修诗文选译》则以为作于景祐四年，时诗人自许昌还夷陵，亦通。

一般认为，“唐诗多以丰神情韵擅长，宋诗多以筋骨思理见胜”（钱锺书《谈艺录·诗分唐宋》），“唐诗以韵胜，故浑雅，而贵蕴藉空灵；宋诗以意胜，故精能，而贵深折透辟。唐诗之美在情辞，故丰腴；宋诗之美在气骨，故瘦劲”（缪钺《论宋诗》）。宋诗颇多富于理趣之作，如苏轼《题西林壁》、朱熹《观书有感二首》，既有诗性，又有哲理性。无哲理性，则不成其为哲理诗；无诗性，则如南宋严羽所云“以议论为诗”（《沧浪诗话·诗辨》），或如清刘熙载所云“乍见道理之人，言多理障……故艰深正是浅陋”（《艺概·文概》）。

本诗虽非哲理诗佳作，然亦有理趣。诗写山行体验，远望山色，似无远近之分，而行走其间，却终日难至。“峰峦”二句承上“终日行”，写层峦叠嶂，时时变换，行客无法知晓山名，启发杨万里“政入万山围子里，一山放出一山拦”（《过松源晨炊漆公店六首》其五），后者更具情趣。钱锺书指出：“顾人心、道心之危微，天一、地一之清宁，虽是名言，无当诗妙，以其为直说之理，无烘衬而洋溢以出之趣也。理趣作用，亦不出举一反三。然所举者事物，所反者道理，寓意视言情、写景不同。言情、写景，欲说不尽者，如可言外隐涵；理趣则说易尽者，不使篇中显见。徒言情可以成诗，‘去去莫复道，沉忧令人老’是也；专写景亦可成诗，‘池塘生春草，园柳变鸣禽’是也；惟一味说理，则于兴观群怨之旨背道而驰。乃不泛说理，而状物态以明理；不空言道，而写器用之载道。拈形而下者，以明形而上，使寥廓无象者，托物以起兴；恍惚无朕者，著述而如见。譬之无极太极，结而为两仪四象；鸟语花香，而浩荡之春寓焉；眉梢眼角，而芳悱之情传焉。举万殊之一殊，以见一贯之无不贯，所谓理趣者，此也。”（《谈艺录·随园论诗中理语》）本诗以常见景象写哲理，不发议论，而道理蕴含其中，机智风趣，引人深思，即颇富“诗妙”。

月

天高月影浸长江，江阔风微水面凉。
天水相连为一色，更无纤霭隔清光[1]。

【注释】

①纤霭：微小的雾气。

【评析】

本诗作年有景祐五年（十一月改元宝元）、宝元二年（1039）两说。景祐四年（1037）十二月，诗人自峡州夷陵令改光化军乾德县令。五年三月，沿长江而下，转汉江，经襄州（治今湖北襄阳）到任。次年六月，权武成军（即滑州，治今河南滑县东）节度判官。七月，奉母居南阳（今属河南）。冬，至襄城。康定元年（1040）春，至滑州。六月，召还，归开封。

刘德清认为："（宝元二年）七月……于邓州（今属河南，由南阳代管），有百花洲唱和诗。同卷《鱼》《月》《枨子》，咏湖、江、洲秋景，当为同时所作。"（《欧阳修纪年录》）《枨子》曰："嘉树团团俯可攀，压枝秋实渐斓斑。朱栏碧瓦清霜晓，粲粲繁星绿叶间。"枨子即橙子，非写洲景，刘说有误。后刘氏又指出："（《月》）原辑《居士外集》，无系年，列宝元二年诗后。作于是年秋，时寓居南阳，当为游百花洲之作。"（刘德清等《欧阳修诗编年笺注》）所谓"百花洲唱和诗"指《和圣俞百花洲二首》，见于《居士外集》，题下原注"宝元二年"，《鱼》《月》《枨子》位于其后，未系年。梅圣俞原作今不存。李之亮指出："宝元二年，自乾德县令任满授武成军节度判官北归时作。"（《欧阳修集编年笺注》）近于刘说而更宽泛。洪本健《欧阳修诗文集校笺》则认为，诗人除宝元元年（即景祐五年）前往乾德外，无由再见长江，诗当作于是年。刘说与洪说各有其理，歧异关键在"长江"二字，刘德清、顾宝林等注为"长的江流"（《欧阳修诗编年笺注》），洪本健以为专指长江。今检欧诗中"长江"多专指，如"其后窜荆蛮，始识峡山恶。长江泻天来，巨石忽开拓"（《登绛州富公嵩巫亭，示同行者》），"庐山高哉几千仞兮，根盘几百里，巀然屹立乎长江。长江西来走其下，是为扬澜左里兮，洪涛巨浪日夕相春撞”（《庐山高，赠同年刘中允归南康》）。此外，本诗“月影浸长江”“江阔风微”“天水相连”等景象颇宏阔，似非百花洲所有，宋人写及百花洲诗，亦少用“江”字。姑暂据洪说，系于景祐五年春。

天高，多形容秋季天空高远貌，此处写明月高悬之景。月影浸江，江面空阔，微风吹拂，夜气渐凉，写远景，视野开阔，近于杜甫“星垂平野阔，月涌大江流”（《旅夜书怀》）。空气澄澈，天、水相接，微风未拂动水气，江面亦少烟霭，故其间澄澈如无物，清光迥绝，遍洒江上。唐人诗多写及此境，李白曰：“水影弄月色，清光奈愁何。”（《金陵江上遇蓬池隐者》）赵嘏曰：“独上江楼思渺然，月光如水水如天。”（《江楼旧感》）皆状水、天相映之景。诗人另有诗云：“清光不辨水与月，但见空碧涵漪涟。”（《沧浪亭》）与本诗意境相似。其后，北宋吕陶写道：“夕阴敛层空，素月出西海。寥寥俯仰间，杳不见纤霭。清光信可掬，璀璨掌握内。”（《杂诗》）意象、造语多近本诗，境界亦颇清冷。

本篇由天起笔，写天上月作水中影，引入江景。其下一笔两写，关合天与水，写其勾连映照之态，天、水似合而为一。末句强化，结以递进句，呼应开篇，神完气足。“天”“江”“水”三字皆两见，两“天”字位置相同，皆为句中首字，两“江”字顶针回环，虽富民歌流转意味，但毕竟非律绝正格，可谓瑕瑜互见。

离峡州后，回寄元珍、表臣

经年迁谪厌荆蛮①，惟有江山兴未阑。
醉里人归青草渡②，梦中船下武牙滩③。

野花零落风前乱，飞雨萧条江上寒。
荻笋时鱼方有味④，恨无佳客共杯盘。

【注释】

① 厌荆蛮：厌恶荆楚之人。欧阳修《初至夷陵，答苏子美见寄》："时节同荆俗，民风载楚谣。俚歌成调笑，摖鬼聚喧嚣（自注：夷陵之俗多淫奔，又好祠祭。每遇祠时，里民数百共馂其余。里语谓之摖鬼，因此多成斗讼）。得罪宜投裔，包羞分折腰。"诗人对其颇有微词。荆蛮，古时中原人对楚、越或南人的蔑称。此处专指楚地风俗人情。

② 青草渡：弘治《夷陵州志》："青草滩，在（峡）州南江左十五里，地生芜草，故名。"

③ 武牙滩：即虎牙滩，宋张淏《云谷杂记》："《南史》避唐讳，'虎'字悉改为'武'。"《湖广通志・夷陵州》："虎牙山，（宜都）县东大江北岸，状如虎牙。昔公孙述遣将依此作浮桥拒汉，下有虎牙滩，又名武牙。"

④ 荻（dí）笋：即荻芽，荻的幼苗，像笋，故名，多于春季采摘。一说荻、笋为二物。时鱼：河豚。春季，河豚肉最鲜，古人多与荻芽、蒌蒿等并食，宋严有翼《艺苑雌黄》："河豚，水族之奇味，世传其杀人。余守丹阳宣城，见土人户户食之。但用菘菜、蒌蒿、荻芽三物煮之，亦未见死者。"一说指鲥鱼。

【评析】

本诗作于景祐五年（1038）春暮，时诗人三十二岁。是年三月，诗人走水路，经长江、汉江赴光化军乾德县令任，诗当作于途中。刘德清系本篇于当年秋："由颈联、尾联知时在秋季。"（《欧阳修纪年录》）又云："作于是年秋，时任光化军乾德县令。"（刘德清等《欧阳修诗编年笺注》）“野花零落”“荻笋时鱼”皆春暮景象，“飞雨”句亦为诗人景祐三年十月游虎牙滩之回忆，系虚笔，刘说误。元珍，丁宝臣，字元珍，晋陵（今江苏常州）人。景祐元年（1034），进士及第，为峡州军事判官，官终秘阁校理、同知太常礼院。表臣，朱处仁，字表臣，营邱（今山东昌乐）人。景祐元年，中进士，官泗州（治今安徽泗县）判官，后改峡州推官。

首联写经年贬谪，厌倦荆楚殊俗，唯游览楚地江山之兴未减。欧阳修初贬夷陵时，作诗回寄苏舜钦，形容夷陵生活：“物华虽可爱，乡思独无聊。”（《初至夷陵，答苏子美见寄》）诗人颇喜夷陵自然风物，“行见江山且吟咏，不因迁谪岂能来”（《黄溪夜泊》），尤喜其间山川，“丛林白昼飞妖鸟，庭砌非时见异花。惟有山川为胜绝，寄人堪作画图夸”（《寄梅圣俞》）。中二联细说江山之兴，出句一景，对句一景，笔法仿杜甫《存殁口号二首》。杜诗其一曰：“席谦不见近弹棋，毕曜仍传旧小诗。玉局他年无限笑，白杨今日几人悲。”一、三句写席谦之存，二、四句写毕曜之殁。其二云：“郑公粉绘随长夜，曹霸丹青已白头。天下何曾有山水，人间不解重骅骝。”一、三句写郑虔之殁，二、四句写曹霸之存，有意革新诗体。本诗就笔法来看，打破律诗以联为单位的体式，“醉里”“野花”二出句场景相同，写游赏青草滩：暮春时分，野花乱落，随风飘舞，诗人与友人尽醉而归。“梦中”“飞雨”二句场景相同，写虎牙滩之行。诗人于景祐三年十月初过此地：“晓鼓潭潭客梦惊，虎牙滩上作船行。山形酷似龙门秀，江色不如伊水清。平日两京人少壮，今年三峡岁峥嵘。卧闻乳石淙流响，疑是香林八节声。”（《初至虎牙滩，见江山类龙门》）《明史·地理志》载：“（夷陵）有西陵、明月、黄牛三峡，峡中有使君、虎头、狼尾、鹿角等滩，皆江流至险处也。”江雨凄寒，虎牙滩水势湍急，诗人梦中过滩，醒后观看其间景色。从情感上看，本诗复以一联为单位，颔联较平静，甚至隐隐流露出逸兴遄飞之态，颈联则意境凄冷。整体而言，欧诗将杜诗绝句之法移用至律诗中二联，同时保持每联内情感基调相近，两联间则富于变化，承继中富有创新。其后，黄庭坚有诗："闭门觅句陈无己，对客挥毫秦少游。正字不知温饱未，西风吹泪古藤州。"（《病起荆江亭即事十首》）一、三句写陈师道作诗闭门觅句，未知近日境况；二、四句写秦观提笔对客挥毫，今已卒于藤州（治今广西藤县）。仍以绝句袭用杜诗之法，颇具盛名。尾联收归当下，转入实写，照应题目，诉说相思之情。全诗结构近于三一格。陈新、杜维沫认为"诗从行者角度写饯别和别后登程"，注释"青草渡"为"夷陵饯别之处"（《欧阳修选集》），大体谓中二联出句写别时，对句写别后，阐释新颖，然有忽略"经年迁谪……江山兴未阑"之弊。此外，将虎牙滩视为别后景象，亦可商榷。

尾联涉及宋时习俗，有歧说。宋人多以荻芽配河豚烹饪。梅尧臣诗曰："春洲生荻芽，春岸飞杨花。河豚当是时，贵不数鱼虾。"（《范饶州坐中，客语食河豚鱼》）欧阳修晚年论曰："河豚常出于春暮，群游水上，食絮而肥，南人多与荻芽（一作笋）为羹，云最美。故知诗者谓止破题两句，已道尽河豚好处。"（《六一诗话》）梅诗与本篇相同，皆作于景祐五年，可见其时食用河豚风尚。其后，苏轼诗曰："蒌蒿满地芦芽短，正是河豚欲上时。"（《惠崇春江晚景二首》其一）亦近于此。

宋人亦多以荻笋、笋配鲥鱼，如"青杏黄梅朱阁上，鲥鱼苦笋玉盘中"（王琪《忆江南·柳》），"鲥鱼出网蔽洲渚，荻笋肥甘胜牛乳"（王安石《后元丰行》），"苦笋鲥鱼乡味美，梦江南"（贺铸《添声杨柳枝·太平时》），"鲥鱼苦笋过百六，又到一年春尽头"（沈与求《曾宏父将往霅川见内相，叶公以诗为别，次其韵以自见十首》其一），"春事寂，苦笋鲥鱼初食"（卢炳《谒金门》），皆是其例。刘德清等人注释“时鱼”为“鲥鱼”（《欧阳修诗编年笺注》），与荻笋搭配，可备一说。

从上述诗例不难见出，鲥鱼、荻笋皆为春末夏初吃食，明李时珍载：“初夏时有，月余即无，故名鲥鱼。”（《本草纲目》）鲥鱼春、秋两季大规模迁移，春夏之交时，溯江而上，至淡水河产卵，此时最成熟，肉最鲜美，产卵后，即游回大海；其后，幼鱼经过索饵、育肥，于秋季洄游至海，此期尚未成熟，并非捕捞之时。故秋季虽有鲥鱼，如“芦叶萧萧江上秋，鲥鱼清酒解消忧”（郑獬《江上》），但远比不上暮春时常见。可见，刘德清认为颈联、尾联皆写秋景，反为自相矛盾。

清范大士评本诗曰：“气味酷似钱、刘一派。”（《历代诗发》）钱、刘并称，宋人常指钱惟演、刘筠，如“咸平、景德中，钱惟演、刘筠首变诗格，而杨文公与之鼎立，号‘江东三虎’。诗格与钱、刘亦绝相类，谓之‘西昆体’。大率效李义山之为丰富藻丽，不作枯寂语”（葛立方《韵语阳秋》），风格与本诗不类。明清以来，中唐钱起与郎士元并称渐少，而与刘长卿合称渐多，如阮玉曰：“文房（刘长卿）与钱郎中（起）齐名，时称‘钱刘’，然刘诗温而钱微燥，刘诗纯而钱微驳。故善读随州（刘长卿），则不第可该郎、钱，并可以洞视韦、柳之清深，旁通贾、孟之孤秀。”（《二刘诗叙》）认为读刘长卿诗，可通清深孤秀之风。朱克生云：“钱、刘神清，而微伤气薄。”（《唐诗品汇删》）翁方纲指出：“钱仲文七律，平雅不及随州，而撑架处转过之。”（《石洲诗话》）二人诗风近于清秀平雅。许学夷举例道：“五、七言律，刘体尽流畅，语半清空，而句意多相类；钱去刘虽远，而入录者觉别有风韵……（刘）七言如‘官舍已空秋草没，女墙犹在夜乌啼’‘孤城尽日空花落，三户无人自鸟啼’……‘秋草独寻人去后，寒林空见日斜时’‘深花寂寂宫城闭，细草青青御路间’……句，皆清空流畅者也……（钱）七言如‘雪霁山门迎瑞日，云开水殿候飞龙’‘长信月留宁避晓，宜春花满不飞香’‘长乐钟声花外尽，龙池柳色雨中深’‘幽溪鹿过苔还静，深树云来鸟不知’等句，皆别有风韵者也。”（《诗源辨体》）所举诗歌写景清幽雅正，正与本诗中二联相似。

再至西都

伊川不到十年间[①]，鱼鸟今应怪我还。
浪得浮名销壮节[②]，羞将白发见青山。
野花向客开如笑，芳草留人意自闲。
却到谢公题壁处[③]，向风清泪独潺潺。

【注释】

①“伊川”句：景祐元年（1034），欧阳修西京留守推官任满离洛，至庆历四年（1044）重临伊河作此诗，恰已十年。伊川，即伊河，洛河支流之一，在今河南西部。

②浪：徒然地，白白地。

③谢公：谢绛，字希深，欧阳修《尚书兵部员外郎知制诰谢公墓志铭》载其天圣（1023—1032）年间曾通判河南府（治今河南洛阳），宝元二年（1039）十一月下世。

【评析】

本诗作于庆历四年（1044），时诗人三十八岁。是年四月，欧阳修奉命出使河东路（治今山西太原，宋时包括今山西西部及陕西佳县以北地区），计度废麟州（治今陕西神木北）、民间私造钱币及赋税亏额等事。七月，还京师开封。途经洛阳，作此诗。诗写“野花向客开如笑，芳草留人意自闲”，更似春景，或作于去程。

诗人时隔十年，重返伊川，感慨鱼鸟见及，责备其今日归还，自属应然。此句暗用南朝齐孔稚珪责周颙“虽假容于江皋，乃缨情于好爵”典故，孔氏曰：“（周颙）使我高霞孤映，明月独举，青松落阴，白云谁侣……今又促装下邑，浪拽上京，虽情殷于魏阙，或假步于山扃。岂可使芳杜厚颜，薜荔蒙耻，碧岭再辱，丹崖重滓，尘游躅于蕙路，污渌池以洗耳。宜扃岫幌，掩云关，敛轻雾，藏鸣湍，截来辕于谷口，杜妄辔于郊端。于是丛条瞋胆，叠颖怒魄。或飞柯以折轮，乍低枝而扫迹。请回俗士驾，为君谢逋客。”（《北山移文》）山中花草因周颙出仕而蒙羞，思及其可能重返山林暂住，愤怒不已，纷纷闭门谢客，断其来路。诗人自念十年奔波，辜负风月，今日重逢，自应受其奚落。陈新等《欧阳修选集》、刘德清等《欧阳修诗编年笺注》、丁功谊等《欧阳修诗评注》皆谓二句意为十年后重逢，当年相亲的鱼鸟都应感到惊喜，将“怪”字译为“惊怪”，进而指涉惊喜，亦可通。但结合颔联“浪得”“羞将”等语，作前解似更合适。

庆历三年（1043），西夏李元昊请议和，西境稍宁，仁宗因召范仲淹回京，授枢密副使，同时擢升欧阳修、蔡襄等人为谏官，锐意革新。八月，罢副宰相王举正，拜范仲淹为参知政事。九月，范仲淹、富弼条陈十事，仁宗首肯，渐次颁布，“庆历新政”开始施行。次年四月，因恩荫减少、磨勘严密等事宜触及切身利益，保守派兴朋党之论，攻击新政，欧阳修作《朋党论》辩之。五月，改革继续深化。六月，夏竦阴令仆人仿石介笔迹，污蔑富弼欲行伊、霍之事。仁宗虽未信，但范仲淹、富弼等人仍感惊惧，适逢边奏，仲淹遂请外任。八月，富弼亦出为河北宣抚使。五年正月，范仲淹、富弼、杜衍相继罢官，分别改任邠州（治今陕西彬州）、郓州（治今山东东平）、兖州（今属山东）知州。二月，罢磨勘新法、任子新法。三月，韩琦罢枢密副使，出知扬州；废科举新法，行旧制。八月，欧阳修罢河北都转运按察使，贬知滁州，新政彻底破灭。诗人出使河东路期间，党论已盛，夏竦等人暗施手段，范仲淹被迫外任，新政难以施行，故颔联感慨颇深。诗人喟叹自己十年仕宦，徒得浮名，如今壮心消沉，两鬓白发，面对青山，分外愧赧。“羞将”句妙，既写白发萧疏、难当青山之羞，又写辜负山林之愧，复写蹉跎时间之悲，含蕴深厚，造境新奇，对比强烈，尤耐人寻味。

颈联意脉转折，野花、芳草非但未嘲笑诗人，反而殷勤相待，盛情挽留，情境由悲转喜。诗人多以笑写花，“花能嫣然顾我笑，鸟劝我饮非无情”（《啼鸟》），“山花徒能笑，不解与我言”（《题滁州醉翁亭》），“新花自向游人笑，啼鸟犹为旧日声”（《答谢判官独游幽谷见寄》），“洞里新花莫相笑，刘郎今是老刘郎”（《戏刘原甫》），皆为其例，可见喜花之情。尾联情绪再转，结以伤感。诗人重到当日与谢绛同游之处，壁上题字依旧，而题壁之人却已作古，难免不胜其悲，清泪潸然。

全诗章法井然，以“不到”起笔，以“却到”结题，意脉一转再转，多用拟人手法，情境相生。“不”“十”“得”“节”“白”“发”“客”“却”“壁”“独”等入声字迭用，尤集中于颔联，阻塞中含爆破之势，声情激荡，洵为佳制。

哭女师

暮入门兮迎我笑，朝出门兮牵我衣，戏我怀兮走而驰。

旦不觉夜兮不知四时，忽然不见兮一日千思。

日难度兮何长，夜不寐兮何迟！

暮入门兮何望，朝出门兮何之？

疑在兮杳难追，髧两毛兮秀双眉①。

不可见兮如酒醒睡觉②，追惟梦醉之时③。

八年几日兮百岁难期④，于汝有顷刻之爱兮，使我有终身之悲。

【注释】

① 髧（dàn）两毛：古时孩童梳在头两边的发髻。《诗经·鄘风·柏舟》："髧彼两髦，实维我仪。"髧，发垂貌。秀双眉：两眉清秀。

② 睡觉：睡醒。

③ 追惟：追忆，回想。

④ 八年：欧阳师生于景祐五年（1038），至庆历五年（1045）离世，正八岁。

【评析】

本诗作于庆历五年（1045）夏、秋间，时诗人三十九岁。四年八月，欧阳修以龙图阁直学士充河北都转运按察使。五年八月，被政敌诬陷与外甥女张氏私通，虽辨为子虚乌有，仍遭贬滁州，十月二十二日，抵滁。据刘德清《欧阳修纪年录》考证，当年春，梅尧臣应许州（治今河南长葛东）知州王举正辟，出任签署许昌忠武军节度判官，有诗《乙酉六月二十一日，予应辟许昌，京师内外之亲则有刁氏昆弟、蔡氏子，予之二季；友人则胥平叔、宋中道、裴如晦，各携肴酒送我于王氏之园，尽欢而去，明日予作诗以寄焉》《开封古城阻浅，闻永叔丧女》。六月，梅尧臣应辟许昌，开封水浅，水路耽搁，时听闻欧阳师离世，本诗亦当作于其时。李之亮《欧阳修集编年笺注》系于知滁州任上，误。女师，欧阳师，诗人与第二任妻子薛氏所生长女。

诗人一生迭经丧妻、丧子、丧女之痛。天圣九年（1031），诗人娶胥偃女为妻，明道二年（1033），胥氏卒。景祐元年（1034），诗人复娶谏议大夫杨大雅女，二年，杨氏卒。四年，再娶前资政殿学士薛奎之女。宝元元年（1038），胥氏子早卒，后薛氏次女亦夭。庆历五年，欧阳师离世。宋吴充载诗人与薛氏子嗣："男八人，女三人。长女师，蚤（早）卒；次发，光禄寺丞；次女，蚤卒；次奕，光禄寺丞；次棐，大理评事；次某，蚤卒；次辩，光禄寺丞；次三男，皆蚤卒；次女，封乐寿县君，蚤卒。"（《欧阳公行状》）共四子三女早卒。并胥氏子，一生共有八个孩子夭折。庆历五年，诗人另有诗悼女师："吾年未四十，三断哭子肠。一割痛莫忍，屡痛谁能当。割肠痛连心，心碎骨亦伤。出我心骨血，洒为清泪行。泪多血已竭，毛肤冷无光。自然须与鬓，未老先苍苍。"（《白发丧女师作》）不事雕琢，发自肺腑，语极沉痛。就诗法论，"一割"二句递进，与白居易赠刘禹锡诗"亦知合被才名折，二十三年折太多"（《醉赠刘二十八使君》）笔法相近。"出我"四句，秦观"便做春江都是泪，流不尽，许多愁"（《江城子三首》其一）师其意。

悼亡哀祭为古人创作重要题材。潘岳《悼亡诗三首》、陶渊明《祭程氏妹文》、韩愈《祭十二郎文》、元稹《遣悲怀三首》、袁枚《祭妹文》等皆极呜咽沉痛、缠绵悱恻，本篇亦以情真意切取胜。起笔三句欲抑先扬，写欧阳师与诗人亲昵之态，入门见笑，出门牵衣，时而亲密地在怀中嬉戏，时而活泼地在院落中跑跳。“迎我笑”“牵我衣”“戏我怀”“走而驰”，形象、典型，娇憨可爱之状毕现。次二句情绪陡转直下，由喜至悲，以乐衬哀，倍见其哀。女儿在身旁，诗人无比快乐，时间飞逝，“不知今夕何夕”（周紫芝《水调歌头·王次卿归自彭门，中秋步月作》）。忽然之间，女儿竟已作古，白发人送黑发人，悲伤无极，一日思念千百回。“日难”四句连下四问，蓄积之情喷涌而出。诗人度日如年，朝思暮想，失魂落魄。“疑在”二句倒装，诗人仿佛见到女儿，却又杳而难追。“髧”字形近“髡”，易混淆。后者读如坤，指剃去头发。施培毅《欧阳修诗选》、刘扬忠《欧阳修集》皆解释“髧两毛”为头上扎二小辫，剃去周围头毛，误。“不可”二句进一步形容精神之恍惚。“酒醒睡觉”，应追思醉梦之时，诗人用丫杈句法，改作“梦醉”，句意回环往复，更见痴迷之态。末三句尤见悲哀，诗人看似埋怨因爱生悲，实则一往情深，哀叹爱在顷刻间。“终身之悲”，用语决绝，义无反顾，一往无前，沉痛无比。

本诗见于《居士外集》，入“辞”类，古人多视为骚体赋，今人多视为骚体诗。骚体指以《离骚》为代表的《楚辞》体，典型特征为句尾或句中有“兮”字。今人郭建勋指出：“骚体赋必须具备两个基本条件：其一是采用楚骚的文体形式，也就是以‘兮’字句作为其基本的句型；其二是明确地用‘赋’作为作品的称名。”（《骚体赋的界定及其在赋体文学中的地位》）其说具有代表性。本诗有骚体特征，但未以赋名篇，应视为骚体诗。诗、骚、赋文体有基本规定，亦有共通、融合之处，除骚体诗、骚体赋外，另有诗体赋、赋体诗等。庾信《对烛赋》、王勃《春思赋》等诗体赋多用五、七言句，句式亦多为二三、二二三，与五、七言诗节奏相同，明显受到后者影响；杜甫《北征》、韩愈《南山》等以赋为诗，叙事、状物极力铺夸，又有鲜明的汉大赋痕迹。诗、骚、赋破体现象并不罕见。

全诗押四支韵，韵脚错落，有多种断句方式。第二句“衣”字属五微韵，既可视为邻韵通押，如洪本健《欧阳修诗文集校笺》于此处点断，视“衣”字为韵脚；又可视为非韵脚，如刘德清等《欧阳修诗编年笺注》于第三句“驰”字处点断。此外，“且不”句“时”字，“疑在”句“追”字皆属五微韵，可视为韵脚。如是，则“时”字两用为韵，这种韵脚迭用现象在古体诗中亦属常见。

南宋刘壎评本诗曰：“以上两篇（指《述梦赋》与本篇），悲哀缱绻，殆骨肉之情不能忘邪？”（《隐居通议》）《述梦赋》作于明道二年（1033），曰：“夫君去我而何之乎？时节逝兮如波。昔共处兮堂上，忽独弃兮山阿。呜呼！人羡久生，生不可久，死其奈何！死不可复，惟可以哭。病予喉使不得哭兮，况欲施乎其他？愤既不得与声而俱发兮，独饮恨而悲歌。歌不成兮断绝，泪疾下兮滂沱。行求兮不可过，坐思兮不知处。可见惟梦兮，奈寐少而寤多……绿发兮思君而白，丰肌兮以君而瘠。君之意兮不可忘，何憔悴而云惜。愿日之疾兮，愿月之迟，夜长于昼兮，无有四时。虽音容之远矣，于恍惚以求之。”写胥氏离世之悲，与本篇皆极迷离惝恍、悲伤反侧之至。诗人用情至深，爱之深，痛之切。梅尧臣云：“去年我丧子与妻，君闻我悲尝俯眉。今年我闻君丧女，野岸孤坐还增思。思君平昔怜此女，戏弄膝下无不宜。昨来稍长应慧黠，想能学母粉黛施。几多恩爱付涕泪，洒作秋雨随风吹。风吹北来沾我袂，哀乐相恤唯己知。自古寿夭不可诘，天高杳杳谁主之。以道为任自可遣，目前况有宁馨儿。”（《开封古城阻浅，闻永叔丧女》）起笔四句写二人遭际，挚友情深，见于言表；“思君”四句写欧阳师之聪颖可爱；“几多”四句写欧阳修之悲及自己之感同身受；末四句追问天道，安慰诗人不要过度悲伤，以道自任，珍惜其他子嗣，可与本篇对读。

啼 鸟

穷山候至阳气生①，百物如与时节争。
官居荒凉草树密，撩乱红紫开繁英。
花深叶暗耀朝日，日暖众鸟皆嘤鸣。
鸟言我岂解尔意，绵蛮但爱声可听②。
南窗睡多春正美，百舌未晓催天明③。
黄鹂颜色已可爱，舌端哑咤如娇婴④。
竹林静啼青竹笋⑤，深处不见惟闻声。
陂田绕郭白水满，戴胜谷谷催春耕⑥。
谁谓鸣鸠拙无用，雄雌各自知阴晴⑦。
雨声萧萧泥滑滑⑧，草深苔绿无人行。
独有花上提葫芦⑨，劝我沽酒花前倾。
其余百种各嘲哳⑩，异乡殊俗难知名。
我遭谗口身落此⑪，每闻巧舌宜可憎。
春到山城苦寂寞，把盏常恨无娉婷⑫。
花开鸟语辄自醉，醉与花鸟为交朋。
花能嫣然顾我笑，鸟劝我饮非无情。
身闲酒美惜光景，惟恐鸟散花飘零。
可笑灵均楚泽畔，离骚憔悴愁独醒⑬。

【注释】

①候：时令，节候。一候五天，以百物生长变化为证验。阳气生：古人认为季节变化是阴、阳二气的轮回所致。《管子·形势解》："春者，

阳气始上，故万物生。”《易·复卦》孔颖达疏：“冬至一阳生。”

②“官居”六句：欧阳修《送姜秀才游苏州》：“山花撩乱鸟绵蛮。”官居，官吏的住宅。“撩乱”句，梅尧臣《禽言四首》其二：“山花缭乱目前开。”撩乱，缤纷。嘤鸣，鸟和鸣。《诗经·小雅·伐木》：“嘤其鸣矣，求其友声。”绵蛮，鸟鸣声。《诗经·小雅·绵蛮》：“绵蛮黄鸟。”

③“南窗”二句：孟浩然《春晓》：“春眠不觉晓，处处闻啼鸟。”韩偓《懒起》：“百舌恼朝眠，春心动几般。”百舌，鸟名，善鸣，声多变化。

④“黄鹂”二句：苏舜钦《雨中闻莺》：“娇骙人家小女儿，半啼半语隔花枝。”黄鹂，鸟名，即黄莺。哑咤（yǎ zhà），形容鸟鸣声清脆悦耳。

⑤竹林：鸟名。宋孙奕《履斋示儿编·杂记》引蔡絛《西清诗话》：“崇宁间，有贡士自同谷来，笼一禽，大如雀，色青，善鸣，曰竹林鸟也。”

⑥“陂田”二句：布谷鸟啼鸣时，长江流域正值插秧季节。戴胜，鸣声似“布谷”，于播种时鸣叫，相传为劝耕之鸟。谷谷，鸟声。

⑦“谁谓”二句：谁说斑鸠不善做巢，即为无用的拙鸟，雄斑鸠、雌斑鸠各自都能知晓天的阴晴。《诗经·召南·鹊巢》：“维鹊有巢，维鸠居之。”《方言》：“蜀谓之拙鸟，不善营巢。”古谚曰：“天欲雨，鸠逐妇；天既雨，鸠呼妇。”欧阳修《鸣鸠》：“天将阴，鸣鸠逐妇鸣中林，鸠妇怒啼无好音。天雨止，鸠呼妇归鸣且喜，妇不亟归呼不已。”鸣鸠，鸟名，即斑鸠。

⑧泥滑滑：竹鸡鸟的别名，以鸣声得名。欧阳修《啼鸟》：“百舌子，百舌子，莫道泥滑滑。”以“泥滑滑”为百舌鸟。

⑨提葫芦：鸟名。欧阳修《啼鸟》：“提葫芦，提葫芦，不用沽美酒。”

⑩嘲哳（zhāo zhā）：形容鸟鸣声嘈杂。

⑪“我遭”句：指庆历五年（1045）诗人遭政敌钱明逸、杨日严等诬陷贬官滁州事。

⑫娉婷：美女姿态美好貌。一说代指歌妓。

⑬“可笑”二句：屈原《离骚》：“名余曰正则兮，字余曰灵均。”《渔父》：“屈原既放，游于江潭，行吟泽畔，颜色憔悴，形容枯槁。渔父见而问之，曰：‘子非三闾大夫与？何故至于斯？’屈原曰：‘举世皆浊我独清，众人皆醉我独醒，是以见放。’”

【评析】

本诗作于庆历六年（1046）春贬知滁州期间，时诗人四十岁。邓绍基、李玫《晏殊、晏几道、欧阳修诗词精选》等认为本诗作于贬夷陵令时，误。诗题下原注：“庆历六年。”嘉祐三年（1058）春，诗人主持礼部考试时另作同题诗，中有“可怜枕上五更听，不似滁州山里闻”二句，皆证本诗作于滁州。诗论家多持此观点，如宋葛立方云：“欧阳永叔先在滁阳，有《啼鸟》一篇。”（《韵语阳秋》）近人高步瀛曰：“是年永叔在滁州，诗中‘我遭谗口’云云，所以发其不平也。”（《唐宋诗举要》）

仁宗宝元（1038—1040）至庆历（1041—1048）年间，宋朝内忧外患不断。景祐五年（1038，同年十一月改元宝元）十月，党项族人李元昊脱宋自立，称帝改元，建国号大夏（史称西夏），与宋廷决裂。其后，西夏连年攻宋，屡败宋军。庆历四年（1044），两国签订合议，李元昊取消帝号，称夏国主，宋、夏间暂复和平。同一时期，辽国不顾“澶渊之盟”，于庆历二年“聚兵幽蓟，声言南下”（陈邦瞻《宋史纪事本末》），迫使宋朝岁增银十万两、绢十万匹。宋朝内部亦起义、兵变不断。庆历三年，欧阳修上《再论置兵御贼札子》，指出：“今盗贼一年多如一年，一火（伙）强如一火，天下祸患，岂可不忧？”同年，范仲淹任参知政事，推行新政，欧阳修积极参与。次年，为政敌所阻，杜衍、范仲淹、韩琦、欧阳修等人遭诋为朋党，欧阳修作《朋党论》辩之。五年，新政失败，范仲淹等人相继离朝，诗人上《论杜衍范仲淹等罢政事状》言事，为政敌所嫉，陷张甥案，亦遭贬知滁州。此次贬谪对诗人打击尤重，早期的昂扬自勉逐渐转向悠游山水，诗风亦渐变为平和闲适。

诗分三层，今人大体有二说。一说谓前八句为第一层，总叙节令、花草、鸟鸣，“由节令景物的变化写到众鸟嘤鸣、鸣声可爱”（霍松林《宋诗鉴赏举隅》）；“南窗”以下十六句为第二层，分写众鸟，“有的描摹其声，有的描摹其色，有的描摹其特性，乃至人、鸟间的交流”（刘乃昌《宋诗三百首评注》）；“我遭”以下十二句为第三层，“回应首段的‘穷山’‘官居’”（霍松林《宋诗鉴赏举隅》），“抒写迁谪之感，并以及时行乐自慰”（程千帆、沈祖棻《古诗今选》）。一说谓首四句为第一层，“主要是时令和环境的描写”（徐少舟语，见缪钺等《宋诗鉴赏辞典》）；“花深”以下二十句为第二层，“描摹各类啼鸟，或直以声响象之，或巧作比喻”；“我遭”至结尾十二句为第三层，“由鸟及人，转入议论，揭示题旨”（宋心昌《欧阳修诗文选译》）。二说分歧在“花深”四句归属。此四句中，前二句由花草引出众鸟，承上启下；后二句“总叙鸟声”（高步瀛《唐宋诗举要》评语），统领“南窗”十六句。四句归入第一层、二层皆有合理性，但整体而言更具总领性质，宜视为第一层。

“桐城派”多论诗文章法、笔法，清方东树论本诗曰：“直叙逐写。‘我遭’以下入议。”（《昭昧詹言》）近人吴闿生评道：“诗有赋声。”（《昭昧詹言评本》）赋体擅长铺叙形容，本诗由总叙至分叙，再至议论，章法井然，“南窗”十六句写七种鸟声，各具特色，刻画入微。有侧重啼叫时间及功用的，如写百舌鸟，突出其晨鸣以催天明，促人早起的特征；写戴胜鸟，突出其于春夏之交鸣叫，催人耕种的特征；写斑鸠，重点刻画其于阴晴变换时啼鸣，可据以观测阴晴的特质。有从鸣声特点入手的，如写黄莺鸟，侧重其鸣声之娇；写竹林鸟，则强调其鸣声之幽。有着眼于鸟名的，如写泥滑滑，营造雨后泥湿景象；写提葫芦，描画沽酒花前饮的场景。二鸟以其声而得名，其名表声不表义，而诗人却反以鸟名之义写其声，一语双关，生动有趣。“其余”二句概括余下鸟声。整体有详有略，多角度着笔，力避重复单调，得赋体神理。今人徐少舟指出：“整个看来，此诗采用了赋的手法。但是，赋中也含有比兴。题为‘啼鸟’，目的却是要写人。”（缪钺等《宋诗鉴赏辞典》）诗开篇写景，“先言他物以引起所咏之词”，是为“兴”；“我遭”二句，“巧舌”明指陷害诗人的谗口，暗喻众鸟之声，鸟鸣声与谗口在巧方面有共同性，“以彼物比此物”（朱熹《诗集传》），是为“比”。赋、比、兴同时运用，流丽中不乏深婉。

由“每闻巧舌宜可憎”，到“惟恐鸟散花飘零”，中有意脉转折。宋葛立方指出：“人之悲喜虽本于心，然亦生于境。心无系累，则对境不变，悲喜何从而入乎？渊明见林木交荫，禽鸟变声，则欣然有喜，人以为达道，余谓尚未免着于境者。欧阳永叔先在滁阳，有《啼鸟》一篇，意谓缘巧舌之人谪官，而今反爱其声。后考试崇政殿，又有《啼鸟》一篇，似反滁阳之咏。其曰：‘提葫芦，不用沽美酒。宫壶日赐新拨醅，老病足以扶衰朽。百舌子，莫道泥滑滑。宫花正好愁雨来，暖日方催花乱发。’末章云：‘可怜枕上五更听，不似滁州山里闻。’盖心有中外枯菀之不同，则对境之际，悲喜随之尔。啼鸟之声，夫岂有二哉？”（《韵语阳秋》）认为欧阳修嘉祐三年（1058）心境不同于居滁时，故同题之作有别，说颇有据。所谓“缘巧舌之人谪官，而今反爱其声”亦可于此作解。一因诗人居滁第二年心境未必同于初贬时，正如其贬居夷陵所言“始来而不乐，既至而后喜也”（《夷陵县至喜堂记》)。二因诗人素来主张不以谪宦之苦挂心，“慎勿作戚戚之文”(《与尹师鲁书》)。三即梅尧臣所言“愿君切莫厌啼鸟，啼鸟于君无所营”(《和欧阳永叔啼鸟十八韵》)，鸟鸣之巧与谗口之巧虽形似，本质却有不同。

诗人同题诗曰：“提葫芦，提葫芦，不用沽美酒。宫壶日赐新拨醅，老病足以扶衰朽。百舌子，百舌子，莫道泥滑滑。宫花正好愁雨来，暖日方催花乱发。苑树千重绿暗春，珍禽彩羽自成群。花开只惯迎黄屋，鸟语初惊见外人。千声百啭忽飞去，枝上自落红纷纷。画帘阴阴隔宫烛，禁漏杳杳深千门。可怜枕上五更听，不似滁州山里闻。”(《啼鸟》)“可怜”有值得怜悯、可惜及可爱、可喜多义，前曰“不用”“莫道”，似以后解为上，但又云“只惯”“初惊”“阴阴隔”“杳杳深”，似复有惋惜之意。除同题诗外，本篇末二句亦有歧说。程千帆、沈祖棻认为其意谓“何必像屈原那样，应该流连光景，饮酒为乐”，“以及时行乐自慰”(《古诗今选》)，自我开解，属旷达语。钱锺书则认为“欧阳修借用这句比喻，作为喝酒的藉口而寄托自己的牢骚”(《宋诗选注》)，暗寓不满之意。陈新、杜维沫说得更明确：“二句表面谓还不如及时行乐，实为愤慨之语。”(《欧阳修选集》)霍松林则认为其“意在突出‘醉与花鸟为交朋’的那个‘醉’字。这种‘醉’，是对‘谗口’及其后台的抗争”(《宋诗鉴赏举隅》)，点出“醉”语性质，本质仍系愤慨之言。实际上，此二句与同题诗末二句所表达的感情或许并非单一的洒脱、可喜抑或愤激、可惜，而是二者的结合体，徐少舟所言“三分无奈、七分旷达”(缪钺等《宋诗鉴赏辞典》)，可能更为全面。

题滁州醉翁亭

四十未为老，醉翁偶题篇。
醉中遗万物，岂复记吾年。
但爱亭下水，来从乱峰间。
声如自空落，泻向两檐前。
流入岩下溪，幽泉助涓涓。
响不乱人语，其清非管弦。
岂不美丝竹，丝竹不胜繁。
所以屡携酒，远步就潺湲[①]。
野鸟窥我醉，溪云留我眠。
山花徒能笑，不解与我言。
惟有岩风来，吹我还醒然。

【注释】

①潺湲：水缓流貌，亦指流水。此处指琅琊溪。

【评析】

本诗作于庆历六年（1046）秋贬知滁州时。是秋，诗人自号“醉翁”：“太守与客来饮于此，饮少辄醉，而年又最高，故自号曰‘醉翁’也。醉翁之意不在酒，在乎山水之间也。山水之乐，得之心而寓之酒也。”（《醉翁亭记》）诗人不胜酒力，小饮即醉，醉之意在山水，山水之乐又寓于醉中，借酒陶然于山水间，故号中有“醉”字。本诗首句曰：“四十未为老。”明言四十之龄，而第四句曰：“岂复记吾年。”强调不复记年。看似有矛盾，实则后者为醉时状态，醉中遗忘万物，暗寓激愤之意。嘉祐元年（1056），诗人回忆往事：“我时四十犹强力，自号醉翁聊戏客。”（《赠沈遵》）“我昔被谪居滁山，名虽为翁实少年。”（《赠沈博士歌》）其时诗人未老，而自号为翁，自称因其年纪最高，聊与客人为戏之故。醉翁亭即以诗人之号为名。亭为琅琊寺僧智仙所建，诗人为作《醉翁亭记》，流传千古。相较之下，本诗知名度远逊前者。施培毅指出：“欧阳修直接以《醉翁亭》为题的诗，只此一篇。”（《欧阳修诗选》）该诗集中表现了诗人对醉翁亭的印象，亦饶价值。

诗分三层，今人丁功谊、刘德清指出：“首四句借‘醉翁’起议，醉翁不醉，山水致醉；醉翁非翁，因醉称翁。次十句描写醉翁亭下酿泉水，水声比音乐更优美动听。末八句表现诗人娱山乐水，与野鸟溪云、山花岩风为伴侣的生活情趣。”（《欧阳修诗评注》）其分段大体可从，唯“所以”二句与“但爱”二句照应，写诗人多次来赏溪水之因，应归入第二部分。琅琊溪清幽美丽，于乱峰间流走，诗人赞叹不已，尤喜其流动之声：“宴酣之乐，非丝非竹。”（《醉翁亭记》）“翁欢不待丝与竹，把酒终日听泉声。”（《赠沈遵》）泉声清灵，不扰人语，恰到好处。诗人如刘禹锡般“无丝竹之乱耳”（《陋室铭》）。盖因丝竹之声虽美，终究为人籁，不如天籁清新动人。诗人有时亦以琅琊溪水流动之声比喻琴音：“子有三尺徽黄金，写我幽思穷崎嵚。自言爱此万仞水，谓是太古之遗音。泉淙石乱到不平，指下呜咽悲人心。时时弄余声，言语软滑如春禽。嗟乎沈夫子，尔琴诚工弹且止。”（《赠沈博士歌》）沈遵闻醉翁亭之名，时而往游，喜爱其间山水清音，作《醉翁吟》一调。至和二年（1055），欧阳修出使辽国，途中二人相遇，沈氏即弹奏此曲，诗人恍然如闻滁州琅琊溪水流之音，感而赋诗。嘉祐二年（1057），又作《赠沈博士歌》。离滁多年，诗人仍不忘琅琊溪声，可见喜爱之情。

除溪水外，山间风云花鸟亦常陪伴诗人。“窥”“留”“笑”三字拟人，诗人眼中之物仿佛皆有灵，“有时醉倒枕溪石，青山白云为枕屏。花间百鸟唤不觉，日落山风吹自醒”（《赠沈遵》），情景相似，格调更悠闲，但意蕴不及本诗深厚。野鸟窥醉，溪云留眠，而山花不解言，唯山风吹醒诗人。“醒”字双关，既指酒醒，也指睡醒。风云花鸟平常举动之下，似皆暗含深意。除醉翁亭外，琅琊山中另有亭名会峰，诗人亦作有《会峰亭》诗，末六句曰：“野鸟窥我醉，溪云留我眠。日暮山风来，吹我还醒然。醉醒各任物，云鸟徒留连。”“野鸟”四句遣词造句与本诗如出一辙。“醉醒”二句谓醉醒乃任物而为，云鸟挽留只是徒然，发以议论，与本诗以景结情有别。清宋长白指出：“欧阳公《题醉翁亭》曰：‘野鸟窥我醉……吹我还醒然。’有行云流水自得其乐之意。《会峰亭》结语四句，全同白香山《闲居》诗：‘深闭竹间扉，静扫松下地。独啸晚风前，何人知此意。’二公胸次固非寒瘦者可比。”（《柳亭诗话》）其意盖谓《会峰亭》“日暮”二句有“众人皆醉我独醒”（屈原《渔父》）之感，同于白诗“何人知此意”，而“醉醒各任物”又近于白居易“闲居”之态。其解探究欧诗深味，可备一说。洪本健《欧阳修诗文集校笺》、刘德清《欧阳修纪年录》引“有行云流水自得其乐之意”，皆于“水”字后逗住，易引起歧义。宋氏之说当谓此诗中琅琊山间云水悠然自乐，暗寓欧阳修心态闲适之意。若从中断开，则有欧诗如行云流水，欧阳修于山间自得其乐之歧义。

菱溪大石

新霜夜落秋水浅，有石露出寒溪垠[①]。
苔昏土蚀禽鸟啄，出没溪水秋复春。
溪边老翁生长见，疑我来视何殷勤。
爱之远徙向幽谷[②]，曳以三犊载两轮。
行穿城中罢市看[③]，但惊可怪谁复珍。
荒烟野草埋没久，洗以石窦清泠泉[④]。
朱栏绿竹相掩映，选致佳处当南轩。
南轩旁列千万峰，曾未有此奇嶙峋[⑤]。
乃知异物世所少，万金争买传几人。
山河百战变陵谷，何为落彼荒溪渍[⑥]。
山经地志不可究[⑦]，遂令异说争纷纭。
皆云女娲初锻炼，融结一气凝精纯。
仰视苍苍补其缺，染此绀碧莹且温[⑧]。
或疑古者燧人氏，钻以出火为炮燔。
苟非神圣亲手迹，不尔孔窍谁雕剜[⑨]。
又云汉使把汉节，西北万里穷昆仑。
行经于阗得宝玉，流入中国随河源。
沙磨水激自穿穴，所以镌凿无瑕痕[⑩]。
嗟予有口莫能辩，叹息但以两手扪。
卢仝韩愈不在世，弹压百怪无雄文[⑪]。
争奇斗异各取胜，遂至荒诞无根原。
天高地厚靡不有，丑好万状奚足论。

惟当扫雪席其侧，日与嘉客陈清樽。

【注释】

① 垠：边，岸。

② 幽谷：在滁州丰山下。诗人《丰乐亭记》载："修既治滁之明年，夏，始饮滁水而甘。问诸滁人，得于州南百步之远。其上则丰山，耸然而特立；下则幽谷，窈然而深藏；中有清泉，滃然而仰出。俯仰左右，顾而乐之。于是疏泉凿石，辟地以为亭，而与滁人往游其间。"

③ 罢市看：市上停止买卖，驻足观看。

④ 石窦：石穴。

⑤ 嶙峋：高耸突兀的样子。

⑥ 濆（fén）：水边。

⑦ 山经：泛指记录山脉的舆地之书。地志：专记地理情形之书。

⑧"皆云"四句：《淮南子·览冥训》："往古之时，四极废，九州裂，天不兼覆，地不周载……于是女娲炼五色石以补苍天。"苍苍，指天。绀（gàn）碧，深青透红色。

⑨"或疑"四句：《韩非子·五蠹》："上古之世，人民少而禽兽众……有圣人作，钻燧取火，以化腥臊，而民悦之，使王天下，号之曰'燧人氏'。"炮燔（fán），烧烤。《诗经·小雅·瓠叶》："有兔斯首，炮之燔之。"雕剜（wān），刻镂、挖削。

⑩"又云"六句：《汉书·张骞传》："汉使穷河源，其山多玉石，采来。天子案古图书，名河所出山曰'昆仑'云。"于阗（tián），古西域国名，在今新疆和田一带，盛产玉。穿穴，穿孔。

⑪"卢仝"二句：卢仝《月蚀诗》讨伐食月之蟆等妖物，韩愈《祭鳄鱼文》讨伐食人鳄，今二人离世，世无奇崛险怪之诗文以镇压异物。

【评析】

本诗作于庆历六年（1046）贬知滁州时。同年，诗人记载："菱溪之石有六，其四为人取去，而一差小而尤奇，亦藏民家。其最大者，偃然僵卧于溪侧，以其难徙，故得独存……予感夫人物之废兴，惜其可爱而弃也，乃以三牛曳置幽谷；又索其小者，得于白塔民朱氏，遂立于亭之南北。亭负城而近，以为滁人岁时嬉游之好。"（《菱溪石记》）翌年，又曰："去年夏中，因饮滁水甚甘，问之，有一土泉在城东百步许……遂引其泉为石池，甚清甘，作亭其上，号丰乐，亭亦宏丽。又于州东五里许菱溪上，有二怪石，乃冯延鲁家旧物，因移在亭前。"（《与梅圣俞书》）二文记载稍有别，综合二说，知菱溪奇异之石有六，五块已为他人取去，最大之石尚卧于溪侧。诗人有感于人事物态之兴废，遂借牛力将大石移出，并于朱氏手中索得小石，置二石于丰乐亭前，日夕赏玩，亦供滁人游乐。

本篇写诗人将菱溪大石搬运至幽谷的过程及大石相关传说，寄寓贬谪之感。诗为七古，共四十六句，篇幅颇长，然脉络清晰。关于本诗段落，赖汉屏认为"可分五个层次，前六句写发现大石的经过……'爱之'以下十句是第二层，写运石南轩，陈列赏玩的情趣……'乃知'以下六句是第三层，以山河百战，陵谷变迁，推想大石经历……'皆云'以下十四句是第四层，承上把'异说纷纭'具体化……'嗟予'以下为最后一层"（缪钺等《宋诗鉴赏辞典》）。刘扬忠则认为："全诗分为前、中、后三个段落……从开头到'万金争买传几人'这十八句为前段，实写发现大石、运走大石和将它当宝物供养起来的经过……中段从'山河百战变陵谷'起，到'所以镌凿无瑕痕'止，共十八句，为虚写，采用多种神话传说，假借各种议论，实际上是赞颂大石的'高才'与'美质'……从'嗟予有口莫能辩'到结尾这十句是后段，抒写作者自己对大石的无限爱惜之情。”（《欧阳修集》）二说各有道理，皆能自圆其说，但亦有不尽合理处，如赖说认为“前六句写发现大石的经过”，其实“溪边”二句明言“来视何殷勤”，诗人多次往视，显非“发现”二字所能概括。而刘说将“乃知”二句划入前段，亦有忽视此句以下由叙事转入议论之弊。立足诗意，辅以韵脚，综合二说，可将全诗细分为八层：“新霜”四句写石在溪中，久遭埋没，以石喻人；“溪边”六句写诗人爱石、移石及见者之惊怪，暗寓世少知音之慨；“荒烟”六句写洗石、置石于南轩附近及大石之嶙峋；“乃知”六句写人世迁变，大石异说纷纭；“皆云”四句写大石或为女娲补天之石；“或疑”四句写其或为燧人氏用以钻燧取火之石；“又云”六句写大石为于阗宝玉，此三层具体展开异说；“嗟予”十句写世无雄文，遂生异说，本不必计较，唯应与嘉客共赏大石风姿。

诗评家多将本诗与韩愈《和虞部卢四酬翰林钱七赤藤杖歌》、苏轼《雪浪石》并论。宋陈善曰：“韩文公尝作《赤藤杖歌》云：‘赤藤为杖世未窥，台郎始携自滇池……共传滇神出水献，赤龙拔须血淋漓。又云羲和操火鞭，暝到西极睡所遗。’此歌虽穷极物理，然恐非退之极致者。欧阳公遂每每效其体，作《菱溪大石》云：（诗略）观其立意，故欲追仿韩作，然颇觉烦冗，不及韩歌为浑成尔。”（《扪虱新话·下集》）韩诗曰：“赤藤为杖世未窥，台郎始携自滇池。滇王扫宫避使者，跪进再拜语嗢咿。绳桥拄过免倾堕，性命造次蒙扶持。途经百国皆莫识，君臣聚观逐旌麾。共传滇神出水献，赤龙拔须血淋漓。又云羲和操火鞭，暝到西极睡所遗。几重包裹自题署，不以珍怪夸荒夷。归来捧赠同舍子，浮光照手欲把疑。空堂昼眠倚牖户，飞电著壁搜蛟螭。南宫清深禁闱密，唱和有类吹埙篪。妍辞丽句不可继，见寄聊且慰分司。”陈善所引“共传”四句想象奇特，用语夸诞，借神话写赤藤杖之奇，与本诗同一机杼。二诗结构亦相似，韩诗首写见杖，次写人莫识，次写传说，继写归处，最后收归唱和，照应题目，神完气足。欧诗则将归处提至传说之前，由实写至虚写，虽纵横变化“不及韩歌为浑成”，但更具章法，绝非“烦冗”之作。结以议论，亦见宋人“以议论为诗”（严羽《沧浪诗话·诗辩》）特色。宋黄震曰：“《菱溪大石》一诗，形容布置，可观文法。”（《黄氏日钞》）即就其章法井井有条而言。清方东树曰：“从韩《赤藤杖》来，不如坡《雪浪石》。‘皆云’十四句，平叙中入奇，议以代写。”（《昭昧詹言》）方氏为姚鼐弟子，“桐城派”论文喜讲章法音调，方氏论诗即多从章法着笔。所谓“议以代写”即叙事出以议论，“皆云”“或疑”“又云”夹叙夹议，由叙入议，以议代叙，章法奇特，为本诗关捩。苏诗与韩诗相同，亦为和作，因难见巧：“太行西来万马屯，势与岱岳争雄尊。飞狐上党天下脊，半掩落日先黄昏。削成山东二百郡，气压代北三家村。千峰右卷矗牙帐，崩崖凿断开土门。揭来城下作飞石，一炮惊落天骄魂。承平百年烽燧冷，此物僵卧枯榆根。画师争摹雪浪势，天工不见雷斧痕。离堆四面绕江水，坐无蜀士谁与论。老翁儿戏作飞雨，把酒坐看珠跳盆。此身自幻孰非梦，故国山水聊心存。”（《雪浪石》）先写雪浪石来历不凡，次写遭受冷落，收归幻梦之感、思乡之情。总体来看，作为咏物诗，欧诗与苏诗皆有寄托，韩诗造语更奇崛，三诗章法同中有异，各具特色，皆为佳构。

沧浪亭

子美寄我沧浪吟①，邀我共作沧浪篇。
沧浪有景不可到，使我东望心悠然②。

荒湾野水气象古，高林翠阜相回环[3]。
新篁抽笋添夏影，老蘖乱发争春妍[4]。
水禽闲暇事高格[5]，山鸟日夕相啾喧[6]。
不知此地几兴废，仰视乔木皆苍烟。
堪嗟人迹到不远，虽有来路曾无缘。
穷奇极怪谁似子，搜索幽隐探神仙。
初寻一径入蒙密[7]，豁目异境无穷边。
风高月白最宜夜，一片莹净铺琼田[8]。
清光不辨水与月，但见空碧涵漪涟。
清风明月本无价，可惜只卖四万钱[9]。
又疑此境天乞与[10]，壮士憔悴天应怜[11]。
鸱夷古亦有独往[12]，江湖波涛渺翻天。
崎岖世路欲脱去，反以身试蛟龙渊[13]。
岂如扁舟任飘兀[14]，红蕖渌浪摇醉眠[15]。
丈夫身在岂长弃[16]，新诗美酒聊穷年。
虽然不许俗客到，莫惜佳句人间传。

【注释】

①子美：苏舜钦（1008—1048），字子美，梓州铜山（今四川中江）人。景祐元年（1034）中第，曾任大理评事、集贤殿校理等。沧浪：此处指沧浪亭，在今江苏苏州城区南。

②东望：时欧阳修知滁州，苏州在滁州东南方向，故称。

③翠阜：苍翠的土山。

④老蘖（niè）：老树的新芽。

⑤高格：鸟鸣声。

⑥啾（jiū）喧：犹喧嚣。

⑦ 蒙密：草木茂密。

⑧ 琼田：形容莹洁如玉的江湖、田野。

⑨ “清风”二句：李白《襄阳歌》：“清风朗月不用一钱买。”苏舜钦《沧浪亭记》：“一日过郡学……东趋数百步，有弃地……予爱而徘徊，遂以钱四万得之。”

⑩ 乞与：给予。

⑪ 壮士憔悴：杜甫《梦李白二首》其二：“冠盖满京华，斯人独憔悴。”壮士，此处指苏舜钦。

⑫ 鸱夷：指范蠡。他帮助勾践灭吴后，隐居江湖。《左传》：“反至五湖，范蠡辞于王曰……遂乘轻舟以浮于五湖，莫知其所终极。”司马迁《史记·货殖传》：“范蠡乘扁舟，浮于江湖，变名易姓，适齐为鸱夷子皮。”

⑬ 蛟龙渊：指风波险恶之地。此处指范蠡泛舟之五湖。

⑭ 飘兀：飘荡，摆动。

⑮ 红蕖（qú）：红荷花。

⑯ 长弃：苏舜钦为杜衍女婿，庆历四年（1044），范仲淹荐为集贤殿校理，监进奏院。祀神时，以所拆奏封的废纸换钱，宴会宾客，遭新政反对派、御史中丞王拱辰弹劾监主自盗，获罪除名，贬为民籍，故称。

【评析】

本诗作于庆历六年（1046）知滁州时。诗题下原注：“庆历七年。”日本天理大学附属天理图书馆藏南宋本《欧阳修集》卷后续校云：“庆历丙戌（1046）十一月五日，自滁寄到。明年春，刻。”洪本健据此指出本诗“作于庆历丙戌（六年）冬，刻石在七年春”（《欧阳修诗文集校笺》）。天理本为南宋刊本，保存较完整，其说可从。

庆历四年，苏舜钦削籍为民后，流寓苏州，买泉石，作沧浪亭，写有《沧浪亭记》及《沧浪亭》《初晴游沧浪亭》《独步游沧浪亭》等诗，寄与友人，并邀同作。除欧阳修本诗外，梅尧臣、韩维亦分别作有《寄题苏子美沧浪亭》同题诗。苏氏记载买地建亭经过："一日过郡学，东顾草树郁然，崇阜广水，不类乎城中。并水得微径于杂花修竹之间，东趋数百步，有弃地，纵广合五、六十寻，三向皆水也。杠之南，其地益阔，旁无民居，左右皆林木相亏蔽。访诸旧老，云：'钱氏有国，近戚孙承祐之池馆也。'坳隆胜势，遗意尚存，予爱而徘徊，遂以钱四万得之，构亭北碕，号'沧浪'焉。前竹后水，水之阳又竹，无穷极，澄川翠干，光影会合于轩户之间，尤与风月为相宜。予时榜小舟，幅巾以往，至则洒然忘其归，觞而浩歌，踞而仰啸，野老不至，鱼鸟共乐，形骸既适则神不烦，观听无邪则道以明，返思向之汩汩荣辱之场，日与锱铢利害相磨戛，隔此真趣，不亦鄙哉！"（《沧浪亭记》）本诗景语多化用其句，可对读。

后世诗评家对本诗章法布局多有议论。清方东树云："起模《石鼓》，四句叙。'荒湾'以下写。'不知'以下议。'穷奇'四句叙。'岂如'句，笔势挽力。"（《昭昧詹言》）本诗整体可分三层：前四句为第一层，写作诗缘由。韩愈《石鼓歌》起笔曰："张生手持石鼓文，劝我试作石鼓歌。少陵无人谪仙死，才薄将奈石鼓何。"以叙友人事发端，三用"石鼓"，影响本诗。"荒湾"以下二十句为第二层，敷演苏舜钦《沧浪亭记》内容，写沧浪亭美景。大结构中嵌入小结构："荒湾"六句写景；"不知"十二句回过头写苏舜钦"搜索幽隐"之见，叙述、议论、描写结合，前四句重在议论，中四句重在叙述，后四句重在描写；"清风"二句写买下池馆。"又疑"以下十二句用鸱夷典故，安慰苏舜钦，不妨暂且适意生活。清末陈衍批评道："此诗未免辞费，使少陵、昌黎为之，必多层折而无长语。《渼陂行》《山石》可参看也。特此题是诗家一掌故，故录之。'清风明月'二句，更一诗料。”（《宋诗精华录》）杜甫诗云：“岑参兄弟皆好奇，携我远来游渼陂。天地黤惨忽异色，波涛万顷堆琉璃。琉璃汗漫泛舟入，事殊兴极忧思集。鼍作鲸吞不复知，恶风白浪何嗟及。主人锦帆相为开，舟子喜甚无氛埃。凫鹥散乱棹讴发，丝管啁啾空翠来。沈竿续缦深莫测，菱叶荷花静如拭。宛在中流渤澥清，下归无极终南黑。半陂已南纯浸山，动影袅窕冲融间。船舷暝戛云际寺，水面月出蓝田关。此时骊龙亦吐珠，冯夷击鼓群龙趋。湘妃汉女出歌舞，金支翠旗光有无。咫尺但愁雷雨至，苍茫不晓神灵意。少壮几时奈老何，向来哀乐何其多。”（《渼陂行》）“岑参”二句叙缘由，“天地”六句强调风波险恶，“主人”六句写水浪归于平静，“宛在”六句写周遭风景，“此时”六句引入神话，“少壮”二句收归慨叹。相较杜诗次序井然，本诗开篇“沧浪”二句、中段“不知”六句及末二句皆寓“不可到”之意，虽使诗风更纡徐往复，但确有“长语”之弊。韩愈诗曰：“山石荦确行径微，黄昏到寺蝙蝠飞。升堂坐阶新雨足，芭蕉叶大支子肥。僧言古壁佛画好，以火来照所见稀。铺床拂席置羹饭，疏粝亦足饱我饥。夜深静卧百虫绝，清月出岭光入扉。天明独去无道路，出入高下穷烟霏。山红涧碧纷烂漫，时见松枥皆十围。当流赤足蹋涧石，水声激激风吹衣。人生如此自可乐，岂必局束为人鞿。嗟哉吾党二三子，安得至老不更归。”（《山石》）依时间顺序叙事，纯用散文句法，一句一意。相比之下，本诗“荒湾”六句皆两句一景，不免“辞费”之讥。然综合观之，欧诗虽少“层折”，不似杜、韩二诗笔势一往无前，重重转折，欲转欲深，但迂回往复，摇曳多姿，亦不乏波澜风神。

宋黄震评本诗曰：“《寄题沧浪亭》‘风高月白最宜夜’，极切。末借鸱夷言之：‘崎岖世路欲脱去，反以身试蛟龙渊。岂如扁舟任飘兀，红蕖渌浪摇醉眠。’翻得绝佳。”（《黄氏日钞》）“风高”四句写景尤为清旷，苏轼诗词善学此境：“谁能坐待山月出，照见寒影高伶俦”（《望夫台》）、“寒光洗肝膈，清响跨竽籁”（《韩子华石淙庄》）、“我欲乘风归去，又恐琼楼玉宇，高处不胜寒”（《水调歌头》）、“明月如霜，好风如水，清景无限”（《永遇乐·徐州夜梦觉，北登燕子楼作》）。南宋张孝祥曰：“洞庭青草，近中秋，更无一点风色。玉鉴琼田三万顷，著我扁舟一叶。素月分辉，明河共影，表里俱澄澈。”（《念奴娇·过洞庭》）意境亦与本诗相似。“最宜夜”写景中杂以议论，浑然一体。苏轼云：“何夜无月？何处无竹柏？但少闲人如吾两人者耳。”（《记承天寺夜游》）暗寓月与竹柏最宜闲人意，笔意近于本诗。“崎岖”四句反用范蠡典故，认为其功成身退，泛舟五湖，并非乐事，反而时时面对蛟龙威胁，不如苏舜钦扁舟一叶，醉眠绿水红荷中。古人常借蛟龙比喻政治险恶，杜甫曰：“水深波浪阔，无使蛟龙得。”（《梦李白二首》其一）李商隐云：“洞庭湖阔蛟龙恶，却羡杨朱泣路岐。”（《荆门西下》）皆是其例。诗人则用“蛟龙渊”字面义，写五湖不宜居，安慰友人“春水碧于天，画船听雨眠”（韦庄《菩萨蛮》）之乐，巧做翻案，用意颇工。方东树所谓“‘岂如’句，笔势挽力”，即此意。

整体而言，本诗胜在回环往复，纡徐多姿，“风高”四句境界高绝，“鸥夷”四句巧为翻案；弊在句意偶有重复，结构略显松散，写景不精炼。

谢判官幽谷种花

浅深红白宜相间，先后仍须次第栽。
我欲四时携酒去，莫教一日不花开。

【评析】

本诗作于庆历六年（1046）、七年知滁州时。谢判官，谢缜，字通微。梅尧臣有诗《酌别谢通微判官，兼怀欧阳永叔》，又有《方在许昌幕，内弟滁州谢判官有书邀余诗送，近闻欧阳永叔移守此郡，为我寄声也》，知谢判官字通微，为梅尧臣内弟。梅氏第一任妻子谢氏为故太子宾客谢涛之女、知制诰谢绛之妹。谢家祖籍陈郡（治今河南淮阳），曾巩载："陈郡谢君名缜。缜，密也，而取字乃本诸此，而字曰通微。"（《谢司理字序》）知谢判官名缜。判官，为地方长官的僚属，辅理政事。幽谷，在滁州丰山下，旁有欧阳修所建丰乐亭。诗人记载："修既治滁之明年，夏，始饮滁水而甘。问诸滁人，得于州南百步之远。其上则丰山，耸然而特立；下则幽谷，窈然而深藏；中有清泉，滃然而仰出。俯仰左右，顾而乐之。于是疏泉凿石，辟地以为亭，而与滁人往游其间。"（《丰乐亭记》）又曰："山州穷绝，比乏水泉。昨夏、秋之初，偶得一泉于州城西南丰山之谷中，水味甘冷。因爱其山势回抱，构小亭于泉侧。"（《与韩忠献王》）幽谷开掘于庆历六年夏、秋间，景色深窈清秀，出泉水，味尤甘甜。两宋之交，吕本中记载欧阳修发现幽谷过程，颇详细："欧阳修谪守滁上，明年，得醴泉于醉翁亭东南隅。一日，会僚属于州廨，有以新茶献者，公敕吏汲泉，未至而汲者仆，出水且后期，遽酌他泉以进。公已知其非醴泉也。穷问之，乃得它泉于幽谷山下。"（《紫薇杂记》）富于戏剧性。

诗有本事。北宋蔡絛云："欧公守滁阳，筑醒心、醉翁两亭于琅琊、幽谷，且命幕客谢某者，杂植花卉其间。谢以状问名品，公即书纸尾云：'浅深红白宜相间，先后仍须次第栽。我欲四时携酒去，莫教一日不花开。'其清放如此。"（胡仔《苕溪渔隐丛话·前集》引《西清诗话》）谢缜询问幽谷种何花卉，诗人挥笔即答，以诗代书，妙趣横生。首二句写种花不拘品种，但须颜色丰富、位置相间、栽种有时。后二句交代其因，诗人希望四时皆载酒去，无日不花开。今人王守国认为，本诗“表现了诗人从空间和时间两个维度对美的多样化的追求。从空间上看，没有各种花卉的‘浅深红白’，则色彩过于单调，而没有适当（自注：‘宜’也有适宜之意）的间隔搭配，则色彩缺乏和谐感。从时间上看，栽花时如果没有‘先后次第’，到花开时诚然可以热闹一阵，而当‘林花谢了春红’之后，难免使人产生‘太匆匆’的嗟叹。总之，诗人追求的是一种既丰富多彩又持续变换的审美境界”（曾枣庄主编《欧阳修诗文赏析集》），体悟细致入微。但此处“宜”字系副词，意同于“应”，修饰“相间”，既表达对间隔得当、布局合理之期盼，更与下文“仍须”照应，构成递进之势，不必解作“适宜”“适当”。王氏进一步指出：“在这审美境界背后，蕴藏着诗人旷放达观的生活情趣。‘我欲四时携酒去，莫教一日不花开’，看似兴到之语，实与诗人政治失意的现实心境相关，含有借酒浇愁、借花销忧之意。”分析略显牵强。诗人治滁有政绩，公余闲暇时，每与滁人相游乐，“人知从太守游而乐，而不知太守之乐其乐也”（《醉翁亭记》），心境较为和缓。后二句更多闲适之意。

幽谷风光秀美，“山势抱幽谷，谷泉含石泓……山色已可爱，泉声难久听”（《幽谷晚饮》），泉水尤清澈可人。皇祐元年（1049）春，欧阳修移知颍州，谢缜来访，诗人送其归去时，作诗曰：“吾尝思丰乐，魂梦不在身。三年永阳谪，幽谷最来频。谷口两三家，山泉为四邻。但闻山泉声，岂识山意春。春至换群物，花开思故人。故人今何在，憔悴颍之滨。人去山自绿，春归花更新。空令谷中叟，笑我种花勤。”（《思二亭送光禄谢寺丞归滁阳》）诗人喜爱幽谷，频繁往来，殷勤栽花，经营风景，不意待春至时，自己已作别滁州，仅留下谢缜对新花而思故人。“笑”字以乐写哀，颇具表现力。是年春，谢缜任光禄寺丞、滁州判官，夏、秋间，改太子中舍人，调余姚知县，经颍州赴京，欧阳修作《送谢中舍二首》赠别，中有句云："滁南幽谷抱山斜，我凿清泉子种花。故事已传遗老说，世人今作画图夸。"幽谷花事为诗人心中美好记忆，至和二年（1055），仍作诗怀念："滁南幽谷抱千峰，高下山花远近红。当日辛勤皆手植，而今开落任春风。主人不觉悲华发，野老犹能说醉翁。谁与援琴亲写取，夜泉声在翠微中。"（《忆滁州幽谷》）"高下山花远近红"，正是诗人当日与谢缜殷勤经营之功，而今二人皆离开滁州，花开花落，一任春风，诗人深感唏嘘。

宋人诗词重视趣味，清史震林云："诗文之道有四，理、事、情、景而已。理有理趣，事有事趣，情有情趣，景有景趣。趣者，生气与灵机也。"（《〈华阳散稿〉序》）苏轼诗曰："不识庐山真面目，只缘身在此山中。"（《题西林壁》）朱熹云："问渠那得清如许，为有源头活水来。"（《观书有感二首》其一）富有理趣。苏轼诗"但寻牛矢觅归路，家在牛栏西复西"（《被酒独行，遍至子云、威、徽、先觉四黎之舍三首》其一）写以牛粪为路标，认归家之路，尤具事趣。欧阳修词"去来窗下笑相扶，爱道画眉深浅、入时无……等闲妨了绣功夫，笑问鸳鸯两字、怎生书"（《南歌子》）写新婚生活，情趣盎然。杨万里诗"政入万山围子里，一山放出一山拦"（《过松源晨炊漆公店》），"却有一峰忽然长，方知不动是真山"（《晓行望云山》），颇含景趣。本诗代书信之用，将上司、下属间交代公务写得诗意十足，兼具事趣、景趣，扩大诗体表现范围与功用，显露宋诗生活化、趣味化倾向。

田　家

绿桑高下映平川，赛罢田神笑语喧①。
林外鸣鸠春雨歇②，屋头初日杏花繁③。

【注释】

①赛罢田神：旧俗，春秋季农事完毕后，村民陈酒食以祭田神，相与饮酒作乐，称春社、秋社。宋代以后，春社多固定于立春后第五个戊日，秋社多定于立秋后第五个戊日。赛，祭祀酬报神恩。

②“林外”句：斑鸠旧传能知阴晴，古谚曰：“天欲雨，鸠逐妇；天既雨，鸠呼妇。”欧阳修《鸣鸠》：“天将阴，鸣鸠逐妇鸣中林，鸠妇怒啼无好音。天雨止，鸠呼妇归鸣且喜，妇不亟归呼不已。”

③杏花繁：欧阳修《游太清宫，出城，马上口占》：“得晴丹杏不胜繁。”

【评析】

本词作于庆历七年（1047）春知滁州期间，时诗人四十一岁。林冠群、周济夫《欧阳修诗文词选译》及沈利华、倪培翔《欧阳修集》皆谓就诗中景物而言，时间当晚于立春日，是立春后的又一次赛神。其说将春社日等同于立春日，错误显然。诗写桑原遍绿、杏花繁盛，皆是阳历3、4月份景象。立春在阳历2月3到5日间，宋代，春社多为立春后第五个戊日，则庆历七年春社正当阳历3月22日，与诗中景象相合。

祭社来源久远，先秦时已有春日祭社习俗：“仲春，择元日，命民社。”（《礼记·月令》）春社时间多在二月，具体社日不固定。汉代加祭秋社，春祈秋报，“卜日丙午，魏氏释用丁未，至于大晋，则社孟月之酉日，各因其行运”（嵇含《〈社赋〉序》）。唐代，“仲春、仲秋上戊，祭于太社”（欧阳修等《新唐书·礼乐志》）。宋代固定为立春、立秋后第五个戊日，以天干甲、乙、丙、丁、戊对应五行金、木、水、火、土。关于祭社缘由，东汉何休曰：“社者，土地之主，祭者，报德也。生万物，居人民，德至厚，功至大，故感春秋而祭之。”（《公羊传》）先民春种秋收，旱涝凭天，敬重土地之神，祭祀以祈求丰年。后来，祭社功用愈发广泛，不仅求雨、止洪等土地之事，甚至助战、求子、乞聪等事亦皆向社神祈佑。社有官社、民社之分，班固记载：“高祖十年春，有司请令县常以春二月及腊祠稷以羊彘，民里社各自裁以祠。”（《汉书·郊祀志》）唐玄宗曰：“百姓私社，宜与官社同日致祭。”（《饬敬祀社稷诏》）官社由朝廷或州县官员举办，盛大隆重，民社则相对率性随意：“今夫穷鄙之社也，叩盆拊瓴，相和而歌，自以为乐矣。”（《淮南子·精神训》）早期社神神形仅为黄土，后发展出神主，多为与土地相关的树木与石头，二者可并置。其中，官社多为松柏，“夏后氏以松，殷人以柏，周人以栗”（《论语·八佾》），民社则多为桑树，以桑葚小果密集，寓意多子。后演变为社公、社母等神祇。宋代社日，百姓吹箫击鼓，扮巫娱神，占卜以观年成。祭神结束后，宰牛设酒，一同分享社肉，畅饮欢谈。当日，妇女停针、归宁，儿童忌学业以祈求聪慧。陆游记载社日习俗道：“击鼓坎坎，吹笙呜呜。绿袍槐简立老巫，红衫绣裙舞小姑。乌桕烛明蜡不如，鲤鱼糁美出神厨。老巫前致词，小姑抱酒壶。愿神来享常欢娱，使我嘉谷收连车。牛羊暮归塞门闾，鸡鹜一母生百雏。岁岁赐粟，年年蠲租。蒲鞭不施，圜土空虚。束草作官但形模，刻木为吏无文书。淳风复还羲皇初，绳亦不结况其余。神归人散醉相扶，夜深歌舞官道隅。”（《赛神曲》）欢歌笑语，热闹非凡。

本诗写田家社日景象。桑田随山坡起伏，绿意盎然，映照着平原旷地铺向远方。村民们祭祀完社神，笑语喧阗，一派欢乐气氛。春雨渐息，树林外雄鸠鸣叫，呼唤雌鸠归来。雨后初阳洒向房屋，屋边杏花繁茂，春意盎然。就意象论，桑田与赛神暗相关联，草蛇灰线，运思绵密；春雨、杏花，极富诗意。陈与义曰："客子光阴诗卷里，杏花消息雨声中。"（《怀天经智老因访之》）陆游云："小楼一夜听春雨，深巷明朝卖杏花。"（《临安春雨初霁》）意象与本诗相近，意境之清新优美亦相仿佛。欧诗写杏花昌繁之美，突出乡野生机蓬勃，陈与义另有诗云："杏花疏影里，吹笛到天明。"（《临江仙·夜登小阁，忆洛中旧游》）写杏花萧疏之美，突出文士之疏放，亦饶意境。就对仗而言，欧诗后二句为宽对，仿杜甫"窗含西岭千秋雪，门泊东吴万里船"（《绝句》）写法。其后，王安石创王荆公体，绝句末二句如"纵被春风吹作雪，绝胜南陌碾成尘"（《北陂杏花》）、"背人照影无穷柳，隔屋吹香并是梅"（《金陵即事》）、"一水护田将绿绕，两山排闼送青来"（《书湖阴先生壁二首》其一）等，皆仿此格，发扬而光大之。

诗一句一意之体亦学杜甫《绝句》。杨慎论绝句作法曰："绝句者，一句一绝，起于《四时咏》'春水满四泽，夏云多奇峰。秋月扬明辉，冬岭秀孤松'是也。或以为陶渊明诗，非。杜诗'两个黄鹂鸣翠柳'实祖之。王维诗：'柳条拂地不忍折，松柏梢云从更长。藤花欲暗藏猱子，柏叶初齐养麝香。'宋六一翁亦有一首云：'夜凉吹笛千山月，路暗迷人百种花。棋散不知人换世，酒阑无奈客思家。'皆此体也。乐府有'打起黄莺儿'一首，意连句圆，未尝间断，当参此意，便有神圣工巧。"（《升庵诗话》）论及欧阳修《梦中作》一诗。其实本诗亦属"一句一绝"者，但与《四时咏》等诗不同，本诗句意间颇具连贯性。时间上，由晴至阴，再至晴。视角跟随村民，桑田暗逗出赛神；村民祭社，亦寓祈雨之意；雄鸠呼妇，暗寓男子呼唤归宁妻子意。村民欢笑，人声、鸟声、雨声交织；春雨渐歇，村民各自返家，安置未吃完的社肉。视角再转向归家后的房屋与屋旁杏花，意脉暗连，引人遐想，“尽在不言中”（韩世忠《临江仙》），既可定为即景铺写之妙作，亦不妨视为精心剪裁的佳构。

丰乐亭游春三首

其　一

绿树交加山鸟啼①，晴风荡漾落花飞。
鸟歌花舞太守醉②，明日酒醒春已归。

【注释】

①绿树交加：杜甫《春日江村五首》其三：“种竹交加翠。”交加，错杂。

②太守：汉置，为一郡最高行政长官。宋改郡为府、州，借用作知府、知州别称。此处为诗人自指。

【评析】

组诗作于庆历七年（1047）春知滁州时。丰乐亭，庆历六年欧阳修建，“在清流县（滁州州治，约相当于今滁州市区）西南五里”（《舆地纪胜》）丰山幽谷泉上。诗人记载：“修既治滁之明年，夏，始饮滁水而甘。问诸滁人，得于州南百步之远。其上则丰山，耸然而特立；下则幽谷，窈然而深藏；中有清泉，滃然而仰出。俯仰左右，顾而乐之。于是疏泉凿石，辟地以为亭，而与滁人往游其间……又幸其民乐其岁物之丰成，而喜与予游也。因为本其山川，道其风俗之美，使民知所以安此丰年之乐者，幸生无事之时也。夫宣上恩德，以与民共乐，刺史之事也。遂书以名其亭焉。”（《丰乐亭记》）“丰乐”二字寓意“丰年之乐”，诗人以此名亭，意在“宣上恩德，以与民共乐”。

本诗为组诗其一，写太守游春。首二句渲染环境之美：绿树繁茂，山鸟啼呼其间，天气晴明，微风荡漾，落花随风起舞，有声有色，视听结合，富于意境。“晴”字借音“青”，与“绿”字构成颜色对；“交加”有相加、叠加义，此处解作错杂，与“荡漾”构成双声叠韵对，对仗精工。第三句承中有转，引出醉意懵腾的诗人。“鸟歌花舞”，承前“山鸟啼”“落花飞”，“歌”“舞”进一步拟人化，极见喜爱之情；“太守醉”启下“酒醒”二字，脉络井然。末句一说指“次日酒醒，春无踪迹，原来已悄然归去了……表面说醉了一天，实际是醉了整整一个春天”（周锡山语，见缪钺等《宋诗鉴赏辞典》），一说指“既然春归无日，也就更应抓住今朝，尽情游乐了”（周啸天语，见曾枣庄主编《欧阳修诗文赏析集》）。联系组诗时间脉络，此处当为设想之辞，后说是。

诗前二句写景如画，清新流转，音韵和婉，是其胜处。三、四句前四字皆拗救，变“平平仄仄”“仄仄平平”格为“仄平平仄”“平仄仄平”，亦富于变化。唯第三句“太守醉”三字变“平平仄”为“仄仄仄”，颇觉拗口。此句不同于唐人较常见的三仄尾，而是连同“舞”字构成四仄尾，近体诗中极为少见，历来欧集版本于“太守”二字并无异文，当系诗人偶误。

其　二

春云淡淡日辉辉，草惹行襟絮拂衣[①]。

行到亭西逢太守，篮舆酩酊插花归[②]。

【注释】

① 行襟：出行时所穿衣衫。一说指衣服的下摆。

② 篮舆：古时代步工具，形似轿子而更加简易。酩酊（mǐng dǐng）：大醉貌。插花归：杜牧《九日齐山登高》："尘世难逢开口笑，菊花须插满头归。"

【评析】

本诗为组诗其二，以行人之眼写太守游春。起笔勾勒和煦春景：春云萧疏，春日辉耀，地面上青草茂盛，仿佛牵惹衣摆，半空中柳絮飘浮，似拂人衣，景象清新活泼，富有生机。连用叠音字，"淡淡""辉辉"，声情和缓。"惹""拂"二字拟人，化静为动，写物之流连，欧阳修诗词多用此笔法，如"游丝有意苦相萦"（《玉楼春》）、"当路游丝萦醉客"（《浣溪沙》）、"飞絮拂归鞍"（《书怀感事寄梅圣俞》）、"杨花缭乱拂珠帘"（《定风波》）、"絮乱风轻，拂鞍沾袖"（《少年游》）等，皆与物有情。三、四句"亭西"点题，诗人"白发戴花"（《浣溪沙》），醉乘篮舆，"日夕倒载归，酩酊无所知"（房玄龄等《晋书·山简传》），任性、率意。今人周锡山指出："篮舆，是竹轿。他不乘一本正经的官轿，而坐悠悠晃动、吱嘎作响的竹轿，显示出洒脱不羁的性格。因为坐的是敞篷的竹轿，故而人们得以一睹这位太守倜傥的丰采。"（缪钺等《宋诗鉴赏辞典》）点出"篮舆"二字所含情、理之妙，体悟入微。

全诗描摹百姓眼中风流不羁的长官形象，颇具与民同乐意味。

其　三

红树青山日欲斜①，长郊草色绿无涯②。
游人不管春将老，来往亭前踏落花③。

【注释】

① 红树：此处指夕阳染红之树。

② 长郊：远郊。

③ 踏：游赏风景。

【评析】

本诗为组诗其三，以太守之眼写行人游春，历来尤受称道。开篇写景：白日欲斜，辉光洒落，入眼树红山青，远处绿草如茵，铺向天际，绵延不绝，色彩饱满，对比分明。“红树”，一说指花树，似误，当指身披斜阳之树，与其一首句“绿树”相对成言，见时间流逝。三、四句富于神韵，今人周啸天认为写滁人游春兴致之浓，“乃至不觉得满地落花，因而也就没有一丝伤春的纤细感情。诗人通过形象的画面告诉读者，和平与丰收，会给普通人民带来多少欢乐。当然，现实也许并不像诗人描绘的那样好，但其与民同乐的主观愿望，仍然是可贵的”（曾枣庄主编《欧阳修诗文赏析集》），颇多联想，可备一说。庆历五年（1045），诗人为醉翁亭作记：“禽鸟知山林之乐，而不知人之乐；人知从太守游而乐，而不知太守之乐其乐也。醉能同其乐，醒能述以文者，太守也。”（《醉翁亭记》）以民之乐为乐，与民同乐。七年春，诗人云：“某此愈久愈乐，不独为学之外有山水琴酒之适而已，小邦为政期年，初有所成，固知古人不忽小官，有以也。”（《与梅圣俞书》）治滁小有政绩。倪其心、许逸民结合《丰乐亭记》，认为诗人

"对于北宋百年无事的安逸情绪","抱有居安思危的深深忧虑"。写作《丰乐亭记》《醉翁亭记》及本组诗,"都含蓄婉转地抒发了这种忧虑,并不一味地醉于山水,安于闲适"(傅璇琮等《宋人绝句选》),可与周啸天之论相参照。林冠群等《欧阳修诗文词选译》、刘德清等《欧阳修诗编年笺注》则认为"游人"二句写游人不顾"春将老",随意践踏落花,表现作者惜春之情。沈利华、倪培翔指出:"在这里,惜春、伤春和恋春的情绪是很含蓄的,惜而不悲,能使人感到一种宁静中的欢乐。"(《欧阳修集》)意近折衷。其实,"踏落花"之"踏"并非"践踏"之"踏",而指游赏风景。韩愈诗曰:"宋亭池水绿,莫忘踏芳菲。"(《送李六协律归荆南》)苏轼云:"困眠不觉依蒲褐,归路相将踏桂华。"(《次韵周长官寿星院同饯鲁少卿》)又曰:"相将踏胜绝,更裹三日糗。"(《游武昌寒溪西山寺》)皆是其例。此处"游人"二句表现的只是赏玩的豪兴,作开解语,并无怜惜、不满之情。诗人眼中,滁人不顾春将去,亦不顾日暮,往来游赏,逸兴遄飞,暗逗与民同乐之意。

组诗三首内容递进,脉络井然,结构谨严,前人论述颇多。周锡山指出:"丰乐亭周围景色四时皆美,但这组诗则撷取四时景色中最典型的春景先加描绘。第一首写惜春之意,第二首写醉春之态,第三首写恋春之情……综观三诗,都是前两句写景,后两句抒情。写景,鲜艳斑斓,多姿多彩;抒情,明朗活泼而又含意深厚。三诗的结句都是情致缠绵,余音袅袅。"(缪钺等《宋诗鉴赏辞典》)颇为有得,只是组诗其三更近赏春之情。说"后两句抒情",亦不完全准确,三诗末二句皆景中含情,以景结情,情在景中,并非泛泛抒情。周啸天说:"《丰乐亭游春》虽是三首绝句,彼此却是互相关联,构成一个有序的整体。每首绝句的前半均写景,但分别是春晨、日午和黄昏的景象,可以从中体会到时光的推移。就诗的内容而言,第一首主在太守游春之乐，第二首则写太守与滁人同乐，第三首专写滁人游乐，但其中亦寓太守乐其所乐的意思。而这最后的一点正是三首诗的重心所在，也是它们有别于一般诗人写景纪游所在。这个‘乐’字，也就使三首诗联成一片，浑然一体了。”（曾枣庄主编《欧阳修诗文赏析集》）颇具慧眼。“日辉辉”“日欲斜”明点时间，“山鸟啼”虽未必为晨景，但欧阳修组诗多脉络分明，如《奉使道中作三首》等，此处可视为春晨景象。

清潘德舆云：“宋绝句尤不似唐，然王渔洋《池北偶谈》专录宋七绝之似唐者数十首，何尝不可与唐人匹。予又从近人严长明用晦所选《千首宋人绝句》中，反复拣择，得其似唐者百数十首，承渔洋之风旨，广渔洋所未备，世之于唐宋分左右袒者，喙亦可以息矣。第用晦此本，较之洪容斋《万首唐人绝句》纂次颇核，所选诗皆有可观，亦较胜王渔洋《唐人万首绝句选》本，而宋人绝句之佳者，仍未尽于是也。如欧阳公《丰乐亭》云……此十数绝句，与唐人声情气息，不隔累黍，何故遗之？且无论唐、宋，即以诗论，亦明珠美玉，千人皆见，近在眼前，而严氏置若无睹，故操选柄为至难也。”（《养一斋诗话》）唐宋诗之争为诗学重要论题，深刻影响明、清两代诗学嬗变。民国以来，学者多认为唐诗、宋诗各有所长，如“唐诗以韵胜，故浑雅，而贵蕴藉空灵；宋诗以意胜，故精能，而贵深折透辟。唐诗之美在情辞，故丰腴；宋诗之美在气骨，故瘦劲”（缪钺《论宋诗》），“唐诗多以丰神情韵擅长，宋诗多以筋骨思理见胜”（钱锺书《谈艺录·诗分唐宋》），皆为经典论述。潘德舆此处强调宋诗之“似唐者”，所举十数首诗皆以丰神情韵取胜，除组诗其三外，如苏舜钦诗“别院深深夏簟清，石榴开遍透帘明。树阴满地日当午，梦觉流莺时一声”（《夏意》）、苏轼诗“倦客愁闻归路遥，眼明飞阁俯长桥。贪看白鹭横秋浦，不觉青林没晚潮”（《澄迈驿通潮阁二首》其一）、释道潜诗“风蒲猎猎弄轻柔，欲立蜻蜓不自由。五月临平山下路，藕花无数满汀洲”（《临平道中》）、韩驹诗“君住江滨起画楼，妾居海角送潮头。潮中有妾相思泪，流到楼前更不流”（《十绝为亚卿作》其五）等，皆写景如画，情韵流转，风格晓畅，即使“无论唐、宋”，亦是佳作。

画眉鸟

百啭千声随意移①，山花红紫树高低②。
始知锁向金笼听，不及林间自在啼③。

【注释】

①啭（zhuàn）：鸟婉转鸣叫。

②“山花”句：韩愈《此日足可惜赠张籍》：“道边草木花，红紫相低昂。”

③“始知”二句：南朝宋范泰《〈鸾鸟诗〉序》：“昔罽宾王结罝峻卯之山，获一鸾鸟，王甚爱之。欲其鸣而不致也，乃饰以金樊，飨以珍羞。对之愈戚，三年不鸣。其夫人曰：‘尝闻鸟见其类而后鸣，何不悬镜以映之。’王从其意，鸾睹形悲鸣，哀响中霄，一奋而绝。”

【评析】

本诗当作于庆历七年（1047）春谪居滁州时。诗题一作《郡斋闻百舌》，梅尧臣有《和永叔〈郡斋闻百舌〉》，朱东润《梅尧臣集编年校注》将梅诗系于庆历八年。刘德清等人指出本诗“原辑《居士集》，无系年，列庆历七年诗间，作于是年春”（《欧阳修诗编年笺注》），可从。刘乃昌谓“画眉……一名百舌”（《宋诗三百首评注》），误。

画眉鸟整体呈棕色，眼圈色白，沿上缘有一窄纹向后延伸，形似眉纹，由是得名。百舌鸟通体灰黑，与画眉有明显区别。

诗开门见山写画眉鸟声音、动作，“移”字有“挪动”“改变”二义，置于句中，既可看作写画眉鸟声音多样，百啭千声，随意变化；又可释为其自由不拘，任意飞舞、跳动，以后解为上。“随意移”若修饰“百啭千声”，末句“自在啼”则三致意，略显重复；解释为任意移动，则与下句“树高低”暗相呼应，有穿针引线之妙。诗人起笔写鸟，复写鸟生活之环境，侧面见义，“一点一染，有声有色，相辅相成”（梁瑞玲语，见曾枣庄主编《欧阳修诗文赏析集》）。韩愈诗曰：“草树知春不久归，百般红紫斗芳菲。”（《晚春》）白居易云：“红紫二色间深浅，向背万态随低昂。”（《牡丹芳》）皆写春光鲜艳芬芳，造语与本诗相近。后二句承中有转，承上文画眉鸟自由率性之态，思及锁向金笼、受人赏玩时，必不如今日自在啼鸣之动听。暗用范泰《〈鸾鸟诗〉序》典故，点化其意，语意流畅，浑然如己出，今人注本多未注及，可见一斑。“始知”二字妙，暗示诗人此前惯见画眉锁于金笼而不觉之态，梁瑞玲谓“表明受缚先于重返山林，从而林中的自在也就因失而复得显得越发可贵”，角度新颖。但忽略此处主语为人，而非画眉，且后者未必经历林间、金笼、林间这一“失而复得”的过程。实际上，末二句并非直写画眉处于金笼的境遇劣于林间自在之境，而谓在诗人此时听来，前者不如后者啼声动听。这里，诗人与画眉若即若离，此种人与物关系是咏物诗诗味、诗性关捩，不宜直接将物等同于人，只关注其间哲理，而忽视物自性与人、物间之和谐。换言之，此处哲理是通过画眉啼、诗人听这一过程暗寓的，而非藉由“不如……自在”直显的。梁氏另论本诗章法道：“前两句声与色的对比，作用于人的情感，后两句‘金笼’与‘林间’的对比，作用于人的理智。而‘林间’呼应第二句，‘自在啼’呼应第一句，共同构成一个情感与逻辑相结合的琏（链）环。”（曾枣庄主编《欧阳修诗文赏析集》）霍松林也指出：“‘百啭千声’，点结句的‘啼’；‘随意移’，点结句的‘自在’。‘山花红紫树高低’，则是‘百啭千声随意移’的广阔天地。”（《宋诗鉴赏举隅》）皆属有得之见。诗虽为绝句，但章法绵密，处处照应，巧为勾连，故能做到文气畅通、形象生动，说理、议论，而不致堕入理窟。

清王文濡评曰：“豢养虽优，究不如林间之自在，此诗盖别有寄托。”（《历代诗评注读本·宋元明诗评注》）前二句与上引梁瑞玲语机杼相近，末句所见更确。庆历三（1043）至五年，新政经历草创、深化、破灭过程，欧阳修是见证者，亦是参与者。五年，新政主导者范仲淹、富弼、杜衍、韩琦等相继被罢官，任各地知州，远离朝廷。欧阳修上疏力辩，不报；八月，遭张甥案，亦贬知滁州。诗人心中颇有怨艾，隐逸情怀滋生，见春光灿烂，画眉鸟自在啼鸣，发为诗句，自可有所感慨。今人亦多持此见，所论寄寓之情大体有五种：“向往并留恋山林之乐”（邓绍基、李玫《晏殊、晏几道、欧阳修诗词精选》）；“赞颂自由，追求自由”（霍松林《宋诗鉴赏举隅》）；“对官场的厌倦”（沈利华、倪培翔《欧阳修集》）；“对禁锢人才的憎恶与否定”（黄进德《欧阳修诗词文选评》）；“抒发人生坎坷的忧郁之情”（宋心昌《欧阳修诗文选译》）。正如倪其心、许逸民所言“通首都说画眉，而所感慨、所议论都由读者自行理会”（傅璇琮等《宋人绝句选》）。其中，向往山林、歌颂自由之情为诗中自有，较浅显，亦最确切；厌倦官场、憎恶禁锢人才、人生坎坷的忧郁皆据诗人经历生发，未必合诗人本意，前二者或联系“林间自在啼”，或联系“锁向金笼”字眼，与本诗关系仍较密切，后者则过于疏阔，有失浮泛。

对本诗咏物而不粘于物的艺术境界，今人多赞扬语。倪其心、许逸民认为本诗“借咏物以发感慨、论哲理，显示了宋代咏物诗向哲理诗发展的趋势，与传统的咏物诗有所不同”，所咏之物“实质上是比兴的手段和形象的表现手法，并不抽象发议论”（傅璇琮等《宋人绝句选》）。本诗融合唐诗常见之托物言志、借物抒情与宋诗常见之借物说理手法，形象而富理趣，兼有其长。黄进德《欧阳修诗词文选评》指出本诗对比鲜明，情、景、理水乳交融，刘德清等《欧阳修诗编年笺注》以为情与思、理与趣妙合无间，沈利华等认为“有思致，有妙悟”（《欧阳修集》），皆就此而言。古诗词咏物传统久远深厚，大体而言，《诗经》已多物态刻画，间用托物起兴、借物喻人手法。屈原《橘颂》托物寓志，较为成熟。汉、魏、晋、宋间多勾勒特征，遗貌取神，借咏物以咏怀。齐、梁至唐初，体物诗学兴盛，多用赋体咏物，重在图形写貌。初唐以下则强调兴寄、风骨，或寓言讽刺，或托物寓理，或穷形极态，或借物抒怀，各臻其至，至宋人更多借咏物以发议论。李商隐有咏鸟诗：“流莺飘荡复参差，渡陌临流不自持。巧啭岂能无本意，良辰未必有佳期。风朝露夜阴晴里，万户千门开闭时。曾苦伤春不忍听，凤城何处有花枝。”（《流莺》）情境相生，重在托物言志，对读之下，与本诗区别明显。霍松林论本诗道：“后两句虽涉议论，但议论的根子，既萌生于前两句所展现的鲜明形象之中；所阐发的哲理，又从‘锁向金笼听’与‘林间自在啼’的形象对比中自然流露出来，因而不仅情韵盎然，风神摇曳，还能引发无限联想，给人以思想启迪。”（《宋诗鉴赏举隅》）洵为正论。议论“理过其辞”，则易“淡乎寡味”（钟嵘《诗品》），须情境相宜、意象鲜明、感情充沛，其后杂以议论，方能动人。

欧阳修后来读及梅尧臣《禽言四首·竹鸡》、苏舜钦《雨中闻莺》，与本诗对比道：“前一篇，梅圣俞咏泥滑滑；次一篇，苏子美咏黄莺；后一篇，余咏画眉鸟。三人者之作也，出于偶然，初未始相知，及其至也，意辄同归，岂非其精神会通，遂暗合耶？自二子死，余殆绝笔于斯矣。”（《书〈三绝句〉诗后》）梅诗曰：“泥滑滑，苦竹冈。雨萧萧，马上郎。马蹄凌兢雨又急，此鸟为君应断肠。”苏诗曰：“娇骙人家小女儿，半啼半语隔花枝。黄昏雨密东风急，向此漂零欲泥谁。”二诗皆借物抒怀，或感行旅，或叹飘零，别有寄托，与本诗相近，故诗人说“意辄同归”。

怀嵩楼新开南轩，与郡僚小饮

绕郭云烟匝几重，昔人曾此感怀嵩①。
霜林落后山争出②，野菊开时酒正浓。
解带西风飘画角③，倚栏斜日照青松。
会须乘醉携嘉客，踏雪来看群玉峰④。

【注释】

① 昔人：指李德裕。王禹偁《〈北楼感事〉序》：“唐朱崖李太尉卫公（德裕）为滁州刺史，作怀嵩楼，取怀归嵩洛之义也。”光绪《滁州志》：“赞皇楼，在州治后统军池上，唐刺史李德裕建。后改名怀嵩，一名北楼，久废。”

② “霜林”句：唐末贯休《寒望九峰作》：“雨歇如争出，霜严不例枯。”

③ 解带：解开衣带，表示熟不拘礼、闲适自在。画角：古管乐器，形如竹筒，本细末大，表面有彩绘。

④ 群玉峰：《穆天子传》：“天子北征东还……至于群玉之山……先王之所谓策府。”郭璞注引《山海经》：“群玉山，西王母所居者……言往古帝王以为藏书册之府，所谓藏之名山者也。”此处借以比喻滁山之美。

【评析】

诗作于庆历七年（1047）秋谪居滁州时。怀嵩楼，原名赞皇楼，唐李德裕建。赞皇，今属河北，为李德裕原籍。赖汉屏指出，李氏“两度分司东都，曾在洛阳伊阙（今龙门）附近营治名园平泉别墅”，将洛阳当作第二故乡，多有怀念之作。且其“一代英才，功业赫然，不幸陷于朋党之祸，先贬滁州，终窜珠崖，客死南海。他曾作《朋党论》，力摒众议，风骨铮铮”（缪钺等《宋诗鉴赏辞典》）。天圣八年（1030）至景祐元年（1034），欧阳修任西京留守推官，在洛阳有过一段意气风发的青年岁月。庆历四年（1044），遭政敌弹劾与范仲淹、韩琦等结朋党，作《朋党论》以辩之；次年，因张甥案被贬滁州。诗人这一段人生经历与李德裕颇为相似。

诗起首即点出这一段背景，“墟落云烟自古今”（陆游《度浮桥至南台》），借浩渺云烟渲染沧桑气氛，引入怀古之情。“霜林”二句对仗工稳，写景如画，清末陈衍赞曰：“‘霜林’二句，极为放翁所揣摩。”（《宋诗精华录》）今人多解释为形容二人写景特色相近，如赖汉屏说：“放翁与欧阳修一样，有似火肝肠、如山意志。他极力揣摹的，必然是在洗练的景物描绘中见出个人精神面貌这种高超的艺术手法。”（缪钺等《宋诗鉴赏辞典》）刘扬忠指出：“仔细品味陆放翁那些景中有人的诗篇和名句，我们就会知道陈衍此评不虚。”（《欧阳修集》）这种说法有其道理。就整体而言，此联写景动静、远近结合，既有自然美，又富人文美，风格清新豪逸，景中有人之品质，自成高格，为陆游所继承。而就细部而言，此联无论句式、句意，亦皆为陆诗常见：句式如“桑枝空后醅初熟，豆荚成时兔正肥”（《秋思二首》其二）、“团扇卖时春渐晚，夹衣换后日初长”（《禹祠》）等；近于出句句意如“云散山争出”（《南津胜因院亭子》）、“雨霁山争出”（《东村》）、“晚晴山尽出”（《园中晚兴》）等；近于对句句意如“菊蕊残时初把酒”（《九月三十日，登城门东望悽然有感》）、“采菊陈酒壶”（《小饮赏菊》）、“酒虽已熟恨无菊”（《古谓“不如意事十常八九”，虽出于好功名者之言，闲中亦未免此叹，戏作七字一首》）等，应从整体与细部两个方面把握陈衍所言。更进一步说，这种写法亦并非欧阳修、陆游二人专擅，就更为工致的出句而言，此句写叶落而更见山形，立意与诗人“杏花红处青山缺”（《玉楼春》）写杏花红处，山形远望似有一缺口异曲同工，借一物之形写另一物之态，或同受到李白“山衔好月来”（《与夏十二登岳阳楼》）借“衔”之动作写月在山巅之形的影响。孟郊有句“秋霁山尽出”（《送晓公归庭山》），北宋赵湘诗“山色晓争出”（《兰江仁智亭》），张耒名句“日暮北风吹雨去，数峰清瘦出云来”（《初见嵩山》），皆写山色渐清晰之态，与本诗相同，立意近于杜甫“细雨鱼儿出”（《水槛遣心》）写因细雨而水中缺氧，鱼儿逐渐浮出水面呼吸之景。

治平二年（1065），诗人在京城开封任参知政事，执掌国柄，有诗曰：“槐柳依依禁籞长，初寒人意自凄凉。风城斜日留残照，玉阙浮云结夜霜。老负渔竿贪国宠，病须樽酒送年光。归来解带西风冷，衣袖犹沾玉案香。”（《崇政殿试贤良晚归》）与本诗相比，同是秋时景色，一为“斜日照青松”，一为“斜日留残照”；一写绕郭云烟、霜叶落而山出、相约踏雪赏峰，一写“玉阙浮云结夜霜”，意境高迥清冷；一是解带西风，听画角之音，一是“解带西风冷”，心境迥别。在滁州时，面对相近打击，诗人不像李德裕般“思解组”（李德裕《怀嵩楼记》）归隐，而是心态昂扬，傲雪凌霜；在开封时，诗人位尊权重，却慨叹初寒凄凉，思负渔竿，病须酒送，情绪低沉，三乞外任而未允。对读之下，更见出本诗所含的昂扬力量。

诗首句入韵，通体押二冬韵，唯“嵩”字属一东韵，出韵。一般来说，格律诗首句入韵，第一个韵脚可以押邻韵，宋人多用此格，而偶句韵脚一般不宜邻韵通押。中唐以来，近体诗偶有出韵现象，如刘禹锡五律《贞元中，侍郎舅氏牧华州时，余再忝科第，前后由华觐谒，陪登伏毒寺屡焉，亦曾赋诗题于梁栋。今典冯诩，暇日登楼，南望三峰，浩然生思，追想昔年之事，因成篇，题旧寺》，前四句韵脚“岩”“帆”押十五咸韵，后四句韵脚“髯”“帘”押十四盐韵。再如李商隐七律《茂陵》，首句入韵，“梢”借用邻韵三肴，第二句“郊”字亦押肴韵，其后“翘”“娇”“萧”转用二萧韵。《无题》（凤尾香罗薄几重）亦然，首二句“重”“缝”用邻韵二冬，其后“通”“红”“风”等韵脚押一东韵。又如杜牧七绝《题木兰庙》，首句入韵，“儿”“眉”押四支韵，“妃”字出韵五微。就韵部宽窄而言，刘诗咸韵属险韵，李诗萧韵、东韵分别为中韵、宽韵，杜诗支韵属宽韵，三者皆可出韵。宋人承其绪，亦偶有出韵现象，本诗即为一例。

别　滁

花光浓烂柳轻明①，酌酒花前送我行。
我亦且如常日醉，莫教弦管作离声②。

【注释】

① 浓烂：浓丽鲜明。

② 作离声：《吴越春秋》：“国人各送其子弟于郊境之上，军士各与父兄昆弟取诀，国人悲哀，皆作离别相去之词。”

【评析】

本诗作于庆历八年（1048）离别滁州期间，时诗人四十二岁。庆历三年（1043），韩琦、范仲淹等人主持推动“庆历新政”，次年，遭反对者诬陷为朋党，于庆历五年相继离朝。欧阳修作《朋党论》力辩其诬，后陷张甥案，亦被贬为滁州知州。七年十二月，宋仁宗借郊祀施恩，将诗人升为上骑都尉，进封开国伯，加食邑三百户，显露出重新委用的消息。八年初，徙知扬州。

诗人治滁颇有政绩，自号醉翁，作《醉翁亭记》，写及与民同乐情形。扬州为大郡，移知扬州标志诗人仕途正式向好，因此虽面临离别，其内心仍颇欣然。诗首句写花色柳态，一片春光烂然之景。古人常折柳送别，花亦多见于别离场景，韦应物曰：“去年花里逢君别，今日花开又一年。”（《寄李儋元锡》）李商隐云：“高阁客竟去，小园花乱飞。”（《落花》）皆是其例。父老于花前载酒送行，场面温馨欢快。诗人在滁州，“日与滁人仰而望山，俯而听泉”（《丰乐亭记》），此日一如常日。故第三句笔势一转，关合今昔。弦管不作离声，即当如往常一般作欢快之声。“且”字作“姑且”解，常表达不得已而为之的无奈，但这无奈又不那么强烈。末二句并非以乐景写哀情，而是以乐景衬乐情，但个中又不免渗入淡淡的离愁别绪。诗人将这复杂感情直直写出，却又点到即止，意蕴深长。今人曹中孚指出：“结句用的是反衬手法，在这种饯别宴上作为助兴而奏的音乐，当是欧阳修平时爱听的曲调。但因离忧婴心，所以越是悦耳的曲调，内心就越感到难受。”（缪钺等《宋诗鉴赏辞典》）霍松林说：“不正是因为自己已有几分离愁，才害怕弦管更作离声吗？”（《宋诗鉴赏举隅》）对理解诗人复杂心情颇有助益。诗人另有句“离歌且莫翻新阕，一曲能教肠寸结”（《玉楼春》），同是莫作离声之语，而用意迴别。

末二语是宋诗名句，今人刘曙初认为，其“语法结构完整，语序符合常规，逻辑关系明确，没有诗歌语言常见的跳跃、转折、扭曲、倒装等现象，也没有刻意淡化和模糊意象之间的关系，这种语言表达方式打散了诗歌凝练紧凑的语言形式，显得松散畅达，在一定程度上接近散文。这是宋诗的重要特征之一：以文为诗。此外，本诗“打破已成定势的心理传统……抛弃离愁的常情，保持沉醉的常态，读来让人耳目一新。这是宋诗的重要特征之一：好用翻案。（《从〈别滁〉看欧阳修革新宋诗的历史功绩》）二句平白如话，口吻亦如寻常嘱咐语，看似朴实无华，毫不费力，实则暗含多种诗学追求，“看似寻常最奇崛”（王安石《题张司业诗》）。

结句有其承传脉络，清末陈衍曰：“末二语直是乐天。”（《宋诗精华录》）指出其与白居易诗的闲适及明白如话一脉相承，侧重精神传续。钱锺书《宋诗选注》认为其既是张谓“长路关山何日尽，满堂丝管为君愁”（《送卢举使河源》）、武元衡“况是池塘风雨夜，不堪弦管尽离声”（《酬裴起居》）及白居易“轩车动行色，丝管举离声”（《及第后归觐》）的翻案，又影响了黄庭坚“我自只如常日醉，满川风月替人愁”（《夜发分宁寄杜涧叟》），慧眼独到。今人张鸣《宋诗选》补充寇准“尊酒欲阑人欲别，夕阳丝管尽离声”（《送赵主簿之任惠安》），进一步扩充翻案渊源。再向前追溯，南朝梁萧纲已将离声与弦管乐器结合：“琴间玉徽调别鹤。别鹤千里别离声，弦调轸急心自惊。”（《伤离新体》）而在本诗之后，南宋虞俦“方喜溪山来入社，忽惊弦管作离声”（《移守吴门酌别姜总管》），用语亦相近。直至清初，查慎行“我自只如常日醉，人言风雪满江天”（《大雪夜泊瓜洲二首》）仍借本篇字眼，可见其影响。

纵观全诗，语言流畅自然，“酌”“亦”“日”“莫”“作”等入声字频出，尤集中于后二句，而读来毫无生涩阻隔之感，“圆美流转如弹丸”（李延寿《南史·王筠传》引谢朓语），已越出宋初“西昆体”藩篱。以情语作结，与盛唐绝句“兴象玲珑”（胡应麟《诗薮·内编》）亦有较鲜明区别。

鹭　鸶

激石滩声如战鼓，翻天浪色似银山。
滩惊浪打风兼雨，独立亭亭意愈闲①。

【注释】

① 独立：鹭鸶休憩时，一只脚钩缩，一只脚着地站立。一说指独自站立。亭亭：直立貌。一说形容高洁之态。

【评析】

本诗作年大体有二说，一说作于庆历五年（1045）至七年知滁州期间，一说作于庆历八年移知扬州时。诗人庆历八年有同题绝句，此诗或作于同期。

鹭鸶，即白鹭，古人目为高洁之鸟：“众禽中惟鹤标致高逸，其次鹭亦闲野不俗。”（蔡正孙《诗林广记·后集》引《雪溪诗话》）此诗起句破空而来，写水激巨石，滩声急促响亮如战鼓，与李白“飞湍瀑流争喧豗，砯崖转石万壑雷”（《蜀道难》）同调，渲染紧张气氛。次句正面描写巨浪，“翻天”“银山”状险急高耸之貌。前二句对偶，景象近于苏轼笔下“乱石穿空，惊涛拍岸，卷起千堆雪”（《念奴娇·赤壁怀古》）。“滩惊”句一笔双承，更进一步点出巨浪之形成有狂风兼暴雨因素。结句始点题，惊涛骇浪之中，一只白鹭亭亭独立，“不管风吹浪打，胜似闲庭信步”（毛泽东《水调歌头·游泳》），对比鲜明、强烈。“亭”“闲”皆为阳声韵，声响洪亮平缓，“亭亭”迭用，声情更悠然，与意境相适。

全诗采用三一格，前三句不断铺夸风浪之险，为结句蓄势，章法近于李白诗：“越王勾践破吴归，义士还家尽锦衣。宫女如花满春殿，只今惟有鹧鸪飞。”（《越中览古》）有四两拨千斤之妙。一般而言，近体诗首句不入韵时，第一句与第二句平仄完全相对，便于对偶。而五言律绝以首句不入韵为正格，故前二句多对偶；七言律绝以首句入韵为正格，故前二句较少对仗。本诗为七绝，首句不入韵而对仗，较为少见。苏轼诗曰：“黑云翻墨未遮山，白雨跳珠乱入船。卷地风来忽吹散，望湖楼下水如天。”（《六月二十七日，望湖楼醉书》）亦属首句不入韵而对仗，韵部为一先，与此诗相同。二诗格调亦颇相近，皆经历由激烈至静穆过程。唯苏诗严守起承转合结构，与本诗有别。

宋佚名《雪溪诗话》论咏鹭诗道：“李德裕云：‘拂日疑星落，凌风讶雪飞。’陶雍（当为雍陶）云：‘立当青草人先见，行近白莲鱼未知。’皆无远韵。许浑云：‘云汉知心远，林塘觉思孤。’僧惠崇云：‘曝翎沙日暖，引步岛风清。照水千寻迥，栖烟一点明。’如欧阳公诗：‘风格孤高尘外物，性情闲散水边身。尽日独行溪浅处，青苔白石见纤鳞。’真佳句也。”（蔡正孙《诗林广记·后集》引）所引诗分别为李德裕《白鹭鹚》、雍陶《咏双白鹭》、许浑《重赋鹭鸶》、惠崇《池上鹭分赋得明字》及诗人庆历八年所作《鹭鸶》。中国咏物诗多讲求神韵，形态刻画工致与否尚在其次。李德裕诗咏鹭之形，雍陶诗咏鹭之态，描画虽工，但皆着眼于外在，故“无远韵”。许浑、惠崇及欧阳修三人诗则咏鹭之神，突出其孤高品性，故而更为诗评家所喜。具体到本诗，以鹭拟人，兼写鹭之形态、品格，神韵自现，形象鲜明，亦为咏物诗佳作，不在同题《鹭鸶》之下。

紫石屏歌

月从海底来，行上天东南。
正当天中时，下照千丈潭。
潭心无风月不动，倒影射入紫石岩。
月光水洁石莹净，感此阴魄来中潜[①]。
自从月入此石中，天有两曜分为三[②]。
清光万古不磨灭，天地至宝难藏缄[③]。
天公呼雷公，夜持巨斧隳崭岩[④]。
堕此一片落千仞，皎然寒镜在玉奁。
虾蟆白兔走天上，空留桂影犹杉杉[⑤]。
景山得之惜不得[⑥]，赠我意与千金兼。
自云每到月满时，石在暗室光出檐。
大哉天地间，万怪难悉谈。
嗟予不度量，每事思穷探。
欲将两耳目所及，而与造化争毫纤。
煌煌三辰行[⑦]，日月尤尊严。
若令下与物为比，扰扰万类将谁瞻。
不然此石竟何物，有口欲说嗟如钳。
吾奇苏子胸[⑧]，罗列万象中包含。
不惟胸宽胆亦大，屡出言语惊愚凡。
自吾得此石，未见苏子心怀惭。
不经老匠先指决，有手谁改施镌镵[⑨]。
呼工画石持寄似，幸子留意其无谦。

【注释】

① 阴魄：月亮。古人认为月为阴精，魄为阴神。董仲舒《春秋繁露》："阴之行不得于春夏，而月之魄常厌于日光。"东汉魏伯阳《周易参同契》："阳神曰魂，阴神曰魄。"

② 两曜：太阳和月亮。

③ 藏缄（jiān）：缄藏，封存。

④ 隳（huī）：毁坏。崭（zhǎn）岩：高峻的山崖。

⑤ "虾蟆"二句：古时传说月中有蛤蟆（蟾蜍）、白兔与桂树。《淮南子·精神训》："日中有踆乌，而月中有蟾蜍。"《淮南子·说林训》："月照天下，蚀于詹诸。"汉高诱注："詹诸，月中蛤蟆，食月。"司马迁《史记·龟策列传》："月为刑而相佐，见食于虾蟆。"东晋干宝《搜神记》："羿请无死之药于西王母，嫦娥窃之以奔月……嫦娥遂托身于月，是为蟾蠩。"《艺文类聚》引汉刘向《五经通义》："月中有兔与蟾蜍何？月，阴也，蟾蜍，阳也，而与兔并明，阴系阳也。"又引晋傅咸《拟天问》："月中何有？白兔捣药。"宋李昉等编《太平御览》引东晋虞喜《安天论》："俗传月中仙人桂树，今视其初生，见仙人之足，渐已成形，桂树后生焉。"

⑥ 景山：张昷之，字景山，滁州（今属安徽）人。大中祥符（1008—1016）进士，补乐清尉、润州（治今江苏镇江）观察推官，校勘馆阁书籍，后迁集贤校理，通判常州（今属江苏），知温州（今属浙江）。庆历（1041—1048）年间，擢天章阁待制、河北都转运按察使。后知虢州（治今河南灵宝）、湖州（今属浙江）、扬州等，以光禄卿致仕。《宋史》有传。

⑦ 三辰：太阳、月亮、星辰。《左传·桓公二年》："三辰旂旗，昭其明也。"西晋杜预注："三辰，日、月、星也。"

⑧ 苏子：指苏舜钦，字子美，原籍梓州铜山（今四川中江）人。景

祐元年（1034），中进士，知蒙城（今属安徽），后改长垣（今属河南）。历任大理评事、监在京楼店务、集贤校理、监进奏院。庆历四年（1044），被诬“监主自盗”，罢官为民。八年十一月，以疾卒。《宋史》有传。

⑨ 镌镵（juān chán）：雕凿。

【评析】

诗作于庆历八年（1048）知扬州时。清华孳亨曰：“庆历七年，作《紫石屏歌》。”（《增订欧阳文忠公年谱》）李之亮据之系于是年知滁州时，似误。诗人另有《月石砚屏歌序》记得紫石屏事：“张景山在虢州时，命治石桥，小版一石，中有月形，石色紫而月白，月中有树森森然。其文黑而枝叶老劲，虽世之工画者不能为，盖奇物也。景山南谪，留以遗予。予念此石古所未有，欲但书事，则惧不为信，因令善画工来松写以为图。子美见之，当爱叹也。其月满，西旁微有不满处，正如十三四时，其树横生，一枝外出。皆其实如此，不敢增损，贵可信也。”洪本健指出：“《苏集编年》有舜钦庆历八年所作和诗《月石砚屏歌》。《梅集编年》亦有庆历八年诗《咏欧阳永叔文石砚屏》二首。按：本诗有‘呼工画石’之语，‘工’即序所称‘善画工来松’，尧臣作来嵩，《画真来嵩》云：‘广陵太守欧阳公，令尔画我憔悴容。’来嵩为广陵（今江苏扬州）画工，庆历七年欧尚在滁州，本诗当为八年扬州之作。”（《欧阳修诗文集校笺》）刘德清《欧阳修纪年录》原系庆历七年，后与顾宝林、欧阳明亮合著《欧阳修诗编年笺注》，指出：“张昷之字景山，庆历八年二月因王则叛乱事受牵连，谪监鄂州税。此《紫石屏歌》与《月石砚屏歌序》作于同年，稍在其后……梅尧臣《宛陵先生集》《中秋月下怀永叔》咏道：‘往年过广陵，公欣来我值……一夜看石屏，怛吟无逸气。’篇后附注：‘当时出月石屏同咏。’可知欧此诗作于八月中秋同题共咏。”二说颇有据。

诗分两大段，“月从”至“空留”十八句铺叙紫石屏之怪奇，大量借用神话故事，写月入石中，雷公斩落岩石，蟾蜍、玉兔留于月中，桂影婆娑入石，想象奇特，意象奇幻。苏舜钦和诗铺写其景道：“胡为虢山石，留此皎月痕常存。桂树散疏阴，有若图画成……或疑月入此石中，分此二曜三处明；或云蟾蜍好溪山，逃遁出月不可关。浮波穴石恣所乐，嫦娥孤坐初不觉。玉杵夜无声，无物来捣药。嫦娥惊推轮，下天自寻捉。绕地掀江蹋山岳，二物惊奔不复见。留此玉轮之迹在，青壁风雨不可剥……老蚌吸月月降胎，水犀望星星入角。彤霞烁石变灵砂，白虹贯岩生美璞。此乃西山石，久为月照著。岁久光不灭，遂有团团月。寒辉笼笼出轻雾，坐对不复嗟残缺。虾蟆纵汝恶觜吻，可能食此清光没。”（《月石砚屏歌》）用笔更为生新奇僻。梅尧臣和诗亦摹其形：“虢州紫石如紫泥，中有莹白象明月。黑文天画不可穷，桂树婆娑生意发。”（《咏欧阳永叔文石砚屏》二首其一）又云：“分明秋月影，向此石上布。中又隐孤壁，紫锦藉圆素。”（《咏欧阳永叔文石砚屏》二首其二）“吾谓此石之迹虽似月，不能行天成纪历。曾无纤毫光，不若灯照夕。徒为顽璞一片圆，温润又不似圭璧。乃有桂树独扶疏，嫦娥玉兔了莫觅。”（《读月石屏诗》）反复刻画紫石屏之奇特。“景山”至结篇二十六句转入人事，写张昷之赠石之情，诗人奇石之煌煌可与日月争辉，并赠画于苏舜钦以索诗，叙述中插入“煌煌”四句描写兼议论，由人事复写至石精与天象，如断云横岭，颇具回环吞吐之妙。刘德清等人认为本诗分三段，“首十二句描摹月亮进入石屏之奇想；次二十二句探索月石发光之缘由；末十句表达向苏舜钦索诗之愿望”（《欧阳修诗编年笺注》），亦可备一说。

诗评家多结合苏舜钦、梅尧臣和作论述本诗，宋李颀曰：“江外有石，人破之，其形色皆类月。欧阳文忠有《月石诗》云‘二曜分为三’，固为佳句，尚念未快。子美见之，作诗寄之云：‘我疑此山石，久为月昭著。老蚌吸月月降胎，水犀望星星入角。彤霞烁石变丹砂，白虹贯岩生美璞。’永叔见之，曰：‘此奇才，精通物理者也。’”（阮阅《诗话总龟·前集》引《古今诗话》）推崇苏诗立意之妙。宋陈鹄云：“欧阳公《石月屏序》云：（诗略）。子美、圣俞皆有诗。余尝于赤岸陈文惠裔孙忠懿家，出示余此屏，自言文忠公所藏之本，其月树枝叶，与公之序无少异，但其图与石屏微不类尔，岂公所谓‘世之工于画者不能为乎’？忠懿且求余跋语，余谓欧公方夸此石‘自云每到月满时，石在暗室光出檐’，圣俞则曰‘曾无纤毫光，未若灯照席。徒为顽璞一片圆，温润又不如圭璧’，何贬此石之甚耶！虽然，此屏不幸而遇圣俞，亦幸而有圣俞，则此屏可以长宝而不为好事者夺，岂愿复有欧阳公者出而见之乎！”（《耆旧续闻》）认为画工之图略不似紫石屏，梅尧臣诗之形容亦颇贬损，然堪为此屏之幸。清范大士曰：“一本作《月石砚屏歌寄苏子美》。寄诗直欲推究月屏石之故，古人之好问如此，久才情已也。”（《历代诗发》）赞誉欧阳修之好问善思。

宋陈善指出欧诗学韩愈之处：“韩文公尝作《赤藤杖歌》云：‘赤藤为杖世未窥，台郎始携自滇池。共传滇神出水献，赤龙拔须血淋漓。’又云：‘羲和操火鞭，暝到西极睡所遗。’此歌虽穷极物理，然恐非退之极致者，欧阳公遂每每效其体，作《凌（菱）溪大石》云：（诗略）。观其立意，故欲追仿韩作，然颇觉烦冗，不及韩公为浑成尔。公又有《石篆诗》云：（诗略）。《紫石砚屏歌》云：（诗略）。公又尝作《吴学士石屏歌》云：（诗略）。此三篇亦前诗之意也，其法盖出于退之。”（《扪虱新话·下集》）宋黄震亦曰：“《紫石屏歌》，文之奇者也；《庐山高》诗，文之豪者也。”（《黄氏日钞》）本诗五、七言句式交错，造意奇幻，下笔斩截，多用散文句法，文势流畅，如行云流水，奇崛而不生硬，确为学韩而兼具欧诗平易特色之作。刘德清等人指出：“咏物模拟韩愈诗风，想象奇特，搜奇抉怪，表现诗人穷究天下物理的探索创新精神。欧、梅、苏三家合咏石砚屏，各自逞才使气，驰骋奇思异想，使之成为宋人吟咏器物诗的一种范式。宋代诗人根据自身文化生活需要创制砚屏，又用诗文形式赋咏其精神气质，使物质文化与精神文化结合起来，对宋诗风貌形成具有探索之功。”（《欧阳修诗编年笺注》）本诗题材上属咏物诗，就物之形态而生发挥洒，以想象之奇警刻画物之非凡，寄寓高绝精神品质，相较唐人咏物诗之兴象流转，确已另具风貌。

西湖戏作示同游者

菡萏香清画舸浮[①]，使君宁复忆扬州[②]。
都将二十四桥月[③]，换得西湖十顷秋[④]。

【注释】

① 菡萏（hàn dàn）：荷花。画舸：装饰华美的游船。

② 使君：州郡长官的尊称。庆历八年（1048），欧阳修为扬州知州，此即其自谓。

③ 二十四桥月：杜牧《寄扬州韩绰判官》：“二十四桥明月夜，玉人何处教吹箫。”二十四桥为扬州古名胜。

④ 西湖十顷秋：杜牧《怀钟陵旧游四首》其三：“十顷平湖堤柳合，岸秋兰芷绿纤纤。”

【评析】

本诗作于皇祐元年（1049）知颍州期间，时诗人四十三岁。诗题另作《初泛西湖》，当为欧阳修至颍州后首次游赏西湖之作。

北宋年间，颍州风俗淳朴，景色宜人，士人屡屡吟咏。孔武仲云：“听说州除美，州临颍水清。风谣带京洛，湖岛似蓬瀛。”（《送崔伯阳守颍州》）毕仲游曰：“异乡闻说颍人贤，我到常疑地使然。江泛五程无险岸，马行千里尽平川。新禾狼藉团团穗，远枝婆娑簇簇烟。寄语汝阴官长道，会须日上泛湖船。”（《颍州道中有感》）西湖尤为颍州佳处，诗人未至颍时，即已闻其盛名：“西湖旧已闻，既见又过之。菡萏间红绿，鸳鸯浮渺弥。四时花与竹，尊俎动可随。”（《答吕公著见赠》）西湖荷花给欧阳修留下深刻印象。诗人有《采桑子》组词专咏西湖，其七写荷花盛放：“荷花开后西湖好，载酒来时。不用旌旗，前后红幢绿盖随。　　画船撑入花深处，香泛金卮。烟雨微微，一片笙歌醉里归。”本诗首句亦写西湖荷花清香，游船精美，可对读。庆历八年（1048），诗人自滁州徙知扬州，次年正月，移知颍州。扬州物丰事繁，诗人治扬期间，未尽脱贬谪之身，心情不如在颍时轻松悠闲。加之扬州迭经战乱，虽经五代杨行密重修，仍未复唐时风光，故诗人慨叹一见颍州西湖，即不复回忆扬州，并愿以“天下三分明月夜，二分无赖是扬州”（徐凝《忆扬州》）之月夜美景交换颍州西湖风光。

宋赵令畤记载：“欧阳公自维扬移守汝阴，作《西湖》诗云：（诗略）东坡复自颍移维扬，作诗寄予曰：‘二十四桥亦何有，换此十顷玻璃风。’使欧公诗也。”（《侯鲭录》）元祐四年（1089），苏轼知杭州（今属浙江）。六年，受诏回朝，不久，出任颍州知州。次年二月，改扬州知州。在扬州时，赵令畤寄诗来，苏轼和之曰：“太山秋毫两无穷，巨细本出相形中。大千起灭一尘里，未觉杭颍谁雌雄（自注：来诗云“与杭争雄”）。我在钱塘拓湖渌，大堤士女争昌丰。六桥横绝天汉上，北山始与南屏通。忽惊二十五万丈，老葑席卷苍云空。朅来颍尾弄秋色，一水萦带昭灵宫。坐思吴越不可到，借君月斧修朣胧。二十四桥亦何有，换此十顷玻璃风。雷塘水干禾黍满，宝钗耕出余鸾龙。明年诗客来吊古，伴我霜夜号秋虫。”（《轼在颍州，与赵德麟同治西湖，未成，改扬州。三月十六日，湖成，德麟有诗见怀，次其韵》）赵令畤治颍州西湖成，苏轼亦如欧阳修般感慨二十四桥景色不如十顷平湖，可见其景色之盛。

本篇以“戏”为题，颇多戏语，立意新奇，格调轻松诙谐，在诗人同期诗作中较为突出。“戏”字入诗题，较早见于谢朓《与江水曹至干滨戏》：“山中上芳月，故人清樽赏。远山翠百重，回流映千丈。花枝聚如雪，芜丝散犹网。别后能相思，何嗟异封壤。”写游赏相思之情，末句立意近于曹植“丈夫志四海，万里犹比邻”（《赠白马王彪》）与王勃“海内存知己，天涯若比邻”（《送杜少府之任蜀州》），并无戏谑之意。南朝梁萧衍与谢朓同生于宋孝武帝大明八年（464），作有《戏作诗》及《戏题刘孺手板诗》（诗题或为后人所加），唐李延寿载：“武帝宴寿光殿，诏群臣赋诗。时刘孺与张率并醉未成，武帝取孺手板，题戏之曰：‘张率东南美，刘孺洛阳才。揽笔便应就，何事久迟回？’”（唐李延寿《南史·梁武帝纪》）颇为轻松戏谑，堪称以诗为戏。同时期，许多诗人作有戏题诗，如褚緭《戏为诗》（诗题或为后人所加）、刘孝绰《淇上人戏荡子妇示行事诗》、萧纲《戏赠丽人诗》《执笔戏书诗》《戏作谢惠连体十三韵诗》等，集中出现，为戏题诗发展首个高潮。入唐后，戏题之风不衰，王维（9首）、李白（3首），杜甫（33首）、岑参（5首）、孟郊（5首）、韩愈（1首）、白居易（85首）、刘禹锡（14首）、柳宗元（6首）、元稹（4首）、贾岛（1首）、温庭筠（2首）、杜牧（1首）、李商隐（12首）等著名诗人皆有戏题之作。

宋诗以“戏”为题现象亦颇盛，在此发展过程中欧阳修起重要作用。今人崔铭指出：“天圣前步入诗坛的诗人，王禹偁最多，共10首；天圣至景祐间步入诗坛的诗人，梅尧臣、欧阳修最多，分别是28

首和25首；嘉祐至元丰间步入诗坛的诗人，苏轼98首、黄庭坚175首，居同辈诗人之首。北宋五大诗人，王安石是唯一的例外，只有11首，输于刘敞（29首）、强至（23首），在庆历至皇祐间步入诗坛的诗人中屈居第三。”并认为受欧阳修影响，“景祐四年前后，梅尧臣、石介、韩琦、祖无择、蔡襄等也开始了相关诗作的创作”（《欧阳修与宋代戏谑诗风的兴起》）。游戏本为文艺起源之一，戏言既能诙谐嘲谑，又能寄托真意，或正话反说，或直抒胸臆，佯狂放言，亦不至罪，有回旋余地，故历来为诗人所喜。欧阳修好作戏题诗，既看重此体曲传心意、柔化锋芒之功，又有继承唐风、开拓宋调的诗体创新意味，本诗即为其体现。

梦中作

夜凉吹笛千山月，路暗迷人百种花①。
棋罢不知人换世②，酒阑无奈客思家。

【注释】

①“路暗”句：道路幽暗，百花迷人。李白《梦游天姥吟留别》：“千岩万转路不定，迷花倚石忽已暝。”

②“棋罢”句：任昉《述异记》：“信安郡石室山，晋时王质伐木，至，见童子数人，棋而歌，质因听之。童子以一物与质，如枣核，质含之，不觉饥。俄顷，童子谓曰：‘何不去？’质起，视斧柯烂尽，既归，无复时人。”

【评析】

本诗见于四部丛刊影印元刊本《居士集》卷十二，前首《西湖戏作示同游者》、后首《秀才欧世英惠然见访，于其还也，聊以赠之》皆于题下注“皇祐元年（1049）作”，本诗或亦作于同时。庆历八年（1048），诗人自滁州徙知大郡扬州。同年，因眼疾自请知小郡颍州。皇祐元年二月，诗人至郡，“爱其民淳讼简而物产美，土厚水甘而风气和，于时慨然已有终焉之意也”（《〈思颍诗〉后序》）。次年，离颍改知应天府时，“始知颍真乐土，益令人眷眷尔”（《与张职方》）。诗人在颍州的生活颇为适意。

近现代学者多以为本诗主旨复杂。曹中孚认为本诗第三句“反映了作者超脱人世之想”，末句“表明作者虽想超脱，毕竟不能忘情于人世”，全诗“暗寓作者既想超越时空而又留恋人间的仕与隐的矛盾思想……诗人的抑郁恍惚，与他当时政治上的不得志有关”（缪钺等《宋诗鉴赏辞典》）。王以宪更进一步坐实，引用杜甫《秋兴八首》其四“闻道长安似弈棋，百年世事不胜悲。王侯第宅皆新主，文武衣冠异昔时……鱼龙寂寞秋江冷，故国平居有所思”注释本诗第三句，指出“此句取杜诗之意，表明对朝廷政局变幻不定的悲慨与忧郁”，认为末句“暗示自己对政局的变幻无法把握又无力改变，因而对仕途的黜陟已经不感兴趣，想退隐归家”（《宋诗三百首详注》）。其后，刘扬忠亦以为本诗“暗寓作者既想超凡出世又十分留恋人间的思想矛盾”（《欧阳修集》）。其实，本诗第三句出自南朝梁任昉《述异记》，该书多载风土、建筑、奇闻，其时志怪小说多意在“明神道之不诬”（干宝《〈搜神记〉序》），并无深意，原文亦仅仅写一误入仙境故事，并无所谓“超脱人世之想”。诗人此处借用，并非实写人世沧海桑田，只是借此比拟其怅然若失的感觉罢了。梁遇春说：“必定要对于人世上万事万物全看淡了，然后对于一二件东西的留恋才会倍见真挚动人。宋诗里常有这样的意境。欧阳永叔的‘棋罢不知人换世，酒阑无奈客思家’，同苏长公的‘存亡惯见浑无泪，乡井难忘尚有心’，全能够表现出这种依依的心情。”（《天真与经验》）以文人之心体悟诗词，有时可避免泥于“知人论世”、凿之使深之弊。但同时，梁氏将“不知”阐释为“不管”，进而引申出“看淡”，又反映出暗于训诂对正确理解诗意的影响。诗人正因为若有所失，又渐无酒而清醒，故思乡之念才会愈发强烈。而这一感情贯穿全诗，草蛇灰线，在第一句已有体现。古乐府《行路难》《折杨柳》写送别、思乡，皆以笛吹奏。唐人诗多用此典，王昌龄云：“更吹羌笛关山月，无那金闺万里愁。”（《从军行》）李白曰：“此夜曲中闻折柳，何人不起故园情。”（《春夜洛城闻笛》）李益曰：“不知何处吹芦管，一夜征人尽望乡。”（《夜上受降城闻笛》）又曰：“天山雪后海风寒，横笛偏吹《行路难》。碛里征人三十万，一时回首月中看。”（《从军北征》）皆寄寓思乡之情。程千帆、沈祖棻认为本诗展现了“怀乡的忧郁情调”（《古诗今选》），为有得之见。张鸣指出：“诗意似有某种寄托暗示，但又不能实指。”（《宋诗选》）说法较折中。

诗意的复杂难解与本诗的造境朦胧、意脉变换、结构跳跃有关。清陈衍曰：“此诗当真是梦中作，如有神助。”（《宋诗精华录》）或即就此而言。宋洪迈说得较为透辟：“此欧阳公绝妙之句，然以四句各一事，似不相贯穿，故名之曰《梦中作》。”（《容斋五笔》）本诗一句一意，首句似为秋景，次句又转入春景，第三句写仙境，第四句又收归现实，句句皆略作皴染，点到即止，意境迷离梦幻，宛如四组电影镜头，经过剪辑形成蒙太奇效应，生发不同解读。杨慎评论更具理论价值：“绝句者，一句一绝，起于《四时咏》‘春水满四泽，夏云多奇峰。秋月扬明辉，冬岭秀孤松’是也。或以为陶渊明诗，非。杜诗‘两个黄鹂鸣翠柳’实祖之。王维诗：‘柳条拂地不忍折，松柏稍云从更长。藤花欲暗藏猱子，柏叶初齐养麝香。’宋六一翁亦有一首云：‘夜凉吹笛千山月，路暗迷人百种花。棋散不知人换世，酒阑无奈客思家。’皆此体也。乐府有‘打起黄莺儿’一首，意连句圆，未尝间断，当参此意，便有神圣工巧。”（《升庵诗话》）除一句一意受前人影响外，杜甫《绝句》四句两两为对，本诗亦继承这一特色，末二句更变用流水对，句意间联系紧密，意脉亦更具变化，因而主题亦多歧见。杨慎指出绝句有“一句一绝”“意连句圆”二格，认为本诗属前者。其实，欧诗虽一句一意，但四句间并非全无关系，思乡情绪始终蔓延其间，似断实连，意断神连，并非“碎拆下来，不成片段”（张炎《词源》卷下评吴文英词）。

此诗在后世影响颇大，苏轼引用道：“南岳李岩老好睡。众人食饱下棋，岩老辄就枕。阅数局乃一展转，云：‘君几局矣？’东坡曰：‘岩老常用四脚棋盘，只着一色黑子。昔与边韶敌手，今被陈抟饶先。着时自有输赢，着了并无一物。’欧阳公诗云：‘夜凉吹笛千山月，路暗迷人百种花。棋罢不知人换世，酒阑无奈客思家。’殆是类也。”（《题李岩老》）谓李岩老叉开手脚，即为棋盘，闭上眼睛，只见黑子。以棋喻梦，又一本正经地指出欧诗写棋、写梦，即状此貌，生动有趣，令人忍俊不禁。历代诗人词人多化用本诗诗句。宋王庭珪说：“夜寒吹笛千山月。”（《忆秦娥》）陈渊曰：“夜凉横笛弄明月。”（《次韵邓志宏送张思道游福唐》）辛弃疾云：“夜阑吹断千山月。”（《踏莎行·春日有感》）楼钥云：“吹笛夜凉月。”（《寄题吴绍古县尉经德堂》）皆从本诗首句脱出。南宋韩淲曰：“棋罢不知时世。”（《与成季弈棋》）元白朴说：“棋罢不知人换世。”（《满江红》）清冯登府云：“棋罢不知人世转。”（《念奴娇·仇山村故居在钱塘西城脚，烟水一湾，林扉无主，山人犹呼仇家园，土独宜苋，暇日访之》）皆承袭本诗第三句。南宋楼钥云："酒阑无奈客思家。"（《寄管叔仪通判并同官》）明文徵明曰："酒阑无奈客东西。"（《马上口占谢诸送客十首》其七）亦多用本诗末句成辞，可见一斑。

酬张器判官泛溪

园林初夏有清香，人意乘闲味愈长。
日暖鱼跳波面静，风轻鸟语树阴凉。
野亭飞盖临芳草[1]，曲渚回舟带夕阳。
所得平时为郡乐[2]，况多嘉客共衔觞。

【注释】

① 飞盖：驱车。

② 为郡：治理一郡。

【评析】

本诗作于皇祐元年（1049）初夏知颍州时。洪本健考证道："《梅集编年》卷二一皇祐三年诗有《送张著作器宰蕲水》，欧《书简》卷四同年有《与张职方》，云：'方知已授蕲春。'蕲水属蕲州（自注：治所蕲春），可知张职方即张器。《书简》又有皇祐二年七月赴知应天府任途中所作《与张职方》，云：'相聚逾年，别来岂胜思恋！'知诗当作于元年。"（《欧阳修诗文集校笺》）其说可从。其中，《梅集编年》指朱东润《梅尧臣集编年校注》，《书简》即《欧阳文忠公集》卷一百四十四至卷一百五十三《书简》，共十卷。诗首句云："园林初夏有清香。"可知诗作于初夏。据诗人《与张职方》《送道州张职方》、梅尧臣《送张著作器宰蕲水》及后世光绪《道州志》等，知皇祐元年，张器任颍州判官；三年，为蕲春（今属湖北）县令；治平四年（1067），以职方郎中知道州。泛溪，指泛舟西溪，溪在颍州西湖西南，久废。

首二句点出时间、地点、人物，初夏园林，花发清香，公务闲暇时，诗人游玩之兴遄飞。“日暖”四句写景如画，一句一意，意境清幽，浸润作者闲适之情。阳光温暖，微风和煦，鱼儿跃出水面，激起层层涟漪，又渐归于平静。“鸟鸣山更幽”（王籍《入若邪溪诗》），树荫清凉，十分适意。诗人驾车至野外小亭，暂作休憩，观赏芳草，又复乘舟游于西溪。河道弯弯曲曲，诗人调转船头时，方觉夕阳西下，余晖已遍洒江岸。偶对精工，藻绘亦颇工致。末句转入议论，诗人不禁感慨，平日做郡守治理一方，已多乐趣，此时与嘉客共饮清樽，更觉欢乐无边。《诗经·商颂·那》云：“我有嘉客，亦不夷怿。”韩愈曰：“况当今夕圆，又以嘉客随。”（《玩月喜张十八员外以王六秘书至》）诗人今日之乐，正与前人相近。

诗押七阳韵，声情悠长和缓，与闲适之情相得益彰。宋人唱酬之作甚多，内容、韵律等要求亦较唐人严格，张器诗今不存，从本作可窥得一二。

食糟民

田家种糯官酿酒①，榷利秋毫升与斗②。
酒沽得钱糟弃物③，大屋经年堆欲朽。
酒醅瀺灂如沸汤④，东风来吹酒瓮香。

累累罂与瓶，惟恐不得尝。
官沽味酞村酒薄[5]，日饮官酒诚可乐。
不见田中种糯人，釜无糜粥度冬春[6]。
还来就官买糟食，官吏散糟以为德。
嗟彼官吏者，其职称长民[7]。
衣食不蚕耕，所学义与仁。
仁当养人义适宜[8]，言可闻达力可施[9]。
上不能宽国之利，下不能饱尔之饥。
我饮酒，尔食糟。
尔虽不我责，我责何由逃。

【注释】

①糯：糯米，酿米酒的原料。

②榷（què）利：官府对盐、铁、酒、茶等物实行专卖以获利。《宋史·食货志下》："宋榷酤之法：诸州城内皆置务酿酒，县、镇、乡、闾或许民酿而定其岁课，若有遗利，所在多请官酤。"升与斗：容量单位，十合为升，十升为斗。常借喻微薄的薪俸、口粮。

③糟：酿酒剩下的渣滓。

④酒醅（pēi）：酿成而未漉的酒。瀺灂（chán zhuó）：形容水流声。此处指酒醅发酵时冒泡之声。沸汤：滚开的水。

⑤酞：酒味浓厚。薄：酒味淡，不醇厚。

⑥釜（fǔ）：锅。糜：粥。

⑦长民：民之官长，古指天子、诸侯，后泛指地方官吏。《礼记·缁衣》："长民者，衣服不贰，从容有常，以齐其民，则民德壹。"

⑧"仁当"句：《孟子·离娄下》："以善养人，然后能服天下……仁者爱人。"《礼记·中庸》："义者，宜也。"

⑨ 闻达：向皇帝汇报。

【评析】

本诗系年颇有争议。王镁《欧阳修诗文选注》、冯克诚等《精注详析唐宋八大家诗文选》、沈利华等《欧阳修集》、刘扬忠《欧阳修集》等皆以为作于庆历四年（1044）。众人指出，是年，诗人“出使河东，计度废麟州及盗铸铁钱并矾课亏额利害”（宋胡柯《庐陵欧阳文忠公年谱》）事，上书论“转运司将十五年积压损烂酒糟俵配与人户，要清醋价钱……臣欲乞特降朝旨下转运司，今后醋糟，只许官务造醋沽买，及令百姓取便买糟酝醋，不得抑配人户。其糟所得之利不多，但虚为骚扰，以敛怨嗟”（《乞不配卖醋糟与人户札子》），又论“臣伏见麟州元是百姓沽酒自经事宜，后来转运司擘画，官自开沽……又榷其沽酒之利，市肆顿无营运，居者各欲逃移……其沽酒之利，官中所得不多，而劳费甚大。臣今欲乞令百姓依旧开沽。所贵存养一州人户，渐成生业”（《乞放麟州百姓沽酒札子》），与本诗主题相合。其实，以上二札子重在论述官家强卖烂酒糟及沽酒专卖之弊，与本诗重在慨叹百姓食糟之苦有一定区别。刘敞和诗开篇即曰：“岁丰饮酒众同醉，岁饥散糟民亦济。乃知酒酤在官为长策，上可足财下均利。”（《和永叔〈食糟民〉》）赞同官府散糟济民及榷酒制度，与二札子论点正相反。欧阳修长期关注百姓买糟、卖酒等问题，庆历四年较早表述相关观点，未必即本诗作年。

陈新等《欧阳修诗选》、刘德清《欧阳修纪年录》及其与顾宝林、欧阳明亮合著《欧阳修诗编年笺注》、洪本健《欧阳修诗文集校笺》、丁功谊等《欧阳修诗评注》皆系本诗于皇祐二年（1050），代表通行观点。洪著指出：“原未系年，当为皇祐年间知颍州时作。刘敞《和永叔〈食糟民〉》有‘翰林仙伯屈主诺’句，主诺意为地方长官对下属意见加以签署，表示同意，因以借指地方长官。欧至和元年（1054）方迁翰林学士，然庆历三年（1043）即以右正言知制诰；五年仍为知制诰，知滁州；八年依旧知制诰，徙知扬州。宋承唐制，翰林学士院掌起草制、诰、诏、令，故欧被刘敞戏称为‘翰林仙伯’，时仍在知颍州任上。”论述最充分。刘诗末句云：“恨公未为富民侯，此等区区岂所忧。”用《汉书》典故，以“富民侯”代指安天下、富百姓的高官，可见诗人其时官位尚未亨通。

施培毅《欧阳修诗选》则认为本诗作于至和元年（1054）春。皇祐五年（1053）八月，欧阳修返故乡吉州永丰，合葬母郑氏于泷冈。冬，归颍州守制。次年五月，丧服期满，赴京师。施氏论据有四：第一，本诗见于《居士集》，“编次于颍州诗内”。第二，“查史料，皇祐二年春不见灾荒记载”，诗人同年春所作《雪》《雪晴》，亦皆瑞雪丰年景象。第三，诗人于颍州作有《祈晴文》：“自冬涉春，雨雪不止，居民无食，市肆不开，人皆食糟……有自杀者……此宜罚县令之身，使为病恙灾殃以塞其责，不宜使数千户人皆受其灾。”为县令口吻，不可能作于皇祐二年知颍州时，“当是欧阳修在颍州服丧期间，代汝阴县令所作”。第四，史载至和元年（1054）春，雨雪不止，汴京多有冻饿至死者，“颍州距汴京较近，很可能同此灾凶”。欧阳修居家守丧，眼见灾民买糟为食，较庆历四年视察感受更深，产生以往禁止配卖酒糟建议不过为“上不能宽国之利，下不能饱民之饥”的书生议论，此时，“代汝阴县令作《祈晴文》、写《食糟民》诗，是完全可能的”。赵荣蔚详细批驳其说，大要亦有四端：其一，“四部丛刊影印元刊本《欧阳文忠公集》定为作于宋仁宗皇祐二年（1050）”。其二，“宋代苛捐杂税繁多，农民负担深重……全诗不见一个‘灾荒’字样，而注释者却在心中横梗了只有灾荒年成人民才食糟的先入之见。事实上真正遇到灾荒，人民那里还有酒糟可食”。其三，《祈晴文》与本诗无关，其写“城市人民因雨雪阻途、交通断绝而乏食”。《宋史·地理志》载，徽宗崇宁（1102—1106）时，颍州有七万八千一百七十四户，汝阴为颍州四县之首，民户当不少于二万。文中“不宜使数千户人皆受其灾”，“数千户”即指汝阴城中人户，“和《食糟民》之同情农民全无干涉”。其四，“代人作诗歌，除豪门贵族的幕僚即所谓捉刀人外，则往往多带戏谑性……哪里能找出一篇代人作如《食糟民》这样自咎的诗”（《中国古代文献学》）。赵说具有启发性，但亦有不确之处。首先，《食糟民》见四部丛刊影印元刊本《欧阳文忠公集》卷四，系于《人日聚星堂燕集探韵得丰字》《橄榄》《鹦鹉螺》后，除《人日聚星堂燕集探韵得丰字》标皇祐二年外，余三首目录系年处皆涂黑，较书中其他有“同前”字样处显然有别。其次，施培毅原文谓“在这个时期，（欧阳修）代汝阴县令作《祈晴文》、写《食糟民》诗，是完全可能的”，句式颇有歧义，未必确指代县令作诗。另需指出的是，《祈晴文》系年亦有争议，李之亮《欧阳修集编年笺注》即系于“宝元元年（1038）任乾德县令”时，与诸家见解有别。今检明正德《颍州志》卷六附录《祈晴文》，李说似误。

综合各家之说，本诗系年暂据通行观点，列于皇祐二年知颍州时。诗前四句写榷酒得利微薄、酒糟堆积欲朽，开门见山，直入主旨。赵荣蔚认为前二句写“宋代官酒专卖制度繁密，官府丝毫也不放松”（《中国古代文献学》），似误。“酒醅”六句铺写官酒之清香，对比官酿、村酒淳薄之别，为下文蓄势。“不见”四句顺势转入村民生活描写，百姓食糟之苦与“官吏散糟以为德”之行作比，笔端犀利，不露声色，而针砭之意俱现。“嗟彼”八句申说官吏之不称职，标举儒家仁义。末四句反求诸己，深刻自省。全诗主旨、结构近于白居易《观刈麦》、王禹偁《对雪》《感流亡》等。白诗末三句云：“今我何功德？曾不事农桑。吏禄三百石，岁晏有余粮。念此私自愧，尽日不能忘。”王诗云：“多惭富人术，且乏安边议。空作对雪吟，勤勤谢知己。”（《对雪》）又曰：“尔为流亡客，我为冗散官。”（《感流亡》）皆由人及己，反思自身之责，启发本诗。

宋许𫖮评本诗曰：“《食糟民》诗，忠厚爱人，可为世训。”（《彦周诗话》）清范大士云：“贵贱之别，甘苦之殊，但以固然视之矣，作此触目惊心语，洵是圣贤分上人也。莫徒作好诗读过。”（《历代诗发》）皆从儒家“爱人”“圣贤”等角度出发，赞扬本诗内容，“可为世训”“莫徒作好诗读过”强调诗中之义与教化作用，有别于“纯文学”鉴赏。

庐山高，赠同年刘中允归南康

庐山高哉几千仞兮，根盘几百里，巀然屹立乎长江[①]。
长江西来走其下，是为扬澜左里兮[②]，
洪涛巨浪日夕相舂撞。
云消风止水镜净，泊舟登岸而远望兮，
上摩青苍以晻霭[③]，下压后土之鸿厖[④]。
试往造乎其间兮，攀缘石磴窥空谾[⑤]。
千岩万壑响松桧，悬崖巨石飞流淙。
水声聒聒乱人耳，六月飞雪洒石矼[⑥]。
仙翁释子亦往往而逢兮，吾尝恶其学幻而言哤[⑦]。
但见丹霞翠壁远近映楼阁，晨钟暮鼓杳霭罗幡幢[⑧]。
幽花野草不知其名兮，风吹露湿香涧谷，
时有白鹤飞来双。

幽寻远去不可极，便欲绝世遗纷痝[⑨]。
羡君买田筑室老其下，插秧盈畴兮酿酒盈缸。
欲令浮岚暖翠千万状[⑩]，坐卧常对乎轩窗。
君怀磊砢有至宝[⑪]，世俗不辨珉与玒[⑫]。
策名为吏二十载[⑬]，青衫白首困一邦[⑭]。
宠荣声利不可以苟屈兮，自非青云白石有深趣，
其气兀硉何由降[⑮]。
丈夫壮节似君少，嗟我欲说安得巨笔如长杠。

【注释】

① 巀（jié）然：挺立貌，高峻貌。

② 左里：即左蠡，指彭蠡湖，即今鄱阳湖，位于江西北部。另说为山名、城名。

③ 晻（ǎn）霭：荫蔽貌。

④ 鸿厖（máng）：广大而厚重。

⑤ 石磴（dèng）：石台阶。硿（lóng）：通“巃”，深长的山谷。

⑥ 石矼（gāng）：石桥。一说指置于水中供人渡涉的踏脚石。

⑦ 哤（máng）：语言杂乱。

⑧ 幡幢（fān chuáng）：佛、道两教所用的旌旗。

⑨ 纷痝（máng）：纷繁，痛苦。痝，病困。一说通“厖”，杂乱。

⑩ 浮岚：飘动的山林雾气。暖翠：天气晴和时青翠的山色。

⑪ 磊砢（luǒ）：形容植物多节，喻指人才能不凡。南朝宋刘义庆《世说新语·赏誉》：“庾子嵩目和峤，森森如千丈松，虽磊砢有节目，施之大厦，有栋梁之用。”

⑫“世俗”句：《荀子·法行篇》：“子贡问于孔子曰：‘君子之所以贵玉而贱珉者，何也？为夫玉之少而珉之多邪？’孔子曰：‘恶！赐！是

何言也！夫君子岂多而贱之，少而贵之哉！夫玉者，君子比德焉……故虽有珉之雕雕，不若玉之章章。’”珉（mín），似玉之石。玒（hóng），玉名。

⑬ 策名：指科举及第。天圣八年（1030），刘涣与欧阳修同年及第，至诗人皇祐三年（1051）作此诗，已过去二十一年，“二十载”系举其成数。

⑭ 青衫：低级官吏的官服。《宋史·舆服志》：“七品以上服绿，九品以上服青。”困一邦：指刘涣官终颍上令。

⑮ 兀硉（wū lù）：突兀高亢。

【评析】

本诗作于皇祐三年（1051）知应天府期间，时诗人四十五岁。庐山，在今江西九江南，耸立于鄱阳湖、长江之滨。刘中允，即刘涣，字凝之，筠州（治今江西高安）人，与欧阳修同榜入第，官至太子中允、颍上（今属安徽）令。皇祐三年，弃官归隐南康（今江西庐山），诗人作此诗赠之。司马光记载：“（刘道原）父涣，字凝之，进士及第，为颍上令，不能屈节事上官，年五十弃官，家庐山之阳且三十年矣，人服其高。永叔作《庐山高》以美之，今为屯田员外郎致仕云。”（《刘道原〈十国纪年〉序》）可参考。

本诗评价呈两极化，诗人颇以此诗自负。叶梦得引欧阳修之子欧阳棐语曰：“先公平日未尝矜大所为文，一日被酒，语棐曰：‘吾诗《庐山高》，今人莫能为，唯李太白能之；《明妃曲》后篇，太白不能为，唯杜子美能之；至于前篇，则子美亦不能为，唯吾能之也。’”（《石林诗话》）并指出：“前辈诗文各有平日得意，不过数篇，然他人未必能尽知也……今阅公诗者盖未尝独异此三篇也。”（胡仔《苕溪渔隐丛话·前集》引）“前辈”三句与通行本《石林诗话》文字略异，末句不见于后者，然胡仔、蔡正孙等南宋人均引作叶梦得语，且末句前有“余在汝阴见棐问之”语，欧阳棐逝世时，胡仔年仅四岁，蔡正孙远未出生，唯生活于两宋之交的叶梦得可见及欧阳棐，并作此按语，故今仍定为叶氏语。据此，可见出其时诗家对《庐山高》等诗看法已有别于欧阳修，认为该篇在欧集中并不突出。欧阳修语亦有异文，朱熹“从乡人李氏得书一编”，阅后指出：“李本‘自以为不及’下有‘二人因此名重天下，公惟尝因醉戏亲客曰：“《庐山高》，他人作不得，唯韩退之作得；《琵琶前引》，退之作不得，唯杜子美作得；《后引》，子美作不得，唯太白作得。”公诗播人口者甚多，唯此三篇其尤自喜者也’。此段恐嫌于夸而去之。”（《朱文公文集》）明郎瑛指出：“予论《庐山高》全似太白，前引类杜，后引类韩，当以石林所记为是。但欧公自不当谓前引则子美亦不能此，或棐乃过誉乃翁之辞，抑梦得误纪之耶？若《名臣录》所记，《庐山高》岂似韩耶？二引既不拟李，又杂太白之名，何也？此必其传闻也。”（《七修类稿》）《名臣录》即朱熹《三朝名臣言行录》。“韩愈”之说并不可靠，后世流传多作“李白”。但此处变李白为韩愈，透露出对欧阳修师法对象的不同认识。刘熙载曰：“东坡谓欧阳公论大道似韩愈，诗赋似李白，然试以欧诗观之，虽曰似李，其刻意形容处，实于韩为逼近耳。”（《艺概·诗概》）具体到本诗，今人黄进德说：“全诗笔触奇谲浪漫，近乎李白；辞藻高古，全用险韵，则效韩愈。”（《欧阳修诗词文选评》）除此之外，本篇“兮”字句式更明显受到李白长篇骚体诗影响，以文为诗倾向则更近于韩愈。文末，朱熹指出欧阳修此语有夸耀之嫌而遭删去，大体可见其对本诗评价亦不甚高。

除欧阳修自赞外，此诗当世评价亦颇高，王直方曰：“郭功父少时喜诵文忠公诗。一日，过梅圣俞，（圣俞）曰：‘近得永叔书，方作《庐山高》诗送刘同年，自以为得意，恨未见此诗。’功父为诵之。圣俞击节叹赏曰：‘使吾更作诗三十年，亦不能道其中一句。’功父再诵，不觉心醉，遂置酒又再诵，酒数行，凡诵数十遍，不交一谈而罢。明日，圣俞赠功父诗，其略曰：‘一诵《庐山高》，万景不得藏……设令古画师，极意未能详。’”（《苕溪渔隐丛话·前集》引《王直方诗话》）其中梅诗出自《依韵和郭祥正秘校〈遇雨宿昭亭见怀〉》，主要称赞《庐山高》写景状物之妙。

后世赞誉如南宋费衮曰：“欧公作《庐山高》，气象壮伟，殆与此山争雄。非公胸中有庐山，孰能至此？”（《梁溪漫志》）赞誉本诗气象雄浑。南宋黄震云：“《紫石屏歌》，文之奇者也；《庐山高》诗，文之豪者也。”（《黄氏日钞》）即今观之，前诗胜在想象奇崛，后诗气势尤为豪宕，二者皆为杂言古体，有以文为诗特征，后者句式尤参差错落。清陆以湉曰：“欧阳公《庐山谣》二百九十六字，只叶十三韵，此诗中奇格也。”（《冷庐杂识》）诗押三江韵，共十六韵，三十八句，陆氏所言“只叶十三韵”有误。全诗十一处隔句用韵，四处三句用韵，一处四句用韵。起首十句共叶三韵，韵脚参差，其后二十八句多隔句押韵，“幽花”三句、“宠荣”三句穿插其间，整齐中不乏错落之势，确为精心结撰之作。

后世诗论家多不认可欧阳修自评之语。王世贞指出：“欧阳公自言《庐山高》《明妃曲》，李、杜所不能作。余谓此非公言也。果尔，公是一夜郎王耳。《庐山高》仅玉川之浅近者。无论其他，只‘半壁见海日，空中闻天鸡’，太白率尔语，公能道否耶？”（《艺苑卮言》）又曰：“欧阳公《庐山高》自谓出李、杜上，不满识者一笑，然其雄劲豪放，亦是公最合作诗也。”（《弇州四部稿》）前者认为本诗仅相当于卢仝诗中浅近之作，不及李白率意之句。后者曰本诗为雄劲豪放，评价较高，但亦在李、杜之下，较前者为公允。清胡寿芝评价与王氏相近：“永叔《庐山高》一首最得意，盖用险韵，而以长句屈曲达之，遂觉稳峭可喜。然非奇作，何谓出李、杜上？”（《东目馆诗见》）清叶矫然指出：“今其诗具在，试取太白《庐山谣》与较之，果何如也……人苦不自知，‘家有敝帚，享之千金’，不意永叔而作是言也。或曰其子扬厥考之词，非六一语也。良然。”（《龙性堂诗话续集》）《庐山谣》指李白《庐山谣寄卢侍御虚舟》，诗人《庐山高》明显受到李白此诗及《鸣皋歌送岑征君》等诗影响，今人刘扬忠认为：“此诗确有李白式的境界和风格，但在奇思异想、奇情壮采上均不及李白，它缺少李白诗之飘逸，却多了一些抑郁不平之气；其议论化、散文化的倾向也是唐诗所没有而为宋诗所特有的。”（《欧阳修集》）为持平之论。叶矫然继承前引郎瑛说法，认为欧阳棐引述诗人之语或其自作，属推测之词。清潘德舆强调“此真被酒时言语”（《养一斋诗话》），今人施培毅亦据欧阳修之言中有“被酒”二字，认为其纵使属实，也仅为诗人“酒话”（《欧阳修诗选》），可备一说。其实，论诗本非易事，欧阳修曰：“知圣俞诗者莫如某，然圣俞平生所自负者，皆某所不好；圣俞所卑下者，皆某所称赏，知心赏音之难如是。其评古人之诗，得无似之乎？”（刘攽《刘贡父诗话》引）自批评与他批评间存在距离。清洪亮吉亦强调论诗之难：“欧阳公善诗而不善评诗，如所推苏子美、梅圣俞，皆非冠绝一代之才，又自诩《庐山高》一篇，在公集中亦属中下。甚矣，知人知己之难也。”（《北江诗话》）认为《庐山高》仅为欧诗中下之作，贬抑过甚。清姚范曰：“余按公笔力既不及前人崛奇，其长句多不可人意，且经营地上语耳，乃欲拟太白飞仙耶？篇中‘洪涛巨浪’‘云消风止’‘千岩万壑’‘悬崖巨石’‘丹霞翠壁’‘晨钟暮鼓’‘幽花野草’‘风吹露湿’‘浮岚暖翠’‘青山白云’‘青云白石’四字句俱犯，复‘学幻言哤’学究气，后幅尤觉鼠尾。阮亭不取，甚当。且易‘椽笔’为‘长杠’，尤未安。跨蹑李、杜，或非公语。”方东树按语曰：“宋人诗、小说，失是非者甚众，学者慎取之可也。”（姚范《援鹑堂笔记》）桐城诗论自方世举、方贞观即多宗唐音，不喜“学究气”，姚范尤推举王士禛《古诗选》，“阮亭不取”即指此书未选《庐山高》。其所举四字句（按：“青山白云”不见于本诗）皆句中对，偶有合掌之嫌，然置之七古无伤大雅。全诗分两层，前二十五句写庐山壮丽景色，自“羡君”句至结尾十三句悬想刘涣日后隐逸生活，流露“报国如乖愿，归耕宁买田”（《答太傅相公见赠长韵》）心期，慨叹刘涣遭际，寄寓郁勃不平之气，潜气内转，主次相映，亦不宜讥为“鼠尾”。

忆滁州幽谷

滁南幽谷抱千峰①，高下山花远近红。
当日辛勤皆手植，而今开落任春风。
主人不觉悲华发，野老犹能说醉翁②。
谁与援琴亲写取③，夜泉声在翠微中④。

【注释】

① 幽谷：在今安徽滁州城西大丰山北。其地有幽谷泉，至今仍存。

② 野老：村野老者。

③ 援琴：弹琴。写：作曲。作者认为泉声优美动听，应该谱成曲欣赏。

④ 翠微：指青翠掩映的山腰幽深处。《尔雅·释山》：“未及上，翠微。”晋郭璞注：“近上旁陂。”清郝懿行疏：“翠微者……盖未及山顶孱颜之间，葱郁葐蒀，望之芊芊青翠，气如微也。”

【评析】

本诗作于至和二年（1055）春任翰林学士期间，时诗人四十九岁。刘德清《欧阳修纪年录》初系至和元年春，后又指出："作于至和二年春，在京任翰林学士，兼史馆修撰，主修《唐书》。韩维《南阳集》卷八《和永叔〈思滁州幽谷〉》即和此诗，刘敞《公是集》卷二十三亦有《和忆幽谷二首》。"（刘德清等《欧阳修诗编年笺注》）后说是。至和二年二月十七日，富弼除宣徽南院使，判并州（治今山西太原），兼河东路经略安抚使，旋辟韩维入幕，六月（一说四月）拜相归京。同年春，刘敞在京任右正言、知制诰，三人唱和当在此期。洪本健指出："原未系年。诗中'谁与'二句，引沈遵援琴作《醉翁吟》事，当与本集卷六《赠沈遵》、卷七《赠沈博士歌》作于同时，即嘉祐元年（1056）或二年。"（《欧阳修诗文集校笺》）似误。诗人《幽谷晚饮》未系年，洪本健《欧阳修诗文集校笺》系于庆历六年（1046）或七年，刘德清等《欧阳修诗编年笺注》系于庆历六年秋，是。该诗当作于诗人庆历六年发现幽谷后、八年闰正月离滁前，诗云："山色已可爱，泉声难久听。安得白玉琴，写以朱丝绳。"口吻与本篇无二。"安得""谁与"皆疑问之词，当作于至和二年八月出使辽国逢沈遵、闻《醉翁吟》前。《醉翁吟》虽写醉翁亭山水之声，然诗人形容云："滁山高绝滁水深，空岩悲风夜吹林。山溜白玉悬青岑，一泻万仞源莫寻。"（《赠沈博士歌》）亦可包举幽谷泉声。李之亮认为《忆滁州幽谷》作于"至和元年在汴京时"（《欧阳修集编年笺注》），误。皇祐五年（1053）八月，诗人返故乡庐陵（今江西吉安），合葬母郑氏于泷冈。冬，归颍州守制。至和元年五月，丧服期满，始赴京师。本诗写春景，显非作于至和元年赴开封后。

由于"庆历新政"失败及朝廷党争，欧阳修于庆历五年（1045）

八月被贬滁州，十月，到任，至八年闰正月徙扬州，共在滁州任上约二十八月。理想破灭，贬谪出京，诗人难免内心失落，而又能排遣以乐：“某居此久，日渐有趣。郡斋静如僧舍，读书倦即饮射，酒味甲于淮南，而州僚亦雅。”（《与梅圣俞书》）寄情滁州山水，听琴饮酒，同时勤于政事，“某此愈久愈乐，不独为学之外有山水琴酒之适而已。小邦为政期年，粗若有成，固知古人不忽小官，有以也”（《与梅圣俞书》），与民同乐，“人知从太守游而乐，而不知太守之乐其乐也”（《醉翁亭记》）。《醉翁亭记》《丰乐亭记》《丰乐亭游春三首》《别滁》等名篇均作于此时，风流之盛，与苏轼贬谪黄州（治今湖北黄冈）作前、后《赤壁赋》及《念奴娇·赤壁怀古》等雅相匹敌。离滁后，诗人追忆滁州时光，反复作诗怀念，本篇以忆滁命题，尤致其意。

首联入笔擒题，悬想幽谷千峰花开。颔联视角拉近，高下山花皆当日与谢缜殷勤手种，“浅深红白宜相间，先后仍须次第栽。我欲四时携酒去，莫教一日不花开”（《谢判官幽谷种花》），而今任春风吹开吹落，前后互文，颇寓索寞之意。颈联切入人事，离滁多年，诗人已成白发，野老犹能记说，“滁人皆喜醉翁醉，至今人人能道之。长记山间逢太守，篮舆酩酊插花归”（《赠沈遵》异文）。与夷陵不同，诗人贬滁州时，颇喜当地人情，此时回忆，亦悬想野老犹能记诵当日情形。尾联转写泉声，期待有人将之谱入琴曲，以声结情，空灵蕴藉。

全诗感情真挚，哀而不伤，风格清新平易。中二联宽对、流水对，尤具流动之态，出句、对句作比，突出变化，诗艺、诗情相合无间。

奉使道中作三首

其　三

客梦方在家，角声已催晓[①]。
匆匆行人起，共怨角声早。
马蹄终日践冰霜，未到思回空断肠[②]。
少贪梦里还家乐，早起前山路正长。

【注释】

① 角声：画角声，古代军中吹号角以为昏明之节。诗人出使辽国，随员众多，晨昏以角声为号。

② 未到思回：未至便已思归。韩愈《李花赠张十一署》："欲去未到先思回，只今四十已如此。"

【评析】

本诗为组诗三首其三，作于至和二年（1055）出使契丹时。是年四月，契丹遣使贺仁宗乾元节，持本国三世画像以求仁宗御容。八月四日，辽兴宗驾崩，子耶律洪基继位。同月，欧阳修以翰林学士、右谏议大夫充任贺契丹国母生辰使，出使辽国，持送仁宗御容。二十八日，宋廷知辽主去世，新主登基，改任欧阳修为贺登位国信使。十二月二十七日，诗人抵达辽国松山（今内蒙古赤峰西）。嘉祐元年（1056）二月二十二日，归至京师开封。组诗其二曰："客行方远道。"本诗云："未到思回空断肠。"应作于去程。

首二句写征人梦中初归家，尚未体验居家之乐，便已被号角声催醒，将要继续启程前行。这一情景平常而又深刻，诗人纵笔直写，真情流露，不假雕饰，而深情自见。行人听到号角，匆匆起身收拾，相见之后，皆抱怨角声吹得太早。其人所怨并非早起，而是扰梦。唐金昌绪曰："打起黄莺儿，莫教枝上啼。啼时惊妾梦，不得到辽西。"（《春怨》）闺人梦行人，怨啼鸟早鸣；行人亦梦闺人，却被角声惊醒。诗人何故不令角声晚吹，满足离人思乡之梦呢？组诗其一解释道："执手意迟迟，出门还草草。无嫌去时速，但愿归时早。北风吹雪犯征裘，夹路花开回马头。若无二月还家乐，争奈千山远客愁。"原来诗人早行、速行皆为早归。道路苦远，客愁深重，然越是如此，越需快马加鞭，及早还家。诗人以如期归家之乐消解路途之苦，以乐写悲，悲中寓乐，可谓"层深而浑成"（王又华《古今词论》引毛先舒评欧阳修《蝶恋花》结拍语）。诗人亦是梦里归家之人，梦回后，却需终日面对冰路霜风，不禁自我劝慰：未至莫思归，思归只是空断人肠；亦莫贪求梦里之乐，远路方长，还需继续前行。组诗其二曰："为客莫思家，客行方远道。还家自有时，空使朱颜老。禁城春色暖融怡，花倚春风待客归。劝君还家须饮酒，记取思归未得时。"前四句即写此意。诗人一面说莫思家，一面想象归乡后春色融怡、春花含笑，悬想他日归家，满酌美酒，再来怀念此时光景况味，笔法近于李商隐"君问归期未有期，巴山夜雨涨秋池。何当共剪西窗烛，却话巴山夜雨时"（《夜雨寄北》），于李诗欲归不得、他日回想外，加入思家与莫思家之矛盾，思致更其曲折，回环往复，"曲似九回肠"（柳宗元《登柳州城楼，寄漳、汀、封、连四州》），尤显深情。李煜词云："梦里不知身是客，一晌贪欢。"（《浪淘沙令》）本诗末句反用其意，诗人既知梦境虚幻，欲快马加鞭，早日归家，又贪恋其乐，故自劝自戒，清醒而痛苦，益见其悲。

诗人以往行旅诗少有如《奉使道中作三首》般纡徐曲折、萦回反复之作。三诗层次递进，联系密切，其一写急行速归，其二写莫思家而不得，皆结以归家之想，总体情感趋于平和，仍能以乐解忧；而本诗凝聚前二首情感，重点刻画旅途之艰，结句虽仍幻想归家之乐，却以“少贪”二字领起，复归莫思家、速前行之情，而基调更悲，构成闭环，章法井然。三诗俱首四句抒情，兼及叙事，后四句写景，穿插抒情；采用前四句五言，后四句七言形式，句式整齐，有学习《诗经》痕迹；四句一换韵，前半段皆用上声十九皓韵，唯本诗“晓”字通押十七筱韵，后四句分别换用十一尤韵、五微通押四支韵、七阳韵，意蕴、体式、句式、韵脚同时转换，妙合无间，确为细致构思之作。

边　户

家世为边户①，年年常备胡。
儿童习鞍马，妇女能弯弧。
胡尘朝夕起，虏骑蔑如无②。
邂逅辄相射，杀伤两常俱。
自从澶州盟③，南北结欢娱。
虽云免战斗，两地供赋租。
将吏戒生事，庙堂为远图。
身居界河上④，不敢界河渔。

【注释】

①边户：边境地区的住户。此指宋、辽边界处宋境内的人家。

②虏骑：对辽军的蔑称。蔑如无：边民轻视辽军，视之如无。

③澶州盟：景德元年（1004），宋、辽订立“澶渊之盟”，约定宋每

年向辽输银十万两，绢二十万匹。澶州，古称澶渊郡，治今河南濮阳。

④界河：两国分界之河。此指宋、辽分界河，在今河北中部，上游为巨马河，下游为白沟河，故道经霸州、天津等入海，全长约九百里。

【评析】

本诗约作于至和二年（1055）末、三年初。二年八月，欧阳修以翰林学士、右谏议大夫充任贺契丹国母生辰使，出使辽国，持送仁宗御容。值辽主去世，新主登基，改贺登位国信使，途中经边界。施培毅《欧阳修诗选》认为作于皇祐三年（1051），未详何据。作者此次出使辽国，待遇极为隆重，辽主遣陈留郡王、北宰相、尚父中书令等贵臣押宴接待，明言："此非常例，以公名重故尔。"（华孳亨《欧阳文忠公年谱》）可见一斑。

诗分两层，以"澶渊之盟"为界，前八句写边地人民之勇武，格调昂扬。河北"古称多感慨悲歌之士"（韩愈《送董邵南序》），民风历来尚武，加之作为宋、辽边境，自宋立国以来，即面临辽国不断南攻的威胁，更加磨炼了当地人民的悍勇之气。"年年常"双重强调，"既见出胡骑骚扰之不断，也见出边户防备之不懈"（肖瑞峰语，见曾枣庄主编《欧阳修诗文赏析集》）。"儿童"句互文见义，重点描写儿童、妇女习武镜头，南北朝佚名诗曰："李波小妹字雍容，褰裙逐马如卷蓬，左射右射必叠双。妇女尚如此，男子那可逢。"（《李波小妹歌》）诗人化用其意，侧面烘托，取材精当。"胡尘"四句正叙战争，受北朝乐府"朔气传金柝，寒光照铁衣。将军百战死，壮士十年归"（《木兰辞》）影响，用墨凝练，进一步书写边地人民的英雄无畏。"朝夕起"呼应"年年常备胡"，笔法绵密。"蔑如无"，一说指辽军"蔑视宋朝守边武装力量，越境入侵，如入无人之境"（施培毅《欧阳修诗选》）。就"胡尘"二句来看颇为顺畅，但前文"常备胡""习鞍马”“能弯弧”及后文“辄相射”等处主语皆为边地人民，且前八句重在刻画其勇猛无畏，对读之下，此句主语亦当为边户。“杀伤”句写边民、辽兵死伤相当。今人王思宇指出：“‘俱’是相等、一样之意。”（缪钺等《宋诗鉴赏辞典》）肖瑞峰则认为“‘常俱’即常有”（曾枣庄主编《欧阳修诗文赏析集》），前解更确。

后八句急转直下，写边户之悲惨，笔调委婉多讽。宋、辽战争有历史经纬，历经数帝，持续四十余年。五代时，后晋开国君主石敬瑭献幽州（治今北京）、云州（治今山西大同）等十六州于契丹，以乞庇护，中原失去天然屏障。后周广顺元年（951），北汉联合辽国，挥师南下。显德六年（959），周世宗柴荣攻辽，连下三州，后因病重班师，卒于东京开封。次年，宋太祖赵匡胤承间开国，一面攻北汉，战辽兵，一面置“封桩库”，欲和平赎回失地，最终未成。太宗赵光义灭北汉后，数攻幽州不下，被迫转入守势。真宗咸平（998—1003）年间，辽屡攻宋，互有胜负。景德元年（1004），萧太后与辽圣宗亲征北宋，直攻定州（今属河北）。真宗欲迁都南逃，王钦若、陈尧叟等大臣或主迁都升州（治今江苏南京），或主迁都益州（治今四川成都），因其时宰相寇准坚请，始至澶州督战。宋军由是气势大增，战况向好，甚至击杀辽国南京统军使萧挞凛。辽国闻之提出合约，真宗不顾寇准等人反对，签订“澶渊之盟”，向辽国称弟输银。至庆历二年（1042），辽国恃武威胁，北宋又岁增绢十万匹、银十万两，边地人民负担愈重。诗中“欢娱”“远图”等词反讽，宋廷之行为与边户之境遇对比鲜明。“两地供赋租”“不敢界河渔”等诗句大笔濡染，不作细致刻画，冷静客观，尤见悲痛。“不敢”二字与上文“蔑如无”反差明显，可见“戒生事”对边民生活影响之大。边户不惧“虏骑”，却为“将吏”束缚，意在言外，含蕴万千。

全诗以叙代议，借鉴汉乐府及杜甫“三吏三别”笔法，自然流畅，婉而多讽。肖瑞峰指出本篇描写对象具典型性，“尝一脔肉而知一镬之味”（《淮南子·说山训》），描写方式具客观性，“不著一字，尽得风流”（托名司空图《二十四诗品》），洵非虚论。诗人多次提出“预备疆场”（《塞垣》），“不忠之臣欲急和”（《论西贼议和利害状》），强调边疆和战情形并非仅凭一纸合约决定，对边境形势不可掉以轻心，反映庆历（1041—1048）时期范仲淹及诗人等一代政治家的共同心声，可参看。

盘车图

浅山嶙嶙，乱石矗矗，山石硗聱车碌碌[①]。
山势盘斜随涧谷，侧辙倾辕如欲覆。
出乎两崖之隘口，忽见百里之平陆。
坡长坂峻牛力疲，天寒日暮人心速。
杨褒忍饥官太学[②]，得钱买此才盈幅。
爱其树老石硬，山回路转。
高下曲直，横斜隐见。
妍媸向背各有态[③]，远近分毫皆可辨。
自言昔有数家笔，画古传多名姓失。
后来见者知谓谁，乞诗梅老聊称述[④]。
古画画意不画形，梅诗咏物无隐情。
忘形得意知者寡[⑤]，不若见诗如见画。
乃知杨生真好奇[⑥]，此画此诗兼有之。
乐能自足乃为富，岂必金玉名高赀[⑦]。

朝看画，暮读诗，杨生得此可不饥。

【注释】

① 硗磝（qiāo áo）：多石，高低不平。碌碌：车轮滚动声。

② 杨褒：字之美，华阳（今四川成都东，一说今河南新郑北，一说指华山之阳）人，时与梅尧臣同官国子监直讲，佐博士讲经学。太学：中国古代教育机构。《宋史·选举志三》载宋代学制："凡学皆隶国子监。国子生以京朝七品以上子孙为之，初无定员，后以二百人为额。太学生以八品以下子弟若庶人之俊异者为之。"庆历四年（1044），范仲淹任参知政事，进言兴学，宋祁、欧阳修等亦合奏，宋代太学于是年设立。

③ 妍媸：美丑。向背：正面和背面。

④"自言"四句：《盘车图》昔有数家手笔，此幅年代久远，辗转相传，不知作者，特向梅尧臣请教。梅诗《观杨之美〈盘车图〉》："古丝昏晦三尺绢，画此当是展子虔。坐中识别有公子，意思往往疑魏贤。"展子虔，渤海（今山东阳信）人，历北齐、北周，至隋，官朝散大夫、帐内都督。元汤垕《画鉴·六朝画》："展子虔画山水，大抵唐李将军父子多宗之；画人物描法甚细，随以色晕开。余尝见《故实人物》《春山人马》等图，又见《北齐后主幸晋阳宫图》，人物面部神采如生，意度具足，可为唐画之祖。"魏贤，即卫贤，长安（今陕西西安）人，为南唐内供奉，擅楼观殿宇、盘车水磨，兼工山水。《宣和画谱》载宋御府藏其《闸口盘车图》《雪岗盘车图》与另两幅《盘车图》。欧阳修等《新唐书·艺文志》："董萼画《盘车图》。"今人洪本健据此以为画系董氏作。

⑤ 忘形得意：略去形貌，探得本意。《庄子·外物》："言者所以在意，得意而忘言。"王弼《周易注》："得意在忘象，得象在忘言。"

⑥ 杨生真好奇：杜甫《渼陂行》："岑参兄弟皆好奇。"

⑦ 高赀：资财雄厚，富户。

【评析】

本诗作于至和三年（1056），时诗人五十岁，居汴京，任翰林学士，兼史馆修撰。刘德清系于嘉祐元年（即至和三年，九月改元嘉祐）十月，未言所据，或以诗中“天寒”二字系于年末。然“天寒”系写《盘车图》景，或不可据。同年，梅尧臣有诗《观杨之美〈盘车图〉》，欧诗题下原注：“一本上题‘和圣俞’，下注‘呈杨直讲’。”所和当即此诗。杨之美、杨直讲，皆指杨褒。盘车图，描画车行山间、盘曲艰难之状的图画，是古时常见的绘画题材。

起笔九句具体描绘《盘车图》内容，由山石引出牛车，写其“欲覆”之貌，继而放眼平陆，视野开阔，最后收归牛车，揣摩行人焦急的心情，笔法收纵自如。四言句起，七言句承，连用“嶙嶙”“矗矗”“碌碌”三叠字，音韵铿锵。“出”“忽”二字化静为动，有尺幅千里之妙。“坡长”二句偶对工整，又句内自对，“古诗时为一对，则体格峭健”（吴可《藏海诗话》引欧阳修语），如断云横岭，振起文势。

“杨褒”二句写忍饥买画。杜甫诗曰：“诸公衮衮登台省，广文先生官独冷。甲第纷纷厌粱肉，广文先生饭不足。”（《醉时歌》）广文博士，官名，唐玄宗天宝九载（750）置于广文馆，领国子监习进士业之生。杜诗写学官清贫之状，欧阳修化用其意，妥帖如从己出。诗人另有诗曰：“杨君好雅心不俗，太学官卑饭脱粟……奇书古画不论价，盛以锦囊装玉轴。”（《于刘功曹家见杨直讲女奴弹琵琶，戏作，呈圣俞》）梅尧臣和诗云：“言事关西杨广文，广文空腹贪教曲……翰林先生多所知，又笑画图收满屋。”（《依韵和永叔戏作》）又曰：“从初李氏国破亡，图书散入公侯族……太学杨君固甚贫，直缘识别争来鬻。朝质绨袍暮质琴，不忧明日铛无粥。”（《和杨直讲夹竹花图》）

韩维亦有和诗："官卑俸薄不自给，买童教乐收图书。"（《又和杨之美家琵琶妓》）皆写杨褒贫而好画。诸家往来唱和，可见其时文人雅会、唱和盛况。

"爱其"六句复写《盘车图》，转入杨褒视角，力避重复。改用四字句，句式多变，如梅枝横斜侧出，文势跌宕。"自言"四句写杨褒不详画之作者，故向梅尧臣请教。诗人另曰："昨日见杨褒家所藏薛稷书，君谟以为不类，信矣。凡世人于事，不可一概，有知而好者，有好而不知者，有不好而不知者，有不好而能知者。褒于书画，好而不知者也。"（《集古录跋尾·唐薛稷书》）批评杨褒好画而不知。相较之下，本诗颇显委婉。

"古画"四句转入议论，欧阳修认为，《盘车图》重意，梅诗咏物入微，观画如不能忘形得意，则反不若观诗。梅尧臣诗曰："谷口长松叶老瘦，涧畔古树身枯高。土山惨憺远复远，坡路曲折盘车劳。二车回正辕接轸，继下三车来巉嶙。过桥已有一乘歇，解牛离轭童可哂。黄衫乌巾驱举鞭，经险就易将及前。毂轮傍侧辐可数，蹄角挽错卷箱联。古丝昏晦三尺绢，画此当是展子虔。坐中识别有公子，意思往往疑魏贤。子虔与贤皆妙笔，观玩磨灭穷岁年。涂丹抹青尚欺俗，旱龙雨日犹卖钱。是亦可以秘，疑亦不可捐。为君题卷尾，愿君世世传。"（《观杨之美〈盘车图〉》）描摹物态细致精微，但未涉情意。诗人另论画曰："萧条淡泊，此难画之意，画者得之，览者未必识也。故飞走、迟速、意浅之物易见，而闲和、严静、趣远之心难形。若乃高下、向背、远近、重复，此画工之艺尔，非精鉴者之事也。"（《试笔·鉴画》）强调对于绘画、赏画者而言，画之形易见而其神难求。以此衡之，梅尧臣似亦非精鉴者。

欧阳修论诗有别于论画，评韩愈云："然其资谈笑、助谐谑、叙人情、状物态，一寓于诗，而曲尽其妙。"（《六一诗话》）又曰："内有忧思感愤之郁积，其兴于怨刺，以道羁臣、寡妇之所叹，而写人情之难言，盖愈穷则愈工。”（《〈梅圣俞诗集〉序》）认为能做到描摹物态之妙、叙写人情之隐，便为好诗。梅尧臣《观杨之美〈盘车图〉》属题画诗，于刻画物态精妙工致之外，亦当论及“难画之意”，方为上乘。特本诗为和作，故未明言此意，仅夸耀梅诗“咏物无隐情”。情即情实，而非情意。相较之下，本篇反复描摹图中内容，刻画其意，兼论杨褒“忍饥”“好奇”“自足”等特质，与画之内容形成同构，同时点出绘画、赏画、观诗之异同，宣扬美学主张，可谓诗人画论、诗论之集中体现与成功实践。

“古画”四句初专就《盘车图》与梅尧臣《观杨之美〈盘车图〉》而言，后人升华至总论画、诗高度。沈括曰：“书画之妙当以神会，难可以形器求也。世之观画者多能指摘其间形象位置、彩色瑕疵而已，至于奥理冥造者罕见其人。如彦远《画评》言‘王维画物，多不问四时，如画花，往往以桃、杏、芙蓉、莲花同画一景。’予家所藏摩诘画《袁安卧雪图》有雪中芭蕉，此乃得心应手，意到便成，故造理入神，迥得天意，此难可与俗人论也。谢赫云：‘卫协之画，虽不该备形妙，而有气韵凌跨群雄，旷代绝笔。’又欧文忠《盘车图》诗云：‘古画画意不画形，梅诗咏物无隐情。忘形得意知者寡，不若见诗如见画。’此真为识画也。”（《梦溪笔谈》）中国写意画传统深远悠久。魏晋时，玄学肇兴，王弼以无为体，以有为用，又论“故言者所以明象，得象而忘言，象者所以存意，得意而忘象”（《周易注·明象》），贵无、重意，催生向往空灵通透之境及重神轻形的审美品格。南朝谢赫曰：“物以体物，则未见精粹，若取之象外，方厌膏腴，可谓微妙也。”又云：“虽略于形色，颇得神气，笔迹超越，亦有奇观。”（《古画品录》）后世影响深远。宋代，文人画兴盛，更重传情表意，欧诗即反映此种倾向。

苏轼画论、诗论见解有相近之处：“韩生画马真是马，苏子作诗如见画。”（《韩干马十四匹》）又云：“论画以形似，见与儿童邻。赋诗必此诗，定非知诗人。诗画本一律，天工与清新。”（《书鄢陵王主簿所画折枝二首》其一）另曰：“少陵翰墨无形画，韩干丹青不语诗。”（《韩干马》）宋王直方评欧诗、苏诗道：“余以为若论诗画，于此尽矣。”（胡仔《苕溪渔隐丛话·前集》引《王直方诗话》）相较欧阳修分论画、诗，苏轼更强调诗画一体。宋蔡絛曰：“丹青吟咏，妙处相资。昔人谓‘诗中有画，画中有诗’者，盖画手能状，而诗人能言之。唐人有《盘车图》，画重冈复岭，一夫驰车山谷间。欧阳赋诗：‘坡长阪峻牛力疲，天寒日暮人心速。’……且画工意初未必然，而诗人广大之。乃知作诗者徒言其景，不若尽其情，此题品之津梁也。”（胡仔《苕溪渔隐丛话·前集》引《西清诗话》）苏轼论王维曰：“味摩诘之诗，诗中有画。观摩诘之画，画中有诗。”（《东坡题跋·书摩诘〈蓝田烟雨图〉》）蔡絛借以论欧诗，认为画工有意，诗人更进而广大之，为题画诗妙诀，若仅形容物态，则非其至，故其尤推许欧阳修“坡长”二句。

另有专自赏画角度接受欧诗者。宋葛立方指出：“或谓：‘二公（欧阳修、苏轼）所论，不以形似，当画何物？’曰：‘非谓画牛作马也，但以气韵为主尔。谢赫云：“卫协之画，虽不该备形妙，而有气韵凌跨雄杰。”其此之谓乎？陈去非作《墨梅诗》云：“含章檐下春风面，造化工成秋兔毫。意得不求颜色似，前身相马九方皋。”后之鉴画者，如得九方皋相马法，则善矣。’”（《韵语阳秋》）明俞弁云：“余谓不但临摹法帖，看画亦然。今人见画不谙先观其韵，往往以形似求之，此画工鉴耳，非古人意趣，岂可同日语哉？欧阳文忠公诗云：‘古画画意不画形。’苏东坡云：‘作画以似形，见与儿童邻。’真名言也。”（《逸老堂诗话》）传神、气韵为魏晋南北朝画论重要概念，谢赫《古画品录》提出绘画“六法”，“气韵生动”即为第一法。

清宋长白指出：“欧阳永叔《赠李景仙诗》：‘无为道士三尺琴，中有万古无穷音。弹虽在指声在意，听不以耳而以心。’题《盘车图》诗：‘古画画意不画形，梅诗咏物无隐情。忘形得意知者寡，不若见诗如见画。’梅诗者，谓宛陵曾题也。两章段落，俱有至诣，琴耶，画耶，诗耶？其得无声三昧者耶？”（《柳亭诗话》）认为欧阳修之论得琴、画、诗三者神理，赞不绝口。

“乃知”二句承上，写杨褒得画又得诗，既可赏意，又可赏形。“乐能”五句发抒人生感慨，关合上文“杨褒”二句，巧做开解，章法绵密。同时期唱和诗多言及此意，欧阳修“宛陵诗翁勿诮渠，人生自足乃为娱，此儿此曲翁家无”（《于刘功曹家见杨直讲女奴弹琵琶，戏作，呈圣俞》）、梅尧臣“我嗟老钝不如渠，幸得交朋时借娱，但乐休计有与无”（《依韵和永叔戏作》）、韩维“以兹为玩不知老，自适其适诚吾徒”（《又和杨之美家琵琶妓》）、司马光“人间何物号富贵，纡紫怀金尽虚器。如君自处真得策，身外百愁都掷置”（《同圣民过杨之美，听琵琶女奴弹啄木曲，观诸公所赠歌，明日投此为谢》）等，皆是其例。

方东树总评本诗道：“先写逆卷，题画老法。坡公偷此，作《韩十五马》。‘爱其树老’五句删。”（《昭昧詹言》）《韩十五马》即苏轼《韩干马十四匹》：“二马并驱攒八蹄，二马宛颈鬃尾齐。一马任前双举后，一马却避长鸣嘶。老髯奚官骑且顾，前身作马通马语。后有八匹饮且行，微流赴吻若有声。前者既济出林鹤，后者欲涉鹤俯啄。最后一匹马中龙，不嘶不动尾摇风。韩生画马真是马，苏子作诗如见画。世无伯乐亦无韩，此诗此画谁当看。”由题画入，由赏画兼论人出，为本诗结构之具体而微者。“爱其”六句曲笔见意，纡徐往复，是欧诗特色，一如《沧浪亭》笔法，或有“辞费”（陈衍《宋诗精华录》）之讥，并非无用之笔。若删去，则二分结构全同于苏诗。朱自清云：“此杂言也。须留意诗中散文句。”（《宋五家诗钞》）诗以七言句为主，起笔四言，落笔三言，中段插入四言句，开阖多变。“出乎”二句多用虚词，“爱其”“不若”“乃知”“乃为”“岂必”皆散文笔法，多作议论，为典型宋调。

钓　者

风牵钓线袅长竿①，短笠轻蓑细草间。
春雨蒙蒙看不见，水烟埋却面前山。

【注释】

① 袅：柔弱，缠绕。

【评析】

本诗约作于嘉祐四年（1059）春，时诗人五十三岁。是年二月二十五日，欧阳修免知开封，转官给事中，同提举在京诸司库务。

诗写春日垂钓之人。起笔开门见山，写风吹鱼线，袅袅飘动，“牵”字拟人，“袅”字状足细线随风飘荡之态，生动传神。钓者手持长竿，风当是微风，细线才能呈现“袅”的状态，炼字之工可见一斑。钓者披轻蓑，戴小笠帽，当是有雨，却不甚大。“细草”即小草，不说钓者在其上，而说居其间，意境更为谐和幽谧。诗人连下三名词，却不觉密集、冗杂，着一“间”字，将三名词关系娓娓道来，以“短笠轻蓑”代指钓者，以“细草间”状周遭环境，用笔详略得当，既工致，又写意。“短”“轻”“细”皆形容微小之貌，与“牵”“袅”二字共同营造柔婉清幽意境。三、四句以钓者之眼观物，春雨蒙蒙，水气烟霭迷漫，青山就在面前，却无法看见。“蒙蒙”“水烟”，幽微隐约，巧妙关合上文因细线袅袅、“短笠轻蓑”而半隐半露、“犹抱琵琶半遮面”（白居易《琵琶行》）的微风细雨。若风疾雨骤，则势必难有此景致，穿针引线，意境圆融和谐。“却”字置于动词后，表示去掉、完成义。诗人两处着笔，上句说因春雨而看不见，却不说看不见何物，蓄起文势，至结句始交代不得见之物为“面前山”，不得见之是因为“水烟埋却”，有回环之妙。“埋却”二字拟人，山雨云烟仿佛有灵，升腾而起，笼罩而下，淹没群山，写景如画，足见诗人体物精妙。

古诗词中，渔人、钓者多以隐士形象出现。这一文化传统源远流长。商朝末年，姜尚垂钓于渭水之滨，遇西伯侯姬昌，佐其成就霸业，是后世文人心中风虎云龙的代表。战国时期，庄子借渔父之语论孔子曰：“仁则仁矣，恐不免其身；苦心劳形以危其真。呜呼，远哉其分于道也！”（《庄子·渔父》）屈原亦载渔父之言：“沧浪之水清兮，可以濯吾缨；沧浪之水浊兮，可以濯吾足。”（《楚辞·渔父》）显露全性保真、随分适运之态。东汉，严光拒绝光武帝征召，隐居桐庐（今属浙江）富春江畔，“披羊裘钓泽中”（范晔《后汉书》），一生淡泊名利，死后葬于钓台畔，成为渔父形象重要代表。魏晋南北朝，渔父文化尚未完全成型，阮籍笔下渔父多具隐逸意味：“渔父知世患，乘流泛轻舟。”（《咏怀》）又曰：“适彼沅湘，托分渔父。优哉游哉，爰居爰处。”（《咏怀》）较为特出。唐以来，渔人、钓者形象趋于固定。张志和曰：“西塞山前白鹭飞，桃花流水鳜鱼肥。青箬笠，绿蓑衣，斜风细雨不须归。”（《渔歌子》）塑造悠然自得渔父形象，传播广泛，后世影响巨大。柳宗元云：“千山鸟飞绝，万径人踪灭。孤舟蓑笠翁，独钓寒江雪。”（《江雪》）笔下钓者形象高洁孤傲。又曰：“渔翁夜傍西岩宿，晓汲清湘燃楚竹。烟销日出不见人，欸乃一声山水绿。回看天际下中流，岩上无心云相逐。”（《渔翁》）格调十分闲适得意。

欧阳修此诗承续前人悠远传统，虽未直接描写钓者神态、心理，但通过一系列环境、外貌刻画，写足其悠闲心境。全诗意境幽美，格调悠扬，言有尽而意无穷，含蕴深远，代表欧阳修诗风中轻灵富有神韵的一面。

小　池

深院无人锁曲池，莓苔绕岸雨生衣[①]。
绿萍合处蜻蜓立，红蓼开时蛱蝶飞。

【注释】

①雨生衣：雨后地衣生长。

【评析】

本诗约作于嘉祐四年（1059）夏，时诗人因病免知开封府，转官给事中，同提举在京诸司库务。洪本健认为本诗“约嘉祐四、五年间作”（《欧阳修诗文集校笺》），刘德清等人指出：“原辑《居士外集》卷七，无系年，列嘉祐四年至七年诗间。作于嘉祐四年二月上旬。”（《欧阳修诗编年笺注》）其说较为通行，然就本诗所写景物而言，莓苔春、夏、秋三季皆生，绿萍多出现于春、夏气候湿润时，蜻蜓常见于阳历6至11月，红蓼于阳历6至9月开花，蝴蝶多见于春、夏、秋三季。综合来看，本诗系于夏季更宜。李之亮认为本篇为“治平二年（1065）任参知政事时作”（《欧阳修集编年笺注》），未详何据。

诗咏小池，开篇点题，写庭院深深，小池曲折回绕，人迹不至。

“锁”字传神，欧阳修诗词屡用之，如“弋林春废锁歌台”（《昨日偶陪后骑，同适近郊，谨成七言四韵，兼呈圣俞》），“旧馆芸香锁寂寥”（《送沈学士知常州》），“深院锁黄昏”（《生查子》）等，多能化抽象为具象，表现力强。雨后空气潮湿，岸边青苔、地衣生长不已。青苔与地衣形近，生长环境相同，易相混。其实二者有别，苔藓为植物，地衣为微生物。今人注此句，多谓“苔藓又名地衣”（陈新、杜维沫《欧阳修选集》，又见刘德清等《欧阳修诗编年笺注》、丁功谊等《欧阳修诗评注》），误。第三句写风雨吹过，绿萍开而复合，蜻蜓静静立于其上。其后，苏轼诗曰：“雨过浮萍合。”（《雨晴后，步至四望亭下鱼池上，遂自乾明寺前东冈上归二首》其一）咏雨动浮萍，意近本诗。

绿萍开合，受水波影响，易侧面状物，古人多写及。谢朓曰：“垂杨低复举，新萍合且离。”（《咏风诗》）借柳枝、浮萍暗咏微风，颇能尽风之态。梁元帝萧绎云：“棹将移而藻挂，船欲动而萍开。”（《采莲赋》）借水藻、浮萍咏绿水行舟。王维炼化二人诗意，咏萍池道：“春池深且广，会待轻舟回。靡靡绿萍合，垂杨扫复开。”（《萍池》）船行萍开，船去萍合，微风渐起，绿萍又被垂柳拂开，颇有禅韵，较前人更进一步。白居易诗亦仿萧绎立意：“小娃撑小艇，偷采白莲回。不解藏踪迹，浮萍一道开。”（《池上二绝》其二）写少女偷采白莲，却被浮萍暴露踪迹，憨态毕现，尤为俏皮生动。白诗又曰：“荷侧泻清露，萍开见游鱼。”（《小池二首》其二）陆游师其意道：“剪刀草长浮萍合，无数游鱼去复回。”（《小池》）借绿萍开合写鱼儿游动，皆能曲笔见意，含蓄生动。

“蜻蜓立”亦为诗歌常见意境，杜甫曰：“蜻蜓立钓丝。”（《重过何氏五首》其三）较早咏及。欧阳修挚友梅尧臣多写此景，如“荒水浸篱根，篱上蜻蜓立”（《杂诗绝句十七首》其四）、“翠色蜻蜓立菱蕊”（《同诸韩及孙曼叔晚游西湖三首》其三）、“蜻蜓立栏角”（《宣州环波亭》）、“蜻蜓困立塘蒲折”（《西水门晚遇雨》）等，诗人或受其影响。其后，北宋释道潜云：“风蒲猎猎弄轻柔，欲立蜻蜓不自由。”（《临平道中》）杨万里曰：“小荷才露尖尖角，早有蜻蜓立上头。”（《小池》）南宋葛绍体曰：“风约萍开晓天静，蜻蜓聚立紫荷簪。”（《猗澜池上》）又有本诗痕迹，可见其间承传。

末句与第三句对偶，写红蓼花开时，蝴蝶翩翩飞舞，令人联想到杜甫诗“黄四娘家花满蹊，千朵万朵压枝低。留连戏蝶时时舞，自在娇莺恰恰啼”（《江畔独步寻花七绝句》其六）。杜诗写蝴蝶穿梭花丛，后二句连珠对，视听结合，本诗三、四句用颜色对，色彩鲜明，动静相宜，意象、体式皆有学习杜诗痕迹。

全诗意境幽邃中不乏生机，以冷色调为主，夹杂暖色，整体近于韦应物“独怜幽草涧边生，上有黄鹂深树鸣”（《滁州西涧》），饶有神韵。

《明妃曲》和王介甫作

胡人以鞍马为家，射猎为俗。
泉甘草美无常处，鸟惊兽骇争驰逐[①]。
谁将汉女嫁胡儿，风沙无情貌如玉。
身行不遇中国人[②]，马上自作思归曲[③]。
推手为琵却手琶[④]，胡人共听亦咨嗟[⑤]。
玉颜流落死天涯，琵琶却传来汉家。
汉宫争按新声谱，遗恨已深声更苦。

纤纤女手生洞房[⑥]，学得琵琶不下堂[⑦]。
不识黄云出塞路，岂知此声能断肠。

【注释】

①“胡人”四句：《汉书·晁错传》：“胡人食肉饮酪，衣皮毛，非有城郭田宅之归居，如飞鸟走兽于广野，美草甘水则止，草尽水竭则移。”李白《战城南》：“胡人以杀戮为耕作。”胡人，指匈奴。

② 中国人：中原地区的汉族人。

③“马上”句：石崇《〈王明君词〉序》：“匈奴盛，请婚于汉，元帝以后宫良家子昭君配焉。昔公主嫁乌孙，令琵琶马上作乐，以慰其道路之思。其送明君，亦必尔也。其造新曲，多哀怨之声。”思归曲，《乐府诗集》卷五十九存《昭君怨》诗一首，相传为昭君入匈奴时作，词曰：“父兮母兮，道里悠长。呜呼哀哉，忧心恻伤！”

④“推手”句：推手向前拨弦为琵，引手向后拨弦为琶。汉末刘熙《释名·释乐器》：“琵琶本出于胡中，马上所鼓也。推手前曰琵，引手却曰琶，象其鼓时，因以为名也。”欧阳修等《新唐书》：“乐家以自下逆鼓曰琵，自上顺鼓曰琶。”

⑤ 咨嗟：叹息。

⑥ 洞房：幽深的内室，多指卧室、闺房。

⑦ 下堂：妻子被丈夫遗弃。一说指离开堂屋。

【评析】

本诗作于嘉祐四年（1059），时诗人居开封，任给事中，同提举在京诸司库务。明妃，即王昭君，名嫱，字昭君，南郡秭归（今湖北宜昌）人，汉元帝时宫女。竟宁元年（前33），汉与匈奴和亲，昭君远嫁呼韩邪单于。晋时避司马昭讳，改称明君、明妃。王介甫，即王安石，字介甫，嘉祐三年（1058）任三司度支判官，上《万言书》，主张变法。次年，作《明妃曲》二首，咏王昭君事。当世名流多有唱和，如梅尧臣《和介甫〈明妃曲〉》、刘敞《同永叔和介甫昭君曲》、曾巩《明妃曲》、司马光《和王介甫〈明妃曲〉》等，本诗亦为其和诗。

诗分三层，“胡人”四句为第一层，化用《汉书》等典故，运以散文句法，写匈奴“以鞍马为家”的殊风异俗，暗见其与汉家之别。“谁将”六句为第二层，“逆入明妃”（方东树《昭昧詹言》），铺叙昭君故事，关合题目。汉女与胡儿，玉貌与风沙，不遇与思归，对比鲜明，胡人亦为之下泪。末八句为第三层，写昭君死后琵琶际遇，尤见匠心。“玉颜”二句承上启下，“逆入琵琶”（方东树《昭昧詹言》）。王安石原诗云：“可怜青冢已芜没，尚有哀弦留至今。”（《明妃曲》其二）“汉宫”二句承其意，展开联想。昭君已死，其悲声却变作新声，为汉家传唱。唐刘长卿咏昭君诗曰：“琵琶弦中苦调多，萧萧羌笛声相和。可怜一曲传乐府，能使千秋伤绮罗。”（《王昭君》）诗人反用其意，“纤纤”四句慨叹女儿不识此曲深意，却能凭借琵琶技艺受到恩宠，婉转多讽。清姚范认为此四句“颇具唐人风旨”（《援鹑堂笔记》），方东树指出：“收四语又用他人逆衬，一层层不犹人，所以为思深笔折也。”（《昭昧詹言》）皆就其理寓事中、以小见大、寄慨遥深、怨而不怒而言。全诗三次换韵，首八句押入声韵，一屋、二沃邻韵通押；“推手”四句换用六麻韵，句句押韵，韵脚密集；“汉宫”二句再换七麌韵，仅两韵后，急转为七阳韵。外在韵脚与内在意蕴有即有离，前八句声情急促，后十句趋于和缓，平仄交替，张弛有度。

历代咏昭君事迹之诗众多，较著名者如杜甫《咏怀古迹五首》其三等，王安石《明妃曲》二首及欧阳修和诗亦为其中佼佼者。诗人对此篇颇为自负，语其子欧阳棐曰：“吾诗《庐山高》，今人莫能为，惟李太白能之；《明妃曲》后篇，太白不能为，惟杜子美能之；至于前篇，则子美亦不能为，惟吾能之也。”（叶梦得《石林诗话》引）是诗人平生最得意之作。南宋费衮曰：“古今人作《明妃曲》多矣，皆道其思归之意。欧阳公作两篇，语固杰出，然大概亦归于幽怨……要当言其志在为国和戎，而不以身之流落为念，则诗人之旨也。”（《梁溪漫志》）肯定其诗艺，而对主题略致微辞。此论有时代背景。宋代饱受边患，加之理学兴盛，夷、夏之防颇严，南宋历亡国之祸，其论尤甚。宋廷以唐为鉴，“与士大夫治天下”（李焘《续资治通鉴长编》），士人“先天下之忧而忧，后天下之乐而乐”（范仲淹《岳阳楼记》），多崇尚“修齐治平”，主体意识、爱国思想高涨。苏轼评杜甫：“古今诗人众矣，而杜子美为首，岂非以其流落饥寒，终身不用，而一饭未尝忘君也欤。”（《〈王定国诗集〉序》）论诗以忠君为归依。费衮熟稔苏轼生平事迹，其论大旨亦近于苏轼。

清陆次云指出：“此诗久已脍炙，自是不祧。和介甫，胜介甫作。”（《宋诗善鸣集》）王安石《明妃曲》其一：“明妃初出汉宫时，泪湿春风鬓脚垂。低回顾影无颜色，尚得君王不自持。归来却怪丹青手，入眼平生几曾有。意态由来画不成，当时枉杀毛延寿。一去心知更不归，可怜着尽汉宫衣。寄声欲问塞南事，只有年年鸿雁飞。家人万里传消息，好在毡城莫相忆。君不见咫尺长门闭阿娇，人生失意无南北。”其二：“明妃初嫁与胡儿，毡车百辆皆胡姬。含情欲语独无处，传与琵琶心自知。黄金杆拨春风手，弹看飞鸿劝胡酒。汉宫侍女暗垂泪，沙上行人却回首。汉恩自浅胡恩深，人生乐在相知心。可怜青冢已芜没，尚有哀弦留至今。”整体来看，王诗胜在“意态”二句、“君不见”二句、“汉恩”二句时时振起，议论精警；欧诗胜在浑融，“玉颜”句以下自出机杼，实各具妙处。宋初，诗酒文会众多，文人相互切磋才艺，同题唱和，对诗艺进步有推动作用，王、欧等人咏明妃诗即为其例。

再和《明妃曲》

汉宫有佳人①，天子初未识。
一朝随汉使，远嫁单于国②。
绝色天下无，一失难再得③。
虽能杀画工，于事竟何益④。
耳目所及尚如此，万里安能制夷狄⑤。
汉计诚已拙，女色难自夸⑥。
明妃去时泪，洒向枝上花。
狂风日暮起，飘泊落谁家。
红颜胜人多薄命⑦，莫怨春风当自嗟。

【注释】

①“汉宫”句：西汉李延年《北方有佳人》：“北方有佳人，绝世而独立。”

②单于：匈奴人对其君长的专称。西汉司马迁《史记·匈奴列传》裴骃集解：“单于者，广大之貌，言其象天单于然。”汉焦赣《易林·屯之无妄》：“左衽为长，国号匈奴，主君旄头，立尊单于。”

③“绝色”二句：李延年《北方有佳人》：“宁不知倾城与倾国，佳人难再得。”

④“虽能”二句：东晋葛洪编《西京杂记》：“元帝后宫既多，不得常见，乃使画工图形，按图召幸之。诸宫人皆赂画工，多者十万，少者亦不减五万。独王嫱不肯，遂不得见。后匈奴入朝，求美人为阏氏，于是上案图以昭君行。及去，召见，貌为后宫第一，善应对，举止闲雅。帝

悔之，而名籍已定。帝重信于外国，故不复更人。乃穷案其事，画工皆弃市，籍其家资，皆巨万。画工有杜陵毛延寿，为人形，丑好老少必得其真；安陵陈敞，新丰刘白、龚宽，并工为牛马飞鸟众势，人形好丑不逮延寿；下杜阳望亦善画，尤善布色，樊育亦善布色，同日弃市。京师画工于是差稀。”

⑤“耳目”二句：唐白居易《续古诗十首》其七：“闺房犹复尔，邦国当何如。”

⑥“汉计”二句：唐戎昱《咏史》：“汉家青史上，计拙是和亲。”梅尧臣《和介甫〈明妃曲〉》：“明妃命薄汉计拙，凭仗丹青死误人。”

⑦“红颜”句：唐刘元叔《妾薄命》：“每怜容貌宛如神，如何薄命不如人。”欧阳修《唐崇徽公主手痕，和韩内翰》：“玉颜自古为身累，肉食何人与国谋。”

【评析】

本诗作于嘉祐四年（1059），与《〈明妃曲〉和王介甫作》皆为和王安石《明妃曲》之作。

诗咏昭君事。前四句叙事，写昭君貌美，天子初未见及，至得见时，其人已随汉使远嫁匈奴。“初”字暗含其后始得见之意。“绝色”六句转入议论，写昭君美貌无人能及，一去不返，难以复得，虽杀画工泄愤，亦于事无补。身边事尚且如此，难以尽知，又如何能远隔万里，制服夷狄。

“虽能”二句所论昭君故事有不同记载，诗评家多论及。明曹安曰：“《后汉·匈奴传》言呼韩邪单于来朝，愿为汉婿。后宫王嫱以积怨自请行。此事之实也。《西京杂记》乃云元帝使画工毛延寿图宫人形貌，按图召幸。王嫱以赂金少，画不及貌，及赐单于，宫人王嫱当行，帝见之悔，乃杀延寿。梁石门寅已辩之。惟李太白、杜子美二诗得正。

王介甫《明妃曲》云：‘体态由来画不成，当时枉杀毛延寿。’欧阳永叔亦云：‘虽能杀画工，于事竟何益。’自是后人多本之。”（《谰言长语》）明梁寅考辨语见《石门集》：“夫元帝，柔仁之主也，而谓其因女色杀画工，余固不信。而无宠自请行，诚一污贱女子耳，后之为昭君曲者多归咎元帝，殊不当。”蔑视昭君，为汉元帝鸣不平。明支允坚曰：“王介甫《明妃曲》云：‘意态由来画不成，当时枉杀毛延寿。’欧阳永叔亦云：‘虽能杀画工，于事竟何益？’自是后人多本之。予阅《归德州志》载王嫱事，不及毛延寿，后见滇人咏昭君云：‘塞上北风吹翠钿，拥裘狐白胜于绵。将军食肉自无耻，女子别嫁诚可怜。青草不凋胡地雪，碧梧空老汉宫烟。琵琶千载人犹学，哀怨分明第四弦。’亦不及延寿事。”（《艺苑闲评》）三人皆认为昭君故事本不涉毛延寿等画工。南朝宋范晔载：“初元帝时，以良家子选入掖庭。时呼韩邪来朝，帝敕以宫女五人赐之。昭君入宫数岁，不得见御，积悲怨，乃请掖庭令求行。呼韩邪临辞大会，帝召五女以示之。昭君丰容靓饰，光明汉宫，顾景裴回，竦动左右。帝见大惊，意欲留之，而难于失信，遂与匈奴。”（《后汉书·南匈奴列传》）与《西京杂记》记载区别主要有二：一为昭君自请行而非天子主动按图赐予，二为无画工毛延寿等记载。今本《西京杂记》真伪聚讼纷纭，以葛洪钞撮编集旧书而成说为主流，文献可靠性应不及正史。曹安、支允坚皆认为《西京杂记》所载昭君事因王安石、欧阳修诗而流传愈广，可备一说。

“耳目”二句为宋诗名句，极具宋调，评价呈两极化，尤聚讼于其中议论。宋葛立方曰：“古今人咏王昭君多矣，王介甫云：‘意态由来画不成，当时枉杀毛延寿。’欧阳永叔云：‘耳目所及尚如此，万里安能制夷狄。’白乐天云：‘愁苦辛勤憔悴尽，如今却似画图中。’后有诗云：‘自是君恩薄于纸，不须一向恨丹青。’李义山云：‘毛延寿画欲通神，忍为黄金不为人。’意各不同，而皆有议论，非若石季伦、骆宾王辈徒序事而已也。邢惇夫十四岁作《明君引》，谓‘天上仙人骨法别，人间画工画不得’，亦稍有思致。”（《韵语阳秋》）以为“有议论”胜于“徒序事”。宋钱晋斋云：“欧阳公《明妃后曲》其间言近而宫廷闻见，且有所不及，况远而万里之夷狄乎？此语切中膏肓。”（蔡正孙《诗林广记·后集》）对其赞赏有加，显露宋人好“以议论为诗”（严羽《沧浪诗话·诗辩》）倾向。王世贞则曰：“‘耳目所及尚如此，万里安能制夷狄’，论学绳尺，公从何处削去之乎拾来？”（《艺苑卮言》）以为此等论学语与诗歌圆凿方枘。王氏为明“后七子”领袖，论诗尊汉魏、盛唐，尤不喜其中议论，“一涉议论，便是鬼道”（《艺苑卮言》），故轻视此二句。王士禛曰：“若永叔‘耳目所及尚如此，万里安能制夷狄’，所谓议论，亦自近腐。”（《带经堂诗话》）较王世贞更进一步，批评二句所论之理亦腐而无用。嗣后，翁方纲反其说：“即如欧公《明妃曲》后篇，阮亭亦尝讥之，而其妙自不可及。”（《石洲诗话》）翁氏论诗主“肌理”，以学为诗，反对王士禛标举“神韵”，此说即然。曹雪芹借薛宝钗之口云：“做诗不论何题，只要善翻古人之意；若要随人脚踪走去，纵使字句精工，已落第二艺，究竟算不得好诗。即如前人所咏昭君之诗甚多，有悲挽昭君的，有怨恨延寿的，又有讥汉帝不能使画工图貌贤臣而画美人的，纷纷不一。后来王荆公复有‘意态由来画不成，当时枉杀毛延寿’，永叔有‘耳目所见尚如此，万里安能制夷狄’，二诗俱能各出已见，不与人同。”（《红楼梦》第六十四回）称赞欧诗能自树立。

二句笔法亦为后人乐道。明谢榛曰：“成皋王传易及子玄易问：‘作诗有缩银法，何如？’予因举李建勋诗‘未有一夜梦，不归千里家’，此联字繁辞拙，能为一句，即缩银法也。限以炷香，香及半，玄易曰：‘归梦无虚夜。’香几尽，传易曰：‘夜夜乡山梦寐中。’予曰：‘一速而简切，一迟而流畅。’……翌日，传易复问余曰：‘昨所谈建勋之作，句稳意切，莫辨其疵，无乃虚字多邪？’予曰：‘晚唐人多用虚字，若司空曙“以我独沉久，愧君相见频”，戴叔伦“此别又万里，少年能几时”，张籍“旅泊今已远，此行殊未归”，马戴“此境可长往，浮生自不能”，此皆一句一意，虽瘦而健，虽粗而雅。盖建勋两句一意，则流于议论，乃书生讲章，“未”尝“有一夜”之“梦”而“不归”乎“千里”之“家”也。欧阳永叔亦有此病，《明妃曲》：“耳目所及尚如此，万里焉能制夷狄。”夫“耳目”之“所及”者“尚”然“如此”，况“万里”之外，“焉能制”其“夷狄”也哉！’”（《四溟诗话》）赞许晚唐诗多用虚词，一句一意，瘦而能健，粗而能雅；批评李建勋、欧阳修诗不善用虚词，两句一意，流入议论。谢榛亦为明“后七子”之一，反对诗中议论，与王世贞如出一辙。清尚镕曰：“七古如太白‘锦城虽云乐，不如早还家’，少陵‘明眸皓齿今何在，血污游魂归不得’，昌黎‘将军欲以巧伏人，盘马弯弓惜不发’，庐陵‘耳目所及尚如此，万里安能制夷狄’，东坡‘桃花流水在人世，武陵岂必皆神仙’，山谷‘安知忠臣痛至骨，世上但赏琼琚词’，放翁‘亦知兴废古来有，但恨不见秦先亡’等句，皆古人妙处。三家富于才调，此等伸缩转换之妙，似未曾领取也。”（《三家诗话》）所举诗句分别出自《蜀道难》《哀江头》《雉带箭》《再和〈明妃曲〉》《书王定国所藏〈烟江叠嶂图〉》《书磨崖碑后》《石首县雨中系舟戏作短歌》，皆于两句之中，自为转折，对比强烈。“三家”指“乾隆三大家”袁枚、蒋士铨、赵翼，尚镕称赞其人虽富才调，然尚未领悟此等笔法之妙。清胡寿芝指出：“欧阳文忠《明妃曲》最佳者‘耳目所及尚如此，万里安能制夷狄’，从乐天《续古诗》‘闺房犹复尔，邦国当何如’化出。用在篇腹，人益难忆及已。”（《东目馆诗见》）欧诗用白居易《续古诗十首》其七结句，而移至篇中，用典浑然，不易察觉。

“汉计”二句转折。姚范曰：“‘汉计诚已决（拙），女色难自夸’，余谓阮亭云二句‘所谓诗（议）论，亦自近腐’。余谓前后两意中间，又用二句作转关，亦是科举文字习径。”（《援鹑堂笔记》）文字颇多讹误，又有衍文、倒文痕迹，大体意谓赞同王士禛所言，另举“汉计”二句，认为其由讽刺汉和亲之策，转入哀婉昭君，承上启下，亦是时文笔法。“女色”句有歧说，今人洪柏昭认为此句与上句同写“汉朝以女色羁縻匈奴的（政策）不值得夸耀”（曾枣庄主编《欧阳修诗文赏析集》），以“女色”句与“汉计”句互文同义，皆抨击汉家和亲之策并非妙计，可备一说。沈利华、倪培翔则将之译为“女色又怎可凭依”（《欧阳修集》），虽颇通顺，然“凭依”义于文无征。该句亦可解作昭君漂泊天涯，容颜衰损，再难矜夸，霍松林认为此句“就王昭君‘远嫁单于国’而言”（《宋诗鉴赏举隅》），即主此意。

“明妃”四句转入描写、抒情：离别之时，昭君泪洒鲜花；日暮风狂，漂泊不知归处。一笔两写，亦人亦花。结句收归议论，“自古红颜多薄命”（张凤翼《大圣乐》），当自嗟叹，不须怨恨春风。宋钱晋斋云：“末言非元帝之不知幸于昭君，乃昭君之命薄而不见幸于元帝也，信哉！”（蔡正孙《诗林广记·后集》）末二句讽刺汉元帝力度较前文有所减弱。王世贞曰：“二歌警句如‘红颜胜人多薄命，莫怨春风强自嗟’，寻常闺阁，不足形容明妃也。”（《艺苑卮言》）其引欧诗“当自嗟”作“强自嗟”，意思有别。认为此二句仅足吟咏寻常闺阁女子，盖推演《后汉书·南匈奴列传》载昭君事迹，认为昭君系为国请命，自愿和亲，不可以闺怨之情视之。清贺裳曰：“其后篇‘绝色天下无，一失难再得。虽能杀画工，于事竟何益’，亦落议论。惟结处‘明妃去时泪，洒向枝上花。狂风日暮起，飘泊落谁家。红颜胜人多薄命，莫怨春风当自嗟’，点染稍为有情。”（《载酒园诗话》）

不满欧诗议论，认为“明妃”六句亦仅“稍为有情”，并非妙境。清陈衍曰：“《明妃曲》末‘红颜胜人多薄命’二句，即《手痕碑》诗意。”（《宋诗精华录》）《手痕碑》指欧阳修《唐崇徽公主手痕，和韩内翰》：“故乡飞鸟尚啁啾，何况悲笳出塞愁。青冢埋魂知不返，翠崖遗迹为谁留。玉颜自古为身累，肉食何人与国谋。行路至今空叹息，岩花涧草自春秋。”“玉颜”句意近本诗。今人霍松林认为，末二句与前文“似乎有点矛盾。其实，正因为前面笔锋太露，所以改用委婉含蓄的手法结尾。苏轼《五禽言》之五云：‘姑恶！姑恶！姑不恶，妾命薄！’‘姑虐其妇’，本来很‘恶’，却在连呼‘姑恶’之后，改口说‘姑不恶，妾命薄’，范成大认为‘此句可以泣鬼’（《〈姑恶〉序》）。出以‘温柔敦厚’，更能动人心魄。欧阳修的这两句诗，结合全诗来读，也具有动人心魄的艺术力量”（《宋诗鉴赏举隅》）。其说颇为入微。

清方东树曰：“起六散漫。‘耳目’二句腐。‘汉计’二句更漫。此篇全无佳处。”（《昭昧詹言》）认为本诗起笔叙事不精简，议论近腐，枝节蔓延，全无妙处，贬抑过甚。方氏诗学上承桐城方世举、方贞观、姚范等人，标榜唐音，不喜宋调，“宋人诗、小说，失是非者甚众”（姚范《援鹑堂笔记》方东树按语），其评价折射出不同诗歌范式之争。清潘德舆云：“欧公被酒时语其子云：‘吾诗《庐山高》，今人莫能为，惟太白能之。《明妃曲》后篇，太白不能为，惟杜子美为之；前篇则子美亦不能为，惟吾为之。’欧公三诗具在，犹是宋人驾气势、行议论诗耳，遽云李、杜所不到，此真被酒时言语。石林津津述之，亦无鉴别也。”（《养一斋诗话》）唐、宋诗之争不仅为诗学命题，也涉及学术祈向，关系重大，明“后七子”、清王士禛、翁方纲、“桐城派”等人宗唐宗宋背后皆有学理深味，并非仅着眼于“纯文学”。抛除唐、宋诗优劣说等先入之见，仅就情理兼胜、叙议结合、收纵自如而言，本诗即不失为佳构。

秋　怀

节物岂不好[①]，秋怀何黯然。
西风酒旗市[②]，细雨菊花天。
感事悲双鬓，包羞食万钱[③]。
鹿车终自驾[④]，归去颍东田。

【注释】

① 节物：指各个季节的风物景色。

② “西风”句：唐杜牧《江南春》：“千里莺啼绿映红，水村山郭酒旗风。”

③ 包羞：指忍受羞辱。《易·否》：“六三，包羞。《象》曰：‘包羞，位不当也。’”唐孔颖达疏：“位不当所包承之事，惟羞辱已。”

④ 鹿车：古代的一种小车。宋李昉等编《太平御览》引汉应劭《风俗通》：“鹿车，窄小裁（才）容一鹿也。”

【评析】

本诗作于治平二年（1065），时诗人五十九岁。嘉祐五年（1060），欧阳修上《新唐书》二百五十卷，转官礼部侍郎，后兼翰林侍读学士，拜枢密副使，官运亨通。次年，迁参知政事，进封开国公。治平元年，转吏部侍郎。二年春，得淋渴症，三次上表乞外任，不允。同年，朝廷议英宗生父濮安懿王名号典礼，“濮议之争”渐兴。诗人秋中思颍，忧谗畏讥，深感人生艰难，归田退隐之念日盛。

首联反问起笔，秋时节物正佳，缘何秋怀黯然？其下二联分承，颔联承上句，颈联承下句，分写节物之佳与秋怀之悲。历代诗评家多称赞颔联，宋佚名曰：“或疑六一诗，以为未尽妙，以质于子和。子和曰：‘六一诗只欲平易耳。如“西风酒旗市，细雨菊花天”，岂不佳？“晚烟寒橘柚，秋色老梧桐”，岂不似少陵？’”（胡仔《苕溪渔隐丛话·前集》引《雪浪斋日记》）宋末方回云：“欧阳公于自然之中，或壮健，或流丽，或全雅淡。有德者之言，自不同也。三、四全不吃力。俗闻有云‘香橙螃蟹月，新酒菊花天’，本此。”（《瀛奎律髓》）近人高步瀛亦赞颔联“名隽”（《唐宋诗举要》）。此二句只列意象，简洁凝练，全无赘词，而一派秋高气爽之感涌入心田，句法近于温庭筠名句“鸡声茅店月，人迹板桥霜”（《商山早行》），而更加自然，无丝毫雕绘之迹，确堪“平易”“全不吃力”之评。颈联细抒悲情，诗人年岁渐老，仍“尸位素餐”，不免心生悲羞，情感近于白居易“吏禄三百石，岁晏有余粮。念此私自愧，尽日不能忘”（《观刈麦》）。纪昀曰：“六句意是而格未浑雅。”（《瀛奎律髓刊误》）清人论诗，尤重浑厚雅正，此句意虽正而略显刻露激发，尚未浑然。尾联承颈联之意，顺势写去，盼望辞官归颍，自我开解，收束全篇。

诗押一先韵，起笔连下五仄字，律诗中极为少见。“秋怀”句变“平平仄仄平”格为“平平平仄平”，有补救之意。颔联“酒旗”二字平仄互换，句内自救。其下三句连用标准律句，至尾联“鹿”字变平为仄，“归”字变仄为平，对句相救。全诗音节颇显拗折，与跌宕之情相适。

游太清宫，出城，马上口占

拥旆西城一据鞍[1]，耕夫初识劝农官[2]。
鸦鸣日出林光动[3]，野阔风摇麦浪寒。
渐暖绿杨才弄色[4]，得晴丹杏不胜繁[5]。
牛羊鸡犬田家乐，终日思归盍挂冠[6]。

【注释】

①拥旆：僚属随从出行。旆，泛指旌旗。据鞍：跨着马鞍。

②劝农官：宋高承《事物纪原·抚字长民·劝农》：“汉承秦，置大农丞十三人，人部一州，以劝农桑力田者，此劝农官之始也。唐中睿之世，州郡牧守皆以‘劝农’名其官。《宋朝会要》曰：‘至道二年（996）七月，直史馆陈靖言天下多旷土流民，请置使招集，八月，以靖为劝农使……至景德三年（1006）二月，诏诸路转运、开封知府、诸知州少卿、监以上并兼劝农使。其余知州军、通判并兼判农事，令自今除授依此。’”宋胡柯《庐陵欧阳文忠公年谱》载欧阳修出知亳州，“可特授行刑部尚书、充观文殿学士、知亳州军州事，兼管内河堤劝农使及管勾开治沟洫河道事”。

③“鸦鸣”句：《淮南子·精神训》：“日中有踆乌，而月中有蟾蜍。”汉高诱注：“踆，犹蹲也，谓三足乌。”传说太阳中有三足乌鸦，后以之代指日。唐许敬宗《奉和秋日即目应制》：“鹊度林光起。”

④弄色：显露颜色，彰显美色。

⑤不胜：非常，十分。

⑥盍挂冠：何不辞官隐居。挂冠，晋袁宏《后汉纪·光武帝纪五》：

“（逢萌）闻王莽居摄，子宇谏，莽杀之……即解衣冠，挂东都城门，将家属客于辽东。”后指辞官、弃官。

【评析】

本诗作于熙宁元年（1068）二月十八日，时欧阳修六十二岁，知亳州。治平四年（1067）三月，诗人以观文殿学士、刑部尚书出知亳州。熙宁元年，连上表乞致仕，不允。八月，转官兵部尚书，改知青州，充京东东路安抚使。太清宫，亳州道观名，“在鹿邑县（今属河南）东一十里，唐建。初名明道宫，宋改今名”（李贤、彭时等《大明一统志》）。诗人记载当日行程：“熙宁元年二月十八日，余率僚属谒太清诸殿，徘徊两阙之下，周视八桧之异，窥九井禹步之奇，酌其水以烹茶而归。”（《集古录跋尾·大清东阙题名》）

首联写诗人拥僚属出游，过城门时，农夫百姓瞻望，始识得朝廷劝农使。古时官员在春、夏农忙季节，巡行乡间，劝课农桑，称劝农。诗人于治平四年五月二十八日抵亳州，六月二日，上任视事，此次当为其在亳州首次劝农，故云“初识”。中二联描摹田园风光：鸦鸣声中，朝日初生，阳光穿林，晨风拂动树梢，窸窣光影随之摇荡。原野广袤，麦子长势喜人，随风晃动，恍如海浪。天气渐暖，杨柳已生嫩绿之色。雨后天晴，红杏分外繁盛。“鸦鸣”二句景色广阔，连用六谓词，视觉、听觉、触觉多角度着笔，绘声绘色，表现力强。“麦浪”照应首联劝农，诗人喜爱园田，屡屡写及，如“桑城日暖蚕催浴，麦垄风和雉应媒”（《昨日偶陪后骑，同适近郊，谨成七言四韵，兼呈圣俞》）、“垄麦风际绿，霜鸦村外还”（《初冬归襄城弊居》）、“桑阴蔽日交垂路，麦穗含风秀满田”（《依韵和杜相公喜雨之什》）等，饱含欣悦之情。颈联变换句式，加入“渐”“才”“不”等副词，句意疏宕，一收一纵，张弛有度。“绿杨”“丹杏”作颜色对，色彩明艳，极写田园美景。诗人知晓田家雨后杏花繁盛之景：“林外鸣鸠春雨歇，屋头初日杏花繁。”（《田家》）笔触细致。尾联发抒隐居之情。陶渊明写桃花源“阡陌交通，鸡犬相闻”，百姓热情，“见渔人……便要（邀）还家，设酒杀鸡作食”（《桃花源记》）。王维眼中，“穷巷牛羊归”（《渭川田家》）、“牛羊自归村巷”（《田园乐七首》其四）。孟浩然写故人情深：“故人具鸡黍，邀我至田家。”（《过故人庄》）陆游亦说：“丰年留客足鸡豚。”（《游山西村》）牛、羊、鸡、犬皆田园生活象征，“丰岁鸡豚贱”（陆游《随意》），是农家丰收之象。律诗字字珠玑，诗人连下四字铺排物象，突出田园之乐，顺势引出挂冠归隐之愿，文气流畅，脉络井然。

诗为马上口占而成，可见诗人才思敏捷。口占，意近于口号，而内涵更广，今人任竞泽指出：“口号是一种诗体的约定名称，所作者都是诗。而口占则不然，既可为诗，也可为其他文体。”（《中国古代“口号诗”的文体特征》）同指诗体时，二者无分别，仅“口占”二字使用少，较早见于中唐高崇文《雪席口占》、吕岩《口占》，而“口号”二字使用频繁，最早见于鲍照《还都口号》。南北朝时，口号诗初现，其时格律尚未成形，口号皆用古体，唐以后，则多用近体。古人对此体论述颇多，宋阮阅云：“凭几口占，举笔便就，文无加点，有同宿构，固可谓敏则有功者矣。”（《册府元龟》）清胡鸣玉指出，“诗题用此（口占），乃不起草之义”（《订伪杂录》），皆强调其随口吟说特征。

欧阳修多用“口占”概念，有七律三首，七绝一首，皆晚年作。七律《内直晨出，便赴奉慈斋宫，马上口占》原系至和二年（1055），误，诗人当年九月左右出使契丹，诗云“晚岁”，当作于至和元年末，时在京城开封任翰林学士，兼史馆修撰。诗曰：“凌晨更直九门开，驱马悠悠望禁街。霜后楼台明晓日，天寒烟雾著宫槐。山林未去犹贪宠，樽酒何时共放怀。已觉萧条悲晚岁，更怜衰病怯清斋。”写老病思归隐情怀。七绝《戏答仲仪口号》无系年，洪本健《欧阳修诗文集校笺》与刘德清等人《欧阳修诗编年笺注》系于嘉祐二年（1057），可从。诗云：“弊居回看如蛙穴，华宇来栖若燕身（自注：寄宿人家）。敢望笙歌行乐事，只忧无米过来春（自注：今年远近大水，稼穑何望）。”写祈望丰年少灾，笔调幽默，而主题严肃。七律《三日赴宴口占》作于治平三年（1066）：“赐饮初逢禊节佳，昆池新涨碧无涯。九门寒食多游骑，三月春阴正养花。共喜流觞修故事，自怜双鬓惜年华。风城残照归鞍晚，禁籞无风柳自斜。”写上巳节宴饮之乐，微露叹老情愫。诗人所作口占诗题材多样，主题丰富，平仄合律，笔致高雅，不涉插科打趣，除随口即吟外，已与寻常作诗无异，为口占体成熟之作。

忆焦陂

焦陂荷花照水光①，未到十里闻花香。
焦陂八月新酒熟，秋水鱼肥鲙如玉②。
清河两岸柳鸣蝉③，直到焦陂不下船。
笑向渔翁酒家保，金龟可解不须钱④。
明日君恩许归去，白头酣咏太平年。

【注释】

① 焦陂（bēi）：又名椒陂，在今安徽阜南东北部。欧阳修等《新唐书·地理志》：“颍州……南三十五里有椒陂塘，引润水溉田二百顷，永徽中，刺史柳宝积修。”

② 鲙如玉：细切的鱼肉嫩白晶莹。南朝宋刘义庆《世说新语·识

鉴》："张季鹰辟齐王东曹掾，在洛见秋风起，因思吴中菰菜羹、鲈鱼脍，曰：'人生贵得适意尔，何能羁宦数千里以要名爵！'遂命驾便归。"

③ 清河：明正德《颍州志·山川》："清河，在（颍）州南城之南。相传楚灵王自水台西开通商渠……历世变迁，陵谷易位。五代时土（王）祚为颍州刺史，疏导古通商渠，更名曰清河，舟楫复通，南境无水患。后不知何时复多湮塞。"

④ "金龟"句：唐李白《〈对酒忆贺监〉序》："太子宾客贺公，于长安紫极宫一见余，呼余为'谪仙人'，因解金龟，换酒为乐。"金龟，高官所佩之物。唐初，内外官五品以上佩鱼袋。武后天授元年（690），改为佩龟，三品以上龟袋用金饰。中宗初，复佩鱼袋。一说指所佩杂玩之物。

【评析】

本诗作于熙宁元年（1068）。时诗人知亳州，接连上表乞致仕，神宗未允。八月五日，转兵部尚书，改知青州，充京东东路安抚使。九月，赴任。诗云"焦陂八月新酒熟"，当自现实时间忆及，诗盖作于是年八月。次年冬，诗人以寿州（治今安徽凤台）近于颍州，乞知寿州，不允。三年四月，除检校太保、宣徽南院使，判太原府、河东路经略安抚监牧使，兼并、代、泽、潞、麟、府、岚、石路兵马都总管，命入京朝见。时人皆谓朝廷虚相位以待，诗人坚辞不受。七月，改知蔡州。九月，至蔡。四年，累次上章告老。六月，终以观文殿学士、太子少师致仕。七月，即归颍州。施培毅认为本诗为"欧阳修最后一首'思颍诗'，写于熙宁四年的五六月间……提笔就想起了焦陂的荷花，与时令相合"（《欧阳修诗选》），误。诗题下原注"熙宁元年作"，不宜轻易系于他年。且荷花花期在阳历6月至9月，9月初甫过盛花期，寒蝉于阳历8月至10月鸣叫，正与三、四句"八月""秋水"契合。

诗题《忆焦陂》，表明诗中焦陂景象皆作者悬想。首二句起兴，写焦陂荷花盛放，亭亭照影，相距十数里，即已闻到清香。次二句亦以“焦陂”领起，写其新酒初熟，秋鱼正肥，暗用西晋张翰见秋风起，思家乡菰羹鲈脍典故，寄托思颍之情。欧阳修极喜颍州酒美鱼肥，“酒则绝佳于旧日。巨鱼鲜美，虾蟹极多，皆他郡所无”（《与大寺丞书》）。诗人想象沿清河而行，听两岸蝉鸣，直至焦陂亦不下船，笑向酒家说：“所佩金龟可抵押酒钱。”愿继续欢饮。末二句照应题目，收束前文虚笔，想象他日归去，酣咏太平，笔法与王禹偁“安得君恩许归去，东陵闲种一园瓜”（《新秋即事》）相近。全诗纯用虚笔，一片神行，写景、记事似真似幻，对过去的回忆与未来的想望浑然难分。

诗人一生五入颍州，始终心念归颍。皇祐元年（1049）二月，欧阳修自请知颍州，初次与颍结缘，即“爱其民淳讼简而物产美，土厚水甘而风气和，于时慨然已有终焉之意也”（《〈思颍诗〉后序》）。二年七月，改知应天府，与挚友梅尧臣相约“行当买田清颍上，与子相伴把锄犁”（《寄圣俞》），愿卜居终老。四年三月，丁母忧，归颍州守制，虽已在颍西四十里“择得葬地”（《与知县寺丞书》），但最终仍循常理归葬本贯吉州永丰，是后复归颍守制。至和元年（1054）五月，丧服期满，复官归京。治平四年（1067）三月，诗人知亳州，假道颍州。时隔十五年重见，颍州“风气之变，物产益佳，巨蟹鲜虾，肥鱼香稻，不异江湖之富”（《与吴正肃公书》）。诗人以旧居“地势喧闹得中，仍不至狭隘，但易故而新，稍增广之”（《与曾舍人书》），扩修以待归颍之时。在此期间，诗人将知应天府以来十三篇思颍之作集为《思颍诗》，“以见予拳拳于颍者，非一日也”（《〈思颍诗〉后序》）。熙宁二年（1069）秋，欧阳修知青州期间，“留颍月余”（《与韩忠献王稚圭》）。次年，将知亳州、青州期间所作十七篇思颍作品附于《思颍诗》后，成《续思颍诗》。四年七月，终归颍州，直至翌年闰七月病逝于颍。

诗人喜爱颍州有多因。颍州地理位置重要，“襟带长淮，控扼陈蔡，东连三吴，南引荆汝”，交通便利。“川原平旷，土壤饶沃”（嘉庆《大清一统志》），适宜居住。“民淳讼简而物产美，土甘水厚而风气和”（《〈思颍诗〉后序》），民风淳朴，物产丰富，“酒则绝佳于旧日。巨鱼鲜美，虾蟹极多，皆他郡所无。至于水泉、蔬果，皆绝好，诸物皆贱。闲居之乐，莫此若也”（《与大寺丞书》）。西湖“擅东颍之佳名”（《西湖念语》），景色宜人，以致诗人愿“都将二十四桥月，换得西湖十顷秋”（《西湖戏作示同游者》）。知颍时，诗人沉冤昭雪，“上繄天听之聪，终辨狱辞之滥。苟此冤之获雪，虽永弃以犹甘，而况得善地以长人，享及亲之厚禄”（《颍州谢上表》），“恩还旧职，事雪前诬，感极心惊，涕随言出”（《谢复龙图阁直学士表》）。诗人治颍有政绩，“因灾伤，奏免黄河夫万余人。筑塞白龙沟，注水西湖，灌溉腴田，以为民利。仍建书院，教民子弟，由是颍人咸知向学”（嘉靖《颍州志》）。在西湖修建宜远、飞盖、望佳三桥，并作《三桥诗》纪念。居颍期间，欧阳修心情愉悦，日与吕公著、徐无逸兄弟、刘敞、刘攽等人游宴，诗文风雅，皆使诗人对颍州印象极佳。

相比怀念洛阳之作，欧阳修思颍诗多指向未来，期盼隐居于颍，如“吾已买田清颍上，更欲临流作钓矶”（《归田四时乐春夏二首》其一）、“待君归日我何为，手把锄犁汝阴叟”（《小饮坐中，赠别祖择之赴陕府》）、“决计不宜晚，归耕颍尾田”（《偶书》）、“鹿车终自驾，归去颍东田”（《秋怀》）、“颍田二顷春芜没，安得柴车自驾还”（《表海亭》）。思颍与思隐合而为一，颍州代表诗人对未来的美好盼望。“明日君恩许归去，白头酣咏太平年”，看似轻松的语调中，饱含诗人多年宦海沉浮、急流勇退的决意与诚挚深沉的思颍之情。

残 腊

腊雪初销上古台，桑郊向日彩旗开①。
山横南陌城中见，春逐东风海上来。
老去每惊新岁换，病多能使壮心摧。
自嗟空有东阳瘦②，览物惭无八咏才③。

【注释】

① 桑郊：郊野。

② 东阳瘦：唐姚察、姚思廉《梁书·沈约传》："永明末，（沈约）出守东阳……百日数旬，革带常应移孔；以手握臂，率计月小半分。"

③"览物"句：沈约工于咏物，出守东阳（今属浙江）时，建元畅楼，作《登台望秋月》《会圃临春风》等诗八首，称"八咏诗"，省作"八咏"。

【评析】

本诗作于熙宁元年（1068），诗题《残腊》，应为当年年末作，或已入1069年。时诗人知青州，充京东东路安抚使，筑第于颍州，自言"某衰病难名，凡老患，或耳或目，不过一二，诸老之疾，并在一身"（《与王文恪公》），深为老病所苦，多次上表乞致仕而未允。

首联起笔壮阔，雪销古台，郊野彩旗向日而动，沉雄中透出勃勃生机。句式精练，迭用倒装，诗意凝练而拗折，强化了诗歌气势。颔联承上写景，视野更加宏阔，大笔濡染，诗人于城中望见南陌绵延之山，阳气渐升，春风自东海吹拂而来。古人多以为"春归江海上"（皇甫冉《逢庄纳因赠》），又从海上而来，白居易曰："春风来海上。"（《正月十五日夜月》）苏轼云：“无限春风来海上。”（《减字木兰花·己卯儋耳春词》）皆是此意。加之所处青州距渤海颇近，诗人故有此语。二句炼字妙，“横”字静中有动，“逐”字尤富动感，用语截然。“城中”点地点，“春”点时间，关合上文“桑郊”“腊雪”，章法有条不紊。颈联转向自叙，诗人老病交加，乞归不允，客居在外，宛如杜甫“万里悲秋常作客，百年多病独登台”（《登高》）。“惊”字既写时间流逝之快，又见出诗人对此之惊异与无奈。古人诗歌多见此用法，南朝宋范泰“鸣雁惊时候”（《九月九日诗》）、唐杜审言“独有宦游人，偏惊物候新”（《和晋陵陆丞早春游望》）、刘长卿“本惊时不住，还恐老相催”（《早春》）、杜甫“一卧沧江惊岁晚”（《秋兴八首》其五）等，皆善用“惊”字。欧阳修另有词曰：“老去光阴速可惊。”（《采桑子》）其意亦近本诗。对句反用曹操“烈士暮年，壮心不已”（《龟虽寿》）意，情绪低回，近于沈约“悲来壮心歇”（《却东西门行》）、王维“壮心与身退，老病随年侵”（《送韦大夫东京留守》）及钱起“白发壮心死”（《銮驾避狄岁寄别韩云卿》）。其后，陆游诗多仿此意，如“五十忽过二，流年消壮心”（《病中戏书三首》其一）、“年光迟暮壮心违”（《感事》）、“壮心已与年俱逝”（《细雨》）、“衰疾壮心违”（《明日复作一首自解》）等；又善作翻案语：“壮心未与朱颜改。”（《山园晚兴》）“壮心未与年俱老。”（《书愤二首》其一）有青出于蓝而胜于蓝之妙。尾联顺势而下，未作振起语，慨叹如今自己仅有沈约之消瘦，而无其文才，于嗟叹消沉中结束本诗。“空有”二字作反语，与“惭无”相对，更见其哀。

诗前两联境界开阔，笔力雄浑，颈联浩叹中犹不失悲壮，尾联始一意低回，哀思婉转。全诗前段写景，后段叙事、抒情，仇兆鳌曰：“唐人七律多在四句分截，杜诗于此法更严。”（《杜诗详注》）本诗亦属“四句分截”之诗。

留题南楼二绝

其　一

偷得青州一岁闲，四时终日面孱颜[1]。
须知我是爱山者，无一诗中不说山。

【注释】

① 孱颜：同“巉岩”，指高峻的山岭。

【评析】

组诗作于熙宁二年（1069），时诗人六十三岁，知青州。治平四年（1067），诗人以观文殿学士、刑部尚书出知亳州。熙宁元年八月，转官兵部尚书，改知青州，充京东东路安抚使，连上表辞免，未允。九月末，赴青，十月二十七日，到任。诗云“偷得青州一岁闲”，或作于次年十月。

开篇点明青州无事，一岁常闲，“闲”字为诗眼，奠定全诗轻松基调。欧阳修一生奔波，屡陷党争，早年贬夷陵，中岁贬滁州，老来仕途亨通，官至翰林学士、枢密副使、参知政事，而心系颍州，屡乞致仕，然久未允。作本诗时，尚以寿州地近颍州，连章上书乞移知，不允。翌年，乞知小郡蔡州，七月，从其请。复于蔡州多次上表，四年六月，终以观文殿学士、太子少师致仕，即归颍州。诗人晚年多病，精力衰退，从政热情日渐消减。加之熙宁年间，王安石拜参知政事，施行新法，欧阳修不尽认可，熙宁二年知青州时，即私自于京东东路各州军停放秋料青苗钱，斥其“直是放债取利尔”（《言青苗第二札子》)，因此被降诏责罪。这些境遇皆使诗人渴望致仕归隐，故此才说知青州是忙里偷闲。对其而言，进取以实现政治抱负，是忙；外任以谋求退处，是闲。

诗人不拘季节，终日看山，喜爱至极，以致强调自己无一诗不说山。古人多借山水消忧，游赏名山大川，陶冶心灵。李白诗曰："五岳寻仙不辞远，一生好入名山游。"(《庐山谣寄卢侍御虚舟》)李德裕云："我有爱山心，如饥复如渴。"(《怀山居邀松阳子同作》)唐末徐夤曰："心闲缘事少，身老爱山多。"(《北山秋晚》)皆与本诗情怀相似，可谓爱山人别有怀抱。欧阳修爱山，亦爱吟诗，"须知"二句巧妙关合二者。其后，陆游曰："晚来又入淮南路，红树青山合有诗。"(《望江道中》)写美景勾起吟诗之心，看似与本篇主动以诗吟山有别，实则殊途同归，皆强调作诗出于游赏山水之心。

诗押十五删韵，连用"得""一""日""不""说"等入声字，声情铿锵。七绝仅二十八字，字字珠玑，本诗"一"字、"山"字皆两见，略显粗疏。三、四句有鲜明口语化倾向。二者皆与其随口吟成，并非精心结撰有关。

其　二

醉翁到处不曾醒，问向青州作么生①。
公退留宾夸酒美②，睡余攲枕看山横③。

【注释】

①作么生：过什么生活，做什么。欧阳修《六一诗话》："李白《戏杜甫》云：'借问别来太瘦生，总为从前作诗苦。''太瘦生'，唐人语也。至今犹以'生'为语助，如'作么生''何似生'之类是也。"

②公退：公务完毕，离开衙署。

③ 攲枕：倚靠着枕头。攲，通“倚”。

【评析】

本诗为组诗其二，写诗人喜酒，到处皆醉，若问至青州过何生活，则答以公退之暇，与嘉宾畅饮美酒，睡醒起来，倚枕看山横。自问自答，饶有意趣。今人林薇认为本诗“似为旷达，实含凄梗”，首句写“但愿长醉不愿醒”，次句拷问自己至青州所为何来，三、四句“带着一抹浓重的自嘲自伤的无奈”（吴小林等《唐宋八大家文品读辞典》上册），略显臆断，有过度阐释之嫌。其实，“不曾醒”照应组诗其一“偷”“闲”二字，写闲情逸致；“作么生”只是寻常发问，并非强烈反问、拷问；“公退”二句即诗人自问自答，其中“酒美”呼应首句，“看山横”关涉上文“爱山”，前后贯连，意脉圆融，悠闲之情尤为昭著。即使有反讽、自嘲之情，也仅是轻微程度。

中唐李涉诗曰：“终日昏昏醉梦间，忽闻春尽强登山。因过竹院逢僧话，偷得浮生半日闲。”（《题鹤林寺僧舍》）主人公终日醉梦，忽闻春尽，勉力登山赏春，至竹园与僧人闲谈，半日悠悠而过，身心俱得放松，情感、意象颇与组诗相近。整体来看，组诗写爱山、爱酒，均不正面刻画，或从诗中山着笔，或自“留宾夸酒美”落墨，侧面见义，渲染闲情闲趣，或叙或议，笔法收纵自如，有别于唐人绝句以情韵取胜。

嘲少年惜花

纷纷红蕊落泥沙，少年何用苦咨嗟[①]。
春风自是无情物，肯为汝惜无情花。

今年花落明年好，但见花开人自老。
人老不复少，花开还更新。
使花如解语[②]，应笑惜花人。

【注释】

①咨嗟：叹息。

②“使花”句：唐末王仁裕《开元天宝遗事·解语花》：“太液池有千叶白莲数枝盛开，帝与贵戚宴赏焉。左右皆叹羡久之。帝指贵妃示于左右曰：‘争如我解语花？’”

【评析】

本诗见于四部丛刊影印元刊本《居士集》卷九，当作于熙宁元年（1068）至五年间，为诗人晚年之作。此诗前首《山斋绝句戏书二首》下注“熙宁三年”，今人陈新、杜维沫《欧阳修选集》与刘德清《欧阳修纪年录》等据此将本诗系于同年，暂从之。时诗人六十四岁，知青州，充京东东路安抚使。七月，移知蔡州，改号六一居士。

诗有初唐七古流丽婉转之风，借春风、春花感慨时间流逝，明显受到刘希夷《代悲白头翁》、张若虚《春江花月夜》等影响，但其中流露出的理性思考，又别具宋调。刘诗曰：“洛阳城东桃李花，飞来飞去落谁家？洛阳女儿惜颜色，坐见落花长叹息。今年花落颜色改，明年花开复谁在？已见松柏摧为薪，更闻桑田变成海。古人无复洛城东，今人还对落花风。年年岁岁花相似，岁岁年年人不同。寄言全盛红颜子，应怜半死白头翁。此翁白头真可怜，伊昔红颜美少年。公子王孙芳树下，清歌妙舞落花前。光禄池台文锦绣，将军楼阁画神仙。一朝卧病无相识，三春行乐在谁边？宛转蛾眉能几时？须臾鹤发乱如丝。但看古来歌舞地，唯有黄昏鸟雀悲。”开篇借落花起兴，写少女惜花，“花有重开日，人无再少年”（陈著《续侄溥赏酴醿劝酒二首》其一），引出白头翁，铺叙其青春光景，收归年老，结以慨叹。张若虚诗云：“江畔何人初见月？江月何年初照人？人生代代无穷已，江月年年望相似。不知江月待何人，但见长江送流水。”虽然加入宇宙意识，但主体仍是时间感慨。本诗则另辟蹊径，在前人诗歌基础上作翻案语。刘希夷、张若虚立足于人这一主体，慨叹时间流逝不断，欧阳修则立足春风、春花。首句以落花起笔，中段写花落复开，“谁道人生无再少”（苏轼《浣溪沙·游蕲水清泉寺，寺临兰溪，溪水西流》），与刘希夷诗前半段结构相近。但诗人一改前人叹惋口吻，劝告少年不须叹息，春风无情，春花亦无情，无情之物怎会相怜惜？人渐渐变老，花却常开常新，花如能言，想来还要笑话惜花之人不自量。诗人早年说：“人生自是有情痴，此恨不关风与月。”（《玉楼春》）与本诗三、四句同富理性。清龚自珍曰：“落红不是无情物，化作春泥更护花。”（《己亥杂诗》其五）又反用本诗诗意。虽然“纷纷红蕊落泥沙”，但并非“自是无情物”，反而“化作春泥”，更加滋润鲜花，可见“今年花落明年好”，亦是落红有情之功，别具思致。

宋人诗好作翻案语，欧阳修颇具代表性，“我亦且如常日醉，莫教弦管作离声”（《别滁》）、“纤纤女手生洞房，学得琵琶不下堂。不识黄云出塞路，岂知此声能断肠”（《〈明妃曲〉和王介甫作》）、“虽能杀画工，于事竟何益。耳目所及尚如此，万里安能制夷狄”（《再和〈明妃曲〉》）及本诗“春风自是无情物，肯为汝惜无情花……使花如解语，应笑惜花人”皆为其例。杨万里首次以“翻案”二字论诗：“诗家用古人语，而不用其意，最为妙法。如山谷《猩猩毛笔》是也。猩猩喜著屐，故用阮孚事。其毛作笔，用之钞书，故用惠施事。二事皆借人事以咏物，初非猩猩毛笔事也。《左传》云：‘深山大泽，实生龙蛇。’而山谷《中秋月》诗云：‘寒藤老木被光景，深山大泽皆龙蛇。’《周礼·考工记》云：‘车人盖圜以象天，轸方以象地。’而山谷云：‘丈夫要宏毅，天地为盖轸。’《孟子》云：‘《武成》取二三策。’而山谷称东坡云：‘平生五车书，未吐二三策。’孔子、老子相见倾盖，邹阳云：‘倾盖如故。’孙侔与东坡不相识，乃以诗寄坡，坡和云：‘与君盖亦不须倾。’刘宽责吏，以蒲为鞭，宽厚至矣。东坡诗云：‘有鞭不使安用蒲。’老杜有诗云：‘忽忆往时秋井塌，古人白骨生青苔，如何不饮令心哀。’东坡则云：‘何须更待秋井塌，见人白骨方衔杯。’此皆翻案法也。”（《诚斋诗话》）其定义“翻案法”为“用古人语，而不用其意”，略显宽泛。据此定义，“翻案法”似与“不易其意而造其语”的“夺胎法”（惠洪《冷斋夜话》）相对。其实，此法准确来说更近于反用典故或以新意写旧典，以“反古人意”而非“不用其意”定义更为准确。杨氏所举诗歌皆出自苏轼、黄庭坚，部分诗句如“寒藤”二句仅属用典，并非“翻案法”。苏、黄为宋诗代表人物，欧阳修于苏轼有知遇之恩，黄庭坚为苏门弟子，亦受欧阳修影响。讨论“翻案法”，不宜忽视欧阳修诗句。

本诗共十句，前六句为七言，后四句为五言，“花”字六见，“无情”“人老”二见，两处“无情”上下句对位，两处“人老”前后顶针，寓错落于整齐之中。“纷纷”四句押平声六麻韵，“今年”二句换用上声十九皓韵，“人老”四句复归平声十一真韵，平仄交替，声情悠扬。“人老”句换韵时首句不入韵，较为少见。

寄答王仲仪太尉素

丰乐山前一醉翁[①]，余龄有几百忧攻。

平生自恃心无愧，直道诚知世不容[②]。
换骨莫求丹九转[③]，荣名岂在禄千钟[④]。
明年今日如寻我，颍水东西问老农。

【注释】

① 丰乐山：今安徽滁州城西之丰山。欧阳修于其上建丰乐亭，作有《丰乐亭记》等。

② 直道：品性、作风正直。《论语·微子》："柳下惠为士师，三黜。人曰：'子未可以去乎？'曰：'直道而事人，焉往而不三黜？枉道而事人，何必去父母之邦？'"

③ 丹九转：传说道家烧炼金丹，将丹砂烧成水银，水银炼成丹砂，反复九次，效能最大，服用后可换凡骨为仙骨。

④ 禄千钟：俸禄丰厚。钟，古代计量单位，十斗为一斛，十斛为一钟。

【评析】

本诗作年有争议。四部丛刊影印元刊本《居士外集》于诗题下注："熙宁三年（1070）作。"陈新等《欧阳修选集》、洪本健《欧阳修诗文集校笺》、刘德清等《欧阳修诗编年笺注》皆执此见。施培毅《欧阳修诗选》、刘乃昌《宋诗三百首评注》、刘扬忠《欧阳修集》则认为本诗作于作于治平四年（1067），"百忧攻""世不容"指御史蒋之奇、彭思永等弹劾欧阳修"帷薄不修"、与长媳通奸事，"心无愧"指诗人心知此为诬陷，问心无愧，亟请辨明。看似合理，但多为推测，并无文献证据，不宜轻易否定诗题原注。熙宁三年，诗人知青州，充京东东路安抚使。七月，改知蔡州，途经颍州，以足疾，滞留一月有余。九月，抵蔡州。翌年六月，以观文殿学士、太子少师致仕。七月，归颍州。王仲仪，即王素，字仲仪，莘县（今属山东）人。庆历年间，与欧阳修同为谏官，屡知渭州（治今甘肃平凉），与西夏对峙。太尉，秦设，全国军政首脑，历代多沿置，渐变为加官，不掌实权，常用作对武官的尊称。

起笔虚写，以丰乐山前醉翁自指，思念颍州，暗逗隐逸情愫。“余龄”句语颇沉痛。是年诗人老病交侵，“某衰病累年，中外具（俱）察，不待烦言。自去冬渐难勉强……攻注眼目，服药过度，渴淋复作，遂不能支”（《与执政》），“经春老病不出门”（《山斋戏书绝句二首》其二），“某衰病如昨，幸得闲暇偷安，但苦病目，不能看书，无以度日”（《与颜直讲长道》其六），“将吾老矣，文思之衰邪？兹为终身之恨尔”（《题青州山斋》），“修过颍少留，以足疾为苦”（《与韩忠献王稚圭》其三十八），眼疾、足疾越发严重，淋渴症复发，文思衰竭，难以度日。同年，诗人屡上疏言青苗法之弊，不报，遂擅自“指挥本路诸州军并令未得俵散秋料钱”（《言青苗第二札子》），遭朝廷降诏诘责，“诏欧阳修不合不奏听朝廷指挥，擅指散青苗钱，特放罪”（李焘《续资治通鉴长编》）。内外交困，诗人归隐之念越发强烈。“百忧攻”为诗词成辞，欧阳修屡用之，如“那堪多难百忧攻，三十衰容一病翁”（《题荐严院》），“尔来三十年，多难百忧攻”（《乞药有感，呈梅圣俞》）等。颔联写诗人正道直行，自知为世不容，问心无愧。用流水对，运以散文句法，文脉通畅，气势充沛，振起一篇。二句全用标准律句，声情相和，而无精雕细琢之迹，举重若轻，宛似毫不费力，可见诗人内心激荡，情感强烈，脱口而出，即成妙句。颈联连下“莫求”“岂在”二语，否定仙家长生、人间富贵，语气截然，不留丝毫余地。尾联顺势而下，交代诗人心期乃在归隐颍州，收束颈联，绾合开篇，神完气足。熙宁二年，诗人有句“归去行歌颍水傍”（《青州书事》），与本诗同一机杼。

苏轼跋本诗曰：“此欧阳文忠公寄太尉懿敏王公诗。轼与公之子定国、定国侄孙子发、张彦若同游宝梵。定国诵此诗，以遗诗人戴仲连。仲连，尝从文忠公者也。元祐元年四月，门生苏轼书。”（《跋欧阳寄王太尉诗后》）堪为诗界掌故，附录于此。

退居述怀寄北京韩侍中二首

其　二

书殿宫臣宠并叨[①]，不同憔悴返渔樵。
无穷兴味闲中得，强半光阴醉里销[②]。
静爱竹时来野寺，独寻春偶过溪桥。
犹须五物称居士[③]，不及颜回饮一瓢[④]。

【注释】

① 书殿：指集贤院或史馆。此处兼指观文殿。皇祐三年（1051），韩琦知定州，加观文殿学士。至和元年（1054），欧阳修迁翰林学士，兼史馆修撰。熙宁四年（1071），以观文殿学士、太子少师致仕。宫臣：太子属官。仁宗三子早亡，皇储未定，至和三年（1056），韩琦、欧阳修等力谏早定皇嗣，以固根本，后仁宗立堂兄濮安懿王赵允让之子赵宗实为太子，赐名赵曙，即英宗。

② 强半：大半，过半。

③“犹须”句：熙宁三年（1070），欧阳修改号六一居士，自作《六一居士传》，云：“客有问曰：‘六一，何谓也？’居士曰：‘吾家藏书一万卷，集录三代以来金石遗文一千卷，有琴一张，有棋一局，而常置

酒一壶。’客曰：‘是谓五一尔，奈何？’居士曰：‘以吾一翁，老于此五物之间，是岂不为六一乎？’”

④ 颜回饮一瓢：《论语·雍也》：“子曰：‘贤哉，回也！一箪食，一瓢饮，在陋巷，人不堪其忧，回也不改其乐。贤哉，回也！’”

【评析】

本诗作于熙宁五年（1072），时诗人六十六岁，居颍州。熙宁四年六月，诗人以观文殿学士、太子少师致仕，七月，归颍。翌年闰七月二十三日，病逝于颍。诗云“寻春”，当作于五年春。李之亮认为本篇为“熙宁四年退居颍州时作”（《欧阳修集编年笺注》），误。刘德清《欧阳修纪年录》系于五年六月，后又指出：“原辑《居士外集》卷七，无系年，列熙宁五年诗后，作于是年春末。”（刘德清等《欧阳修诗编年笺注》）前说盖将“强半光阴”理解为一年过半，以“静爱”二句写回忆，亦可通。北京，即大名府（治今河北大名东北）。景德元年（1004），真宗御驾亲征，设行宫驻跸。仁宗庆历二年（1042），立为陪都。韩侍中，韩琦，熙宁元年（1068）十二月，判大名府，辞不获，翌年二月，上任。

首联写当年共享尊宠，今日自己独归颍州。“憔悴”相对尊宠而言，诗人屡乞致仕归颍，熙宁四年始得偿所愿，然已老病交加，居颍一年，即不幸下世，确有憔悴之实。一说指虚言、谦辞，亦通。颔联写颍州生活：诗人兴味无穷，俱在闲中，大半光阴，皆向酒销，闲适、悠然，富有诗意。陈与义“客子光阴诗卷里，杏花消息雨声中”（《怀天经智老因访之》），立意仿此，而意境更佳。陆游诗屡见相似语，如“名姓已甘黄纸外，光阴全付绿尊中”（《和范待制秋兴三首》其一）、“尽收事业渔舟里，全付光阴酒榼边”（《湖村秋晓》）、“生理凭耕稼，光阴付醉眠”（《卜居三山已四十年矣，暇日有感，聊赋五字二首》其一）、“百岁光阴半归酒，一生事业略存诗”（《衰疾》）等，皆然。

颈联细说悠闲生活，宋胡舜陟曰：“荆公诗云：‘细数落花因坐久，缓寻芳草得归迟。’六一居士诗云：‘静爱竹时来野寺，独寻春偶过溪桥。’二公皆状闲适，荆公之句为工。”（胡仔《苕溪渔隐丛话·前集》引《三山老人语录》）“细数”二语为王安石《北山》绝句第三、四句，情境清新，运思精微，偶对工整，仿唐诗神韵，系典型半山体。“细数”“缓寻”与“静爱”“独寻”皆为状中结构，“细”“缓”二字写留恋之情，较欧诗更集中、细致。林逋“疏影横斜水清浅，暗香浮动月黄昏”（《山园小梅二首》其一），改动五代江为“竹影横斜水清浅，桂香浮动月黄昏”（残句，见李日华《紫桃轩杂缀》）起首二字，状物更集中、具体、传神，遂成名句，可借论欧、王二诗异同。此外，王诗写因数落花而久坐、寻芳草而迟归，意境较欧诗更静谧和缓，笔触亦更细致，且更富创意，确堪“荆公之句为工”之评。

“静爱”二句胜在句式更奇，上三下四，拗折奇崛，古人论“折腰体”多引及。胡仔曰：“六一居士诗云：‘静爱竹时来野寺，独寻春偶过溪桥。’俗谓之折句。卢赞元《雪诗》云：‘想行客过梅桥滑，免老农忧麦垄干。’效此格也。余亦尝云：‘鹦鹉杯且酌清浊，麒麟阁懒画丹青。’”（《苕溪渔隐丛话·前集》）较早以“折句”指称上三下四句式。卢赞元即两宋之交的卢襄，“想行”二句今仅存残句。胡仔“鹦鹉”二句亦仅存残句。

元初韦居安云：“七言律诗有上三下四格，谓之折腰句。白乐天守吴门日，《答客问杭州》诗云：‘大屋檐多装雁齿，小航船亦画龙头。’欧阳公诗云：‘静爱竹时来野寺，独寻春偶到溪桥。’刘后村《卫生》诗云：‘采下菊宜为枕睡，碾来芎可入茶尝。’《胡琴》诗云：‘出山云各行其志，近水梅先得我心。’皆此格也。”（《梅磵诗话》）首次将上三下四句式命名为“折腰句”，沿用至今。“出山”二句今不见于刘克庄诗集。

元无名氏云：“折腰句，读之若不律，自是一格。‘野店寒无客，风巢动有禽’‘送终时有雪，归葬处无云’‘似梅花落地，如柳絮因风’‘静爱竹时来野寺，独寻春偶过溪桥’‘黄四娘教看花去，谢三郎劝钓鱼休’‘管城子无食肉相，孔方兄有绝交书’‘鹦鹉杯难别清浊，麒麟阁懒画丹青’‘开山佛已成胡鬼，住院僧尤说李王’‘永夜角声悲自语，中天月色好谁看’。”（《沙中金集》）所举诗例分别出自唐周繇《送宇文虞》、唐末任翻《哭友人》、宋王淡交《雪》残句、欧阳修本诗、佚名残句、黄庭坚《戏呈孔毅父》、胡仔残句、刘克庄《清凉寺》、杜甫《宿府》，除七言上三下四格外，另举周繇、任翻、王淡交等五言上三下二格、杜甫七言上五下二格，扩大了折腰句内涵。

明单宇指出：“《蒙斋诗林》云：‘东坡“五车书已留儿读，二顷田应为鹤谋”，此前所谓折句法也。’欧阳公：‘静爱竹时来野寺，独寻春偶过溪桥。’黄山谷云：‘管城子无食肉相，孔方兄有绝交书。’胡苕溪云：‘鹦鹉杯且酌清浊，麒麟阁懒画丹青。’皆效此格也。”（《菊坡丛话》）明黄溥曰：“折句格：六一居士：‘静爱竹时来野寺，独寻春偶过溪桥。’邵康节诗：‘在世上官虽不作（做），出人间事却能俗（知）。’谓之折句。”（《诗学权舆》）“在世”二句出自邵雍《喜老吟》。明郭子章说：“欧公诗‘静爱竹时来野寺，独寻春偶过溪桥’，俗谓之折句。”（《豫章诗话》）诸人论述大体相似。此外，明梁桥云：“折腰句法：静爱僧（竹）时来野寺，独寻春处（偶）过溪桥。（上四字、下三字）。”（《冰川诗式》）误，折腰句法当为上三字、下四字。其将“偶”字误记为“处”，以之为例判断折腰句句式，故致此误。

近体诗以五、七言句为主，有自然节奏，常见句式为上二下三、上四下三。唐元兢曰："腰，谓五字之中第三字也。"（《诗髓脑》）七言句中即第四字。折腰，即改变五、七言句原有节奏，在"腰"处拗折，构成上三下二、上三下四句式，后扩大指改变常用句式。用折腰句，可有力变化诗歌节奏，造成生涩拗折、奇崛古拙审美效果，读来有散文气，朗朗上口，多用于律诗中二联，出句、对句偶对工整，于整齐之中寓有错落之势。

另有折腰体指"中失粘而意不断"（惠洪《天厨禁脔》），如王维"渭城朝雨浥轻尘，客舍青青杨柳新。劝君更尽一杯酒，西出阳关无故人"（《送元二使安西》），一、二句与三、四句平仄相对，第三句失粘。施蛰存指出："绝句的第三句、律诗的第三及第五句都是腰。这两处腰的平仄不合声律，就称为'折腰体'。"（《唐诗百话》）此处"平仄不合声律"主要指失粘，并非一般意义上的拗句。今人或认为折腰体指声法，折腰句指句法，或认为折腰体兼具两种内涵，前说更通行。

尾联写诗人于物多有待，"五物"虽皆具雅致，然终究不如颜回。庄子云："夫列子御风而行，泠然善也，旬有五日而后反。彼于致福者，未数数然也。此虽免乎行，犹有所待者也。若夫乘天地之正，而御六气之辩，以游无穷者，彼且恶乎待哉？"（《庄子·逍遥游》）诗人递进笔法近于《庄子》。

组诗其一曰："悠悠身世比浮云，白首归来颍水濆。曾看元臣调鼎鼐，却寻田叟问耕耘。一生勤苦书千卷，万事销磨酒百分。放浪岂无方外士，尚思亲友念离群。"叶梦得云："读书避暑，固是一佳事，况有此酿？忽看欧文忠诗，有'一生勤苦书千卷，万事消磨酒十分'之句，慨然有当其心。公名德著天下，何感于此乎？邹湛有言，如湛辈乃当如公言耳。此公始退休之时寄北门韩魏公诗也。"（《避暑录话》）清宋长白指出："'饮酒不至狂，对客不至疲。读书以自娱，不强所不知’，此放翁所谓闲适诗也。如此领会，不必更云‘酒无独饮理，常恨欠佳客’‘守书眼欲暗，投枕乃了然’矣。欧阳公句：‘一生勤苦书千卷，万事销磨酒十分。’黄俞言句：‘杯中有圣方中酒，天上无仙不读书。’深得此中神理。”（《柳亭诗话》）或以为有感慨，或以为极闲适。韩琦得欧诗后，和诗二首：“日跂高风谢世纷，只思移疾卧漳渍。万钟糠秕常知慕，三径蓬蒿欲自耘。忠义心诚终老合，仙凡岐路此时分。唯瞻天外冥鸿远，会起卑飞及旧群。”“尘俗徒希勇退高，几时投迹混耕樵。神交不间川涂阔，直道难因老病消。魏境民流河抹岸，颍湖春早柳萦桥。相从谁挹浮邱袂，左在琴书酒满瓢。”（《次韵答致政欧阳少师退居述怀二首》）皆可参阅。

欧阳修诗词品汇

词

南歌子

凤髻金泥带①，龙纹玉掌梳②。去来窗下笑相扶，爱道画眉深浅、入时无③。　　弄笔偎人久，描花试手初④。等闲妨了绣功夫⑤，笑问鸳鸯两字、怎生书。

【注释】

①凤髻：古代的一种发型，其式高翘，如凤翱翔。唐段成式《髻鬟品》："髻始自燧人氏，以发相缠而无系缚。周文王加珠翠翘花，名曰凤髻，又名步摇髻。"金泥带：涂饰金屑的头绳，用以束髻。

②掌：梳子的柄。一说指梳子形状似掌。

③"爱道"句：唐朱庆馀《近试上张水部》："洞房昨夜停红烛，待晓堂前拜舅姑。妆罢低声问夫婿，画眉深浅入时无。"深浅，浓淡。入时，时髦，合乎时宜。

④描花：依照花样描摹。一说指女子刺绣，先在绣布上勾画图案。

⑤等闲：无端，轻易。

【评析】

本词作年及主人公身份有争议。天圣六年（1028），胥偃知汉阳军，欧阳修携诗文前往拜谒。胥偃十分欣赏，留置门下，冬，携至京师开封。次年，欧阳修在京试国子监为第一。八年，试礼部复为第一，殿试中甲科第十四名。九年，任西京留守推官，娶胥偃女胥氏为妻。后二年，胥氏不幸离世。论者多以为本词作于二人初婚时，写新婚生活。胡云翼则认为本词可能写歌女，"也可能是写新嫁娘"（《宋词选》）。据词引朱庆馀《近试上张水部》诗来看，当系写新婚生活之作，风格活泼，应作于与初任妻子胥氏新婚时。

起二句写女主人公发式、发饰之精美，平仄相对。“凤髻”对“龙纹”，暗寓龙凤呈祥意；“金泥”对“玉掌”，见装饰之华丽；“带”对“梳”，写发饰之繁复。以名词作对，对仗精工，近于晚唐温庭筠名句“鸡声茅店月，人迹板桥霜”（《商山早行》）。但细究其实，“凤髻”是一物，“金泥带”是另一物，而“龙纹”“玉掌”则皆形容梳子，两句结构有别。且所写之物相近，若置于律诗则有合掌之嫌，但置于词中则不觉。唯见其凤髻之上着金泥带，带上横插玉掌梳，梳子上又绘龙纹，层层修饰，不断烘托女子之高贵、端庄、精致，先声夺人。“去来”句有反转之妙，女子走至窗下，郎君即笑来相扶，高贵精致一变而为娉娉袅袅、柔弱动人。“笑相扶”亦见新婚夫妻之亲昵恩爱。“爱道”句顺势写来，用朱庆馀成句，而如己出，用典浑然。朱诗借新嫁娘小心翼翼问眉妆之态，寓询问主考官张籍自己投赠之诗文是否入其目之意，取譬精妙，历来传唱。欧词舍去其言外之意，纯作情语用，亦见风致。“爱道”二字尤妙，见女子不时提问之态。其心中分明早有答案，却仍不断向郎君确认，娇憨之状毕现。明沈际飞曰：“‘蛾眉不肯让人’，即在‘入时’句中。”（《镌古香岑批点草堂诗余四集·别集》）“蛾眉”句出自初唐骆宾王《代李敬业传檄天下文》：“入门见嫉，蛾眉不肯让人；掩袖工谗，狐媚偏能惑主。”其文为讨伐武则天的檄文，用语多下重笔。沈氏当仅就字面义而言，谓女主人公眉妆不愿落于人后，故时时问及。

过片承上文，写恩爱之状。清贺裳曰：“词家须使读者如身履其地，亲见其人，方为蓬山顶上。”赞赏过片二句“俨然如在目前，疑于化工之笔”（《皱水轩词筌》）。此二句不独下笔简约，形容逼真，取材亦极有生活情味。“弄”字有不经意、不认真之感，今人邱少华说：“‘弄’，本是把玩之意，说‘弄笔’，在这里只是玩儿罢了……

弄笔描花，用心不在花，而在情，在于新婚夫妇之间的亲爱。”（《欧阳修词新释辑评》）颇具慧眼。女子偎人良久，方才试手描花，虽因此耽误女红，却并不在意，反而笑问“鸳鸯”二字如何书写。鸳鸯旧传雌雄偶居不离，又称“匹鸟”，多象征爱情坚贞美好。出身于尊贵人家的女主人公又怎会不知其字形？此处无疑而问，以声传情，尤为动人。今人郁玉英说：“‘等闲’句，当是新郎故意打趣新娘之语……‘笑问’句，面对丈夫的打趣，新娘故意答非所问。”（《欧阳修词评注》）解释得饶有情趣。清谢章铤曰：“纯写闺襜，不独词格之卑，抑亦靡薄无味，可厌之甚也。然其中却有毫厘之辨。作情语，勿作绮语。绮语设为淫思，坏人心术；情语则热血所钟，缠绵悱恻，而即近知远，即微知著，其人一生大节，可于此得其端倪。‘笑问双鸳鸯字、怎生书’，出自欧阳文忠。‘残灯明灭枕头欹，谙尽孤眠滋味’，出自范文正。是皆一代名德，慎勿谓曲子相公皆轻薄者。”（《赌棋山庄词话》）认为词仅写闺阁，则格卑无味，若作绮语，更有坏人心术之弊，而情语则不然，能以小见大，识其人一生大节。情语发乎情，止乎礼义，既能一往情深，又能点到即止，本词结拍问鸳鸯字，含而不露，亲昵而不鄙亵，即兼此二者之长。

纵观全词，多以口语、白描写戏剧化言行，歇拍皆以女主人公问句结穴，更添灵动之气。沈际飞曰：“前段态，后段情，各尽，不得以荡目之。”（《镌古香岑批点草堂诗余四集·别集》）乃就大要而言。其实上片“笑相扶”“爱道”未尝不含情，下片“偎人久”“试手初”“笑问”等亦未尝不见其态。上、下片并非常见的上景下情、上情下景结构，而是紧密相承，一气铺叙，笔法更近于柳永长调，有较明显的民间词色彩。同时，起笔、过片对仗工整，用笔简练，刻画精工，又有较多文人词气息。整体风格清新婉丽，兼有民间词与《花间词》之长。

欧阳修为有宋开一代风气之名臣，官至翰林学士、枢密副使、参知政事，位极尊荣，传统经史之学皆有成就，诗文亦多纡徐得体，而本词能如此婉丽动人，尤受历代词评家赞叹。清先著指出：“公老成名德，而小词当行乃尔。”（《词洁》）清许昂霄曰：“真觉娉娉袅袅。”（《词综偶评》）近人梁启勋亦云：“此六一居士《南歌子》也，不似理学名臣语气。”（《曼殊室词话》）“当行”评价尤高。宋初词人多视词为“小道”，钱惟演自称“坐则读经史，卧则读小说，上厕则阅小辞”（欧阳修《归田录》引），文体地位卑下，文人多于歌筵酒席间率意为之，随曲填词，词成亦付歌女演唱，“聊佐清欢”（《西湖念语》），其内容多写歌女。叶嘉莹说：“欧阳修的诗和欧阳修的散文是一种作风，欧阳修的小词又是一种作风，就因为他觉得诗才是言志的；词，不是言志的。诗是说自己的意志，词就是游戏笔墨，写美女，写爱情，写伤春悲秋。他们把写词看做是一种消遣游戏的笔墨。”（《唐宋词十七讲》）又说：“正是在这种游戏笔墨的小词之写作中，他们却于不自觉中流露了隐意识中的一种心灵之本质。因此这些小词遂于无意中具含了一种发自心灵最隐微之深处的兴发感动的作用。”（《词学新诠》）本词即可视为词人“心灵之本质”抑或另一面。近人薛砺若评本词道：“他的作品含带的女性色彩很重。我们可以称他为‘女性词的作家’，例如《南歌子》……写得极细腻婉和，最能传出女儿家的心事。”（《宋词通论》）便以“女性词的作家”概括欧词特色。此外，亦值得注意的是，本词写新婚妻子，虽生动活泼，而主人公地位已有别于寻常歌女，词体地位有所上升。

临江仙

柳外轻雷池上雨，雨声滴碎荷声[①]。小楼西角断虹明。阑干倚处，待得月华生。　　燕子飞来窥画栋，玉钩垂下帘旌[②]。凉波不动簟纹平。水精双枕，傍有堕钗横[③]。

【注释】

①“柳外”二句：李商隐《无题》：“飒飒东风细雨来，芙蓉塘外有轻雷。”《宿骆氏亭寄怀崔雍、崔衮》：“秋阴不散霜飞晚，留得枯荷听雨声。”韦庄《抚州江口雨中作》：“江上闲冲细雨行，满衣风洒绿荷声。”轻雷，响声不大的雷。

②“燕子”二句：李商隐《正月崇让宅》：“蝙拂帘旌终展转。”画栋，有彩绘装饰的栋梁。帘旌（jīng），帘端所缀布帛，亦泛指帘幕。

③“凉波”三句：李商隐《偶题二首》其一：“水文簟上琥珀枕，傍有堕钗双翠翘。”簟纹平，五代鹿虔扆《虞美人》：“象床珍簟冷光轻，水纹平。”簟（diàn），竹席。水精，即水晶，古代有以水晶镶枕、作枕者。钗横，北宋彭乘《墨客挥犀》卷四引《太真外传》：“上皇登沈（沉）香亭，诏妃子，妃子时卯醉未醒。命力士使侍儿扶掖而至，妃子醉颜残妆，鬓乱钗横，不能再拜。”

【评析】

本词或作于天圣九年（1031）欧阳修任西京留守推官至明道二年（1033）钱惟演贬随州之间。词有本事，钱惟演曾孙钱愐曰：“欧文忠任河南推官，亲一妓。时先文僖（钱惟演）罢政，为西京留守，梅圣俞、谢希深、尹师鲁同在幕下，惜欧有才无行，共白于公，屡微讽而不之恤。一日宴于后园，客集而欧与妓俱不至，移时方来，在坐相视以目。公责妓云：‘末至何也？’妓云：‘中暑，往凉堂睡着，觉失金钗，犹未见。’公曰：‘若得欧阳推官一词，当为偿汝。’欧即席云：‘柳外轻雷池上雨……’坐皆称善。遂命妓满酌赏欧，而令公库偿钗，戒欧当少戢。不惟不恤，翻以为怨，后修《五代史·十国世家》，痛毁吴越。又于《归田录》中说文僖数事，皆非美谈。”（《钱氏私志》）钱惟演为吴越王钱俶第七子，故钱愐论及《新五代史》吴越部分。其论有泄私愤之疑，论者多不信其实，明蒋一葵《尧山堂外纪》引此事，即删去“梅圣俞”诸句及“戒欧当少戢”以下言论。实际上，钱、欧关系并非如钱愐所论般暗藏玄机。二人地位有别，理念不同，但钱氏待下颇优，“特意利用为双桂楼、临辕馆撰记的机会，让谢绛、尹洙、欧阳修三人相互切磋写作技艺。再如他们游览嵩山、香山阻雪，他还特意指派厨人传歌妓上山劳慰，让他们留在山上赏雪”（黄进德《欧阳修诗词文选评》）。众人俨如师友。钱愐记言不免添油加醋，但记事当有所据，姑系于此。

上阕重在写景。词人有句：“庭院深深深几许，杨柳堆烟，帘幕无重数。”（《蝶恋花》）院落深深，杨柳仿佛无数重屏障，重重障目。而本词雷在柳外，有一段距离，隐隐作响，故曰“轻雷”。《诗经·召南·殷其雷》：“殷其雷，在南山之阳。”朱熹曰：“妇人以其君子从役在外而思念之。”（《诗集传》）听雷即怀人。雷声渐息，雨却飘至池台之上，想是有风，荷叶随风而动，荷声亦由此而起。雨声窸窣，掩过风声、荷声，“滴碎”二字传神。雨非春日蒙蒙细雨，亦非盛夏倾盆暴雨。前者落于水上，并不碎裂，只是轻轻激起涟漪；后者则如雨帘，齐刷刷坠入水中，亦不会滴滴分明。“滴碎”之雨，介于二者之间，不大不小，正与轻雷相适。再进一步想，声音如何能“滴碎”另一种声音？妙处正在有理无理之间。近人周汝昌说：“雨本一阵，了不可分，而因荷承，声声清晰。”以雨声为雨在空中“沙沙飒飒”之声，荷声为雨打叶盖之声，是则雨滴荷上，碎而成荷声，亦有韵味。夏雨飘忽而至，飘忽而去，转眼西边天空已现出彩虹，虽被小楼遮去一半，却更具风采。“明”字见方才雨时昏暗之状，“断虹之美，斜阳之美，雨后晚晴的碧空如洗之美，被此一‘明’字写尽”（上引周汝昌语见唐圭璋等《唐宋词鉴赏辞典》）。至此，词中视角自远而近，又自近而远，终于引出女主人公，原来雷声、雨声、荷声皆其所听，滴碎之态、断虹之明皆其所见。而她此时正轻倚栏杆，静待月华生。倚栏这一动作暗含神态，曲传心境，唐宋诗词多写及，如李白写杨玉环“沉香亭北倚阑干”（《清平调》），辛弃疾云：“情知已被云遮断，频倚阑干不自由。”（《鹧鸪天·代人赋》）皆是其例。月华亦非普通月光。明冯应京曰：“月华之状如锦云捧珠，五色鲜荧磊落，匝月如刺锦。”（《月令广义·八月令》）其明亮艳丽可见。“生”字工致，唐王湾诗曰：“海日生残夜，江春入旧年。”（《次北固山下》）张九龄曰：“海上生明月，天涯共此时。”（《望月怀远》）皆以“生”字状日月初升之态，本词承之，颇有境界。

上阕皆女主人公所见、所闻、所为，“雨忽虹，虹忽月，夏景尔尔，拈笔不同”（沈际飞《镌古香岑批点草堂诗余四集·正集》），下阕变以燕子视角写人。清王闿运曰：“原钞作‘窥画栋’，垂帘矣，何得始窥。且此写闺人睡景，非狎语也，岂有自嘲自状之人。因垂帘不能归栋，故窥也。”（《湘绮楼评词》）辨析精审。晏殊“朱帘隔燕”（《踏莎行》）即写此景。古时帘幕并非床帘，而是用于门窗处的帘子与帷幕。帘幕垂下，燕子无法归栋回巢，于是不断向内窥探，却见竹席生凉，碧色与月色宛如水波，平稳无涟漪，精致的双人枕旁，横着女主人公白日所簪之钗，屋内之安静与燕子之焦急颇成对比。苏轼曰：“绣帘开、一点明月窥人，人未寝，攲枕钗横鬓乱。”（《洞仙歌》）林黛玉云："东风有意揭帘栊，花欲窥人帘不卷。"（《红楼梦》）仿欧词之意，写明月、春花窥人，拟人味更浓，殊有意致。清赵执信亦仿本词下片曰："不忘搴帷窥午睡，雪肤欲向簟文凝。"（《绝句十首》其五）细节虽更精致，格调却落下乘。清周济谓南宋史达祖词"喜用'偷'字，足以定其品格"（《介存斋论词杂著》），评为不雅正。本词用"窥"字，却未妨其雅正之评，如陈廷焯云："遣词大雅，宜为文僖所赏。"（《闲情集》）近人俞陛云曰："后三句善写丽情，未乖贞则，自是雅奏。"（《唐五代两宋词选释》）用"窥"字，却能雅驯，与词人点到即止有关。俞平伯指出："下片只写景，不言人物情致，和晚唐韩偓诗《已凉》一篇写法亦相似。"（《唐宋词选释》）韩诗曰："碧阑干外绣帘垂，猩血屏风画折枝。八尺龙须方锦褥，已凉天气未寒时。"俞陛云评道："由阑干、绣帘而至锦褥，迤逦写来，纯是景物，而景中有人。丽不伤雅，《香奁集》中隽咏也。"（《诗境浅说续编》）自室外至室内，纯写与人有关之物，而不见人，皆从侧面见意，故有雅致。"丽不伤雅"即本词"未乖贞则"之意。词人长于侧面烘托，上片借人之耳目写室外之景，下片借燕之所见写室内景象，歇拍分别以想象之月华与燕窥得之钗横写人，层层渲染，韵味悠长。清许昂霄曰："（结拍三句）不假雕饰，自成绝唱。"（《词综偶评》）即谓其不作正面刻画而尽得风流。

词多用李商隐语。宋王楙指出"此词正祖李商隐《偶题》"（《野客丛书》），首句亦出自李氏《无题》。今人陈新、杜维沫等进一步补充"留得枯荷听雨声"（李商隐《宿骆氏亭寄怀崔雍、崔衮》）句，并以"蝙拂帘旌终展转"（李商隐《正月崇让宅》）注"帘旌"，盖谓蝙蝠于帘外徘徊，恰似燕子不得归栋而窥探之态，颇有见地。钱惟演为西昆体主将，力仿李商隐为诗，欧阳修任西京留守推官时，与钱氏来往密切，见闻之际，盖不免对李诗多加注意。

踏莎行

候馆梅残，溪桥柳细①，草薰风暖摇征辔②。离愁渐远渐无穷，迢迢不断如春水③。　　寸寸柔肠，盈盈粉泪④，楼高莫近危栏倚⑤。平芜尽处是春山⑥，行人更在春山外。

【注释】

①“候馆”二句：唐杜甫《西郊》：“市桥官柳细，江路野梅香。”唐杜牧《代人寄远六言二首》其二：“河桥酒旆风软，候馆梅花雪娇。”候馆，驿馆。

②草薰风暖：南朝江淹《别赋》：“闺中风暖，陌上草薰。”宋钱惟演《许洞归吴中》：“草薰风暖接长亭，一曲骊歌倒醁醽。”薰，一种香草，泛指花草香气。摇征辔：宋柳永《满江红》：“匹马驱驱，摇征辔，溪边谷畔。”

③“离愁”二句：南唐李煜《清平乐》：“离恨恰如春草，更行更远还生。”《虞美人》：“问君能有几多愁。恰似一江春水向东流。”宋寇准《追思柳恽汀洲之咏，尚有遗妍，因书一绝》：“日落汀洲一望时，愁情不断如春水。”

④“盈盈”句：宋张先《临江仙》：“况与佳人分凤侣，盈盈粉泪难收。”

⑤“楼高”句：南朝佚名《西洲曲》：“楼高望不见，尽日栏干头。”

⑥平芜：草木丛生的平旷原野。

【评析】

据陈尚君考证，本词写正月行旅之情，“草薰风暖摇征辔”与“忆予驱马别家去，去时柳陌东风高”（《绿竹堂独饮》）情境契合，后者为明道二年（1033）悼念亡妻胥氏所作，本词或作于“明道元年（1032）初春正月间”（傅庚生、傅光编《百家唐宋词新话》）。按明道元年当1032年12月6日至1033年2月2日，正月已入1033年，时词人二十七岁，任西京留守推官，因公事至开封，三月归返洛阳，妻子胥氏已不幸病逝。

本词为词人代表作之一，历代选评甚多。就选本而论，南宋曾慥《乐府雅词》、黄昇《唐宋诸贤绝妙词选》及书坊原编、何士信增修笺注《增修笺注妙选群英草堂诗余》皆有收录。三书后世影响颇著，尤以后者为首，影响明中后期词坛百余年风貌。明代，陈耀文《花草粹编》及卓人月汇选、徐士俊参评《古今词统》等亦选录本词。至清代，影响较大的词选如朱彝尊《词综》、黄苏《蓼园词选》、朱祖谋《宋词三百首》等多收录此词，确立其经典地位。

宋时，本词影响相对较小，不及词人《蝶恋花》（庭院深深深几许）、《生查子·元夕》等有李清照、辛弃疾等大家仿作，仅俞文豹、黄昇等少数学者论及。俞氏曰：“杜子美流离兵革中，其咏内子云：‘香雾云鬟湿，清辉玉臂寒。何时倚虚幌，双照泪痕干。’欧阳文忠、范文正，矫饰风节，而欧公词云：‘寸寸柔肠，盈盈粉泪，楼高莫近危阑倚。’又：‘薄幸辜人终不愤，何时枕上分明问。’文正词云：‘都来此事，眉间心上，无计相回避。’又：‘明月楼高休独倚，酒入愁肠，化作相思泪。’……情之所钟，虽贤者不能免，岂少年所作耶？”（《吹剑录·外集》）“情之所钟”云云，出自晋王戎语：“圣人忘情，最下不及情；情之所钟，正在我辈。”（刘义庆《世说新语·伤逝》）俞文豹借以论述杜甫、欧阳修、范仲淹等贤者亦不能免情。黄昇尾批曰：“句意最工。”（《唐宋诸贤绝妙词选》）二者皆未展开论述，批评价值不高。

至明代中后期，《草堂诗余》风行，本词关注、评论始渐多。论词中典故如杨慎："佛经云：'奇草芳花能逆风闻薰。'江淹《别赋》'闺中风暖，陌上草薰'正用佛经语。六一词云：'草薰风暖摇征辔。'又用江淹语。今《草堂》词改'薰'作'芳'，盖未见《文选》者也。"(《词品》)点出此句远源佛经，近源《别赋》。论对偶如卓人月："'春水''春山'，走对妙。"(《古今词统》)所谓"走对"，当近于律诗中隔句对。董其昌论及"离愁"二句："别调有云：'便做一江春水都是泪，流不尽，许多情。'意同。"(《新镌订正评注便读草堂诗余》)秦观词曰："便做春江都是泪，流不尽，许多愁。"(《江城子》)董氏所引当即秦词之误，显露欧词后世影响。句评更多集中于末二句，或就诗意立论，如陈霆曰："欧公有句云：'平芜尽处是春山，行人更在春山外。'陈大声体之，作《蝶恋花》，落句云：'千里青山劳望眼，行人更比青山远。'虽面目稍更，而意句仍昔。然则偷句之钝，何可避也。予向作《踏莎行》，末云：'欲将归信问行人，青山尽处行人少。'或者谓其袭欧公。要之字语虽近，而用意则别。此与大声之钝，自谓不侔。"(《渚山堂词话》)杨慎云："欧阳公词：'平芜尽处是春山，行人更在春山外。'石曼卿诗：'水尽天不尽，人在天尽头。'欧与石同时，且为文字友，其偶同乎，抑相取乎。"(《词品》)沈际飞曰："'望断江南山色远，人不见，草连空'，一望无际矣。'尽处是春山，更在春山外'，转望转远矣。当取以合看。"(《镌古香岑批点草堂诗余四集·正集》)"望断"句出自北宋谢逸《江城子·题黄州杏花村馆驿壁》其二。或着眼于诗情，如王世贞曰："'平芜尽处是青山，行人更在青山外'，又'郴江幸自绕郴山，为谁流下潇湘去'，此淡语之有情者也。"(《艺苑卮言·附录》)卓人月认为："'芳草更在斜阳外''行人更在春山外'，两句不厌百回读。"(《古今词统》)"芳草"句为范仲淹"山映斜阳天接水，芳草无情，更在斜阳外"(《苏幕遮》）之缩略。欧词“平芜”二句写景极有层次感，除上述诸人所引外，亦可与孟浩然“绿树村边合，青山郭外斜”（《过故人庄》）及张耒“新月已生飞鸟外，落霞更在夕阳西”（《和周廉彦》）并观。就笔法而论，用透过句法写空间间隔之远，李商隐“刘郎已恨蓬山远，更隔蓬山一万重”（《无题》）已肇其端。总评如托名李攀龙：“春水写愁，春山骋望，极切极婉。”（《新刻李于鳞先生批评注释草堂诗余隽》）“春水”“春山”论意象，“愁”字点情感，“切”字论工拙，“婉”字论风格，颇为全面。总体来看，明代批评涉及面广，集中于名句评比，有一定理论价值。

清代词论家对明代批评有回应，在其基础上进一步深化、细化。王士禛针对杨慎评论道：“‘平芜尽处是春山，行人更在春山外’，升庵以拟石曼卿‘水尽天不尽，人在天尽头’，未免河汉。盖意近而工拙悬殊，不啻霄壤。且此等入词为本色，入诗即失古雅，可与知者道耳。”（《花草蒙拾》）诗、词正体有别，词中本色语，入诗即或失之轻婉，有伤古雅之气。许昂霄曰：“‘春山’疑当作‘青山’。否则既用‘春水’，又用两‘春山’字，未免稍复矣。”（《词综偶评》）见解适与卓人月相反。许氏观点过于拘泥，今人邱少华指出其“忽视了一种古老的称之为‘复沓’的修辞手段”（《欧阳修词新释辑评》），切中要害，且词体有别于近体诗，偶有重复，亦无伤大雅。陈廷焯评“离愁”二句曰：“后主‘离恨恰如芳草’二语，更绵远有致。”（《大雅集》）李煜“离恨恰如春草，更行更远还生”（《清平乐》）句连用三副词，确更具一唱三叹之味。

不同于明人，清人对本词章法多有论述，金圣叹尤具代表性。其指出“候馆”三句“只是叙路程，却都叙出愁”，“离愁”二句“只是叙愁，却已叙出路程”，“其法妙不可言”；“楼高”句“从客中忽然说到家里”，末二句“又反从家里忽然说到客中”，“抽思胜《阳羡书生》矣”。又曰：“前半是自叙，后半是代家里叙，章法极奇。杜诗‘今夜鄜州月，闺中只独看’，此便脱化出‘楼高’句；‘遥怜小儿女，未解忆长安’，此便脱化出‘平芜’二句。从一个人心里，想出两个人相思，幻绝妙绝。”（《唱经堂批欧阳永叔词十二首》）《阳羡书生》立意妙在书生口中可吐出女子，女子口中复吐男子，男子亦复吐出另一女子，金圣叹借以对比欧词，尤为形象。杜甫《月夜》全从虚处着笔，“今夜”二句悬想妻子望月，“遥怜”二句以己观人，怜儿女不知思忆长安，欧词结拍三句写词人劝慰妻子莫倚危栏，纵使小楼再高，也无法越过平芜、春山望见行人，皆由己及人，又由人及己，一怜一劝，思致幽微婉约。

近代以来，西方“纯文学”观传入，重视文学审美、抒情功用，现代文学学科建立，诗学、词学研究进入新阶段，本词评论尤多。吴梅评此词地位道：“公词以此为最婉转。”（《词学通论》）相较其他代表作，本词无欧阳修早期之清新及特有之豪宕，全以婉约取胜，吴氏所论堪为的评。唐圭璋认为本词“以写景起……平平写起，尚有高空远望，极显外界伟大之气象与作者浩荡之胸襟”，又论“平芜”二句道：“此类句法，常用‘更’字、‘又’字、‘尤’字，以示层层深入之意。其在写景方面，如……王碧山《长亭怨慢》之‘水远，怎知流水外，却是乱山尤远’皆描摹如画，含思绵邈已极。”（《论词之作法》）道出透过句奥秘。张伯驹指出，“平芜”二句与范仲淹“芳草”二句“皆以‘外’字叶支、纸韵。王湘绮以‘外’字正是宋朝京语。今开封以南读‘外’字，音作都爱切。开封北至陈桥长垣，则读若谓，当是宋朝京音”（《丛碧词话》），尤具音韵学价值。吴世昌说：“按下片非居者怀念行者，乃行者寄慰居者，劝其莫倚危栏，虽倚亦不见山外之行者也。”（《词林新话》）针对部分学者将下片视为实写居者之辞而言。其实，下片全出于行客设想、劝慰，结拍二句乃申足“莫”字之意。

近代学者亦多联系其他诗人、词人作品对比论述，邵祖平指出："寇莱公诗云：'日落汀州一望时，柔情不断如春水！'六一'离愁渐远渐无穷，迢迢不断如春水'本之，能更见工致。欧公'平芜尽处是春山，行人更在春山外'，能见深致，语复蕴藉。及李泰伯效之云'已恨碧山相掩映，碧山更被暮云遮'，则周匝层叠，令人读之不快。欧之于寇，可谓青出于蓝，李之于欧，可谓点金成铁。"（《词心笺评》）李觏《乡思》二句两"碧山"相距较近，"已恨"二字情感浓烈，"掩映"（当为"阻隔"之误）与"遮"字强化距离感与隔绝感，皆用重笔，较欧词之疏宕有别。然其虽不及欧词自然，亦尚不至"读之不快"，邵氏言之过重。郑骞指出："清人刘熙载《艺概》云：'冯正中词，晏同叔得其俊，欧阳永叔得其深。'俊在气韵，深在情致，读右《浣溪沙》（按：指'一曲新词酒一杯'词）、《踏莎行》两词，可悟晏俊欧深之语。然欧词有时过于'流连光景，惆怅自怜'，我宁喜晏之俊，不喜欧之深。"（《从诗到曲》上编）沈祖棻引用梁元帝"荡子之别十年，荡妇之居自怜。登楼一望，惟见远树含烟。平原如此，不知道路几千……妾怨回文之锦，君思出塞之歌。相思相望，路远如何"（《荡妇秋思赋》），与下阕对读，"景色，春、秋各异；人物，词以男性行者为主，女性居者为宾，赋则主宾互易而已"（《宋词赏析》）。郑、沈二人分别从风格、文体角度对比欧词与其他作品，视野颇为开阔。

浪淘沙

把酒祝东风，且共从容[①]。垂杨紫陌洛城东[②]。总是当时携手处，游遍芳丛。　　聚散苦匆匆，此恨无穷。今年花胜去年红。可惜明年花更好，知与谁同③？

【注释】

①“把酒”二句：唐司空图《酒泉子》：“黄昏把酒祝东风，且从容。”祝，祝祷，祈求。从容，盘桓逗留。

②紫陌：指京师郊野的道路。洛城：洛阳，东周、西汉时为首都，传说曾用紫色土铺路。

③“可惜”二句：唐杜甫《九日蓝田崔氏庄》：“明年此会知谁健（一作在），醉（一作再）把茱萸子细看。”

【评析】

本词系年有争议。王思宇认为作于明道元年（1032），见唐圭璋等《唐宋词鉴赏辞典》；陈新、杜维沫《欧阳修选集》定为明道二年作；吴熊和《唐宋词汇评》认为作于明道二年后；胡可先、徐迈《欧阳修词校注》则将之系于明道二年春至景祐元年（1034）春之间。天圣七年（1029），词人二十三岁，试国子监为第一。明年，试礼部，复为第一，殿试中甲科第十四名，年少高中，春风得意。九年，任西京留守推官，娶胥偃之女为妻。时府尹钱惟演、通判谢绛皆爱惜人才，待下宽和。词人与尹洙、梅尧臣、杨愈、王复等友善，朝夕相从，诗酒唱和，“以文章道义相切劘”（王辟之《渑水燕谈录》），戏号“八老”，名著天下。然好景不长，明道元年，梅尧臣调河阳（治今河南孟州南）主簿；次年，钱惟演落平章事，贬汉东（今湖北随州），词人妻子胥氏病逝，亲友分离。景祐元年，词人西京任满，归赴开封，洛阳文人集团风流云散。词中有“今年花胜去年红”句，知欧阳修其时至少已居洛期年。另据结句云“明年……知与谁同”，结合词人系任满离洛，对居洛年数应有预期，可知其当时及第二年春仍在洛阳，词当作于明道元年至二年间。与之相关，词主题亦有惜别、悼亡二说，不妨并存。

上阕写相聚之乐。起句典出司空图《酒泉子》，清许昂霄指出："欧阳修《浪淘沙》起语本此。然删去'黄昏'二字，便觉寡味。"（《词综偶评》）今人邱少华反驳道："我则认为与东风留连，不限黄昏。"（《欧阳修词新释辑评》）实则欧词删去"黄昏"二字，意境确实略逊一筹，其妙在"共"字。王思宇指出："'共从容'是兼风与人而言。"（唐圭璋等《唐宋词鉴赏辞典》）词人既劝东风，也劝友人，东风进一步拟人化，仿佛可与共饮美酒，共享乐事。作者另有词曰："戴花持酒祝东风，千万莫匆匆。"（《鹤冲天》）意近于此，语更叮咛。清沈雄曰："欧阳公云：'把酒祝东风，且共从容。'与东坡《虞美人》云'持杯邀劝天边月，愿月圆无缺'同一意致。"（《古今词话·词话上卷》）前者祝东风，后者劝明月，皆为深情之语。苏轼《水调歌头》结句"但愿人长久，千里共婵娟"更进一步，既愿人长久，也愿月婵娟。而词人另有句云："人生自是有情痴，此恨不关风与月。"（《玉楼春》）感性共鸣时，风月可祝可愿，仿佛与人同在；理性反思时，风月却又皆与人无关，痴情无处寄寓，更见其悲。"垂杨"三句上承"东风"，写春日游赏。明沈际飞以为"垂杨"句典出韩愈诗"尘埃紫陌东"（《镌古香岑批点草堂诗余四集·正集》），误，韩诗当作"尘埃紫陌春"（《县斋有怀》）。汉时洛阳城东已遍植桃李，宋子侯曰："洛阳城东路，桃李生路旁。花花自相对，叶叶自相当。"（《董娇娆》）至唐、宋风景更胜，牡丹尤为一绝。词人与好友诗酒文会，"洛中山水、园亭、塔庙佳处，莫不游览"（王辟之《渑水燕谈录》）。这段生活对词人影响极大，诗词中屡屡提及，如"相将日无事，上马若鸿翩。出门尽垂柳，信步即名园"（《书怀感事寄梅圣俞》)、“洛阳旧友一时散，十年会合无二三”(《圣俞会饮》)、“我时年才二十余，每到花开如蛱蝶”(《谢观文王尚书惠西京牡丹》)、“忆昔西都欢纵，自别后、有谁能共？伊川山水洛川花，细寻思、旧游如梦”(《夜行船》)等。“芳丛”成为词人对洛阳最美好的想象：“西京无由陪胜赏，但吟佳句想芳丛。”(《答西京王尚书寄牡丹》)充满与友人的珍贵回忆。

下阕抒相离之恨。过片写聚散不由自主，启发苏轼“人有悲欢离合，月有阴晴圆缺，此事古难全”(《水调歌头》)。词人“不堪幽梦太匆匆”(陆游《春咏四首》其四)，至老仍饱受聚散之苦：“人生聚散如弦筈，老去风情尤惜别。”(《玉楼春》)“此恨无穷”既写词人之憾，亦代天下离人为言。结拍为名句，托名李攀龙曰：“意自‘明年此会知谁健’中来。”(《新刻李于鳞先生批评注释草堂诗余隽》)点明欧词与杜甫《九日蓝田崔氏庄》间继承关系。沈际飞曰：“末三句虽少含蕴，不失为情语。”(《镌古香岑批点草堂诗余四集·正集》)结拍直抒胸臆，本不以含蓄为妙。沈氏为曲评家，论词主自然隽逸、典丽清圆，认为“诗余之传，非传诗也，传情也”(《〈镌古香岑批点草堂诗余四集〉自序》)，重视词体抒情功用，其论并非讥评。清黄苏从理学角度指出：“按末二句，忧盛危明之意、持盈保泰之心，在天道则亏盈益谦之理，俱可悟得。大有理趣，却不庸腐，粹然儒者之言，令人玩味不尽。”(《蓼园词评》)以宋初小词入理，稍显疏隔。陈廷焯曰：“想到明年，真乃匪夷所思，非有心人如何道得？”(《词则·别调集》)可与托名李攀龙评论并观。近人俞陛云说得更透辟：“因惜花而怀友，前欢寂寂，后会悠悠，至情语以一气挥写，可谓深情如水、行气如虹矣。”(《唐五代两宋词选释》)“深情如水”即清冯煦评欧词所云“深婉开少游”之“深婉”，“行气如虹”即其论“疏隽开子瞻”(《宋六十一家词选·例言》)之“疏隽”。此词兼备深婉、疏隽二者之长。

全词上景下情，一欢一悲，上阕写欢乐，暗露离别氛围，下阕写离散，以乐景抒哀情，悲欢相映，章法绵密，与“乐事不可极，酣歌变为叹”（《书怀感事寄梅圣俞》）同一机杼。

玉楼春

樽前拟把归期说，未语春容先惨咽[①]。人生自是有情痴，此恨不关风与月[②]。 离歌且莫翻新阕，一曲能教肠寸结[③]。直须看尽洛城花[④]，始共春风容易别。

【注释】

①春容：青春动人的容貌。

②风与月：清风明月，代指自然景物。一说指男女间的风月情怀。

③肠寸结：形容极度痛苦。唐韦庄《应天长》：“别来半岁音书绝，一寸离肠千万结。”

④洛城花：洛阳牡丹。宋欧阳修《洛阳牡丹记》载洛阳牡丹甲天下，时人径称牡丹为花。

【评析】

本词作于景祐元年（1034），时词人二十八岁。天圣八年（1030），欧阳修中进士，后任西京留守推官，与钱惟演、梅尧臣等人交好。景祐元年三月，任满离洛，归襄城。五月，赴京师开封。离别时作数首《玉楼春》，此即其一。

词人喜爱《玉楼春》词调，一生作数十首，但不同于《采桑子》

《渔家傲》等组词，《玉楼春》多独立成篇，此为其中最负盛名的一首。开篇写离筵，“拟说”“未语”状将然未然、先然之态，欲说还休，逐层递进，一波三折，尤显深婉。宋词多见此笔法。柳永曰：“执手相看泪眼，竟无语凝噎。”（《雨霖铃》）李清照曰：“欲语泪先流。”（《武陵春·春晚》）辛弃疾云：“欲说还休，却道天凉好个秋。”（《丑奴儿·书博山道中壁》）皆极吞吐之致。“归期”可解作离洛归京之期，亦可解作归洛相聚之期，李商隐曰：“君问归期未有期。”（《夜雨寄北》）作后解更尽曲折之态。“先”字妙，未语而先知，故不忍听。“惨咽”形容入微，“‘惨’是那女子脸上悲哀的表情，‘咽’是她马上改变的口中的声音”（叶嘉莹《北宋名家词选讲》），以神情变化写内心波折。“人生”二句为名句，情绪急转，理性沉思看似压过了离别痴情，实则透过沉思的结果更见深情。叶嘉莹等人认为风月指自然景物，胡可先、徐迈《欧阳修词校注》及邱少华《欧阳修词新释辑评》等则认为指男女之情，前解更佳。宋初词承《花间》之风，多代言体，此词“春容”当专指女子青春容颜，且风月之情亦属痴情之一，不宜独立在外，将此句作决绝语看。明沈际飞曰：“风月特寄情，而非即情，语超然。”（《镌古香岑批点草堂诗余四集·续集》）此句有超然之意，而无决绝之态。

过片重写离筵，呼应开篇。风月既不关情，离歌又如何能断肠？而词人却说：“一曲能教肠寸结。”可见痴情难以超脱。结句亦为名句，以豪宕之情超脱沉痛，沉痛又寓于豪宕之中。王国维评歇拍四句：“于豪放之中有沉着之致，所以尤高。”（《人间词话》）顾随补充道：“于颓唐之中寓有享乐之意。于无可奈何之中杀出一条生路。”（《王国维〈人间词话〉评点》）薛砺若指出：“结语更于豪放中寓沉痛之意。”（《宋词通论》）皆是此意。“直须”“始共”，语气决然。“容易”可形容变化之快，如司马光诗：“心目悠悠逐去鸿，别来容易四秋风。”（《又寄聂之美》）此处解作“轻松”更佳。结句通常解为与春风作别：词人看尽洛阳牡丹，则于春风始无留恋。沈利华等人认为指作者共春风与洛阳作别，不如前解。但实际上，据通行解释，歇拍四句表面上有矛盾之处。作者一面说痴情无关风月，一面却又郑重与春风告别。而细寻绎之下，便发觉无论如何，春风必然与人分别，而词人面对这无情风月，一若女子“须作一生拚，尽君今日欢”（牛峤《菩萨蛮》）般决然，于是上片歇拍之理性语，实又从感性中来。今人宋心昌将结句译作“再与春风一起同你告别”（《欧阳修诗文选译》），文气通畅，亦颇有韵味，可于通行解释外备为一说。

全词语言虽明白如话，但意蕴深厚，可作多重理解。歇拍四句可作格言，置于词中更见曲折委婉之态。词押入声韵，于层层阻塞中含爆破之感，欲通又阻，欲说还休，声情相生，十分高妙。

玉楼春

洛阳正值芳菲节①，秾艳清香相间发。游丝有意苦相萦②，垂柳无端争赠别③。　　杏花红处青山缺④，山畔行人山下歇。今宵谁肯远相随⑤，惟有寂寥孤馆月。

【注释】

①芳菲节：百花盛开时节。唐骆宾王《夏日游德州，赠高四》：“风月芳菲节，物华纷可悦。”柳氏《杨柳枝》：“杨柳枝，芳菲节，可恨年年赠离别。”

②“游丝”句：唐皎然《效古》：“万丈游丝是妾心，惹蝶萦花乱相续。”游丝，飘动的蛛丝。

③“垂柳”句：南北朝佚名《三辅黄图》：“霸桥在长安东，跨水为桥，汉人送客至此桥，折柳赠别。”

④“杏花”句：唐白居易《长安道》：“花枝缺处青楼开。”

⑤远相随：唐钱起《山中酬杨补阙见过》：“春山载酒远相随。”

【评析】

本词写洛阳，笔涉离情，当作于景祐元年（1034）春离洛阳之际。红杏盛花期在阳历4月下旬，已近春暮。词人前首同调词云：“直须看尽洛城花。”本词曰：“秾艳清香相间发。”似正作于其后。

上片写景，景中含情。“芳菲节”三字表现力强，见出百花盛放、芬芳迷人貌。洛阳牡丹甲天下，一般来说，花色偏紫者香味尤浓，偏粉者有幽香，红牡丹、白牡丹则更具清香。不同品种花期有别，故云“相间发”。此二句着眼嗅觉，以乐景衬哀情。“游丝”二句转入视觉，以形写神。庾信云：“一丛香草足碍人，数尺游丝即横路。”（《春赋》）李白曰：“见游丝之横路，网春辉以留人。”（《惜余春赋》）词人或受其启发。游丝为柔婉之物，随风飘动，有留恋于人之意。作者另有诗曰：“游丝最无事，百尺拖晴光。”（《暮春有感》）游丝或有意，或无事，境随心转，“以我观物，故物皆着我之色彩”（王国维《人间词话》）。“垂柳”句解释有歧说，近人吴庚舜指出：“作者用拟人化的手法……埋怨杨柳怎么没来由地争着把人送走。”（唐圭璋等《唐宋词鉴赏辞典》）认为垂柳不解风情。李之亮则将此句译为“这些柳枝是否在争相为自己送别呢”（《欧阳修词选》），以柳为有情之物，看似顺畅，“无端”二字却无着落。其实，歇拍关键在“游”与“柳”二字。“游”有游荡之义，“柳”谐音“留”，汉人灞桥送别，多折柳枝相赠，寓意留住离人。唐人多用此典，韩翃妻柳氏曰：“杨柳枝，芳菲节，可恨年年赠离别。”（《杨柳枝》）刘禹锡云：“长安陌上无穷树，惟有垂杨管别离。”（《杨柳枝》）韩琮曰：“霸陵原上多离别，少有长条拂地垂。”（《杨柳枝词》）皆为其例。词人寄心杨柳，然最终仍要远行，杨柳并未留住离人。深情如遭辜负，词人不禁埋怨，连游荡之丝都知牵萦，而留人之树反似催人远行。一往情深，痴情痴语，无理而妙，可谓伤心人别有怀抱。

过片正面写离别。红杏开处，青山好似缺少一角，行人走走停停，渐行渐远。南宋曾季狸指出：“欧公词云：‘杏花红处青山缺。’本乐天‘花枝缺处青楼开’。”（《艇斋诗话》）白诗反用一叶障目之意，胜在远近结合；欧词色彩更鲜明，宛如剪影，更具意境。“杏花”二句动静结合，“山”字凡三见，回环往复，近于民歌，韵味悠长。结拍意近柳永“今宵酒醒何处？杨柳岸，晓风残月”（《雨霖铃》）。李白诗曰：“花间一壶酒，独酌无相亲。举杯邀明月，对影成三人。”（《月下独酌四首》其一）李白有明月相伴，柳永、欧阳修则以“残月”“寂寥”消去这最后的慰藉。其后，秦观云：“可堪孤馆闭春寒，杜鹃声里斜阳暮。”（《踏莎行》）与欧词同写孤馆留宿，更变凄凉为凄厉。

《玉楼春》词调以双调五十六字，前后段各四句、三仄韵，上下阕第二字平起为正格。欧阳修现存此调三十首，其中二十四首属此格，用入声韵者六首，皆押《词林正韵》第十八韵。该调全为七字律句，一、二、四句入韵，第三句不入韵，与仄韵律绝相比，仅不遵循粘对规则。欧词上片歇拍对偶者共十三首，更具七律特征，为相区别，过片句式尤为重要。本词用正格，押入声韵，上阕歇拍对偶，体式在欧阳修同调作品中并不突出。唯过片特意使用顶针格，上句用状中句式，下句用主谓句式，富于变化，既具承上启下之功，又盘活文气，使词体更具本色，尤为出彩。

玉楼春

残春一夜狂风雨，断送红飞花落树。人心花意待留春，春色无情容易去[①]。　　高楼把酒愁独语，借问春归何处所。暮云空阔不知音，惟有绿杨芳草路。

【注释】

① 容易：轻易，急速。

【评析】

本词或作于景祐元年（1034）春末。是年三月，欧阳修西京留守推官任满，归襄城。五月，至东京开封。闰六月，授宣德郎，试大理评事兼监察御史，充馆阁校勘。胡可先、徐迈指出："本词次于同调'洛阳正值芳菲节'后，'常忆洛阳风景媚'前。前首为留别洛阳之作，后首作于别洛阳赴襄城途中。此词或作于同年之残春，即景祐元年。"（《欧阳修词校注》）可从。

起笔渲染花飞春去之状，诗词中常见此境。孟浩然曰："夜来风雨声，花落知多少。"（《春晓》）晏殊云："无端一夜狂风雨，暗落繁枝。"（《采桑子》）皆写夜中风雨吹落春花之状。其后，李清照仿此意作小令曰："昨夜雨疏风骤，浓睡不消残酒。试问卷帘人，却道海棠依旧。知否，知否，应是绿肥红瘦。"（《如梦令》）加入"卷帘人"形象，一知花惜花，一浑然不觉，对比鲜明，故能青出于蓝。本词亦有无情者，人与花皆诚心留春，而春色无情，等闲归去。词人晚年曰："春风自是无情物，肯为汝惜无情花。"（《嘲少年惜花》）春风、春花皆无情，语更决绝。北宋贾昌朝云："东君欲共春归去，一阵狂风和骤雨。”（《玉楼春》）春光易逝，“风雨送春归”（蔡伸《卜算子》），词人由风雨逗出春去之意，章法绵密。过片承上文意，作者把酒独语，追问春归何处，无人回应，远远望去，只见暮云辽阔，绿杨芳草绵延不绝，望不到尽头。

本词问春归何处，并非欧阳修突发奇想之见，有深厚文化脉络。“春归”为诗词常见语，既可以指春归来，如北宋晁补之云：“人间应未觉春归，楼上已先变柳眼。”（《玉楼春·遐观楼》）又可以指春归去，后者更为常见。唐宋人多有问春归何处之语。白居易曰：“人间四月芳菲尽，山寺桃花始盛开。长恨春归无觅处，不知转入此中来。”（《大林寺桃花》）较早流露对春归之处的疑惑。其后，陆龟蒙云：“若要见春归处所，不过携手问东风。”（《阖闾城北有卖花翁，讨春之士往往造焉，因招袭美》）北宋田锡曰：“春归何处堪图画。”（《送春》）皆疑春归何处。邵雍与欧阳修同时代，其诗尤多写及春归，如“一身老去恶足惜，满眼春归何处寻”（《年老逢春十三首》其十二）、“春至已将诗探伺，春归更用酒追寻”（《喜春吟》）、“春归必竟归何处，无限春冤都未诉。欲托流莺问所因，子规又叫不如去”（《洛阳春吟》其七）等。不同于二程等人，作为理学名家，邵氏颇爱作诗，每于诗中寄寓理学见解。其“春”意象有“莫（暮）春者，春服既成，冠者五六人，童子六七人，浴乎沂，风乎舞雩，咏而归”（《论语·先进》）之意，朱熹曰：“胜日寻芳泗水滨，无边光景一时新。等闲识得东风面，万紫千红总是春。”（《春日》）意近于此。黄庭坚、辛弃疾问春归处之语更为著名。黄词曰：“春归何处？寂寞无行路。若有人知春去处，唤取归来同住。　　春无踪迹谁知？除非问取黄鹂。百啭无人能解，因风飞过蔷薇。”（《清平乐》）辛词曰：“是他春带愁来，春归何处，却不解带将愁去？”（《祝英台近》）一轻快，一婉约，皆极惜春之致。

春归常有征兆。宋人每借杨柳写春归，北宋蒋堂曰：“梅萼破香知腊近，柳梢含绿认春归。”（《题山亭》）郭祥正云：“垂杨欲碍春归路，更放轻绵匝地铺。”（《又和》其七）皆是其例。亦有借芳草写春归者：“楼上望春归去，芳草迷归路。”（苏轼《桃源忆故人·暮春》）晏殊曰：“长安紫陌春归早。亸垂杨、染芳草。”（《迎春乐》）两者并写，与本词相近，或启发欧阳修。

词人持酒送春归，借酒消愁，对后世有影响。北宋王令曰：“纵使春归犹有酒，酒酣春去亦何伤。”（《少年答春愁》）谓有酒则不以春去为伤，巧为翻案。张耒云：“春已暮，把酒送春归。”（《用刘梦得三题》其二）立意近于本词。秦观曰：“持酒劝云云且住，凭君碍断春归路。”希望行云能阻止春归去，更明显受到本词下阕问暮云春归何处的启发。

问春归处背后是惜春情愫。春季，惠风和畅，万物复苏，象征美好事物生长。春归不仅表现为季节逝去，常同时包含年华流逝、理想失落、离人阻隔等丰厚意蕴，故屡为诗人、词人写及。北宋李复云：“四时独不放春归。”（《温泉行》）即是此意。惜春、伤春、问春……其中多含带古时文人对理想与现实的感喟，并非无病呻吟。

采桑子

十年前是尊前客，月白风清。忧患凋零[①]，老去光阴速可惊。　鬓华虽改心无改[②]，试把金觥[③]。旧曲重听，犹似当年醉里声。

【注释】

①凋零：人事衰败。

②鬓华：鬓发花白。

③金觥：酒杯的美称。

【评析】

本词作于庆历四年（1044），时词人三十八岁。是年四月，词人“出使河东，计度废麟州及盗铸铁钱并矾课亏额利害”（宋胡柯《庐陵欧阳文忠公年谱》）事，途经洛阳，作此词。词为《采桑子》组词三首之三，其一云：“画楼钟动君休唱……把酒何人忆谢公。”谢绛有“画楼钟动”（《夜行船》）句，吴熊和《唐宋词汇评》据此定组词为怀念谢绛之作，认为本词“旧曲”亦指《夜行船》。庆历四年，欧阳修过洛阳时，赋诗：“却到谢公题壁处，向风清泪独潺潺。”（《再至西都》）吴氏认为此词即作于同时。徐培均则认为本组词与咏西湖的《采桑子》组词十首作年相近，皆作于熙宁四年（1071）退居颍州后，见唐圭璋等《唐宋词鉴赏辞典》。今人多从吴说。

天圣八年（1030），欧阳修殿试中甲科第十四名，任西京留守推官，与钱惟演、谢绛、梅尧臣等人往来。景祐元年（1034），欧阳修西京任满，离开洛阳，前往开封，至庆历四年（1044）作此词，正过去十年。十年间，作者两任妻子胥氏、杨氏不幸离世，幼子早夭，好友谢绛、石延年等亦相继下世，自己也因作《与高司谏书》遭贬为夷陵县令，康定元年（1040）始复馆阁校勘，后转太常丞，又遭人诬陷与韩琦、范仲淹等结为朋党。故旧凋零，仕途险恶，词人深有所感。叶嘉莹点评此词道：“‘月白风清’讲的是‘盛’，是繁华、快乐、年轻；‘忧患凋零’讲的是‘衰’，是亲友的死。”（《北宋名家词选讲》）徐培均说：“‘月白风清’四字，色调明朗，既象征处境的顺利，也反映心情的愉悦，绝不止是说在饮酒时碰上了月白风清的良夜。”（唐圭璋等《唐宋词鉴赏辞典》）皆指出“月白风清”四字所含深意。唐韩琮曰：“几处花枝抱离恨，晓风残月正潸然。”（《露》）柳永词云：“今宵酒醒何处？杨柳岸，晓风残月。”（《雨霖铃》）“晓风残月”四字，景色优美，意境清冷，含蕴广，易引人遐想，可与“月白风清”对读。其下“忧患”句急转，收归现在，时间跨度大，直逼出“惊”字。初唐杜审言云：“独有宦游人，偏惊物候新。”（《和晋陵陆丞早春游望》）清朱之荆评曰：“喝起中二联，在一‘惊’字。”（黄生等《增订唐诗摘钞》）杜审言诗惊物候之新，寓时间飞速流逝意，暗露宦游思归之情；本词惊光阴老去之速，反衬十年变化之巨，机杼有别而同臻其工。过片承中有转，境遇虽变，心态无改，慷慨豪宕之情毕见。词人重把金觥，重听旧曲，依稀仍似当年。“醉里声”三字关合开篇，尤显豪纵。组词第一首云：“去年绿鬓今年白，不觉衰容。”第二首云：“莫话衰翁，但斗尊前语笑同。”情怀相似。邱少华认为：“这样的慷慨之作，在欧阳修的大体同时（自注：四十至五十岁之间）的诗词中，实属少见。”（《欧阳修词新释辑评》）对评价此词地位颇有助益。

纵观全词，首尾呼应，由旧日欢愉说到老来忧患，突出变中之惊；又由容貌变换说到心态未改，突出不变之情，酒意象贯穿全篇，构思巧妙。关于本词风格，徐培均以为与《朝中措·送刘仲原甫出守维扬》相似，属豪放一路。郁玉英认为本词“开启苏辛”（《欧阳修词评注》），李之亮则指出此论“有些过当”（《欧阳修词选》）。整体来看，本词豪宕疏隽，实有以启发苏词之清旷。

浪淘沙

今日北池游①，漾漾轻舟②。波光潋滟柳条柔③。如此春来春又去，白了人头。　　好妓好歌喉，不醉难休。劝君满满酌金瓯④。纵使花时常病酒，也是风流⑤。

【注释】

①北池：又名北潭、潭园，在今河北正定东北。

②“漾漾”句：唐刘长卿《登松江驿楼北望故园》：“孤舟漾漾寒潮小。”

③潋滟：水波荡漾貌。

④“劝君”句：唐王维《送元二使安西》：“劝君更尽一杯酒。”李煜《渔父》：“花满渚，酒满瓯。”金瓯，酒杯的美称。

⑤“纵使”二句：牟融《送友人》：“衣冠重文物，诗酒足风流。”病酒，饮酒沉醉。

【评析】

本词作于庆历五年（1045）春，时词人三十九岁。四年八月，保州（治今河北保定）云翼军叛乱，词人以右正言、知制诰加龙图阁直学士出任河北都转运按察使，前往平乱。明年正月，真定（今河北正定）帅田况移知秦州（治今甘肃天水），词人权知镇州（治今河北正定）。三月，范仲淹、韩琦等相继罢政离朝，“庆历新政”失败，词人愤而上书曰：“杜衍、韩琦、范仲淹、富弼……天下之士皆素知其可用之贤，而不闻其可罢之罪。”（《论杜衍、范仲淹等罢政事状》）为杜衍等人辩护。八月，陷张甥案，遭贬为滁州知州。本词写北潭游宴，当作于镇州任上，时值春日。

北潭为正定名胜，始建于唐，清顾祖禹载：“镇州牙城曰潭城，欧阳修曰：‘常山宫后有池，亦曰北潭，州之胜游惟此。故牙城谓之潭城。’《城邑考》：‘郡旧城周二十里，唐宝应中，成德帅李宝臣筑。’”（《读史方舆纪要》）唐李宝臣筑镇州牙城，北潭当亦建于同时或稍后。顾氏所引“常山宫”数句并非欧阳修语，元刊本《欧阳文忠公集》卷二欧诗“北潭跬步病不到”（《镇阳残杏》）原注：“即常山宫后池也，州之胜游惟此。”元胡三省曰：“潭城，常山牙城北偏也，欧阳公《镇阳残杏》诗云：‘北潭跬步病不到，何暇骑马寻郊原。’注云：‘北潭，常山宫后池也，州之胜游惟此。以有池潭，故其城谓之潭城。’”（《资治通鉴音注》）胡三省尚谓之“注”，至顾祖禹则讹为欧阳修语。五代王镕扩建正定园囿：“（镕）专制四州……多以阉人秉权……皆雕靡第舍，崇饰园池，植奇花异木，递相夸尚。人士皆裒衣博带，高车大盖，以事嬉游，籓府之中，当时为盛。”（薛居正等《旧五代史》）将之命名为海子园，后得名潭园：“镇阳（即镇州）池苑之盛，冠于诸镇，乃王镕时海子园也。镕尝馆李正威于此，亭馆尚是旧物，皆甚壮丽。镇人喜大言，矜大其池，谓之‘潭园’，盖不知昔尝谓之‘海子’矣。”（沈括《梦溪笔谈》卷二十四）宋时，为宋太祖、宋太宗行宫。吕颐浩形容其景象：“（真定）府治后有潭园，围九里，古木参天，台沼相望。”（《燕魏杂记》）景色古雅大气。清梁清远出身正定梁氏，记载家乡胜迹历史：“真定潭园之盛，自唐已著，历五代至宋时，屡见名人题咏。”（《雕丘杂录》）今尚存韩琦“御水少陪乘兴棹，潭园难趁及时花”（《许公亭席上别镇帅吕公孺谏议》）、司马光“幕府事闲刁斗静，碧潭佳景日开樽”（《御宴送李宣徽知真定府口号》）等。欧阳修题诗尤多：“喧喧谁暇听歌讴，浪绕春潭逐彩舟。争得心如汝无事，明年今日更来游。”（《后潭游船见岸上看者有感》）曲美景亦美，盼望无事重游。又如“莫忘镇阳遗爱在，北潭桃李正氤氲”（《寄秦州田元均》），田元均即田况，“至今清夜梦，犹绕北潭北”（《留题镇阳潭园》），对北潭记忆深刻。

本词开篇即写北潭之游：水波溶漾，轻舟飘荡，柳条柔美，一片美好春光。其下“如此”二句本应续写游赏之乐，却“不承风光之美说”，而“感叹春天来了又去了，只是意味着白了头发、虚掷年华，暗示政治上的失意、事业的无成”（邱少华《欧阳修词新释辑评》）。词人遭政敌排挤出朝，任河北都转运按察使，是官运低迷之始。范仲淹、韩琦等新政倡导者相继离朝，更使其愤激不平。作此词时，词人年仅三十九岁，而发此浩叹，显然并非如李之亮所言“这个年龄也正是他担心很快变老的节点，所以发出这点轻微的哀叹，符合正常的心态”（《欧阳修词选》）般简单、轻松。宋末蒋捷云：“流光容易把人抛，红了樱桃，绿了芭蕉。”（《一剪梅·舟过吴江》）用笔与本词相近，而更富情韵。下阕写耽酒之情：歌姬好容颜，好歌喉，美景美人，须一醉方休。词人一如李白，畅言“将进酒，杯莫停”（《将进酒》），殷勤劝饮。“醉月频中圣，迷花不事君”（李白《赠孟浩然》），花时醉酒，“酒醒只在花前坐，酒醉还来花下眠”（唐寅《桃花庵歌》），亦饶风流。“纵使”“也是”，口吻沉着、豪宕，以情语作结，自我开解，是欧词惯见手法。

全词情感跌宕，由乐至悲，再至乐，“痛饮狂歌空度日，飞扬跋扈为谁雄”（杜甫《赠李白》），豪宕中寓有沉郁之慨。上片用笔婉约，下片运笔张扬，收放自如，叙、议结合，富于表现力。

临江仙

记得金銮同唱第[①]，春风上国繁华[②]。如今薄宦老天涯[③]。十年歧路[④]，空负曲江花[⑤]。　闻说阆山通阆苑[⑥]，楼高不见君家。孤城寒日等闲斜[⑦]。离愁难尽，红树远连霞。

【注释】

① 金銮：唐宫殿名，文人学士待诏之所。后泛指皇宫正殿。唱第：科举考试后，朝廷于正殿前宣唱及第进士的名次。

② 春风：宋代进士放榜在每年的二三月间，故称。唐孟郊《登科后》："春风得意马蹄疾，一日看尽长安花。"上国：京城。

③ 薄宦：官职卑微。

④ "十年"句：景祐三年（1036），范仲淹忤宰相吕夷简，贬知饶州，欧阳修因作《与高司谏书》，切责高若讷未尽言官之职，"不复知人间有羞耻事"，指桑骂槐，亦遭贬峡州夷陵令。至庆历六年（1046），恰已过十年。

⑤ 曲江：曲江池，故址在今陕西西安东南。唐代自中宗后，新进士放榜，于曲江亭赐宴。此处代指宋东京开封。

⑥ 阆山：阆中山，在今四川阆中南三里嘉陵江南岸。一说指仙山阆风巅。阆苑：唐苑名，故址在今四川阆中城西。一说指阆风之苑，传说中仙人住处。

⑦ 等闲：无端，轻易。

【评析】

本次作于庆历六年（1046）至七年贬谪滁州期间。宋释文莹曰："欧阳公顷谪滁州，一同年（自注：忘其人）将赴阆倅。因访之，即席为一曲歌以送，曰：'记得金銮同唱第……'其飘逸清远，皆（李）白之品流也。公不幸晚为憸人构淫艳数曲射之，以成其毁。予皇祐中，都下已闻此阕歌于人口者二十年矣。嗟哉！不能为之力辨。"（《湘山野录》）庆历五年八月，欧阳修因张甥案贬知滁州，十月，到任。八年闰正月，转起居舍人、知制诰，徙知扬州。词末句写经霜叶红之树，当作于六年（1046）或七年秋。吴熊和指出："自庆历六年（1046）至皇祐六年（1054）犹不足十年，皇祐或为嘉祐之误。天圣八年（1030）榜，欧阳修为省元，王拱辰为状元，是科进士二百四十九人，诸科五百七十三人。此词所赠为天圣八年榜同年时知阆州者，然究为何人，已不可详考矣。"（《唐宋词汇评》）其说是。

上片写词人"十年歧路"，以金榜题名起笔，以薄宦天涯歇拍，落差巨大。天圣八年（1030），欧阳修试礼部，获第一，宋王铚云："元献（晏殊）微应曰：'今一场中，唯贤一人识题，正谓汉司空也。'盖意欲举人自理会得寓意于此。少年举人，乃欧阳公也。是榜为省元。"（《默记》）同年三月，御试崇政殿，欧阳修中甲科第十四名。唱第时，越次自陈，擢至上等。司马光曰："故事，殿廷唱第过三人，则为奏名之首者，必执声自陈以祈恩，虽考校在下，天子必擢置上列。以吴春卿、欧阳永叔之耿介，犹不免从众。"（《范景仁传》）词人少年高中，志得意满，"春风得意马蹄疾"（孟郊《登科后》），无限繁华。不料如今官卑禄微，"行路难，多歧路"（李白《行路难》），远贬滁州，负尽当年理想。

下片写词人送别同年。"闻说"句有歧义：陈新等《欧阳修选集》、黄进德《欧阳修诗词文选评》、胡可先等《欧阳修词校注》以为此句写实，指友人贬官阆州（治今四川阆中）。邱少华指出此句“用朋友莅任的阆州，借指为神仙世界的阆山阆苑”（《欧阳修词新释辑评》）。李之亮更进一步，认为“此句以阆山喻进士及第，阆苑喻朝廷，意谓士子及第后，都应该升迁到朝廷任职”，由此指出次句意谓“阆苑座座高楼中，却不见有友人那座楼。意谓友人没能高升，依旧飘荡在外阜”，全词“层次分明，上阕先写自己的不幸遭遇，下阕则为友人的官场失意深感遗憾。然而细细读来，却又发现，其实这种分明的层次也可以打乱不计，因为上阕也可以理解为在叹对方，下阕则同时灌注了自己浓浓的失意情绪。用‘同病相怜’来解释此词，应该最为准确”（《欧阳修词选》）。李说颇为臆测，且过于坐实。“楼高”句理解为“遥想朋友至蜀后如临阆苑仙境，我在人间‘不见君家’，这是祝福的话”（邱少华《欧阳修词新释辑评》）更为确切。就上阕而言，固然可视为“在叹对方”，但“十年”句与欧阳修自身遭遇若合符契，更应视为自述。词人一面开解友人，“莫愁前路无知己，天下谁人不识君”（高适《别董大二首》其一），前途光明；一面慨叹相聚时间无端流逝，“光影暗相催，等闲秋又来”（毛熙震《菩萨蛮》），孤城斜日，红树铺向天际，友人已渐行渐远。结拍写景如画，运笔如词人“晴碧远连云”（《少年游》），立意如李白“孤帆远影碧空尽，唯见长江天际流”（《黄鹤楼送孟浩然之广陵》），以景作结，含蓄空灵，富有韵味。其后，苏轼送别其弟苏辙曰：“登高回首坡垄隔，但见乌帽出复没。”（《辛丑十一月十九日，既与子由别于郑州西门之外，马上赋诗一篇寄之》）与李白诗、欧阳修词同一机杼，更进一步吸收杜甫“我行已水滨，我仆犹木末”（《北征》）诗意。

全词结构井然，上片由昔年写至如今，下片由未然写至已然，两两对比，既有自伤，又有对友人的祝福与留恋。“闻说”二句巧用地名关合仙境，“孤城”三句暗用李白诗意，虽不至于“飘逸清远，皆白之品流”，但情感深沉，意蕴丰厚，亦不失为欧词上品。

望江南

江南蝶，斜日一双双①。身似何郎曾傅粉②，心如韩寿爱偷香③。天赋与轻狂。　　微雨后，薄翅腻烟光④。才伴游蜂来小院⑤，又随飞絮过东墙⑥。长是为花忙。

【注释】

①“江南”二句：南朝梁萧衍《古意二首》其二：“飞飞双蛱蝶。”五代毛熙震《清平乐》：“粉蝶双双穿槛舞。”冯延巳《采桑子》：“林间戏蝶帘间燕，各自双双。”

②“身似”句：谓蝴蝶翅膀上有蝶粉。何郎傅粉，南朝宋刘义庆《世说新语·容止》：“何平叔美姿仪，面至白，魏明帝疑其傅粉，正夏月，与热汤饼。既啖，大汗出，以朱衣自拭，色转皎然。”

③“心如”句：谓蝴蝶喜于花丛中飞舞，吮食花蜜。韩寿偷香，刘义庆《世说新语·惑溺》：“韩寿美姿容，贾充辟以为掾。充每聚会，贾女于青琐中看，见寿，说（悦）之。恒怀存想，发于吟咏。后婢往寿家，具述如此，并言女光丽。寿闻之心动，遂请婢潜修音问。及期往宿。寿蹺捷绝人，逾墙而入，家中莫知。自是，充觉女盛自拂拭，说（悦）畅有异于常。后会诸吏，闻寿有奇香之气，是外国所贡，一著人，则历月不歇。充计武帝唯赐己与陈骞，余家无此香，疑寿与女通，而垣墙重密，门阁急峻，何由得尔？乃托言有盗，令人修墙。使反曰：‘其余无异，唯东北角如有人迹。而墙高，非人所逾。’充乃取女左右婢考问，即以状

对。充秘之，以女妻寿。”

④腻：光滑润泽。烟光：雨后的雾气。一说指雨后的夕照。

⑤“才伴”句：岑参《山房春事二首》其一：“风恬日暖荡春光，戏蝶游蜂乱入房。”

⑥过东墙：喻指亲近邻家美人。《孟子·告子下》：“逾东家墙而搂其处子，则得妻；不搂，则不得妻，则将搂之乎？”宋玉《登徒子好色赋》：“天下之佳人莫若楚国，楚国之丽者莫若臣里，臣里之美者莫若臣东家之子……然此女登墙窥臣三年，至今未许也。”

【评析】

本词系年有争议。一说作于词人青年时期，如李之亮认为“大约作于天圣（1023—1032）末或明道（1032—1033）初任西京留守推官时”（《欧阳修词选》），郁玉英认为“可能作于词人早年居洛或居汴之时”（《欧阳修词评注》）。其系年依据为词写蝴蝶轻狂品格与恋花本性，寓有讽刺浮薄少年之意，如李氏指出：“作者为什么要把所咏的蝴蝶定义为‘江南蝶’……一是在讽刺某人或某几个人蜂狂蝶浪的行径，不过他们一定是江南籍，这一条不能变；另一种可能是自嘲之词，因为欧阳修是地地道道的‘江南’人，且少年时期的他，也是相当迷恋女色的。”（《欧阳修词选》）五代至宋初，《望江南》词调多以“江南”起句，如伊用昌“江南鼓”、欧阳修“江南柳”、王琪《望江南》组词十首等，显示早期词咏调名现象，李说未必准确。欧阳明亮系本词于庆历八年（1048），时词人四十二岁，徙知扬州。宋吴曾《能改斋漫录》记载：“欧阳文忠公爱王君玉《燕》词云：‘烟径掠花飞远远，晓窗惊梦语匆匆。’”王琪，字君玉，作有《望江南》十首，其三咏燕云：“江南燕，轻飏绣帘风。二月池塘新社过，六朝宫殿旧巢空。颉颃恣西东。　王谢宅，曾入绮堂中。烟径掠花飞远远，晓窗惊梦语匆匆。偏占杏园红。”欧阳明亮指出：“欧阳修爱慕此词，故本首咏蝶词或为一时效仿之作。另《湖北通志》载：‘宋庆历中，王琪出守兴国，作《望江南》十咏。’又庆历八年中秋，欧阳修与王琪、梅尧臣等有扬州之会，席间听乐赏舞、赋诗酬赠，则欧阳修或于酒宴之上获观王琪《望江南》十咏，遂作本词以酬。”（《欧阳修词校笺》）相对李说更有据。

词上阕写蝶之外形、品性。“身似”二句用典妥帖，状蝴蝶、浪子外貌之俊美及品性之风流，形容精当，近人吴翠芬誉为“是人是蝶，亦蝶亦人，真有‘不知周之梦为蝴蝶与，蝴蝶之梦为周与’（《庄子·齐物论》）之妙”（唐圭璋、钟振振主编《宋词鉴赏辞典》）。欧词多写及蝴蝶，如“寻思还有旧家心，蝴蝶时时来役梦”（《玉楼春》）、“燕蝶轻狂，柳丝撩乱，春心多少”（《洞天春》）等。前者运用《庄子》典故，重在写情，蝴蝶形象不如本词鲜明；后者蝶之品性与本篇相近。除典故、意象外，“身似”二句句式亦颇具特色，既可看作以中心语提头，其后六字为动宾结构，谓词皆用“似”“如”等比喻词，以主谓短语作宾语；又可将全句视为连动句，“似何郎曾傅粉”“如韩寿爱偷香”分别为连动短语，整体结构近于陆游“身如病木惊秋早，心似鳏鱼怯夜长”（《雨夜感怀》），仅后三字结构略有不同。陆诗多见相似句式，如“心如泽国春归雁，身是云堂旦过僧”（《病中简仲弥性唐克明苏训直》）、“生拟入山随李广，死当穿冢近要离”（《月下醉题》）、“雨如梅子初黄日，水似桃花欲动时”（《雨中遣怀》）、“乐如逐兔牵黄犬，快似麾兵卷白波”（《湖上夜归》）等，皆可与欧词并观。这种句式或受到杜甫“窗含西岭千秋雪，门泊东吴万里船”（《绝句》）、“盘剥白鸦谷口栗，饭煮青泥坊底芹”（《崔氏东山草堂》）等启发。

下阕承接上阕，继续铺写蝶之轻狂行径。“微雨”二句体贴入微。

"腻"字形容质感，具感情色彩，表现力强，与其相近的还有"腥"字等，这类词多见于吴文英等喜炼字、重雕琢、词风富丽的词人作品中，欧阳修诗词中较少使用。"才伴"二句意象富有内涵，多受学者称道，吴翠芬指出："蜂与蝶向来并称为狂蜂浪蝶。飞絮杨花，向被人目为自然界中的水性之物。"（唐圭璋等《唐宋词鉴赏辞典》）词人以游蜂、飞絮为蝴蝶之伴，侧面烘托蝶之品性。二句为流水对，有杜甫"即从巴峡穿巫峡，便下襄阳向洛阳"（《闻官军收河南河北》）之流动态势，逼出结句，始交代蝴蝶飞舞不定的动机乃在于寻花问柳。

清初，林子威仿欧词作："江南蝶，影贴绣红帱。腻粉新盈多睡态，轻黄初褪越风流。好梦易相投。　　寻春去，只在百花楼。未有莺来先串柳，已无燕后更飞秋。占尽四时愁。"（蒋景祁辑《瑶华集》载《江南词》）上阕暗用庄周梦蝶典故，下阕咏蝶四时俱在，饶有新意；"贴""串"二字炼字较工，"未有"二句亦清新流动，颇有亮点，但整体寓意、意境明显逊色于欧词。

玉楼春

别后不知君远近，触目凄凉多少闷。渐行渐远渐无书，水阔鱼沉何处问①。　　夜深风竹敲秋韵，万叶千声皆是恨。故欹单枕梦中寻②，梦又不成灯又烬③。

【注释】

①水阔鱼沉：谓音书断绝。汉乐府《饮马长城窟行》："客从远方来，遗我双鲤鱼。呼儿烹鲤鱼，中有尺素书。"后因称书信为"鱼书"。

②欹（qī）：倾斜。

③ 灯又烬：灯芯燃尽，指过了很久。灯烬，灯芯燃烧后剩下的炭灰。

【评析】

本词作于皇祐元年（1049）秋知颍州期间，时词人四十三岁。

词写思妇闺怨。中国闺怨题材传统源远流长，历代名家名作甚多。早在先秦，《诗经》已有《氓》《伯兮》等篇写女子之怨。汉魏六朝，儒家礼教渐确立，女子在婚姻中处依附性地位，个人幸福有时难以实现，不免怨艾。士人继承《楚辞》“香草美人”传统，推动闺怨诗书写。《有所思》《上山采蘼芜》《青青河畔草》《伤歌行》《白头吟》《子夜歌》《孔雀东南飞》等名篇皆产生于此期。唐代经济发达，战事频繁，人口流动大，进一步促进闺怨诗发展，李白、杜甫、白居易、李商隐等大诗人皆有所作。在浩如烟海的闺怨作品中，别出心裁并不容易。近人吴翠芬认为“历代抒写离愁别恨之作不计其数，但欧阳修这首《玉楼春》，却写得别具一格，自有特色”（唐圭璋、钟振振主编《宋词鉴赏辞典》），有其道理，但相较“别具一格”，本词实更多体现融会众长的特色，具有深厚闺怨诗词传统。

本词构思明显受前人诗词影响。五代顾夐词云：“月照玉楼春漏促，飒飒风摇庭砌竹。梦惊鸳被觉来时，何处管弦声断续。　惆怅少年游冶去，枕上两蛾攒细绿。晓莺帘外语花枝，背帐犹残红蜡烛。”（《玉楼春》）南唐李煜词曰：“别来春半，触目愁肠断。砌下落梅如雪乱，拂了一身还满。　雁来音信无凭，路遥归梦难成。离恨恰如春草，更行更远还生。”（《清平乐》）与欧词十分相近。本篇起笔写别后触目皆凄凉，近于李煜“别来春半，触目愁肠断”。歇拍写音信不通、无处问询，近于“雁来音信无凭”及“因君欲寄远，何处问亲爱”（刘长卿《送史判官奏事之灵武，兼寄巴西亲故》）。后人对此写法多有借鉴，晏几道云：“一春犹有数行书，秋来书更疏。”（《阮郎归》）

以透过句写无书之苦。又曰："欲尽此情书尺素。浮雁沉鱼，终了无凭据。"（《蝶恋花》）写音问难通、书信无凭之悲。秦观曰："衡阳犹有雁传书，郴阳和雁无。"（《阮郎归》）借雁至衡阳飞回典故写无书可寄达郴州（今属湖南），突出贬所之偏僻，皆借"无书"发端，寄寓感慨。"渐行"句连用三"渐"字，笔法与李煜"离恨恰如春草，更行更远还生"及词人"离愁渐远渐无穷，迢迢不断如春水"（《踏莎行》）相近。过片写风吹竹声，牵动离人之恨，意境近于顾夐"飒飒风摇庭砌竹"，笔法与张先"自古伤心惟远别，登山临水迟留。暮尘衰草一番秋。寻常景物，到此尽成愁"（《临江仙》）同调。其后，苏轼曰："帘外谁来推绣户，枉教人、梦断瑶台曲。又却是，风敲竹。"（《贺新郎·夏景》）写风动竹声，扰人相思之梦，笔致更清幽。结拍写梦中欲寻意中人而不成，灯花已烬，时将天明。上句立意近于韦庄"千山万水不曾行，魂梦欲教何处觅"（《木兰花》）；下句融会五代薛昭蕴"愁极梦难成"（《小重山》）与顾夐"背帐犹残红蜡烛"；整体近于五代李珣"屏半掩，枕斜欹，蜡泪无言对垂"（《望远行》）、李煜"路遥归梦难成"及范仲淹"残灯明灭枕头欹，谙尽孤眠滋味"（《御街行·秋日怀旧》）。后世，晏几道尤善学"梦中寻"之境："梦入江南烟水路。行尽江南，不与离人遇。睡里销魂无说处，觉来惆怅佳期误"（《蝶恋花》），"梦魂纵有也成虚，那堪和梦无"（《阮郎归》），"流水便随春远，行云终与谁同。酒醒长恨锦屏空。相寻梦里路，飞雨落花中"（《临江仙》），"意欲梦佳期，梦里关山路不知"（《南乡子》），"梦魂惯得无拘检，又踏杨花过谢桥"（《鹧鸪天》），"一夜梦魂何处，那回杨叶楼中"（《清平乐》），"梦云归处难寻，微凉暗入香襟"（《清平乐》），意境迷离，笔法多变，格调悠扬，可谓青出于蓝。

关于本词主题、风格、章法，前人论述已详，唐圭璋指出："此首写别恨，两句一意，次第显然。分别是一恨，无书是一恨，夜闻风竹，又搅起一番离恨，而梦中难寻，恨更深矣。层层深入，句句沉着。”（《唐宋词简释》）詹安泰展开论述道：“这首词，前阕写离别的情形，后阕写别后的愁恨。写离别，用‘渐行渐远渐无书’，一波三折，逐步推移，一直达到‘水阔鱼沉何处问’的境地，这种既婉曲又清深的写法，不是很明显可以看出么？写愁恨，从夜深不寐到希望梦里相逢，到希望成空，灯花尽落，由现实出幻想，复由幻想归现实，婉曲清深的思路，也完全可以看出来。从整个作品看，出发点应该在结末两句，空床独宿，引动离愁，难堪至极，因而感到所有的声响都是增加愁恨的东西，由此再追溯到产生愁恨的原因，是伊人远别，消息全无。作品就从远别写起，一路写到现况。在艺术构思方面是越想越远；在表现手法方面是越写越深。逆局顺写，在下笔之先，是煞费经营的。这是欧词标志着清深婉曲的风格的例子，欧词大部分是这种风格的表现。”（《简论晏欧词的艺术风格》）“两句一意”、“层层深入，句句沉着”、“婉曲清深”、“逆局顺写”，皆为的评。吴翠芬论述更细致：“‘无书’应首句的‘不知’，且欲知无由，她只有沉浸在‘水阔鱼沉何处问’的无穷哀怨之中了。‘水阔’是‘远’的象征，‘鱼沉’是‘无书’的象征。”（唐圭璋等《唐宋词鉴赏辞典》）又说：“所爱之人出游，闺中人岂有不知其去远去近之理？看来有难言之隐痛不便明说……上文刚说‘不知君远近’，这里又说‘渐行渐远’，似乎是一个矛盾。细玩词意，盖思妇因为接到的书信愈来愈少，终至于无，所以既猜想所思之人‘渐行渐远’，又聊以此想自宽自慰。”论歇拍道：“写到这里，似乎语意已尽，本可戛然中止，然而作者笔锋一转，采取了欲擒故纵的手法，在绝望之际先给以一线希望……单枕孤栖，已经不是滋味，但有油灯相伴，尚可带来些许温暖，驱除几分岑寂，倘若灯花双结，还能使内心萌发出某种虽则朦胧却能聊以自慰自欺的希望。然而现在，这点可怜的希望也泯灭了。”（唐圭璋、钟振振主编《宋词鉴赏辞典》）皆是体察入微的会心之论，可参看。

浣溪沙

堤上游人逐画船，拍堤春水四垂天[①]。绿杨楼外出秋千[②]。　　白发戴花君莫笑[③]，六幺催拍盏频传[④]。人生何处似尊前。

【注释】

①四垂天：天幕四垂。白居易《和酬郑侍御东阳春闷放怀追越游见寄》：“酒酣将归未能去，怅然回望天四垂。”韩偓《有忆》：“愁肠泥酒人千里，泪眼倚楼天四垂。”柳永《少年游》：“夕阳岛外，秋风原上，目断四天垂。”

②“绿杨”句：王维《寒食城东即事》：“蹴鞠屡过飞鸟上，秋千竞出垂杨里。”冯延巳《上行杯》：“罗幕遮香，柳外秋千出画墙。”

③“白发”句：刘禹锡《杏园花下酬乐天见赠》：“游人莫笑白头醉，老醉花间有几人。”

④六幺：又名《绿腰》《录要》，舞曲名。

【评析】

本词作于皇祐元年（1049）至二年知颍州期间。庆历五年（1045），词人上书辩杜衍、范仲淹等人非朋党，被政敌污蔑与外甥女张氏有染，遭贬滁州知州。八年，徙知大郡扬州。次年，词人因眼疾自请移知小郡颍州。在颍期间，“爱其民淳讼简而物产美，土厚水甘而风气和，于时慨然已有终焉之意也”（《〈思颍诗〉后序》）。离开颍州后，亦与好友梅尧臣相约买田归颍，定为终老之地。

上阕写西湖景象。起笔以“逐”字关合堤上、湖上二景，渲染欢乐气氛。次句视野进一步推远，春水拍堤，碧天四垂，前者有声，后者静谧，动静间妙合无际。“绿杨”句历来受词评家赞赏，后人多追溯“出”字渊源。宋吴曾引王维《寒食城东即事》诗，曰：“欧阳公用‘出’字，盖本此。”（《能改斋漫录》）王国维补充指出欧词本南唐冯延巳《上行杯》，“但欧语尤工耳”（《人间词话》）。实则“出”字之妙，须结合“外”字来看。宋词多有以“外”字写间隔感之语，范仲淹曰：“山映斜阳天接水，芳草无情，更在斜阳外。”（《苏幕遮》）词人曰：“平芜尽处是春山，行人更在春山外。”（《踏莎行》）皆以透过句法凸显距离之远。此句三层景深，绿杨一层，小楼一层，秋千一层，以“外”字区分，本有间隔感，而“出”字关合三景：绿杨掩映，小楼隐约，秋千时出时入，化静为动，动中含静，将三层空间融为一体，而又整个融入游人、堤岸、画船、春水、碧天的大背景中，因而极富意境。近人吴翠芬指出：“欧词的妙处不在于有无所本，也不在于后人的能道不能道，而在于他在短短三句中，将游人、画船、天光、水色、绿树、楼台以及那位似露面而非露面的秋千美人，生动地交织为一幅色调谐和、情趣盎然的湖上游春图。”（唐圭璋、钟振振主编《宋词鉴赏辞典》）确有卓见。

下阕重在抒情。清赵翼云：“今俗惟妇女簪花，古人则无有不簪花者。”（《陔余丛考·簪花》）其说是，然偶有例外，如梅尧臣面对友人惠赠庭花，“欲插为之醉，但惭发星星”（《孟夏二日，通判太傅惠庭花二十枝，云是手植，因以为答》）。而词人则不管不顾，白发簪花，唯劝君莫笑，听曲饮酒，以致慨叹人生唯饮酒为乐事。近人吴世昌指出：“‘六幺’应作‘绿腰’，与‘白发’相对。”（《读花庵词选》）顾随则认为："'六幺'假作'绿腰'以对'白发'。"《浣溪沙》词调过片二句多对仗，吴氏所言有其道理，但无文献依据，顾随论述更合理。顾氏进一步分析道："（下片）三句一句比一句伤感，第一句伤感中仍有热烈。人生有许多路可走，许多事可作，何可说'人生何处似尊前'。"（《驼庵词话》）于热闹中见出伤感，这种观点可追溯至清黄苏："按第一阕，写世上儿女多少得意欢娱。第二阕'白发'句，写老成意趣，自在众人喧嚣之外。末句写得无限凄怆沉郁，妙在含蓄不尽。"（《蓼园词评》）欧阳修知颍州时已四十三岁，迭经丧妻、丧子、丧友之痛，世路风波已惯见，沉郁之感自可发之于词。今人吴小林认为本词系作者"与民同乐"之表现，见唐圭璋等《唐宋词鉴赏辞典》，沈利华、倪培翔《欧阳修集》亦执此见。立足词意，亦可备一说。

此词炼字造境颇工，上阕"逐""拍""垂""出"等字，写景如在目前，古人多有对比语。王士禛曰："'楼上晴天碧四垂'，本韩侍郎（偓）'泪眼倚楼天四垂'，不妨并佳。欧文忠'拍堤春水四垂天'，柳员外（永）'目断四天垂'，皆本韩句，而意致少减。"（《花草蒙拾》）"楼上"句出自周邦彦《浣溪沙·黄钟》，有静穆之致。下句为"楼前芳草接天涯"，二句以小楼为中心，勾连天地，声情谐婉。韩偓诗与欧词"泪眼问花花不语"（《蝶恋花》）异曲同工，以静默应对热烈，更见其悲。相较之下，本词动静相应，柳词境界高远，亦各臻其妙。王士禛论诗、词皆主神韵，论词曰："欧、晏正派，妙处俱在神韵，不在字句。"（汪懋麟《锦瑟词·锦瑟词话》引）仅就神韵、意致而言，欧词、柳词确更有含义显露之感，或即王氏所谓"意致少减"。词评家更多论述"出"字，宋晁补之认为："此篇语甚妙绝，只一'出'字，是后人着意道不到处。"（赵令畤《侯鲭录》引《评本朝乐章》）明陈霆指出："欧阳旧有春日词云'绿杨楼外出秋千'，前辈叹赏，谓止一‘出’字，是人着力道不到处。他日咏秋千，作《浣溪沙》云：‘云曳香绵彩柱高，绛旗风飐出花梢。’予谓虽同用‘出’字，然视前句，其风致大段不侔。”（《渚山堂词话》）“云曳”二句雕绘刻画，写景颇“隔”，不及“绿杨”句摇曳生姿。近人邵祖平说：“诗词中有三‘出’字最妙，杜甫‘细雨鱼儿出’、李白‘秋水出芙蓉’，与此阕‘绿杨楼外出秋千’是也。”（《词心笺评》）王国维评周邦彦“叶上初阳干宿雨，水面清圆，一一风荷举”（《苏幕遮》）曰：“真能得荷之神理。”（《人间词话》）杜诗、李诗、欧词亦可谓得鱼儿、芙蓉、秋千之神理。

浣溪沙

湖上朱桥响画轮[①]，溶溶春水浸春云[②]。碧琉璃滑净无尘[③]。　　当路游丝萦醉客，隔花啼鸟唤行人。日斜归去奈何春。

【注释】

①画轮：唐房玄龄等《晋书·舆服志》：“画轮车，驾牛，以彩漆画轮毂，故名曰‘画轮车’……自灵、献以来，天子至士遂以为常乘。”

②“溶溶”句：韦庄《春云》：“春云春水两溶溶。”韩拙《山水纯全集》：“水有四时之色……春水微碧……春云如白鹤，其体闲逸，和而舒畅也。”

③“碧琉璃”句：白居易《泛太湖书事寄微之》：“碧琉璃水净无风。”

【评析】

本词写颍州西湖，作于皇祐元年（1049）至二年知颍州时。西湖“在州西北二里外。湖长十里，广三里，相传古时水深莫测，广袤相齐……湖南有欧阳文忠公书院基”（正德《颍州志》）。词人公务闲暇时常至西湖游赏。

上阕正面写西湖，唐圭璋指出：“此首写湖上景色，起记桥上车马之繁。‘溶溶’两句，写足湖水之美，一碧无尘，春云浸影，此景诚足令人忘返。”（《唐宋词简释》）词首句“朱桥”“画轮”精于藻绘。次句“溶溶”叠词写景形象，李世民曰：“虎跑泉内水溶溶。”（《题龟峰山》）以“溶溶”状水景。卢照邻曰：“白云正溶溶。”（《怀仙引》）以“溶溶”写云貌，皆如在目前。本词化用韦庄诗句，水、云两写，亦云亦水，“叙万里晴天且醉且行景，上下融合”（托名李攀龙《新刻李于鳞先生批评注释草堂诗余隽》）。两“春”字连用，和暖之态倍见。词人另有《采桑子》组词十首写西湖，其三曰：“行云却在行舟下，空水澄鲜。俯仰留连，疑是湖中别有天。”以水写云，景色与本篇相近。此境并非词人独见，谢灵运曰：“云日相辉映，空水共澄鲜。”（《登江中孤屿诗》）即写水天一色之景。歇拍“碧”字写水之颜色，“琉璃”写水之形态，“滑”写水之质感，“净”写水之观感，“无尘”写水之内在，多角度着笔，反复渲染，“寥寥数语，画出春光，不尽其笔，望都绿矣”（托名李攀龙《新刻李于鳞先生批评注释草堂诗余隽》）。董其昌评曰：“触景赋诗，古人胸次何等活泼泼地。”（《新锓订正评注便读草堂诗余》）词人填词，即景即作，从生活经验来，不拾人牙慧。“响”“浸”“滑”炼字妙，前人鉴赏尤多。王双启认为，“响”字“用声音表示动态，而且能够传达出一种喧阗热闹的气氛，很像庾信《春赋》里所写的‘开上林而竞入，拥河桥而争渡’

那种景况”（唐圭璋等《唐宋词鉴赏辞典》）。吴翠芬指出，“浸”字“不是直写春水倒映春云，而是从观察体验的错觉中来描绘景物的状态……似乎是湖水弥漫到了云天之上，又似是云彩掉落到湖水之底”。“滑”字有异说，吴翠芬以为其“指船行水面有如在琉璃上轻轻滑过”（唐圭璋、钟振振主编《宋词鉴赏辞典》），韩秋白则认为其意为“滑净”，见贺新辉主编《宋词鉴赏辞典》，邱少华《欧阳修词新释辑评》、刘扬忠《欧阳修集》等译为“平滑”，见解相近。本词不同于前首《浣溪沙》，并无直接出现舟船，韩氏等人见解更确。“响”“浸”“滑”三字动感逐层降低，上阕境界亦渐由人之欢乐变为心之宁静。

下阕侧面见意，历代评赏颇多，尤以明人为首，但内容大同小异。王世贞指出：“永叔、长公（苏轼），极不能作丽语，而亦有之。永叔如‘当路游丝萦醉客，隔花啼鸟唤行人’，长公如‘彩索身轻常趁燕，红窗睡重不闻莺’，胜人百倍。”（《艺苑卮言·附录》）托名杨慎评点“当路”句道：“此是永叔丽语。”又曰：“‘奈何春’三字新而远。”（《评点草堂诗余》）托名李攀龙曰：“‘萦醉客’‘唤行人’，自是游春图。”（《新刻李于鳞先生批评注释草堂诗余隽》）明末沈际飞曰：“人谓永叔不能作丽语，如‘隔花’句、‘海棠经雨’句，非丽语耶？‘奈何’二字春色撩人。”（《镌古香岑批点草堂诗余四集·正集》）潘游龙云：“‘隔花’句丽，‘奈何’字，春色无边。”（《古今诗余醉》）除王世贞《艺苑卮言》外，其他评语多出自《草堂诗余》体系，其中托名杨慎、李攀龙的评点皆为书商辗转抄袭拼凑而成，多疏解词义，偶有新见，整体并无多少理论价值。众说主要强调过片二句为“丽语”，结拍极写“春色”。就风格而言，“丽”有“艳丽”“弘丽”“清丽”“流丽”等，此二句更近于“清丽”“流丽”。王世贞所举苏轼“丽语”出自《浣溪沙·春情》，上句写少女之态，下句写少女之神，清贺裳评曰：“如此风调，令十七八女郎歌之，岂在‘晓风残月’之下。”（《皱水轩词筌》）丽而不媚，饶有风致，与本词过片相近。结拍有两种解读，俞陛云赏析道：“上阕写水畔春光明媚，风景宛然。下阕言嬉春之‘醉客’‘行人’，营营扰扰，而‘游丝’‘啼鸟’，复作意撩人，在冷眼观之，徒唤奈何，唯有‘日斜归去’耳。”（《唐五代两宋词选释》）认为“奈何春”为“日斜归去”之因。唐圭璋见解相反：“下片，言游丝萦客，啼鸟唤人，更有无限情味。末句，点明日斜不得不归，又颇有惆怅之意。”（《唐宋词简释》）以为“日斜归去”为“奈何春”之因。词人心知日暮时分不得不归，但口中却说自己不知如何对待这撩人春光，矛盾中满是惜春、爱春之意。清黄苏曰：“‘奈何春’三字，从‘萦’字、‘唤’字生来。‘萦’字、‘唤’字，下得有情，而‘奈何’字，自然脱口而出，不拘是比是赋，读之娓娓情长。”（《蓼园词评》）词人最终暂与春光告别，无可奈何之感亦油然而生。整体来看，词以游赏之心写西湖春色，笔端含情，所谓“营营扰扰”“冷眼观之”仅为俞氏推测，唐圭璋所言更确。明卓人月评末句云：“汤若士‘良辰美景奈何天’本此。”（《古今词统》卷四）“良辰”句出自汤显祖《牡丹亭》。卓氏擅曲，常并论词、曲，二者相通的文体观在元、明两代具有一定代表性。

全词动静结合，上片以白描手法刻画远景，下片写近景，重在烘托，“响”“啼”“唤”三字传声，视听结合，末句直抒胸臆，章法、笔法多变，艺术价值高。

生查子

含羞整翠鬟[①]，得意频相顾[②]。雁柱十三弦[③]，一一春莺语[4]。　　娇云容易飞，梦断知何处[5]。深院锁黄昏[6]，阵阵芭蕉雨。

【注释】

①“含羞”句：杜牧《八六子》：“翠鬟羞整。”翠鬟，古代女子一种环形发式的美称。

②得意：领会心意。《庄子·外物》：“言者所以在意，得意而忘言。”

③“雁柱”句：唐宋时筝有十三弦，每弦以一柱支撑，弦柱犹如飞雁行列般整齐排列。李商隐《昨日》：“十三弦柱雁行斜。”

④春莺语：白居易《琵琶行》：“间关莺语花底滑。”韦庄《菩萨蛮》：“琵琶金翠羽，弦上黄莺语。”欧阳修《玉楼春》：“红条约束琼肌稳，拍碎香檀催急衮。陇头呜咽水声繁，叶下间关莺语近。”

⑤“娇云”二句：谓意中人消失不见。宋玉《高唐赋》：“昔者先王尝游高唐，怠而昼寝，梦见一妇人曰：‘妾，巫山之女也，为高唐之客。闻君游高唐，愿荐枕席。’王因幸之。去而辞曰：‘妾在巫山之阳，高丘之阻，旦为朝云，暮为行雨，朝朝暮暮，阳台之下。’”

⑥“深院”句：白居易《江南遇天宝乐叟》：“长生殿暗锁黄昏。”李煜《相见欢》：“寂寞梧桐深院锁清秋。”

【评析】

本词一作张先词。欧阳明亮指出，《类编草堂诗余》、鲍廷博刻知不足斋本《张子野词补遗》及《花草粹编》《精选古今诗余醉》《古今词统》《词学筌蹄》《词的》《诗余图谱》《词综》《词则》等皆作张先词，“然明吴讷《唐宋名贤百家词》本《张子野词》无此词，且《唐宋诸贤绝妙词选》录作欧词，故恐非张先所作。《全宋词》亦断为欧阳修词”（《欧阳修词校笺》）。此外，唐圭璋《宋词互见考》、胡可先等《欧阳修词校注》皆作欧阳修词，可从。至和二年（1055），欧阳修四十九岁，居开封，任翰林学士，兼史馆修撰，乞外任。六月，出知蔡州，七月，复领旧职。是年，赴李端懿宴，席上有诗：“不听哀筝二十年，忽逢纤指弄鸣弦。绵蛮巧啭花间舌，呜咽交流冰下泉。常谓此声今已绝，问渠从小自谁传。樽前笑我闻弹罢，白发萧然涕泫然。”（《李留后家闻筝坐上作》）刘敞和诗曰：“红颜翠发夺春辉，繁手哀弦逐羽卮。正使千觞无复醉，谁令中曲不胜悲。留连起舞惊残夜，仿写遗音入怨诗。我识东山安石意，沾襟应自属桓伊。”（《和永叔李太尉饮席闻筝》）情境、意境与本词相近，欧阳明亮《欧阳修词论稿》《欧阳修词校笺》据之系于至和二年，暂从之。

起笔写女子含羞景象。“得意”句有多种解释，徐培均指出此句“是写这女子弹筝弹到高潮，她的感情已和筝声融为一片，忘记了方才的羞怯，不时地回眸一顾，看看身旁的少年”（唐圭璋等《唐宋词鉴赏辞典》）。李之亮认为这一句“表明此女情窦已开，能够理解男子对她顾盼生情的奥妙了”（《欧阳修词选》）。邱少华则认为本句写女子“自觉青春尚在，对镜顾盼，心里充满喜悦之情”（《欧阳修词新释辑评》）。或认为女主人公顾视意中人，或认为意中人看女主人公，更有女主人公对镜自赏之说。下阕解释亦有歧见。徐培均认为下阕写男主人公之回忆（唐圭璋等《唐宋词鉴赏辞典》）；邱少华则认为下阕写女主人公不见意中人，“即使梦里寻他，亦不知他在何方”。二者分歧在于对“娇云”二句理解不同。邱少华引杜牧“娇云光占岫，健水鸣分溪”（《茶山下作》），指出：“‘娇云’，在杜牧诗里与‘健水’相对，自然是轻柔的意思。在这里，应当作‘娇纵’‘娇嫚’解，女主人公用骄纵傲慢来形容云，又用骄纵傲慢的云来比喻其所思。”（《欧阳修词新释辑评》）未注意到此二句用宋玉《高唐赋》典故。“巫山云雨”涉及巫山、神女、楚王、梦、阳台、云、雨等多种要素，在唐、宋诗词中属于极常见之典。过片言及“云飞”“梦断”，为男性口吻无疑，邱少华解释有误。据此观之，下阕既以男主人公视角为主，上阕若不涉及男子，则文脉转换略显突兀，可见“得意频相顾”确为男女间传情之举。此处“顾”字除“顾视”外，亦可解作“顾曲”。西晋陈寿记载：“瑜少精意于音乐，虽三爵之后，其有阙误，瑜必知之，知之必顾，故时人谣曰：‘曲有误，周郎顾。’”（《三国志·周瑜传》）唐李端曰：“欲得周郎顾，时时误拂弦。”（《听筝》）后世遂将“顾曲”用为欣赏音乐、戏曲之典。本词“得意”句下接女主人公演奏场景，亦可释为男子醉心于欣赏心上人之筝声。

明卓人月评上片歇拍曰：“‘雁柱’二语，摹弹筝之神。”（《古今词统》）金圣叹点评更为具体：“此二句之妙，人未必知，予不得不说。盖从‘十三’字生出‘一一’字，从‘雁柱’字生出‘莺语’字也。”（《唱经堂批欧阳永叔词十二首》）清黄苏亦曰：“‘一一’字从‘频’字生来，‘春莺语’从‘得意’字生来。”（《蓼园词评》）“一一”，见其数非一，“十三”“频”皆形容复数。金圣叹以为“一一”从“十三”二字来，系将“春莺语”视为“雁柱”之声；黄苏认为“一一”从“频”字来，则是代入男主人公视角，以“春莺语”为男子听曲之感，其所谓“从‘得意’字生来”，盖谓“得意”即男子解得春莺语意，亦即识得曲中深味之意。二说皆通，不妨并存。徐培均赏析道：“前一句以‘雁行’比筝柱，这一句以‘莺语’状筝声，无论在视觉和听觉上都给人以美感。”（唐圭璋等《唐宋词鉴赏辞典》）一雁一莺，一秋鸟一春禽，前者状形，后者写声，并观尤见其妙。金圣叹另评过片曰：“如此用梦云事，便如曾未经用。”强调二句用典浑然，不着痕迹。评结句云：“黄昏如何锁得？且‘锁黄昏’与人何与？只说‘锁黄昏’，更不说怨，而怨无穷矣。”其问颇近李璟问冯延巳：“‘吹皱一池春水’，干卿何事？”（马令《南唐书》）末二句直译为院落深深，锁住黄昏，雨打芭蕉，连绵不断，近于词人名句“庭院深深深几许，杨柳堆烟，帘幕无重数……雨横风狂三月暮，门掩黄昏，无计留春住”（《蝶恋花》）。然黄昏既已锁得无法出，雨又如何进院落、滴芭蕉？二句可视为倒装：深院雨锁黄昏，打在芭蕉之上，点点滴滴，“这次第，怎一个愁字了得”（李清照《声声慢》）。金氏尾批曰：“迩来填词家，亦贪得好句，而苦无其法，遂终成呕哕。殊不知好句初不在‘风雨’‘珠玉’等字饾饤而成，只将目前本色言语，只要结撰照耀得好，便觉此借彼衬，都成妙艳。如此词，第三、四句‘一一’字只从‘十三’字注沥而出，‘莺语’字只从‘雁柱’字影射而成也。苟若不得此法，即髯枯血竭，政（正）复何益？”（《唱经堂批欧阳永叔词十二首》）将前此评论未尽之意申足，认为好句在于以本色语写相互映衬之景，对填词用语、章法皆有启发。黄苏总评本词曰：“前一阕写得意时情怀，无限旖旎；次一阕写别后情怀，无限凄苦，胥于筝寓之。凡遇合无常，思妇中年，英雄末路，读之皆堪下泪。”（《蓼园词评》）徐培均多有借鉴、补充：“雨打芭蕉，诗词中常用以衬托愁苦。这是从字面上理解。若从全词意脉来看，实际上是虚拟筝声。”即黄氏“胥于筝寓之”意。“这样的筝声，最易触动愁绪”，即黄氏“读之皆堪下泪”之意。本词“采取了跳跃的过渡形式。按照生活逻辑，上下片之间，应该有欢会，有饯别，可是词人却一笔带过，没有正面描写。他所着力刻画的只是初会和别后两个阶段”（唐圭璋等《唐宋词鉴赏辞典》），对理解黄氏评论及本词内容、章法颇有助益。

朝中措·送刘仲原甫出守维扬

平山栏槛倚晴空[①]，山色有无中[②]。手种堂前垂柳，别来几度春风[③]。　　文章太守[④]，挥毫万字，一饮千钟。行乐直须年少，尊前看取衰翁。

【注释】

① 平山：平山堂，在今扬州西北郊蜀冈中峰大明寺内。李壁《王荆文公诗笺注》卷三十四《平山堂》注：“蜀冈也，在维扬之北。按：堂在扬州城西北五里大明寺侧。庆历八年二月，欧阳公以起居舍人、知制诰来牧是邦。暇日，将僚属宾客过大明佛寺，登古城，遂撤废屋，为堂于寺庭之坤隅。江南诸山拱列檐下，若可攀取，因目之曰‘平山堂’。”堂高可平山，因此得名。

② “山色”句：王维《汉江临泛》：“江流天地外，山色有无中。”

③ “手种”二句：南朝宋刘义庆《世说新语·言语》：“桓公北征，经金城，见前为琅琊时种柳，皆已十围，慨然曰：‘木犹如此，人何以堪！’攀枝执条，泫然流泪。”

④ 太守：汉置，为一郡最高行政长官。宋改郡为府或州，借用作知府、知州别称。

【评析】

本词作于至和三年（1056）春，时词人五十岁，居汴京。刘仲原甫，即刘敞，字原父（甫），行二，故称“仲”。至和二年，刘敞任契丹国母生辰使，先于欧阳修数日出使辽国。北行途中，作《寄永叔》，欧阳修见后，和诗《奉使契丹道中，答刘原父桑干河见寄之作》。翌年二月十二年，刘敞归开封，后十日，欧阳修亦至。闰三月九日，刘敞避亲嫌，出知扬州，欧阳修作本词赠之。维扬，即扬州。词人于庆历八年（1048）自滁州徙知扬州，次年正月，移知颍州。

起笔写平山堂之高迥，“倚”字精妙传神。欧阳修知扬州时，为政谨慎，政绩不显，所建平山堂名扬后世。叶梦得载：“欧阳文忠公在扬州作平山堂，壮丽为淮南第一。堂据蜀冈，下临江南数百里，真、润、金陵三州隐隐若可见。公每暑时，辄凌晨携客往游，遣人走邵伯，取荷花千余朵，以花盆分插百许盆，与客相间。遇酒行，即遣妓取一花传客，以次摘其叶，尽处则饮酒，往往侵夜载月而归。余绍圣初始登第，尝以六、七月之间馆于此堂者几月。是岁大暑，环堂左右老木参天，后有竹千余竿，大如椽，不复见日色。苏子瞻诗所谓‘稚节可专车’（按：原诗为‘稚竹真可人，霜节已专车’）是也。寺有一僧，年八十余，及见公，犹能道公时事甚详。”（《避暑录话》）平山堂视野开阔，风景壮丽，词人治扬州时，诗酒风流，久为后人留念。

“山色”句历来争议不断，一在此句归属。元丰六年（1083），苏轼贬居黄州，作词曰：“长记平山堂上，攲枕江南烟雨，渺渺没孤鸿。认得醉翁语，山色有无中。”（《水调歌头·黄州快哉亭赠张偓佺》）两宋之交，方勺《泊宅编》指出此句语出王维诗。南宋陈岩肖认为欧阳修可能化用王维语，又认为“然诗人意所到而语偶相同者，亦多矣”（《庚溪诗话》），存在欧词自出机杼而偶同前人可能性。陆游指出中唐权德舆“远岫有无中，片帆烟水上”（《晚渡扬子江》）已用王维语，至欧词凡三用，而苏轼却以欧为首创，似不为宜。其实，苏词或非谓“山色”句为欧阳修首创，而意谓欧词正写眼前“江南烟雨”之景，见此景便忆及欧词。

争议之二在此句内容。两宋之际，严有翼曰：“平山堂望江左诸山甚近，或以为永叔短视，故云‘山色有无中’。东坡笑之，因赋《快哉亭》道其事云：‘长记平山堂上，攲枕江南烟雨，渺渺没孤鸿。认取醉翁语，山色有无中。’盖‘山色有无中’，非烟雨不能然也。”（胡仔《苕溪渔隐丛话·后集》引《艺苑雌黄》）赞同苏轼看法，强调欧词正写烟雨之景。明末卓人月云：“然永叔起句是‘平山栏槛倚晴空’，安得烟雨？恐苏终不能为欧解矣。”（《古今词统》）认为上句既写晴空，下句非烟雨之景明矣。近人吴世昌说：“永叔《朝中措·平山堂》……首二句宋人议论纷纭。按欧公只是用王维诗‘江流天地外，山色有无中’，却惹出论客许多口舌，真是笑话，岂王维亦近视耶？”（《词林新话》）对争论不屑一顾。更多学者从不同角度解释此句合理性，刘怀荣指出王维诗末句“襄阳好风日”及欧词首句“倚晴空”显非雨景，“而山中气候变化无常，倘有烟雾缭绕，自是若有若无，半吐半含，又何必观者‘短视’呢？”（贺新辉主编《宋词鉴赏辞典》）以为王诗、欧词皆写登高远眺所见烟雾苍茫之景。其实，“好风日”“晴空”等语并非仅指晴天，而是指天空清明、清朗，自然不仅无雨，亦少烟雾，刘说非。徐培均据“江南诸山拱列檐下”等记载，认为“山之体貌应该是清晰的”，并指出：“平山堂上是‘晴空’，不妨江南诸山之有烟雨，东坡为欧公解嘲，不知能得其本意否。但从扬州而望江南，青山隐隐，自亦可作‘山色有无中’之咏。近者大者可见，而远者小者若无，借用王维诗句，也能融化无迹，自然贴切，固不必以‘烟雨’或‘短视’为说也。”（唐圭璋等《唐宋词鉴赏辞典》）认为平山堂与江南诸山天气未必一致，后者重叠绵延，不妨近者为有，远者若无。邱少华见解相近，认为“真、润、金陵三州隐隐若可见”景象“非晴空不能然也”，并说：“殊不知江南山色，层层叠叠，有远有近，近者清晰，为有；远者淡浅，似无。正因为是晴空，才能远近皆可入目，才能分出浓淡有无。若是烟雨，则一片空蒙，另是一番景色与意趣，何可相混！”（《欧阳修词新释辑评》）认为江南山色本非一体，正因平山堂处晴空之下，始能分辨。二说有理。古人争议之起源，在于将此句视为写一山之景，谓山色若有若无，故非“烟雨”“短视”不能然，今人刘怀荣亦未出此见。其实，此句写众山之景，山色有无，乃谓山色既有“有”者，又有“无”者，而非若有若无。江南诸山绵延不绝，近者“拱列檐下”，山色清晰可见，远者铺向天际，与远天融而为一，自然望不清晰。王维另有诗写钟南山之景，曰：“分野中峰变，阴晴众壑殊。”（《终南山》）山广而高，峰峦间便有阴晴之别，晴者清晰，阴者朦胧，正系“山色有无中”。

后人对此句手法评价颇高。托名李廷机云：“‘山色有无中’，写景绝。”（《新刻注释草堂诗余评林》）潘游龙云：“只‘山色’一句，此堂已足千古。”（《古今诗余醉》）二说理论价值较少。清人强调此句用典之妙，沈祥龙借以论证“用成语贵浑成，脱化如出诸己”（《论词随笔》），潘德舆借以说明“用前人成句入诗词者极多，然必另有意象以点化之，不能用入排偶或直写偶句也”（《养一斋诗话》）。“浑成”意谓语典与词境巧妙融合，潘说亦即此意，特更为具体。除本词外，欧阳修“去来窗下笑相扶，爱道画眉深浅、入时无”（《南歌子》）用朱庆馀诗而如己出，亦臻浑融之境。

“手种”二句“既写时光倏忽，又写柳树风姿”（沈利华、倪培翔《欧阳修集》），“婉而不柔，深而能畅，特别是‘几度春风’四字，更能给人以欣欣向荣、格调轩昂的感觉”（徐培均语，见唐圭璋等《唐宋词鉴赏辞典》）。东晋桓温见所种柳树长成，叹曰：“木犹如此，人何以堪？”（刘义庆《世说新语·言语》）欧词既有此慨，又借春风将其消解，沉着豪宕，尽显本色。南宋张邦基载：“扬州蜀冈上大明寺平山堂前，欧阳文忠公手植柳一株，谓之‘欧公柳’，公词所谓‘手种堂前杨柳，别来几度春风’者。薛嗣昌作守，相对亦种一株，自榜曰‘薛公柳’，人莫不嗤之。嗣昌既去，为人伐之。不度德有如此者！”

（《墨庄漫录》）可见词人德高望重。刘熙载曰："词有尚风，有尚骨，欧公《朝中措》云：'手种堂前杨柳，别来几度春风。'东坡《雨中花慢》云：'高会聊追短景，清商不假余妍。'孰风孰骨可辨。"（以下刘熙载语并见《艺概》）"风骨"概念内涵极丰厚，刘氏用此概念论诗："太白长于风，少陵长于骨。"亦论赋："《楚辞》风骨高。"《艺概》较少论及欧词，论苏轼词曰："'雪霜姿''风流标格'，学坡词者便可从此领取。""词品喻诸诗，东坡、稼轩，李、杜也。""苏、辛词似魏玄成之妩媚。""词以不犯本位为高。东坡《满庭芳》'老去君恩未报，空回首、弹铗悲歌'语诚慷慨，然不若《水调歌头》'我欲乘风归去，又恐琼楼玉宇，高处不胜寒'尤觉空灵蕴藉。"结合南朝齐钟嵘所论"真骨凌霜，高风跨俗"（《诗品》），此处"风"大体指高标脱俗，"骨"大体指柔中有刚。欧词"手种"二句婉而深，自有高格；苏词"高会"二句因柔见刚，柔而能刚。

换头一说指刘敞，一说词人自谓，前说更通行。欧阳修记载，刘敞"为文章尤敏赡。尝直紫微阁，一日，追封皇子、公主九人，公方将下直，为之立马却坐，一挥九制数千言，文辞典雅，各得其体"（《集贤院学士刘公墓志铭》）。南宋傅干曰："（欧）公在翰林，金华刘原父出守维扬，公出家乐饮饯，亲作《朝中措》词。议者谓非刘之才，不能当公之词，可谓双美矣。"（《注坡词》）刘敞才华横溢，博学详赡，"欧阳修每于书有疑，折简来问。（刘敞）对其使，挥笔答之，不停手。修服其博"（脱脱等《宋史·刘敞传》），为词人称道，作词赞其博雅豪放。后世，秦观曰："最好挥毫万字，一饮拼千钟。"（《望海潮》）向往此境。

欧阳修长刘敞十二岁，时刘三十八岁，欧五十岁，故自称衰翁，勉励刘敞年少行乐。清黄苏云："按君子进德修业，欲及时也，无事不须在少年努力者。现身说法，神采奕奕动人。"（《蓼园词评》）徐培均指出，黄氏“鼓励人们及早图谋上进，无可非议，但所云并不符合词人原意”（唐圭璋等《唐宋词鉴赏辞典》）。他认为，欧词主要写人生易老、及时行乐等消极思想，但豪迈之气流荡其间，故并不低沉，而颇显苍凉郁勃。其说是。

整体评价方面，龙榆生认为本词“气骨开张”，“逸怀浩气，大近东坡”（《研究词学之商榷》）。詹安泰以为本词不写美人芳草、儿女私情，不用比兴、象征等手法，“坦率说出，毫无假借，直起直落，大开大阖”，风格“疏宕明快”（《简论晏欧词的艺术风格》）。朱庸斋从词史角度论述本词“已跳出冯延巳之范围，洗脱南唐旧格”（《分春馆词话》）皆高度称赞。三说颇有据，唯不用比兴之见过于绝对。本篇与词人《圣无忧》皆旷达豪宕，在宋初词风及欧词中属变调，对苏、辛词有影响。苏轼有词：“三过平山堂下，半生弹指声中。十年不见老仙翁，壁上龙蛇飞动。　欲吊文章太守，仍歌杨柳春风。休言万事转头空，未转头时皆梦。”（《西江月》）深有怀念意，词风近于本篇。

渔家傲

正月斗杓初转势[①]，金刀剪彩功夫异[②]。称庆高堂欢幼稚[③]。看柳意，偏从东面春风至[④]。　十四新蟾圆尚未，楼前乍看红灯试[⑤]。冰散绿池泉细细。鱼欲戏[⑥]，园林已是花天气。

【注释】

①“正月”句：欧阳修《与谢三学士唱和八首·除夜偶成，拜上学

士三丈》："万瓦青烟夕霭生，斗杓迎岁转东城。"斗杓（biāo），斗柄，即北斗的第五至第七星，春分时指向东方，夏至时指向南方，秋分时指向西方，冬至时指向北方。一年旋转一圈，古人借以确定季节和时间。

② 金刀：剪刀。剪彩：剪裁花纸或彩绸，制成各种形状的装饰品。南朝梁宗懔《荆楚岁时记》："正月七日为人日，以七种菜为羹，剪彩为人，或镂金箔为人，以贴屏风，亦戴之头鬓，又造华胜以相遗。"异：有别。一说特出。

③ 称庆：道贺。高堂：父母。幼稚：孩童。

④"看柳意"二句：唐张子容《除日》："柳觉东风至。"柳意，柳丝飘拂之韵。韦应物《晓坐西斋》："柳意不胜春，岩光已知曙。"

⑤"十四"二句：欧阳修《又三事》奏事："嘉祐八年上元，京师张灯如常岁。岁常以十四日，上晨出，游幸诸宫寺，赐从臣饮酒，留连至暮而归。遂御宣德门，与从臣看灯，酒五行而罢。"旧俗农历正月十五日元宵节晚张灯，以祈丰稔，前此预赏谓之试灯。清富察敦崇《燕京岁时记·灯节》："自十三以至十七均谓之灯节，惟十五日谓之正灯耳。"新蟾，新月。传说月中有蟾蜍，因以代称。

⑥ 鱼欲戏：《礼记·月令》："孟春之月……鱼上冰。"汉乐府《江南》："江南可采莲，莲叶何田田，鱼戏莲叶间。鱼戏莲叶东，鱼戏莲叶西，鱼戏莲叶南，鱼戏莲叶北。"

【评析】

《渔家傲》组词共十二首，本词为其一。组词作年大体有二说。一说作于英宗治平（1064—1067）年间，时欧阳修任参知政事。陈新、杜维沫指出："《欧阳文忠公全集》卷一百三十二于这组鼓子词后附录阙名题记云：'荆公（王安石）尝对客诵永叔小阕云："五彩新丝缠角粽，金盘送，生绡画扇盘双凤。"曰："三十年前见其全篇，今才记三句，乃永叔在李太尉端愿席上所作十二月鼓子词，数问人，求之不可得。”呜呼！荆公之没二纪，余自永平幕召还，过武陵，始得于州将李君谊，追恨荆公之不获见也。谊，太尉犹子也。’……按：李端愿于宋英宗治平初年任职开封，这组词当作于此时。”（《欧阳修选集》）吴熊和指出：“据《宋史》卷四六四《李端愿传》：‘英宗初，同提举在京诸司库务。帝以疾拱默，端愿求对……拜武康军节度使，知相州。’是组词当作于英宗治平初。其时欧阳修为参知政事，与李端愿同在开封。”（《唐宋词汇评》）李之亮指出：“约治平中任参知政事时作。”（《欧阳修集编年笺注》）后又具体论述道：“这首词连同以下十一首均作于治平四年（1067）作者担任参知政事时。当时外戚李端愿从相州知州卸任回朝，除为醴泉观使，不再任具体职务。这组词便是作者赴李端愿宴请时奉和的即席之作。”（《欧阳修词选》）然王安石于元祐元年（1086）病逝，其时距治平年间仅二十年，不应言“三十年前见其全篇”。

一说作于至和（1054—1056）、嘉祐（1056—1063）年间。严杰《欧阳修年谱》将本词系于嘉祐元年（1056）。刘德清认为：“欧阳修、王安石本年（按：指至和元年）九月面识，同在京师，时距王安石逝辰三十三年。据《长编》卷一七五，李端愿皇祐五年（1053）十一月丁亥知襄州，《宋史》卷四六四本传称其‘知襄、郢二州，移庐州’。欧阳修《浮槎山水记》云：‘嘉祐二年（1057），李侯以镇东军留后出守庐州。’其知郢州当在本年（按：指嘉祐二年）。欧、李、王相晤聚饮京师，当在本年（按：指至和元年）王安石入京、次年李端愿出守之间，姑系于此。”（《欧阳修纪年录》）其使用“本年”过多，指义略含混。据刘成国《王安石年谱长编》，王氏于至和元年（1054）抵京，嘉祐二年离京，四年复归京，刘德清末句“本年”当指至和元年，次年为至和二年，显非李端愿出守之嘉祐二年，其说有误。另据

《宋史·胡旦传》："皇祐末，知襄州王田……"知李端愿知襄州（治今湖北襄阳）当在皇祐五年（1053）至六年（三月改元至和）间，后改知郢州（治今湖北钟祥）。宋赵子崧载："嘉祐丁酉（1057），李驸马都尉和文之子少师端愿作来燕堂，会翰林赵叔平概、欧阳永叔修、王禹玉珪、侍读王原叔洙、舍人韩子华绛。永叔命名，原叔题榜，联句刻之石，可以想见一时人物之盛。"（陈鹄《耆旧续闻》引《中外旧事》）本词或作于同时。胡可先、徐迈认为："王安石退居金陵时曾言：'三十年前见其（欧作）全篇。'以王卒年（1086）上溯三十年为至和二年（1055），则此组词约在1055年以前即已流传。"（《欧阳修词校注》）论述过于机械。古人所云时间，多大概言之，未必如此精准。

组词其八上阕写中秋，下阕曰"社近"，若为写实，是年秋社当在中秋后。参考陈垣《二十史朔闰表》等著，据宋时秋社为立秋后第五个戊日推算，至和元年当八月十七日，二年当九月三日，三年（九月改元嘉祐）当八月九日，嘉祐二年当八月二十四日，治平元年当八月五日，二年当八月二十一日，三年当八月二十六日，四年当八月十二日。秋社在八月十五日后的有至和元年、至和二年、嘉祐二年、治平二年、治平三年。又组词每首各写一月物事，至和二年秋社已入九月，亦当排除。上述论证若成立，李之亮治平四年说、严杰嘉祐元年说皆非。

组词流传广泛，颇受赞誉。《欧阳文忠公全集》卷一百三十二于组词后附录宋朱松题记："政和丙申（1116）冬，余还自京师，过歙州太守濠梁许君颂之席上，见许君举荆公所记三句，且云此词才情有余，他人不能道也。后十二年建炎戊申（1128），偶得此本于长乐同官方君。后四年辛亥绍兴（即绍兴辛亥，1131）二月朔，自尤溪避盗，宿龙爬以待二弟，适无事，漫录于此。吏部员外郎朱松乔年。"引许颂之语，称赞欧词“才情有余”，并记载得组词过程。宋陈晦（一说杨和甫）载：“某邑宰因预借违旨，遭按而归。某郡郡将乃宰公之故旧，因留连。有妓慧黠，得宰罢官之由，时方仲秋，忽讴《渔家傲》‘十月小春梅蕊破（绽）’，宰云：‘何大早耶？’答云：‘乃预借也。’宰公大惭。”（陶宗仪《说郛》引《行都纪事》）巧用欧词，侧面见出组词流传之广。清李调元曰：“王荆公尝对客诵永叔小阕云：‘五彩新丝缠角粽。金盘送。生绢画扇盘双凤。’曰：‘三十年前见其全篇，今才记三句，乃永叔在李太尉端愿席上所作十二月鼓子词，数向人求之不可得。’按公此词名《渔家傲》，按十二月作，如其数，皆工腻熨贴，不独‘五彩丝’佳也。”（《雨村词话》）认为组词“工腻熨贴”，皆为佳作。

组词历代仿作亦颇多。元欧阳玄仿作《渔家傲》十二首，记载当时北京风物，序云：“余读欧公李太尉席上作十二月《渔家傲》鼓子词，王荆公亟称赏之，心服其盛丽。生平思仿佛，一言不可得。近年窃官于朝，久客辇下，每欲仿此作十二阕，以道京师两城人物之富、四时节令之华，他日归农，或可资闲暇也。至顺壬申（1332）二月，玄修大典既毕，经营南归，属春雪连日，无事出门，晚寒附火，私念及此，夜漏数刻，腹稿具成，枕上不寐，稍谐叶之。明日，笔之于简，虽乏工致，然数岁之中，耳目之所闻见、性情之所感发者，无不隐括概见于斯。至于国家之典故，乘舆之兴居，与夫盛代之服食器用、神京之风俗方言，以及四方宾客宦游之况味，山林之士未尝至京师者欲有所考焉，此亦可见其大略矣。”（《渔家傲·南词并序》）杨慎承二欧之后，亦作有《渔家傲》组词十二首，记载云南十二月风光，自序云：“宋欧阳六一作十二月鼓子词，即今之《渔家傲》也。元欧阳圭斋亦拟为之，专咏元世燕京风物。予流居滇云廿载，遂以滇之土俗拟两欧为十二阕，虽藻丽不足俪前贤，亦纪并州故乡之怀耳。”欧阳玄、杨慎皆称赞欧词“盛丽”“藻丽”，仿其体式，记载一地经年风物。清曹贞吉则曰：“读《六一集》十二月鼓子词，嫌其过于富丽。吾辈为之，正不妨作酸馅语耳。闲中试笔，即以故乡风物谱之。”（《〈蝶恋花〉序》）对组词“过于富丽”颇有微词。其变《渔家傲》词调为《蝶恋花》，或亦基于此见。

本词为组词开篇，咏正月风光、民俗。起笔由天象写至人事，点明时间，引出人日风俗。北斗初转，时至正月，百姓于人日剪彩，制作各样装饰品。次句两面着笔，向老人道贺，逗孩童欢然，佳节圆满、喜乐，宛如陶渊明笔下“黄发垂髫，并怡然自乐”（《桃花源记》）的世外之境，渲染浓厚节日氛围。歇拍复从人事写至物态，柳意、东风，寓意春回大地，一片生机。下阕结构相近。过片先点时令：元宵将至，已有人家试灯观赏，初见热闹。天气由寒转暖，坚冰初消，化作泉水，流入池塘。“细细”二字，见出乍暖还寒、寒冰尚未完全消融之态，用笔传神。春水渐暖，鱼儿已忍不住嬉戏起来，“欲戏”拟人，缓游之态活灵活现。结句复写物态，园林中溶溶漾漾，已是种花天气，照应开篇斗柄天象，神完气足。

上、下片短短数句，勾勒人日、元宵两节风俗，生动形象，穿插以写景丽语，章法井然。相较上阕明写人物情态，下阕纯用烘托之笔，侧面见义，尤为传神。全词多用代字，如“柳意”“新蟾”等，较“春意”“新月”更见丽致，无愧前人“盛丽”“藻丽”之誉。

渔家傲

二月春耕昌杏密[1]，百花次第争先出。惟有海棠梨第一②。深浅拂，天生红粉真无匹③。　　画栋归来巢未失，双双款语怜飞乙④。留客醉花迎晓日⑤。金盏溢，却忧风雨飘零疾。

【注释】

①昌杏：菖蒲与杏花，皆于阴历正月、二月间生长、开放，与春耕同时，古有催耕之意。《吕氏春秋》："冬至后五旬七日，菖始生。菖者，百草之先生者也，于是始耕。"南齐王融《永明九年策秀才文》之二："将使杏花菖叶，耕获不愆。"

②海棠梨：又名海红，落叶小乔木，阴历二三月开花，花呈红色。温庭筠《菩萨蛮》："池上海棠梨，雨晴红满枝。"韩偓《以庭前海棠梨花一枝寄李十九员外》："二月春风澹荡时，旅人虚对海棠梨。"

③"深浅"二句：杜甫《江畔独步寻花七绝句》其五："桃花一簇开无主，可爱深红爱浅红？"

④"画栋"二句：欧阳修《蝶恋花》："海燕双来归画栋。"飞乙，飞燕。乙，同"鳦"，燕子。《诗经·玄鸟》："天命玄鸟，降而生商，宅殷土芒芒。"汉毛亨传："玄鸟，鳦也。"《尔雅》："燕，鳦。"旧注："齐曰燕，梁曰鳦。"

⑤醉花：沉醉花间。

【评析】

词写二月百花盛开之景。起笔点明春耕时节，写菖蒲、杏花枝繁叶密，先声夺人，百花随之次第开放。此景多为唐宋诗家、词家写及，白居易"春风先发苑中梅，樱杏桃梨次第开"（《春风》）、赵嘏"山公仰尔延宾客，好傍春风次第开"（《花园即事呈常中丞》）、冯延巳"东风次第有花开"（《忆江南》）、李至"小槛锁玫瑰，群芳次第催"

(《庭中千叶玫瑰，今春盛发，烂然可爱，因赋一章寄上仆射相公》)、刘敞"春来百花次第发"(《五色蔷薇》)等，意多相近，状足春花怒放景色。"惟有"三句笔调一转，借百花开放突出海棠梨之美。词人化用杜甫咏桃花诗，写海棠梨红粉相间、浅深飘拂之态，熨帖自然，如同己出。李之亮《欧阳修词选》认为此三句分写海棠花、梨花、桃花，误。

过片由静至动，转写飞燕归巢，呢喃低语，视觉、听觉、心理感觉多角度着笔，层次丰富。"留客"三句收归花间，主人公与宾客形象从幕后走向台前。众人深夜沉醉花丛，期盼明朝共迎晓日，逗引惜花、伴花之意。"醉花"二字富于意境，为诗中成辞，韦应物"谁言不同赏，俱是醉花间"(《沣上醉题寄涤武》)、韩愈"有时醉花月，高唱清且绵"(《送灵师》)、白居易"犹堪三五岁，相伴醉花时"(《对酒自勉》)、刘禹锡"游人莫笑白头醉，老醉花间有几人"(《杏园花下酬乐天见赠》)皆用及。五代更有《醉花间》词调，毛文锡、冯延巳尤喜填之。结拍以乐景写哀情，笔调陡转。精美酒盏盛满美酒，词人却于宴饮之乐中"忧愁风雨"(辛弃疾《水龙吟·登建康赏心亭》)，唯恐"风雨送春归"(蔡伸《卜算子》)。其后，辛弃疾词"一春长是为花愁，甚夜夜、东风恶"(《一络索·闺思》)、"莺蝶一春花里活，可堪风雨飘红白"(《满江红慢·席间和洪舍人兼简司马汉章》)、"好趁春晴连夜赏，雨便一春休"(《武陵春》)，忧风愁雨，意多近之。

不同于组词其他首着眼民俗，本词以花为线索，上阕写赏花、喜花，下阕写醉花、惜花，己之色彩渐重。写花中穿插归燕之景，上下阕同中有异，深于章法，风格清丽，堪称佳制。

渔家傲

三月清明天婉娩[①]，晴川祓禊归来晚[②]。况是踏青来处远。犹不倦，秋千别闭深庭院。　　更值牡丹开欲遍，酴醾压架清香散[③]。花底一尊谁解劝。增眷恋，东风回晚无情绊[④]。

【注释】

① 婉娩（wǎn）：天气温和。

② 晴川：晴日下的江川。祓禊（fú xì）：旧俗于阴历三月上巳濯于水滨，秉火求福，以祓除不详。

③ 酴醾：花名，即荼蘼，落叶灌木，于春末夏初开花，色白，花繁香浓。

④ "东风"句：白居易《柳絮》："凭莺为向杨花道，绊惹春风莫放归。"陆龟蒙《闺怨》："愁丝堕絮相逢着，绊惹春风卒未休。"晚唐唐彦谦《垂柳》："绊惹春风别有情。"

【评析】

词写暮春时节民俗、风物。三月天气晴和，游人远来祓禊、踏青，至晚归来，仍不觉疲倦，深闭庭院，嬉要秋千不止。词人喜用秋千意象，多次写及，如"绿杨楼外出秋千"（《浣溪沙》）、"红粉墙头，秋千影里，临水人家"（《越溪春》）、"秋千宅院悄悄，又是清明过了"（《洞天春》）等。前句典出冯延巳词"柳外秋千出画墙"（《上行杯》），与本词歇拍情景相近。但对比而言，本词缺少动词"出"，代以"闭"字，动感不足，略显逊色。孟元老记载宋时开封清明节踏青盛况："大抵都城左近，皆是园圃，百里之内，并无闲地。次第春容满野，暖律暄晴，万花争出粉墙，细柳斜笼绮陌。香轮缓辗，芳草如茵；骏骑骄嘶，杏花如绣。莺啼芳树，燕舞晴空，红妆按乐于宝榭层楼，白面行歌近画桥流水。举目则秋千巧笑，触处则蹴鞠疏狂。寻芳选胜，花絮时坠金樽；折翠簪红，蜂蝶暗随归骑。于是相继清明节矣。”（《东京梦华录·收灯都人出城探春》）与本词上阕情景相似，可见宋人清明游玩盛况。

下片转入风物描写。牡丹开遍，荼蘼也已压架盛放。荼蘼花晚开，宋人多以其凋谢喻指花季结束，如苏轼“酴醾不争春，寂寞开最晚”（《杜沂游武昌，以酴醾花菩萨泉见饷二首》其一）、任拙斋“一年春事到荼蘼”（《荼蘼》）、王淇“开到荼蘼花事了”（《春暮游小园》）等，可见一斑。荼蘼为爬藤类植物，需攀附生长，压架荼蘼为宋人诗词常见意象，张耒曰：“酴醾压架不胜繁。”（《晚春初夏八首》其八）李纲云：“压架酴醾翠蔓柔。”（《次韵徽言招饮绝句》）刘学箕云：“楼下酴醾压架香。”（《九月十八日夜，梦赏春某氏园池赋春词二首题柱》其二）陆游曰：“福州正月把离杯，已见酴醾压架开。”（《东阳观酴醾》）皆是其例。词人花间饮酒，反问谁人解劝。结句用典作答，暗露其意，无情之花解绊惹春风，自然亦解劝人饮酒。花助酒兴，词人理智上知花无情，情感上却又下以极富人情的“绊”字，矛盾而缠绵，热烈而不失冷静，宛如名句“泪眼问花花不语，乱红飞过秋千去”（《蝶恋花》），颇具欧词特色。

词上下阕由民俗写至风物，结构对称，多用“况”“犹”“欲”“增”等字眼，强化句间关联，末三句用直笔，一气直下中蕴含往复之情，营造出清丽流转的整体风格。

渔家傲

四月园林春去后，深深密幄阴初茂[①]。折得花枝犹在手。香满袖，叶间梅子青如豆[②]。　　风雨时时添气候[③]，成行新笋霜筠厚[④]。题就送春诗几首[⑤]。聊对酒，樱桃色照银盘溜[⑥]。

【注释】

①“深深”句：陆机《招隐诗》：“轻条象云构，密叶成翠幄。”密幄，密集的篷帐。喻指树木枝叶茂密。

②梅子青如豆：冯延巳《阮郎归》：“青梅如豆柳如丝。”晏殊《蝶恋花》：“青梅如豆柳如眉。”

③添气候：谓气候改变，逐渐转暖。

④霜筠（yún）：竹子的青皮。欧阳修《七交七首》其一《河南府张推官》：“霜筠秀含润，玉海湛无际。”

⑤“题就”句：韩愈《奉和虢州刘给事使君三堂新题二十一咏》其十四《柳巷》：“吏人休报事，公作送春诗。”陆龟蒙《立春日》：“去年花落时，题作送春诗。”

⑥“樱桃”句：韩愈《和水部张员外宣政衙赐百官樱桃诗》：“香随翠笼擎初到，色映（一作照）银盘写未停。”

【评析】

词写初夏风光。四月，春已归去，林叶初茂，凉荫渐成。“密幄”一词巧用比喻，以形写形，颇为生动。次三句尤受当代词评家称赞，邱少华认为：“‘折得’三句，构句和用意都十分巧妙，应作一句读：

春天折得的花枝还拿在手里，花枝的香气还拂着衣袖，树枝树叶间的梅子却已经‘青如豆’。手法夸张而形象鲜明，时光的飞动似乎快得惊人，又似乎是看得清清楚楚的；在流畅爽利的言语中，包含着极丰富的感情：有些惊讶，有些惆怅迷惘，仿佛还有些喜悦。”（《欧阳修词新释辑评》）郁玉英见解相近：“主人公从春天折来的花枝还拿在手里，花的香气还飘盈在衣袖之间，林间梅子已然青青如豆了。这是用夸张想象手法构建的一个充满诗意的想象画面。在这被极度浓缩的时间里，形象表现了季节更替、时光流动的飞逝之感，有春天逝去的怅惘，有夏季骤至的惊喜。”（《欧阳修词评注》）三句恰如三组镜头，自动作、嗅觉、视觉着笔，分写折枝在手、花香满袖、青梅如豆，经过蒙太奇拼接后生发别样效果，既有对春去的留恋，又有对夏至的喜悦，含蕴深厚，表现力颇强。

过片继续铺写初夏景物，杜甫诗曰：“绿竹半含箨，新梢才出墙。色侵书帙晚，阴过酒樽凉。雨洗娟娟净，风吹细细香。但令无剪伐，会见拂云长。”（《严郑公宅同咏竹》）写新竹随风雨生长之态，清新自然，本词或受其启发。“题就”三句照应上阕“折得”三句，出现主人公形象。词人赏花枝、观梅子，写诗饮酒，品鉴樱桃，自然之乐与人文之乐融会。北宋时，开封有四月初食樱桃习俗，孟元老记载：“迤逦时光昼永，气序清和。榴花院落，时闻求友之莺；细柳亭轩，乍见引雏之燕。在京七十二户诸正店，初卖煮酒，市井一新。唯州南清风楼，最宜夏饮。初尝青杏，乍荐樱桃，时得佳宾，觥酬交作。”（《东京梦华录·四月八日》）可与本词对读。邱少华认为：“此词除‘题就’一句稍嫌随意之外，全篇辞情均佳。”（《欧阳修词新释辑评》）有一定道理。其他句多情在景中，情景交融，妙处不言而喻，“题就”句却需与次二句合观，方能见出章法之妙。词人触景生情，题诗送春，词由自然美转向人文美。眼前美酒飘香，却以一“聊”字形容之，可见春去之情盘旋于心，久久难以消去。在这诗成却无聊赖之时，红樱桃与银白盘交映成趣，光泽艳丽，忽然闪入词人眼中，带来一抹亮色。全词遂自人文美转向饮食之乐，又戛然而止，不说破，情感丰厚，韵味悠长。

李之亮指出：“全词没有含蓄，也很少夸张譬喻，几乎就是一幅写实的水彩画，既散发出浓郁的初夏繁荣，又显得清雅别致，当用浓墨时尽兴挥洒，如‘深深密幄阴初茂’，当用点染时轻轻带过，如‘叶间梅子青如豆’，可谓恰到好处。”（《欧阳修词选》）赏析颇入微。全词浓淡相间，春意之淡与夏韵之浓相得益彰，上下阕皆以景结情，妙处正在有无之间。

渔家傲

五月榴花妖艳烘①，绿杨带雨垂垂重②。五色新丝缠角粽③。金盘送，生绡画扇盘双凤④。　　正是浴兰时节动⑤，昌蒲酒美清尊共⑥。叶里黄鹂时一弄。犹瞢忪，等闲惊破纱窗梦⑦。

【注释】

①“五月”句：韩愈《题张十一旅舍三咏》其一《榴花》：“五月榴花照眼明，枝间时见子初成。”榴花，石榴树所开之花，色红。

②垂垂：低垂貌。

③“五色”句：吴均《续齐谐记》：“屈原五月五日投汨罗水，楚人哀之。至此日，以竹筒子贮米，投水以祭之。汉建武中，长沙区曲忽见一士人，自云三闾大夫，谓（区）曲曰：“闻君当见祭，甚善。常年为蛟

龙所窃，今若有惠，当以楝叶塞其上，以采（彩）丝缠之。此二物，蛟龙所惮。”曲依其言，今五月五日作粽，并带楝叶五色丝，遗风也。”角粽，即粽子。

④ 生绡：未经漂煮的丝织品。

⑤ 浴兰时节：即端午节。宋吴自牧《梦梁录·五月》：“（五月）五日重午节，又曰‘浴兰令节’。”古人认为兰草可避不祥，故以兰汤洁斋祭祀。《大戴礼记·夏小正》：“五月……蓄兰，为集浴也。”屈原《九歌·云中君》：“浴兰汤兮沐芳，华采衣兮若英。”唐徐坚《初学记》卷十三引南朝宋刘义庆《幽明录》：“庙方四丈，不墉，壁道广四尺，夹树兰香。斋者煮以沐浴，然后亲祭，所谓‘浴兰汤’。”

⑥ 昌蒲酒：即“菖蒲酒”，用菖蒲叶浸制的药酒。古人多于端午节饮之，以去疾疫。唐孙思邈《千金月令》：“端午，以菖蒲或缕或屑以泛酒。”

⑦ “叶里”三句：唐金昌绪《春怨》：“打起黄莺儿，莫教枝上啼。啼时惊妾梦，不得到辽西。”弄，通“哢”，鸟鸣。瞢忪，形容模模糊糊，神志不清。

【评析】

词写五月节物风俗。起笔刻画红榴、绿杨，“妖艳烘”突出榴花之红艳，“垂垂重”突出垂柳之深密，颜色、质感对比鲜明。邓绍基、李玫认为：“通常人们说榴花似火，或说榴花火红。这首《渔家傲》首句要用仄声字作韵脚，作者用了一个‘烘’字，就字面来说或有俗嫌，就端午节气炎热来说，或也能收到以触热感觉来深化视觉的作用。”（《晏殊、晏几道、欧阳修诗词精选》）“烘”与“妖艳”搭配，艳丽非凡。与邓绍基等人略有微词不同，邱少华指出：“石榴多开红花，且特别鲜亮，乃至有‘榴火’之称。梁元帝萧绎《咏石榴诗》‘然灯疑夜火’，‘似火山榴映小山’（杜牧《山石榴》），‘海榴开似火’（温庭筠《海榴》），都是以‘火’喻榴花。这里用一‘烘’，更增添了热烈的气氛。另一方面，又有带雨的‘绿杨’，显出浓重的绿色，沉甸甸的，火红与深绿交映，耀眼生辉。”（《欧阳修词新释辑评》）赏析更全面。“五色”三句转写端午习俗：金盘盛放角粽，天气转暖，人们“手弄生绡白团扇”（苏轼《贺新郎·夏景》），扇面双凤盘旋，好不精致。王安石三十年后仍记此三句，李之亮认为：“我们推想，王安石一定是被欧阳修平实无华的语言所打动，因为在宋朝，出语锦绣并非难事，出语平和才是最难得的。”（《欧阳修词选》）其说不确。历代词评家皆评价《渔家傲》组词“才情有余”“工腻熨贴”“盛丽”“藻丽”（见组词其一评析引），显非赞其“平实无华”“出语平和”。邱少华指出：“（上阕）这五句，每一句都有颜色：石榴的火红，垂杨的深绿，包粽子的五色丝，盛果品的金盘，画扇上的双凤当然也是彩色的。似乎浓得有些化不开了，似乎有些炫耀场面的豪华了；其实，作者是在表达他对自然、对生活的热爱与欣赏。”（《欧阳修词新释辑评》）慧眼独到，更具启发性。

过片写浴兰汤、饮菖蒲酒风俗，孟元老记载宋时开封端午节习俗道：“端午节物：百索、艾花、银样鼓儿、花花巧画扇、香糖果子、粽子、白团、紫苏、菖蒲、木瓜，并皆茸切，以香药相和，用梅红匣子盛裹。自五月一日及端午前一日，卖桃、柳、葵花、蒲叶、佛道艾。次日，家家铺陈于门首，与粽子、五色水团、茶酒供养。又钉艾人于门上，士庶递相宴赏。”（《东京梦华录·端午》）两相参照，更见欧词描摹节令习俗之妙。邱少华不满“时节动”三字，指出：“全篇辞语华美，色彩斑斓，足以烘托节日气氛。唯‘时节动’之动，指变动、变换，如《周易·系辞上》：‘六爻之动，三极之道也。’此处指时令季节的转换；不过，‘时节动’的说法，总觉得不很自然，有凑韵之嫌。”（《欧阳修词新释辑评》）可备一说。“叶里”三句由节日热烈气氛转向平和氛围，化用典故，以梦境收束全篇，不至过于热闹，以动写静，收动静兼得之功。晏殊词曰：“帘旌浪卷金泥凤，宿醉醒来长瞢松……美酒一杯谁与共，往事旧欢时节动。”（《木兰花》）体式、字眼、韵脚皆影响本词。对读之下，似见欧词主人公饮酒醺醺，借醉入眠，又被黄莺扰梦，醉意、睡意交加之貌，“时节动”三字渊源有自，“瞢忪”二字意蕴更其饱满，“纱窗梦”情境亦更浑融，有互文之妙。

全词意象密丽，浓墨重彩，雕刻而不失自然，与其由风物写至习俗，再由习俗收归风物、人事的章法安排不无关系。末句结以疏淡之笔，照应开篇，文气通贯。

渔家傲

六月炎天时霎雨，行云涌出奇峰露[①]。沼上嫩莲腰束素[②]。风兼露[③]，梁王宫阙无烦暑[④]。　　畏日亭亭残蕙炷[⑤]，傍帘乳燕双飞去[⑥]。碧碗敲冰倾玉处[⑦]。朝与莫[⑧]，故人风快凉轻度[⑨]。

【注释】

①“行云”句：顾恺之《神情诗》：“春水满四泽，夏云多奇峰。”

②腰束素：形容女子腰肢细柔，如一束绢帛。此处借指莲茎纤细。宋玉《登徒子好色赋》：“腰如束素。”

③风兼露：晏殊《渔家傲》：“西池夜夜风兼露。”欧阳修《玉楼春》：“朱阑夜夜风兼露。”一说指迎风观、寒露台，唐徐坚《初学记》

引潘岳《关中记》："桂宫一名甘泉，又作迎风观、寒露台以避暑。"

④ 梁王宫阙：西汉梁孝王所建东苑，故址在今河南开封东南。规模宏大，当时名士如司马相如、枚乘、邹阳等多聚于此。此处借指华贵园林。烦暑：闷热，暑热。

⑤ 畏日：夏日太阳炎热可畏。《左传·文公七年》："赵衰，冬日之日也；赵盾，夏日之日也。"晋杜预注："冬日可爱，夏日可畏。"残蕙炷：炉香已残。唐花蕊夫人徐氏："蕙炷香销烛影残。"晏殊《踏莎行》："香残蕙炷。"

⑥ "傍帘"句：中唐权德舆《杂兴五首》其四："乳燕双飞莺乱啼。"冯延巳《蝶恋花》："穿帘海燕双飞去。"晏殊《踏莎行》："时时海燕双飞去。"

⑦ 碧碗敲冰：晚唐唐彦谦《叙别》："翠盘擘脯胭脂香，碧碗敲冰分蔗浆。"倾玉：倾倒寒冰。冰色晶莹，故称玉。

⑧ 朝与莫：宋玉《高唐赋》："妾在巫山之阳，高丘之阻，旦为朝云，暮为行雨。朝朝暮暮，阳台之下。"莫，同"暮"。

⑨ "故人"句：宋玉《风赋》："楚襄王游于兰台之宫，宋玉、景差侍。有风飒然而至，王乃披襟而当之，曰：'快哉此风！寡人所与庶人共者邪？'"欧阳修《早夏郑工部园池》："披襟楚风快。"

【评析】

词写盛夏消暑生活。六月天气炎热，阵雨频繁，雨后云山翻涌。顾恺之"夏云多奇峰"（《神情诗》）重在描写夏云多变，有时幻化为山峰之景。邱少华认为欧词"用一'露'字，似乎奇峰不是夏云变幻之状，而是被夏云遮蔽，此时忽然露出。一经加工出新，更显诡异"（《欧阳修词新释辑评》）。一"出"一"露"，确有云遮山意味，用笔近于唐末贯休"雨歇如争出"（《寒望九峰作》），欧诗"霜林落后山争出”（《怀嵩楼新开南轩，与郡僚小饮》），张耒名句“日暮北风吹雨去，数峰清瘦出云来”（《初见嵩山》），饶有韵致。“沼上”句连用两层比喻，以“束素”喻瘦腰，又以瘦腰喻莲茎之细，自出新意，思致精深。歇拍聚焦园囿，梁苑风露交加，不受暑热侵扰，是避暑好去处。云雨、池莲皆作者于其中望见，视野由远及近，收归词人自身。“奇峰露”“风兼露”，韵脚两用“露”字，同形同音不同义，《渔家傲》词调中较为少见。作为押韵方式的重韵定义大体有二：韵脚字形相同，韵脚字形、字音、字义皆同。词体重韵现象不能一概而论，《长相思》《如梦令》《钗头凤》等少数词调正体皆要求叠韵，如“汴水流，泗水流，流到瓜洲古渡头，吴山点点愁”（白居易《长相思》）、“知否，知否，应是绿肥红瘦”（李清照《如梦令》）、“一怀愁绪，几年离索，错，错，错”（陆游《钗头凤》），韵脚二叠、三叠；更多词调较避叠韵乃至重韵。大体而言，近体诗严禁重韵，古体诗、曲不避重韵，词体则介于二者之间。

过片承上，细写阁楼景致。“畏日”句有歧义，“亭亭”既可解作直立貌，修饰炉香，如李煜“炉香烟冷自亭亭”（《望远行》）；亦可解作明亮美好貌，修饰夏日，如唐鲍溶“明珠为日红亭亭，水银为河玉为星”（《倚瑟行》）。作前解时，亭亭直上之炉香与朝暮之快风矛盾；后解实通“婷婷”，美好义复与“畏日”之“畏”龃龉。相较之下，取前解，可将“朝与莫”解作早晚，而非时时，如此亦不与上阕歇拍抵牾。加之结合“傍帘”句，过片似更强调六月之闷热，以至帘边乳燕双双作伴飞去。综合而言，“亭亭”解作直立貌更佳。其后，苏轼有句“乳燕飞华屋，悄无人、桐阴转午”（《贺新郎·夏景》），意境与过片相近，或受欧词影响。结拍三句写词人与友人碧碗盛冰，冷却瓜果以消暑。凉风渐起，暑热之感随之消退。孟元老记载北宋开封百姓消暑情状：“都人最重三伏，盖六月中别无时节，往往风亭水榭，峻宇高楼，雪槛冰盘，浮瓜沉李，流杯曲沼，苞鲊新荷，远迩笙歌，通夕而罢。”（《东京梦华录·是月巷陌杂卖》）又云：“吾辈入店，则用一等琉璃浅棱碗，谓之‘碧碗’。”（《东京梦华录·食店》）情境近于本词，可对读。先秦古人已掌握冬日藏冰，夏日取用之法，“凌人掌冰”（《周礼·天官》），“二之日凿冰冲冲，三之日纳于凌阴”（《诗经·豳风·七月》），皆状其事。唐宋时，商人贩冰于市，普通百姓也可享用，成为当时祛除暑热的必备良方。

词选取云雨、池莲、乳燕、凉风等代表性意象，极写夏日多变气候，勾勒时人消暑方式，宛如一幅民俗风景图，运笔优美。宫阙、蕙炷、碧碗等意象点缀其间，更增添一份文雅、精致气息。

渔家傲

七月新秋风露早，渚莲尚拆庭梧老[①]。是处瓜华时节好[②]。金尊倒，人间彩缕争祈巧[③]。　　万叶敲声凉乍到[④]，百虫啼晚烟如扫[⑤]。箭漏初长天杳杳[⑥]。人语悄，那堪夜雨催清晓[⑦]。

【注释】

①渚莲：水边荷花。拆：同“坼”，裂开，绽开。

②瓜华时节：指七夕。瓜华，泛指瓜果。《礼记·效特牲》：“天子树瓜华，不敛藏之种也。”东汉郑玄注：“华，果蓏也。”一说指花瓜，孟元老《东京梦华录》：“京师七月七日……又以瓜雕刻成花样，谓之花瓜。”

③祈巧：即乞巧，旧俗阴历七月七日夜，妇女于庭院中摆放瓜果等，

向织女星乞求智巧。

④ 万叶敲声：孟郊《秋夕贫居述怀》："高枝低枝风，千叶万叶声。"

⑤ 百虫啼晚：中唐刘驾《长安旅舍纾情，投先达》："白露下长安，百虫鸣草根。"烟如扫：淡烟如抹。一说指烟雾被风扫去。

⑥ 箭漏初长：夜晚开始变长。北半球夏至日后，夜晚渐长。箭漏，即漏壶，古时利用滴水多寡以计量时间的一种仪器。插入漏壶中以标识尺度的标竿称为箭。杳杳：深远、高远貌。

⑦ 催清晓：晏殊《迎春乐》："被啼莺、语燕催清晓。"

【评析】

词写七月风物、习俗。新秋乍凉，荷花尚开，梧桐已渐凋零。古人以梧桐叶落为入秋之征，清陈大章云："梧桐知月正闰，立秋之日，一叶先坠。故曰：'梧桐一叶落，天下尽知秋。'"（《诗传名物集览》）意象选取具有代表性。"是处"三句转入七夕风俗刻画。汉人已有七夕设瓜果等祈请之俗，崔寔曰："（七月）七日……设酒脯、时果、散香粉于筵上，祈请于河鼓、织女。"（《四民月令》）六朝沿袭之，乞巧之习盛行。南朝梁宗懔载："七月七日为牵牛织女聚会之夜……牵牛星，荆州呼为河鼓，主关梁；织女则主瓜果……是夕，人家妇女结彩缕，穿七孔针，或以金银鍮石为针，陈几筵、酒脯、瓜果于庭中以乞巧，有喜子网于瓜上则以为符应。"（《荆楚岁时记》）唐、宋人颇重视此节。唐陈鸿曰："秋七月，牵牛、织女相见之夕，秦人风俗，是夜张锦绣，陈饮食，树瓜华，焚香于庭，号为乞巧。"（《长恨歌传》）五代王仁裕记载，唐时，"宫中以锦结成楼殿，高百尺，上可以胜数十人，陈以瓜果、酒炙，设坐具以祀牛、女二星，嫔妃各以九孔针、五色线向月下穿之，过者为得巧之候。动清商之曲，宴乐达旦，谓之乞巧楼"（《开元天宝遗事》）。孟元老刻画北宋开封习俗尤详："至初六日、七日晚，贵家多结彩楼于庭，谓之‘乞巧楼’。铺陈磨喝乐、花瓜、酒炙、笔砚、针线，或儿童裁诗，女郎呈巧，焚香列拜，谓之‘乞巧’。妇女望月穿针，或以小蜘蛛安合子内，次日看之，若网圆正，谓之‘得巧’。里巷与妓馆，往往列之门首，争以侈靡相向。”（《东京梦华录·七夕》）处处人家设宴乞巧，欢度七夕。

过片复写景物。秋风拂叶，窸窣作响，凉意乍起，候虫晚鸣，夜色下、微风中，浮烟飘荡，看不真切，宛如天工轻抹淡扫。苏轼词曰："帘外谁来推绣户，枉教人、梦断瑶台曲。又却是，风敲竹。"（《贺新郎·夏景》）"敲"字炼字颇工，历来受人赞赏，或受到欧词启发。天空高远，秋夜越发漫长。夜深人静之时，秋雨渐起，滴滴答答催促天亮，扰得人一夜难眠。七夕的喜悦之情逐渐被秋天的萧瑟感取代，主人公情绪不免低回起来。

词上下片皆采用由景物写至人物结构，以时间为线索，刻画秋意渐深情境，总体情绪由热烈转向低沉，上下阕同中有异，章法有条不紊。

渔家傲

八月秋高风历乱①，衰兰败芷红莲岸②。皓月十分光正满③。清光畔，年年常愿琼筵看④。　社近愁看归去燕⑤，江天空阔云容漫⑥。宋玉当时情不浅⑦。成幽怨，乡关千里危肠断⑧。

【注释】

①"八月"句：杜甫《茅屋为秋风所破歌》："八月秋高风怒号。"

历乱，纷乱。

② 衰兰败芷：兰草与白芷两种香草已衰败。屈原《离骚》："兰芷变而不芳兮，荃蕙化而为茅。"欧阳修《真州东园记》："芙蕖芰荷之的历，幽兰白芷之芬芳。"

③ 皓月十分：形容满月。张先《倾杯乐·青澜堂席上有感》："午夜中秋，十分圆月。"

④ 琼筵：盛大、美好的宴会。

⑤"社近"句：燕子春社时来，秋社时去。白居易《秋池》："社近燕影稀。"韩偓《不见》："此身愿作君家燕，秋社归时也不归。"社，春社、秋社。此处专指秋社。宋以后，多在立秋后第五个戊日。

⑥ 云容漫：云气散漫。鲍照《和王护军秋夕诗》："散漫秋云远。"

⑦"宋玉"句：宋玉《九辩》："悲哉，秋之为气也！萧瑟兮草木摇落而变衰。憭栗兮若在远行，登山临水兮送将归。泬漻兮天高而气清，寂寥兮收潦而水清。憯悽增欷兮，薄寒之中人；怆怳懭悢兮，去故而就新。坎廪兮贫士失职而志不平，廓落兮羁旅而无友生，惆怅兮而私自怜！"

⑧"乡关"句：岑参《暮春虢州东亭，送李司马归扶风别庐》："西望乡关肠欲断。"乡关，故乡。

【评析】

词写八月秋意渐深情景。首二句由上至下，由远及近，勾勒仲秋衰飒景象：秋季天空高远，狂风纷乱，红莲岸边，香草皆已衰败。"皓月"句潜气内转，写中秋时分，圆月朗照，清光遍洒，为秋季带来几分生机。歇拍二句承上直写，盼望年年团圆于琼筵盛宴，共赏明月。苏轼名句"但愿人长久，千里共婵娟"（《水调歌头》）用笔相近而格调更高。孟元老记载宋人中秋赏月之状："中秋夜，贵家结饰台榭，民间争占酒楼玩月。丝篁鼎沸，近内庭居民，夜深遥闻笙竽之声，宛若云外。闾里儿童，连宵嬉戏，夜市骈阗，至于通晓。”（《东京梦华录·中秋》）可为本词“皓月”三句作注。

过片呼应起笔，由近及远写去。秋社将近，燕子开始飞往南方避寒，远远望去，“江阔云低”（蒋捷《虞美人·听雨》），一片苍茫。邓绍基、李玫指出：“词中说秋社将近，应在立秋前后，还属秋高气爽之时，词意超前，抒写悲秋情绪，所以上片虽写了中秋月，却已用衰兰败芷来点缀了。”（《晏殊、晏几道、欧阳修诗词精选》）其说既将秋社等同于立秋，又将立秋所在之阳历8月等同于欧词所写之阴历八月、中秋，谬误显然。立秋或在阴历六月，称公秋，或在七月，称母秋。秋社在立秋后第五个戊日，距立秋已过月余。本词写八月、中秋、“社近”之景，显非“立秋前后”“词意超前”。结拍三句用典，抒发复杂情绪，收归乡关之思。词人与宋玉共情，幽怨深重，乃至思及故乡，便危肠寸断，情感十分低沉。宋玉《九辩》“形容秋景入画……模写秋意入神，皆千古言秋之祖。六代、唐人诗赋，靡不自此出者”（胡应麟《诗薮·内编》），对后世悲秋文化影响深远。李白诗云：“秋深宋玉悲。”（《赠易秀才》）杜甫曰：“清秋宋玉悲。”（《垂白》）皆以其为悲秋代表。宋玉借秋季衰飒之景抒写“贫士失职”之悲，亦为怀才不遇典型。杜甫云：“摇落深知宋玉悲，风流儒雅亦吾师。怅望千秋一洒泪，萧条异代不同时。”（《咏怀古迹五首》其二）欧阳修亦曰：“楚人自古登临恨，暂到愁肠已九回……非乡况复惊残岁，慰客偏宜把酒杯。行见江山且吟咏，不因迁谪岂能来。”（《黄溪夜泊》）皆寄寓复杂心期、襟抱于宋玉形象之中，可与本词对读。

邱少华认为，本篇“情真意切，似非泛泛之笔，应景之作，可能融入了作者自己曾经有过的某些具体的经历，比如说一贬夷陵再贬滁州时的某种感受”（《欧阳修词新释辑评》）。郁玉英亦指出：“本篇虽是一首节序词，但词人从萧瑟秋景、中秋望月写到悲秋思乡，融入了自己真切的人生体验。”（《欧阳修词评注》）相较组词其他作品，本词情感确更丰富、深刻，悲秋、思乡，同时期盼团圆，感情真挚，出语自然，颇具感染力。

渔家傲

九月霜秋秋已尽①，烘林败叶红相映②。惟有东篱黄菊盛③。遗金粉④，人家帘幕重阳近。　晓日阴阴晴未定，授衣时节轻寒嫩⑤。新雁一声风又劲。云欲凝⑥，雁来应有吾乡信⑦。

【注释】

① 九月霜秋：《礼记·月令》：“季秋之月……霜始降。”

② 烘：映照。一说指红叶如同火烘。

③ 东篱黄菊：陶渊明《饮酒二十首》其五：“采菊东篱下，悠然见南山。”

④ 遗金粉：黄色的花粉飘洒。柳永《甘草子》：“叶剪红绡，砌菊遗金粉。”遗，坠落。西汉刘向《九叹》：“悲余心之悁悁兮，目眇眇而遗泣。”东汉王逸注：“遗，坠也。”

⑤ 授衣时节：指阴历九月。《诗经·豳风·七月》：“九月授衣。”汉毛亨传：“九月霜始降，妇功成，可以授冬衣矣。”唐徐坚《初学记》引南朝梁元帝《纂要》：“九月季秋……亦曰授衣。”授衣，制备寒衣以御冬。

⑥ 云欲凝：浓云堆积。颜延之《还至梁城作》：“故国多乔木，空城凝寒云。”南朝齐朱孝廉《白雪曲》：“凝云没霄汉，从风飞且散。”

⑦“雁来”句：《礼记·月令》：“季秋之月……鸿雁来宾。”《汉书·苏武传》：“天子射上林中，得雁，足有系帛书，言（苏）武等在某泽中。”岑参《巴南舟中夜市》：“见雁思乡信。”中唐乔琳《绵州越王楼即事》：“行雁南飞似乡信。”

【评析】

词写深秋景象。九月降霜，秋已渐尽，红叶落了一地，映照林间。唯有菊花傲霜盛放，花粉飘洒，时节已近重阳。欧阳明亮注“遗金粉”道：“喻菊花凋零。”（《欧阳修词校笺》）误，词人已明言“菊盛”。魏文帝曹丕曰：“岁往月来，忽复九月九日。（九）为阳数，而日月并应。俗嘉其名，以为宜于长久，故以享宴高会。是月律中无射，言群木庶草无有射而生，惟芳菊纷然独荣。非夫含乾坤之淳和，体芬芳之淑气，孰能如此？故屈平悲冉冉之将老，思餐秋菊之落英，辅体延年，莫斯之贵。谨奉一束，以助彭祖之术。”（《与钟繇九日送菊书》）重阳高会，唯秋菊独荣。“遗金粉”就字面而言，亦可解作遗留下金色、粉色菊花盛放，然不合诗意，“惟有”句强调仅黄菊茂盛。孟元老记载宋人重阳赏菊风俗：“九月重阳，都下赏菊，有数种：其黄白色蕊若莲房曰‘万龄菊’，粉红色曰‘桃花菊’，白而檀心曰‘木香菊’，黄色而圆者曰‘金铃菊’，纯白而大者曰‘喜容菊’，无处无之。酒家皆以菊花缚成洞户。”（《东京梦华录·重阳》）秋菊花色纷繁，可参读。

过片转写气象。清晨阴晴不定，轻寒袭人，已是制备冬衣时节。“嫩”字炼字颇工，着重触觉，准确刻画出轻寒温润而不刺骨特征。劲风呼啸，浓云密布，词人听到雁鸣声，不由想起鸿雁传书典故，期盼大雁带来家乡讯息。其后，李清照曰：“雁字回时，月满西楼。”（《一剪梅》）用意相近而意境更优美。词人刻意将“劲风”“凝云”成词拆开，以“又”“欲”修饰“劲”“凝”，表现风云变化之状，颇为传神。《渔家傲》组词上一首曰：“乡关千里危肠断。”本词云：“雁来应有吾乡信。”思乡之情不可抑制，发露无疑。

词上阕侧重视觉描写，红叶、黄菊、金粉，色泽对比鲜明。下阕偏重触觉、听觉描写，着笔轻寒与雁鸣，调动多种感官，多角度描写深秋，颇为形象生动。

渔家傲

十月小春梅蕊绽①，红炉画阁新装遍。鸳帐美人贪睡暖②。梳洗懒，玉壶一夜轻澌满③。　　楼上四垂帘不卷，天寒山色偏宜远④。风急雁行吹字断。红日晚，江天雪意云撩乱⑤。

【注释】

① 十月小春：南朝梁宗懔《荆楚岁时记》：“十月天气和暖似春，故曰‘小春’。”

② “红炉”二句：五代欧阳炯《菩萨蛮·醉如泥》：“红炉暖阁佳人睡，隔帘飞雪添寒气。”

③ “玉壶”句：《礼记·月令》：“孟冬之月……水始冰。”许浑《送卢先辈自衡岳赴复州嘉礼二首》其二：“夜风寒结玉壶冰。”欧阳修《和圣俞聚蚊》：“玉壶含夜冰。”玉壶，玉制的壶，可用以盛冰。轻澌（sī），细碎的薄冰。欧阳修《夫人阁五首》其四：“微风池沼轻澌漾。”

④ “天寒”句：王维《齐州送祖三》：“天寒远山净。”皎然《同卢使君幼平郊外送阎侍御归台》：“天寒远近山。”刘长卿《逢雪宿芙蓉山

主人》："日暮苍山远，天寒白屋贫。"

⑤"风急"三句：钱惟演《残句》："雪意未成云著地，秋声不断雁连天。""风急"句，白居易《松江亭携乐观渔宴宿》："雁断知风急。"雁行，即雁字，雁群飞行时，为减少阻力，多排列成一字或人字，故称。白居易《江楼晚眺，景物鲜奇，吟玩成篇，寄水部张员外》："雁点青天字一行。"雪意，寒意。欧阳修《渔家傲》："惟有酒能欺雪意。"

【评析】

词写十月初冬风景。《欧阳文忠公近体乐府》调下注："此篇已载本卷，但数字不同。"此处文字据《渔家傲》组词录入。

上阕写画阁景象：十月孟冬，梅蕊初绽，画楼处处添置火炉，火焰熏腾。女主人公贪恋帏帐温暖，迟迟不愿起床梳妆。屋外玉壶中，已结满细碎薄冰。红炉新装，美人贪暖，着眼人之活动；玉壶轻澌，落笔物之变化，皆侧面见义，凸显气温初寒。视野由室外至室内再至室外，构成回环；章法由人之避寒逆写至初寒之征，借玉壶之寒反衬红炉、鸳帐之暖，照应女主人公贪睡之因，草蛇灰线，运思绵密，以景作结，远致非凡。"玉壶冰"为古诗词常见意象。鲍照有诗"直如朱丝绳，清如玉壶冰"（《代白头吟》），唐人颇喜此典。骆宾王"离心何以赠，自有玉壶冰"（《别李峤得胜字》）较早用及，王昌龄"洛阳亲友如相问，一片冰心在玉壶"（《芙蓉楼送辛渐二首》其一）最负盛名。杜甫用此意象尤多，如"研（砚）寒金井水，檐动玉壶冰"（《赠特进汝阳王二十韵》）、"炯如一段清冰出万壑，置在迎风寒露之玉壶"（《入奏行赠西山检察使窦侍御》）、"气缠霜匣满，冰置玉壶多"（《湖中送敬十使君适广陵》）等，皆为其例。进士试诗，数以《清如玉壶冰》《玉壶冰》为题，有云玉壶盛水渐结为冰者，如卢纶"玉壶冰始结"（《清如玉壶冰》），亦有谓贮冰于玉壶者，如钱众仲

“寒冰贮玉壶”（《玉壶冰》），本词近于前者。欧阳修多写及“玉壶冰”，除本词及注释所举外，另有“玉壶冰莹兽炉灰”（《少年游》）、“昭昭心莹玉壶冰”（《谢太傅、杜相公宠示嘉篇》）、“玉壶冰彩莹寒光”（《端午帖子词·皇后阁五首》其四）等，皆可参读。

下阕写景如画。“楼上”二句承前启后，写天寒帘幕低垂，山色更宜远观，视野由楼阁转向远山。明沈际飞云：“山不近而远，而风致犹可掬，作诗词者那能舍却山水。”（《镌古香岑批点草堂诗余四集·正集》）称赞词人笔下山色虽远，风致依然。“风急”三句视野进一步拉远：高空中，疾风凛冽，吹得雁行都不稳起来。红日晚照，已无暖意，江天之间云层缭乱，寒意渐盛。近人俞陛云曰：“后阕状江山寒色，足当‘清远’二字。”（《唐五代两宋词选释》）概括精当。寒山、疾风、断续雁行、晚日、江天、阴云，意境清冷，格调高远，不落凡俗。

本词历代评价颇多，除上文所引外，宋陈晦（一说杨和甫）记载：“某邑宰因预借违旨，遭按而归。某郡郡将乃宰公之故旧，因留连。有妓慧黠，得宰罢官之由，时方仲秋，忽讴《渔家傲》‘十月小春梅蕊破（绽）’，宰云：‘何大早耶？’答云：‘乃预借也。’宰公大惭。”（陶宗仪《说郛》引《行都纪事》）八月仲秋而吟十月孟冬之词，嘲谑其人预借违旨，颇显风趣。明邓志谟云：“清逸潇洒，不是寻常口吻，欧公长于文，且长于词调哉！真名家笔也。”（《丰韵情书》）“清逸潇洒”，兼论风格、笔调，盛赞本词。托名李攀龙评曰：“上小阳天气温和，正负长睡。下初冬风声凉冽，差堪远玩。”又云：“红炉暖阁，美人贪睡，隆冬景也，但风吹雁字，似秋矣。”又云：“贪睡暖、帘不卷，只是初冬寒气迫人耳，又写出小春江空，在在可画。”（《新刻李于鳞先生批评注释草堂诗余隽》）初云“天气温和”，又云“隆冬景也”，复云“初冬寒气迫人”，同一上阕，天气时暖时寒，季节时而初冬，时而深冬，自相矛盾，显非一人之语。至谓下阕因寒凉而远玩，“风急”句近于秋景，则颇独到。清陈广敷云：“前半了过本事，后半是意兴佳致。”更欣赏下阕景语。又曰：“一幅绝妙冬闺图，王、仇画所不到，全是解悟笔墨，此解悟是菩萨知觉，持校少游《满庭芳》、贺方回《浣溪纱》，便知彼落色界天中。”杨希闵按：“陈评微妙之至，一隅可以三反也。”（《词轨》）陈氏所论少游、方回之作当指秦观《满庭芳》（山抹微云）与贺铸《浣溪沙》（节物侵寻迫暮迟）。秦词云：“山抹微云，天粘衰草，画角声断谯门。暂停征棹，聊共引离尊。多少蓬莱旧事，空回首，烟霭纷纷。斜阳外，寒鸦万点，流水绕孤村。　销魂。当此际，香囊暗解，罗带轻分。谩赢得青楼、薄倖名存。此去何时见也？襟袖上、空惹啼痕。伤情处，高城望断，灯火已黄昏。”贺词曰：“节物侵寻迫暮迟，可胜摇落长年悲。回首五湖乘兴地，负心期。　惊雁失行风剪剪，冷云成阵雪垂垂。不拼尊前泥样醉，个能痴。”所谓“色界天”即色界，为佛教三界之一，在欲界之上、无色界之下，喻指有精美色相而无男女贪欲。秦观、贺铸之词写景颇具神理，然前者离情过盛，后者叹老嗟卑，尚未有超脱之致，相较欧词之清空，确之远致。但陈氏所谓“解悟笔墨”“菩萨知觉”，只是评价角度之一，用情至深，一往无前，以致百炼钢化为绕指柔，亦不失为词中妙境。俞陛云曰：“此调旧刻凡三十二首，以《珠玉词》搀入。汲古阁定为三十首，此首最为擅胜。”（《唐五代两宋词选释》）认为本词为欧词《渔家傲》词调第一，评价尤高。

渔家傲

十一月新阳排寿宴[①]，黄钟应管添宫线[②]。猎猎寒威云不卷[③]。风头转，时看雪霰吹人面[④]。　　南至迎长知漏箭[⑤]，书云纪候冰生研[⑥]。腊近探春春尚远[⑦]。闲庭院，梅花落尽千千片。

【注释】

① 新阳：冬至。《周易·复卦·象传》："雷在地中，复。先王以至日闭关，商旅不行，后不省方。"唐孔颖达疏："冬至一阳生，是阳动用而阴复于静也。"寿宴：祝寿的宴会。

② 黄钟应管：古人认为黄钟律对应仲冬十一月。《礼记·月令》："仲冬之月……其音羽，律中黄钟。"东汉郑玄注："黄钟者，律之始也，九寸。仲冬气至，则黄钟之律应。"黄钟，乐律十二律中的第一律。管，律管、律琯，古代用以测候季节变化的器具。宋沈括《梦溪笔谈·象数一》引晋司马彪《续汉书》："候气之法，于密室中，以木为案，置十二律琯，各如其方，实以葭灰，覆以缇縠，气至则一律飞灰。"添宫线：南朝梁宗懔《荆楚岁时记》："晋、魏间，宫中以红线量日影，冬至后，日影添长一线。"

③ 猎猎：风声。鲍照《上浔阳还都道中》："鳞鳞夕云起，猎猎晚风道。"寒威：严寒之威。

④ 雪霰（xiàn）：雪和小冰粒。清朱骏声《说文通训定声》："雨已出云，为寒气凝诸雨中者为霰；雨未出云，为寒气凝诸云中者为雪。故霰形如雨，其下必在雪前。"

⑤ 南至：冬至。《左传·僖公五年》："春，王正月，辛亥，朔，日南至。"晋杜预注："周正月，今十一月。冬至之日，日南极。"唐孔颖达疏："日南至者，冬至日也。"《逸周书·周月》："惟一月既南至，昏昴毕见，日短极，基践长，微阳动于黄泉，阴降惨于万物。"清朱右曾校释："冬至日在牵牛，出赤道南二十四度，故曰南至。"迎长：《礼记·郊特牲》："郊之祭也，迎长日之至也，大报天而主日也。兆于南郊，就阳位也。"漏箭：漏壶部件之一，上刻时辰度数，随水浮沉以计时。

⑥ 书云：原指古人观天象以占吉凶并记录之，语本《左传·僖公五年》："公既视朔，遂登观台以望，而书，礼也。凡分、至、启、闭，必书云物，为备故也。"宋人诗文多借指冬至。宋洪迈《容斋四笔·用书云之误》："今人以冬至日为书云，至用之于表启中。虽前辈或不细考，然皆非也……汉明帝永平二年春正月辛未，宗祀光武毕，登灵台观云物，尤为可证。"纪候：观测物候，记录时令。研：通"砚"。

⑦ 腊：腊月，阴历十二月。探春：寻春。

【评析】

词咏仲冬节物。起笔写百姓于冬至日设寿宴，祭祀先祖，祝寿耆老。这一习俗源远流长，东汉崔寔记载："冬至之日，荐黍羔，先荐玄冥及祖祢，其进酒肴及谒贺君师耆老，如正日。"（《四民月令》）孟元老描述北宋开封冬至习俗道："十一月冬至，京师最重此节。虽至贫者，一年之间，积累假借，至此日更易新衣，备办饮食，享祀先祖，官放关扑，庆贺往来，一如年节。"（《东京梦华录·冬至》）人们重视冬至，宛如春节。词人亦自候气、纪候角度突出子月、冬至：此月律应黄钟，象征十二律之始，律管最长。冬至时，日在南方，黑夜最长，白昼最短。此后，日躔自南而北运动，白日渐长，以红线量日影，日影增长，象征阳气初动。"猎猎"三句转入具体节候描写：仲冬时节，寒风呼啸，严威凛冽，浓云不卷，雪霰随风飘舞，直扑人面，一副“寒风得势猎猎走，瓦干霰急落不停”（《晏太尉西园贺雪歌》）景象。

过片呼应开篇。词人悬想冬至以后，观测漏箭，迎接白昼渐长；又感慨冬至气温寒凉，以至砚台生冰，难以研墨纪候。“迎长”，一说指冬至律管最长，人们于此“亚岁迎祥，履长纳庆”（曹植《冬至献袜履颂表》），如北齐杜台卿曰：“十一月建子，周之正月，律当黄钟，其管最长，为万物之始，故至节有履长之贺。”（《玉烛宝典·十一月仲冬》）结合“知漏箭”，此解似误。“腊近”三句承上“纪候”，照应上阕“猎猎”三句，顺笔写去：时近腊月，春意尚远，庭院中，傲雪开放的梅花已然片片落尽，尤为萧瑟。闲庭落梅花，意境空灵、优美，以景作结，韵味悠长。唐苏颋云：“独有归闲意，春庭伴落梅。”（《和黄门舅十五夜作》）佚名诗曰：“春酒半酣千日醉，庭前还有落梅花。”（《杂曲歌辞·太和第四》）李频云：“零落梅花过残腊，故园归醉及新年。”（《湘口送友人》）皆写春日落梅，本词则云仲冬“梅花落尽”，呼应“探春春尚远”，更显寒威凛冽。

词上下阕皆以习俗起笔，强调子月与冬至特殊性、重要性，先声夺人。“腊近”三句、“猎猎”三句皆写节候，上阕突出寒意之盛，下阕侧重春意之远，一正一反，两面着墨，相辅相成，章法同中有异，脉络井然。

渔家傲

十二月严凝天地闭[1]，莫嫌台榭无花卉。惟有酒能欺雪意。增豪气，直教耳热笙歌沸[②]。　　陇上雕鞍惟数骑，猎围半合新霜里[③]。霜重鼓声寒不起[④]。千人指，马前一雁寒空坠[⑤]。

【注释】

① 严凝：即严寒。天地闭：谓天地之间阴、阳二气阻塞不通。《礼记·乡饮酒义》："孟冬之月……天气上腾，地气下降，天地不通，闭塞而成冬。"白居易《秦中吟十首》其二《重赋》："岁暮天地闭。"

② 笙歌沸：鲍溶《怀仙二首》其一："十二楼上人，笙歌沸天引。"

③ 猎围：打猎时形成的包围圈。

④"霜重"句：李贺《雁门太守行》："半卷红旗临易水，霜重鼓寒声不起。"

⑤"千人"二句：庾信《北园射堂新成诗》："惊心一雁落。"唐张祜《观徐州李司空猎》："万人齐指处，一雁落寒空。"

【评析】

词写腊月围猎场景。《左传·隐公五年》曰："故春蒐、夏苗、秋狝、冬狩，皆于农隙以讲事也。"古人常于冬季农事闲暇时群聚狩猎。词开篇渲染深冬严寒之状，《礼记·乡饮酒义》曰："天地严凝之气，始于西南，而盛于西北，此天地之尊严气也，此天地之义气也。"严冬天地严凝，阴阳之气不通畅，生机闭塞，乃是自然之理，不必嫌怪亭台楼阁间无花卉开放。如此严寒，唯有酒能抵御、镇压。"欺"字拟人，尤妙。唐、宋人多有此用法，朱庆馀云："偶因药酒欺梅雨，却着寒衣过麦秋。"（《镜湖西岛言事》）范成大曰："宿酒欺寒力，新诗管岁华。"（《十一月十二日，枕上晓作》）皆是其例。酒入肠中，豪气倍增，直令酒酣耳热，笙歌沸腾，也不作罢。

上阕渲染严冬寒意，铺叙饮酒热烈场景，下阕正面描写围猎。陇上苍茫，主人翁虽仅数骑人马，但仍齐心协力，合围猎物。“新霜里”三字描写环境，渲染气氛，尤见精神。“霜重”句直接引用李贺诗句，承接上文“新霜”“猎围”，妥帖如从己出。围观狩猎之人颇多，众目所望之处，一只大雁从寒空笔直坠下。射箭声、雁鸣声、欢呼声仿佛皆于耳畔响起，尽收不写之效。其后，苏轼词曰：“老夫聊发少年狂。左牵黄，右擎苍。锦帽貂裘，千骑卷平冈。为报倾城随太守，亲射虎，看孙郎。　　酒酣胸胆尚开张。鬓微霜，又何妨。持节云中，何日遣冯唐。会挽雕弓如满月，西北望，射天狼。”（《江城子·密州出猎》）描写围猎场景，笔势雄劲，热烈非凡，本词或有启发之功。

邓绍基、李玫评本词道：“上片写围炉饮酒，下片写陇头打猎，过片关系不很紧密，如果细读，又会发现上下片风格也不甚谐合。但下片表现出来的豪放壮迈，却是欧词中罕见的。”（《晏殊、晏几道、欧阳修诗词精选》）末句言之有理。李之亮认为：“这首词的主基调是‘豪’：饮酒的气势豪宕，围猎的气势豪宕，如果称此词为‘豪放词’，倒是实至名归。”豪放词有特定内涵，本词是否属豪放词尚可讨论，但上阕歇拍饮酒与下阕过片围猎之间由豪宕热烈的情绪贯穿却是毫无疑问的，并非邓绍基、李玫所论“过片关系不很紧密”。

采桑子并序

西湖念语[①]：昔者王子猷之爱竹，造门不问于主人[②]；陶渊明之卧舆，遇酒便留于道上[③]。况西湖之胜概，擅东颍之佳名[④]。虽美景良辰，固多于高会[⑤]；而清风明月，幸属于闲人[⑥]。并游结于良朋[7]，乘兴有时而独往[8]。鸣蛙暂听，安问属官而属私[9]；曲水临流，自可一觞而一咏[10]。至欢然而会意，亦傍若于无人[11]。乃知偶来常胜于特来，前言可信；所有虽非于己有，其得已多[12]。因翻旧阕之辞，写以新声之调，敢陈薄伎，聊佐清欢。

轻舟短棹西湖好，绿水逶迤[13]。芳草长堤，隐隐笙歌处处随[14]。　　无风水面琉璃滑[15]，不觉船移。微动涟漪，惊起沙禽掠岸飞。

【注释】

①西湖：正德《颍州志》："西湖，在州西北二里外。湖长十里，广三里，相传古时水深莫测，广袤相齐。胡金之后，黄河冲荡，湮湖之半。然而四时佳景尚在，前代名贤达士往往泛舟游玩于是。湖南有欧阳文忠公书院基。"念语：又名乐语、致语，指歌舞表演开场前的致辞或说白。王国维《人间词话·删稿》："宋人遇令节、朝贺、宴会、落成等事，有'致语'一种。宋子京、欧阳永叔、苏子瞻、陈后山、文宋瑞集中皆有之。"

②"昔者"二句：南朝宋刘义庆《世说新语·简傲》："王子猷尝行过吴中，见一士大夫家极有好竹。主已知子猷当往，乃洒扫施设，在厅事坐相待。王肩舆径造竹下，讽啸良久。主已失望，犹冀还当通，遂直欲出门。主人大不堪，便令左右闭门，不听出。王更以此赏主人，乃留坐，尽欢而去。"

③"陶渊明"二句：沈约《宋书·陶渊明传》："江州刺史王弘欲识之，不能致也。潜尝往庐山，弘令潜故人庞通之赍酒具于半道栗里要之。潜有脚疾，使一门生二儿舁篮舆，既至，欣然便共饮酌，俄顷弘至，亦无忤也。"

④东颍：与西湖相对为言。此处指颍州府。

⑤"虽美景"二句：谢灵运《〈拟魏太子邺中集诗八首〉序》："天

下良辰、美景、赏心、乐事，四者难并。”

⑥“而清风”二句：唐李延寿《南史·谢惠传》：“入吾室者，但有清风；对吾饮者，惟当明月。”欧阳修《会老堂致语》：“金马玉堂三学士，清风明月两闲人。”

⑦ 并游：同游。

⑧“乘兴”句：刘义庆《世说新语·任诞》：“王子猷居山阴，夜大雪，眠觉，开室，命酌酒，四望皎然。因起彷徨，咏左思《招隐诗》，忽忆戴安道。时戴在剡，即便夜乘小船就之，经宿方至，造门不前而返。人问其故，王曰：‘吾本乘兴而行，兴尽而返，何必见戴？’”

⑨“鸣蛙”二句：唐房玄龄等《晋书·惠帝纪》：“帝又尝在华林园闻虾蟆声，谓左右曰：‘此鸣者为官乎，私乎？’或对曰：‘在官地为官，在私地为私。’”

⑩“曲水”二句：旧俗于阴历三月上巳（三月三日）就水滨宴饮，以祓除不祥，后人因引水环曲成渠，流觞取饮，相与为乐，称曲水。晋王羲之《〈兰亭集〉序》：“又有清流激湍，映带左右，引以为流觞曲水，列坐其次。虽无丝竹管弦之盛，一觞一咏，亦足以畅叙幽情。”

⑪ 傍若于无人：司马迁《史记·刺客传》：“高渐离击筑，荆轲和而歌于市中，相乐也，已而相泣，旁若无人者。”

⑫“所有”二句：苏轼《前赤壁赋》：“唯江上之清风与山间之明月，耳得之而为声，目遇之而成色，取之无尽，用之不竭，是造物者之无尽藏也，而吾与子之所共适。”堪为注脚。所有，此处指西湖景色。

⑬ 逶迤：曲折绵延貌。

⑭“隐隐”句：欧阳修《蝶恋花》：“隐隐歌声归棹远，离愁引着江南岸。”隐隐，隐约不分明貌。

⑮ 琉璃：一种有色半透明的玉石，又指玻璃，诗文中常比喻晶莹之物。白居易《泛太湖书事寄微之》：“碧琉璃水净无风。”欧阳修《初至

颍州西湖，种瑞莲黄杨，与郡官小酌其上，聊书所见，寄淮南转运吕度支、发运许主客》：“平湖十顷碧琉璃。”

【评析】

《采桑子》组词十首皆咏西湖，本词为其一。王国维指出：“宋人宴集，无不歌以侑觞，然大率徒歌而不舞，其歌亦以一阕为率。其有连续歌此一曲者，为欧阳公之《采桑子》凡十一首，赵德麟《商调·蝶恋花》凡十首，一述西湖之胜，一述会真之事，皆徒歌而不舞，其所以异于普通之词者，不过重叠此曲，以咏一事而已。”（《宋元戏曲史·宋之乐曲》）组词特色即在于以同一词调连咏一景或一事。叶嘉莹说：“同一个牌调，连续不断地填写若干首歌词，这在曲词里边叫做‘定格连章’。定格，就是有一定的音乐的格式，是接连不断的很多章、很多首词成为一组词。定格连章，是民间乐曲的一个形式。”（《唐宋词十七讲》）又说：“组词是当时非常流行的一种格式，甘肃敦煌曾发现了不少唐朝曲子的手抄本，其中有《四季歌》《五更调》《十二时》等等。这些组词有数目限制，必得是四、五、十二首组成的，后人称之为‘定格联章’。但《采桑子》组词则不同，词的篇数无限制。组词对后来的说唱文学（自注：宋朝时的说唱文学叫鼓子词，北方后来也有叫‘鼓词儿’的）有很大的影响。”（《北宋名家词选讲》）可见组词体制之源流、影响。

本词及组词十首作年皆有三说。一说认为组词皆非一时之作，于熙宁四年（1071）致仕后加以整理、润色，如陈新、杜维沫指出：“这组词或非作于一时，从末首‘归来恰似辽东鹤’与每首皆以‘西湖好’三字起句以观，当于熙宁年间退休之后作了通盘的整理润色。”（《欧阳修选集》）邱少华亦持此见：“‘念语’中提到‘闲人’，又提到‘旧阕之辞’，应是作者晚年归隐颍州之后，整理旧作并稍加补充而成。”（《欧阳修词新释辑评》）欧阳明亮《欧阳修词校笺》见解相近。此说是。

一说以为组词皆作于熙宁四年（1071）致仕归颍州后，如近人夏敬观曰：“此颍州西湖词。公昔知颍，此晚居颍州所作也。”（龙榆生《唐宋名家词选》引）吴熊和指出：“考欧阳修在颍州前后凡三次。皇祐元年（1049）二月知颍州；二年七月改知应天府。皇祐四年三月丁母忧归颍州。熙宁四年六月，以观文殿学士、太子少师致仕，归颍州。据词中意，绝非丁忧时所作。据施元之苏诗注，当为致仕归颍州后（作），时为熙宁四年。第十首云‘俯仰流年二十春’，自熙宁四年上溯知颍州之皇祐二年，正好二十春也。”（《唐宋词汇评》）欧阳修一生实五入颍州，见《忆焦陂》评析。“施元之苏诗注”指施元之《注东坡先生诗》卷二《陪欧阳公燕西湖》注：“欧阳文忠公……在亳六请致仕，至蔡复请，乃许。公年未及谢，天下高之，旧号醉翁，晚又号六一居士。昔守颍上，乐其风土，因卜居焉。郡有西湖，公尤爱之，作《念语》及十词歌之。”李之亮注本词云：“据词中所写，尽皆春时光景，欧公四年（1071）七月致仕，已经入秋，故此词当作于熙宁五年之春。”注其余九首词道：“熙宁五年退居颍州时作。”（《欧阳修集编年笺注》）进一步指明组词为熙宁五年作。

另一说认为本词作于皇祐元年（1049）、二年知颍州时，组词或非一时所作。如胡可先、徐迈指出：“施氏（元之）谓知颍州时作念语及词咏唱西湖，此篇当在其中……此篇念语后系《采桑子》词十三首，皆咏西湖，或非一时之作。”（《欧阳修词校注》）施说实未点明作年，吴熊和将“作《念语》及十词歌之”属之“晚又号六一居士”，故认为作于致仕后；胡可先等则将其属之“昔守颍上”，故认为作于知颍州时。二说皆不可据。

欧阳砥柱则认为组词大多作于皇祐元年春知颍州时，部分可能为后来补写："（《西湖念语》）说到'并游或结于良朋，乘兴有时而独往'，'因翻旧阕之辞，写以新声之调'，可见并非一时之景，也非一时之作，而是积以时日，先写后编的。不过，如从时令看，整组词描写的景物仅限于深春至荷花开时；再从情调看，轻松惬意，乐观旷达，贯穿始终；最后从句式看，首句'西湖好'，十首同一例。这都说明时间跨度应该不大，吟咏当主要在皇祐元年春来颍州的那段日子里，或许个别篇什是后来补写的也未可知，如最后一首'平生为爱西湖好'。"（《欧阳修诗文赏析》）较前人论述更加坐实，然未有可靠例证。

钱仲联认为组词有本事。宋蔡居厚记载："文忠与赵康靖公概同在政府，相得欢甚。康靖先告老，归睢阳（今河南商丘）；文忠相继谢事，归汝阴（治今安徽阜阳）。康靖一日单车特往过之，时年几八十矣。留剧饮逾月，日于汝阴纵游而后返。前辈挂冠后，能从容自适，未有若此者。"（《苕溪渔隐丛话·后集》卷二十三引《蔡宽夫诗话》）钱氏指出："欧公这一组十首《采桑子》，从内容看非写一时之景；词前《西湖念语》云'并游或结于良朋，乘兴有时而独往'，盖是通其前后诸胜游的感受以入词，又不止与赵概同乐之事了。"（唐圭璋等《唐宋词鉴赏辞典》）将"并游良朋"坐实为赵概等人，可备一说。

念语用骈体，频繁用典，多能恰切，辞采斐然。整体多用虚词，变四、六句式为五、七句式，文气更流转。"敢陈薄伎，聊佐清欢"，尚视词为艳科、小道，备歌筵之用。

上阕静中寓动。吴小如说："'轻舟'是形容舟行水上速度较快，而棹短则舟行自然会轻快的。"（《选本注释小议》）叶嘉莹也认为，"'轻舟短棹'是写他自己游湖的轻松愉快"（《唐宋词十七讲》），"因为划的是又小又轻的船，所以只用划着短桨"（《北宋名家词选讲》）。起笔连下两名词，而以"轻""短"二形容词寓动于静，照应下文"处处”，简练有味。南朝江淹曰：“春草碧色，春水绿波。”（《别赋》）宋韩拙云：“水有四时之色，随四时之气，春水微碧，夏水微绿，秋水微清，冬水微惨。”（《山水纯全集·论水》）绿水正是春、夏间湖水特质。“逶迤”见出其连绵不绝之态，富有动感。前二句由人到景，后二句由景到人。“隐”字可通“殷”字，胡可先、徐迈即注“隐隐”为“殷盛貌，形容声乐繁复悠远”（《欧阳修词校注》）。意思虽通，然据清陈廷敬、王奕清《钦定词谱》卷五及近人龙榆生《唐宋词格律》，“隐隐”二字为“中仄”格，而“殷”字仅作“雷声”“震动”等解时属《词林正韵》第六部上声吻韵，故此处仍解作“隐约”为宜。李之亮说：“接下来耳闻的笙歌，也只是在‘隐隐’当中出现，这就把空间无限地扩大，令人感受到大自然的丰富和开阔。”（《欧阳修词选》）“芳草”二句于静谧中隐含灵动生机，富有诗味。喻朝刚指出：“‘处处随’三字，暗示出湖上游人之盛。”（唐圭璋、钟振振主编《宋词鉴赏辞典》）独具慧心。长堤绵延，笙歌隐约，处处依随，声色结合，静中有动。

下阕以动写静。俞陛云曰：“下阕四句极肖湖上行舟波平如镜之状，‘不觉船移’四字下语尤妙。”（《唐五代两宋词选释》）钱仲联说：“正因为春波之滑，所以不待风吹，而船儿已自在地漾去。联系上片的‘笙歌处处随’来看，船是不断地在前移，歌声也就不住地在后随，词人是觉到的，偏说是不觉，就有力地显示了水面琉璃之滑。但船移毕竟不可能绝不触动水波，于是，下文就递到‘微动涟漪’。”（唐圭璋等《唐宋词鉴赏辞典》）其实，据词谱可知，此处“滑”字并非平声，指“平滑”，而是上声，状水流貌，且钱氏所云“船儿已自在地漾去”亦与开篇“短棹”不符，对“春波之滑”“微动涟漪”之矛盾的解释亦略显牵合。至其所言觉与不觉之辨则颇有妙悟，所得结论虽可商榷，思考路向却颇具启发性。词人既说“处处随”，又说

"不觉船移"，表面似有矛盾，其实正见陶醉之态。张涤云说："这是视角向下注视船前水面而带来的真实感受，词人似乎暂时摒弃了周围的一切，注目凝视着这一特写镜头，全身心沉浸在静谧超脱的境界之中，获得了独特的美感享受。"（吴熊和《唐宋诗词评析词典》）甚有见地。词人沉醉于欣赏西湖水景，乃至忘却了"轻舟短棹""芳草长堤"，甚至连处处跟随、提醒其行迹变化的笙歌也暂被置之脑后，心中唯存眼前荡漾之绿波，直至涟漪远泛，惊禽掠岸，才将思绪拉回。结拍以涟漪写惊禽，妙笔生花，"掠"字尤富动感。南朝梁王籍曰："蝉噪林逾静，鸟鸣山更幽。"（《入若邪溪诗》）唐卢纶云："估客昼眠知浪静，舟人夜语觉潮生。"（《晚次鄂州》）皆以动写静，动静结合，有以启发。其后，苏轼曰："缺月挂疏桐，漏断人初静。谁见幽人独往来，缥缈孤鸿影。　惊起却回头，有恨无人省。拣尽寒枝不肯栖，寂寞沙洲冷。"（《卜算子·黄州定慧院寓居作》）秦观云："红妆艇子来何处，荡桨偷相顾。鸳鸯惊起不无愁，柳外一双飞去、却回头。"（《虞美人》）笔法皆似欧词而含蕴有别。

许昂霄评本词曰："闲雅处自不可及。"（《词综偶评》）本词确有闲情雅致，风格亦清丽淡雅。邱少华说："表面看来，此词通篇都在写西湖环境之静；其实，通篇都在写作者心境之静。"为有得之见。

采桑子

春深雨过西湖好[1]，百卉争妍。蝶乱蜂喧，晴日催花暖欲然[2]。　兰桡画舸悠悠去，疑是神仙[3]。返照波间，水阔风高飏管弦。

【注释】

① 春深：春意浓郁。

② 欲然：形容花盛放之态。然，通“燃”。沈约《早发定山诗》：“山樱发欲然。”宋之问《玩郡斋海榴》：“清晨绿堪佩，亭午丹欲然。”杜甫《绝句二首》其二：“山青花欲燃。”

③ 疑是神仙：南朝宋范晔《后汉书·郭太列传》：“郭太……唯与李膺同舟而济，众宾望之，以为神仙焉。”白居易《〈三月三日祓禊洛滨〉序》：“前水嬉而后妓乐，左笔砚而右壶觞，望之若仙，观者如堵。”

【评析】

此为组词《采桑子十首》其二，写盛春雨后西湖景色。上阕着笔湖岸：西湖过雨，“润物细无声”（杜甫《春夜喜雨》），百花争奇斗艳，蝴蝶乱飞，蜜蜂喧豗，好不热闹。天气放晴，气候和暖，花开欲燃。叶嘉莹论“百卉”三句，举杜甫“种竹交加翠，栽桃烂漫红”（《春日江村五首》其三）与温庭筠“照花前后镜，花面交相映”（《菩萨蛮》）对比，以为皆“笔力饱满”（《唐宋词十七讲》）。后又进一步申说：“花草是‘百卉’，份量是很重的，包括了所有的花……‘乱’是极言其多，‘喧’是嗡嗡的叫声，也要多才够得上‘喧’……因为有‘百卉争妍’，到处是鲜花，理所当然的到处也都有蜂蝶。‘晴日催花暖欲然’，他的每一个字都带有非常充沛的力量，那光明晴暖的太阳催着花很快地就开放了。”（《北宋名家词选讲》）赏析入微。歇拍收束、照应前三句，“晴日”关合“雨过”，见西湖“淡妆浓抹总相宜”（苏轼《饮湖上初晴后雨二首》其二），“催花”关合“争妍”，是“蝶乱蜂喧”之因。笔法上直写逆收，一“争”一“催”，一“乱喧”，一“欲然”，显出“万类霜天竞自由”（毛泽东《沁园春·长沙》）之生机。近人顾随举杜甫《绝句二首》其二对比“晴日”句之妙：“‘江碧鸟逾白，山青花欲燃’，语意皆工，句意两得。六一词‘晴日催花暖欲燃’，或曾受此影响，而意境绝不同。‘江碧’二句是静的，六一词是动的，一如炉火，一如野烧。吾人读古人作品当如此。”（《驼庵诗话》）邱少华说：“杜诗用的是反衬法，花欲燃的背景是青翠的山林。欧词用的是正衬法，是红日下的欲燃之花，所以更多一层‘暖’色，一种‘暖’感，这生机勃勃的景象，更使人兴奋，情绪高涨。”（《欧阳修词新释辑评》）杜诗句内自对，“碧”“白”“青”皆颜色词，多用冷色调，词性上属形容词。“燃”字本为动词，与前者对仗，并不强调鲜花怒放之势，而是运用对比手法，以山之青黛，反衬花红似燃，突出花开后的暖色，运思细致，刻画精工。欧词则多用“乱”“喧”“催”等动词，烘托欢闹气氛，着一“然”字，更强调盛放之势。杜诗相反相成，对比鲜明，整体偏向静态；欧词层层渲染，形容铺张，动态感更强烈。二者皆臻其至。

下阕写湖上风光。对比组词其一，“不是短棹轻舟，而是华美的大船；不是隐约可闻的笙歌，而是飘荡在湖面响亮的管弦”（邱少华《欧阳修词新释辑评》），用笔更具力度，而寓动于静则一。画舸精美无比，悠悠远去，宛如神仙。空阔的湖面中，水气氤氲，夕阳返照下，涟漪闪烁。“顺风而呼，声非加疾也，而闻者彰”（《荀子·劝学》），游船远去，风声夹杂管弦声回荡其间，久久飘扬。景致优美，格调和缓，声色兼备，动静谐和，意境与温庭筠“过尽千帆皆不是，斜晖脉脉水悠悠”（《忆江南》）有相近之处。

刘扬忠指出，本词“是两个景物层面的有机合成：一是湖岸四周无比繁盛的花草，二是湖面上管弦高奏的游船。首句‘春深雨过西湖好’是一篇之关纽，它告诉我们，湖岸四周与湖面上的热闹景象都是春雨给带来的：是春雨催开了百花，从而招来了无数的蜂蝶；是春雨使湖水猛涨，更便于泛舟行乐，从而招来了众多的游客”（《欧阳修集》)。词人明言“晴日催花”，绾合春雨、百花，章法回环，不宜略去不提，作单向结构看待。至对春雨与游船关系的分析，则颇具慧眼。春雨象征生机，以此开篇，有先声夺人、草蛇灰线之妙。

采桑子

画船载酒西湖好[①]，急管繁弦[②]。玉盏催传[③]，稳泛平波任醉眠。　　行云却在行舟下[④]，空水澄鲜[⑤]。俯仰流连，疑是湖中别有天[⑥]。

【注释】

① 画船载酒：宋耐得翁《都城纪胜》：“西湖舟船，大小不等……无论四时，常有游玩人赁假。舟中所须器物，一一毕备，但朝出登舟而饮，暮则径归，不劳余力，惟支费钱耳。”载酒，《诗经·大雅·旱麓》：“清酒既载。”汉薛汉《薛君韩诗章句》：“载，设也。”

② 急管繁弦：形容节拍急促，演奏热闹，为唐宋诗词成辞。王维《鱼山神女祠歌》其二：“悲急管兮思繁弦。”唐钱起《送孙十尉温县》：“急管繁弦催一醉。”管，代指萧、笛等管乐器。弦，代指琴、瑟等弦乐器。

③ 玉盏催传：宴饮时，一边击鼓或唱词，一边传递酒盏。声停时，持盏者饮酒。杜甫《九日》：“旧日重阳日，传杯不放杯。”明王嗣奭《杜臆》：“‘传杯不放杯’，见古人只用一杯，诸客传饮。非若今人各自一杯也。”

④“行云”句：南朝梁何逊《晓发诗》：“水底见行云。”杜甫《小寒食舟中作》：“春水船如天上坐。”宋梅尧臣《澄虚阁》：“水底见微云。”欧阳修《和谢学士泛伊川，浩然无归意，因咏刘长卿佳句，作欲留

篇之什》："行云舟中白。"

⑤"空水"句：谢灵运《登江中孤屿诗》："云日相辉映，空水共澄鲜。"

⑥"疑是"句：唐储光羲《临江亭五咏》其二："直望清波里，只言别有天。"

【评析】

此为组词《采桑子十首》其三，写载酒游湖之景。上阕重在写人，作者与友人设宴船中，丝竹喧阗，酒盏回旋，好不欢快。连下"急""繁""催"三字，突出宴饮场面之热闹。"稳泛"句笔调陡转，由动至静，由热烈至静谧。觥筹交错后，词人醉卧船上，水波平和，画船稳泛，对比苏轼笔下"客喜而笑，洗盏更酌。肴核既尽，杯盘狼籍。相与枕藉乎舟中，不知东方之既白"（《赤壁赋》），意境之动静区别判然。

下阕写醉后所见之景。过片构思巧妙，连用两"行"字，关合"稳泛平波"，章法绵密，音韵谐婉。"空水"二字，一说指水之澄澈，一说指天空、湖水，后说更确，然仍有未尽之意。邱少华指出："空水，不单指水，不仅是说空明透彻的湖水，而是说天空与湖水。谢灵运《登江中孤屿诗》曰：'云日相辉映，空水共澄鲜。'云与日说相，空与水说共，都是两事，不是一事。王勃说'秋水共长天一色'，在这里，就是春水共长天一色了。"（《欧阳修词新释辑评》）所言有理。但谢诗上句"云日"皆为空中景色，下句"空水"亦未必两写天空、湖水，而可能写水中倒映之天空与澄澈之江水，欧词亦然，特二者区别在于谢诗写江水，欧词写湖水。陈华昌认为："这一句是下片的关键。兼写'空''水'，绾合上句的'云'与'舟'，下两句的'俯'与'仰'、'湖'与'天'，四照玲珑，笔意俱妙。虽借用成句，而恰切现景，妥帖自然，如自己出。”（唐圭璋等《唐宋词鉴赏辞典》）论述精当。“空水澄鲜”既是“行云却在行舟下”之因，又是观湖中行云所见之景。词人乘醉游湖，见此而疑，故俯仰观望，以为湖中别有一天空在。“俯仰”并非突出时间流逝之疾，而是实写低头、仰头动作。叶嘉莹《北宋名家词选讲》对比欧词“俯仰流年二十春”（《采桑子》），邱少华《欧阳修词新释辑评》对比“俯仰之间，已成陈迹”（王羲之《兰亭集序》），皆点明此句“俯仰”之写实性。此外，“别有天”亦为实写，并非谓别有天地，胡可先、徐迈《欧阳修词校注》注释此句，引李白“桃花流水窅然去，别有天地非人间”（《山中问答》），郁玉英译为“西湖中别有一番天地”（《欧阳修词评注》），皆不甚准确。“别有天地”指尘世天地外另有别样天地、景色，而此处“别有天”指怀疑除天上天空外，另有水中天空，区别明显。陈华昌指出“‘疑是湖中别有天’，与这组词的上一首‘兰桡画舸悠悠去，疑是神仙’，同用‘疑是’语，上一首取其意态为喻，这一首则就其形貌为说——与李白《望庐山瀑布》诗‘飞流直下三千尺，疑是银河落九天’的手法相近。说‘疑’者非真，说‘是’者诚是，‘湖中别有天’的体会，自出心裁，给人以活泼清新之感。”（唐圭璋等《唐宋词鉴赏辞典》）论述更为恰切。

俞陛云赞下阕曰：“湖水澄澈时如在镜中，云影天光，上下一色，‘行云’数语能道出之。”（《唐五代两宋词选释》）历代诗词用此意者甚多，除注释所举外，另如北宋释道潜“明明潭底见行云”（《送琳上人还杭》）、南宋张镃“先须放棹绕湖游，倒看行云水底浮”（《春日泛舟南湖，因遍游近港，坐间书客所携四扇》其三）、姜夔“长与行云共一舟”（《忆王孙·番阳彭氏小楼作》）、金赵沨“却因水底见飞云”（《留题西溪三绝》其二）、宋末卫宗武“行云流水间”（《自雪还登舟》）、仇远“海鹤一声苍竹裂，扁舟，轻载行云压水流”（《南乡子》）、元虞集“潭底见行云”（《题李溉之学士湖上诸亭》其二《金潭云日》）、明李东阳“水底行云递来往”（《鳜鱼图为掌教谢先生作》）、清雍正“水底行云度”（《池边》）、许德蘋“但见行云逐水流”（《一剪梅·秋别》）等，皆极写水之清澈。元袁易用笔颇具新意：“把酒清江上，扁舟送夕晖。行云杯里度，白鸟镜中飞。”（《郊居寓目随事辄题四首》其三）不言云在江中，而说在杯中，杯较江小，着一“度”字，饶有趣味。然论写空、水关系低回往复、最为幽妙者，仍当推本词。

全词近于韦庄“春水碧于天，画船听雨眠”（《菩萨蛮》），而敷演之，虽优美凝练不及韦词，而境界更具高致，既有欧词特有之“豪兴”（叶嘉莹《北宋名家词选讲》），又具词人独特审美趣味，意脉贯通，清新流丽，允为佳构。

采桑子

群芳过后西湖好①，狼籍残红②。飞絮蒙蒙③，垂柳阑干尽日风④。　笙歌散尽游人去，始觉春空。垂下帘栊，双燕归来细雨中⑤。

【注释】

①群芳过后：李白《秋思》：“坐愁群芳歇，白露凋华滋。”欧阳修《春日西湖寄谢法曹歌》：“群芳烂不收，东风落如糁。”欧阳修《四月九日，幽谷见绯桃盛开》：“群芳落尽始烂漫，荣枯不与众艳随。”

②狼籍：即“狼藉”，纵横散乱貌。

③飞絮蒙蒙：唐贾岛《送神邈法师》：“柳絮落蒙蒙。”五代牛希济

《中兴乐》："蒙蒙柳絮轻飞。"

④ 阑干：纵横交错貌。一说指栏杆。

⑤"垂下"二句：谢朓《和王主簿季哲怨情诗》："风帘入双燕。"唐陆龟蒙《病中秋怀寄袭美》："双燕辞来始下帘。"冯延巳《采桑子》："玉堂香暖珠帘卷，双燕来归。"冯延巳《采桑子》："双燕归栖画阁中。"帘栊，泛指门窗的帘子。

【评析】

此为组词《采桑子十首》其四，写暮春西湖景色，为组词中最负盛名之作。起笔开门见山，春芳歇与西湖好相对为言，打破常规阅读经验、审美体验，构成矛盾，饱含张力。清谭献评此二句"扫处即生"（周济选，谭献评《词辨》），刘扬忠解释道："扫者，扫除之谓。生者，发生之意。这样写，是故作顿挫，以'险'取胜。"（曾枣庄主编《欧阳修诗文赏析集》）"群芳过后"是扫去春芳，刊落群言；"西湖好"是处处逢春，别有洞天。胡国瑞指出："首句是全词的纲领，由此引出'群芳过后'的西湖景象，及词人从中领悟到的'好'的意味。"（唐圭璋等《唐宋词鉴赏辞典》）所论有理。次三句承上，具体铺写"群芳过后"之景：残红零乱，柳絮飘飞，竟日风吹垂杨。首二句顺写，"群芳过后"即"狼籍残红"之因；次二句逆卷，"飞絮蒙蒙"为风吹垂柳之果，整体皆统摄于"西湖好"之判断，回环往复，深于章法。白居易写柳云："一树春风万万枝，嫩于金色软于丝。永丰西角荒园里，尽日无人属阿谁。"（《杨柳枝》）歇拍或取意于此。

过片转入人事，"笙歌归院落，灯火下楼台"（白居易《宴散》），游人归去，作者忽生春意空寂之感。词评家对"始觉春空"四字褒贬不一。清先著、程洪目为"语拙"，又曰："宋人每以'春'字替人与事，用极不妥。"（《词洁》）谭献则曰："悟语是恋语。"（周济选，谭献评《词辨》）陈廷焯亦云："四字猛省。"（《别调集》）"始觉春空"直抒胸臆，相较其他景物描写之清空，虽略显笔拙，然正因此显出胸襟气度，见出"恋"与"省"，实为词中关键，不可仅以"拙"字蔽之。先著二人"春"字之评，实与词中代字有关。宋人已论及代字之弊，曾慥载："少游自会稽入都见东坡。东坡问作何词，少游举'小楼连苑横空，下窥绣毂雕鞍骤'。东坡曰：'十三字只说得一个人骑马楼前过。'"（《历代诗余》引《高斋词话》）王国维借以否定词中代字："词忌用替代字，美成《解语花》之'桂华流瓦'，境界极妙。惜以'桂华'二字代'月'耳。梦窗以下，则用代字更多。其所以然者，非意不足，则语不妙也。盖意足则不暇代，语妙则不必代。此少游'小楼连苑''绣毂雕鞍'所以为东坡所讥也。"（《人间词话》）吴世昌则指出："秦少游的词明明说有车（毂）有马（鞍），怎么苏东坡不认得'毂'字，认为只有'一个人骑马楼前过'？编造这个故事的人，自己水平低得可怜。"（《有关苏词的若干问题》）具发覆之功。又说："'绣毂'乃车，非骑马过也。'绣毂'犹云朱轮，亦非代词。"（《评〈人间词话〉》）其实，"毂"指车轮中心穿轴承辐之处，表示"车"义，属以部分代整体，确为代字。而本词"春"则实写春意，乃非代字。先著、程洪以为此处"'春'字替人与事"，进而断以"用极不妥"之评，误。然退一步说，即使词中用代字，亦并非一无是处。过于雕琢，乃至有损辞气，方为弊端。

"垂下"二句倒提，细雨朦胧，双燕归来，始垂帘遮挡风雨，结构上照应"飞絮"句，内容上承接"游人去"。钱锺书曰："诗人写景赋物，虽每如钟嵘《诗品》所谓本诸'即目'，然复往往踵文而非践实，阳若目击今事而阴乃心摹前构。匹似欧阳修《采桑子》'垂下帘栊，双燕归来细雨中'，名句传诵。其为真景直寻耶？抑以谢朓《和王主簿怨情》有'风帘入双燕'，陆龟蒙《病中秋怀寄袭美》有'双燕归来始下帘’，冯延巳《采桑子》有‘旧暮疏钟，双燕归栖画阁中’，而遂华词补假，以与古为新也？修之词中洵有燕归，修之目中殆不保实见燕归乎？史传载笔，尚有准古饰今，因模拟而成捏造，况词章哉？不特此也。”（《管锥编》）对本词代字、用典的微言，体现先著、钱锺书等人反对套式，强调具体、写实，推重创造的词学路向，与清初实学兴盛、民国西方文化大量传入不无关系。钟应梅指出：“‘双燕归来细雨中’，晏几道约之为‘微雨燕双飞’，陈子龙复变为‘雨余双燕归’。”（《蘂园说词》）“微雨”句实为五代翁宏《宫词》成句，晏几道用如己出，与其词意境相融，遂成名句，亦可见辞必己出与点铁成金、夺胎换骨，创新与模拟，乃至造境与写境间，并非简单的优劣二元评判关系。

夏承焘、盛静霞说：“‘游人去’是全词的主意，上片以春去作比，下片结尾以燕归反衬。”（《唐宋词选讲》）去与归是词中主线，其说独具慧眼。艾治平亦指出：“西湖的‘好’，实际上和‘群芳’之过与不过，关系不大，而一切倒是在于‘游人’之去与不去。就是说，只是由于‘游人’的去，（词）人的思绪才发生了急剧变化，突然感到‘春空’……这美丽、灵巧的双燕不由取代了‘游人’的位置，一阵喜悦蓦地掠过心头，所以最后诗人仍然感到‘西湖好’。”（贺新辉主编《宋词鉴赏辞典》）其说预设上阕所写风景中有游人背景，分别以游人、双燕为上下阕“西湖好”之因，说法新颖，但有忽略上阕景物美之弊，且下阕所言“春空”与“西湖好”并不矛盾，词人未尝不可领略西湖春空之美。

相较《采桑子》组词其他作品，本词写闹后之静，清淡优美之意境屡受称道。俞陛云曰：“西湖在宋时，极游观之盛。此词独写静境，别有意味。”（《唐五代两宋词选释》）夏承焘、盛静霞说：“欧阳修晚年退休后住在颍州，写了一组《采桑子》词，题咏西湖，其中以这一首为最清淡。”唐圭璋云：“此首上片言游冶之盛，下片言人去之静。通篇于景中见情，文字极疏隽。风光之好，太守之适，并可想象而知也。”（《唐宋词简释》）胡云翼指出：“欧阳修晚年退休后住在颍州，写了一组《采桑子》题咏颍州西湖之作，富贵气息很浓厚。这是其中写残春景色以清淡胜的一首。”（《宋词选》）吴熊和等赏析道：“上片与百花争艳、蝶乱蜂喧的春日相比，写群芳过尽的春末的清静，下片与绿盖红幢、笙歌追逐的白昼相比，写游人散后的傍晚的清静。两片结句都是优美的境界。湖面微风，杨柳飘拂，帘外细雨，双燕飞来，在一番热闹喧哗之后，特别显得清幽宁静。”（《唐宋诗词探胜》）皆着眼于“静”“清淡”特质。刘永济曰：“此词虽意在写暮春景物，而作者胸怀恬适之趣，同时表达出之。作者此词，皆从世俗繁华生活之中，渗透一层着眼。盖世俗之人，多在群芳正盛之时游观西湖；作者却于飞花、飞絮之外，得出寂静之境。世俗之游人皆随笙歌散去；作者却于人散、春空之后，领略自然之趣。其后苏轼作词，皆直写胸怀，因而将词体提升与诗同等。此种风气，欧阳修已开其端。特至东坡方大加发展，遂令词风为之一变。盖风气之成，必有其渐，非可突然而至也。”（《唐五代两宋词简析》）又云：“小令尤以结语取重，必通首蓄意、蓄势，于结句得之，自然有神韵。如永叔《采桑子》前结‘垂柳栏干尽日风’，后结‘双燕归来细雨中’，神味至永。盖芳歇红残，人去春空，皆喧极归寂之语，而此二句则至寂之境，一路说来，便觉至寂之中，真味无穷，辞意高绝。”（《词论》）论述最透辟。

刘氏指出苏词直写胸怀，欧阳修已开其端，有一定道理。欧词中确有如《朝中措·平山堂》般直写襟怀之作，但更多如本词一般，意蕴难以确指。胡国瑞指出：“作者这时是以太子少师致仕而卜居颍州的。他生平经历过不少政治风浪，晚年又值王安石厉行新法，而不可与争，于是以退闲之身放怀世外，这组词确是总的体现了他这种无所牵系的闲适心情。但人情往往也有这样矛盾，解除世纷固觉轻快，而脱去世务又感空虚，本词‘笙歌散尽游人去，始觉春空’，确实极微妙地反映出了这种矛盾心情。”（唐圭璋等《唐宋词鉴赏辞典》）叶嘉莹论本词道：“那种经历过繁华以后，到万紫千红总是空的意境，那种余情袅袅的，带着觉悟的、带着哲理的那种荡漾，这是很难讲的。”（《唐宋词十七讲》）又说：“人生有苦难当然是不幸的，但有时你从苦难中磨炼出来，却自有一番境界，而这样的诗、这样的词往往是要经历过人生苦难才写得出来的……欧阳修虽然经过那么多的患难，却还有那种遣玩的豪兴，有那样浓厚的兴趣欣赏自然界美丽的景物以及美好的人生。”（《北宋名家词选讲》）邱少华认为：“这首词是作者经历了数十年世事沧桑以后，借晚春景象来反映自己的心境与心态：繁华富贵之后的清淡平和……也许写出了作者的夕阳观——平淡，并不乏味；寂寥，并不伤感。以一种安详的态度对待自然的暮春，对待人生的晚年。”（《欧阳修词新释辑评》）李之亮则说：“作者在经历了政治上的风风雨雨终于致仕闲居后，并没有因政治生涯的结束而兴发人生易老的感叹……虽然略显孤寂，但并没有迷失自我，他坚信不管是在暗夜还是在雨中，总能找到自己的归宿。”（《欧阳修词选》）诸家之说，或联系政治经历，或联系人生境界，皆难以坐实，这亦与欧阳修作词并不甚“直写胸怀”，而是秉持“敢陈薄伎，聊佐清欢”的词学观有关。

采桑子

何人解赏西湖好，佳景无时[①]。飞盖相追[②]，贪向花间醉玉卮③。　　谁知闲凭阑干处，芳草斜晖。水远烟微，一点沧洲白鹭飞④。

【注释】

①“佳景”句：唐卢纶《送从叔牧永州》：“彼方韶景无时节。”

②“飞盖”句：曹植《公宴诗》：“清夜游西园，飞盖相追随。”

③“贪向”句：唐许浑《舟行早发庐陵郡郭，寄滕郎中》：“巫峡花深醉玉卮。”

④沧洲：滨水之地，古时常代指隐士居处。白鹭飞：张志和《渔歌子》：“西塞山前白鹭飞。”五代皇甫松《天仙子》：“晴野鹭鸶飞一只，水葒花发秋江碧。”

【评析】

此为组词《采桑子十首》其五，句意虽较显豁，然主旨多有歧说。邱少华认为词写“只有领悟了西湖风景无时不佳、时时皆佳的人，才能真正欣赏西湖之美”，热烈繁华之美，人人皆知，清幽之美，“也是一种审美享受”。词“上片是宾，下片是主”，“用对比法和映衬法”，“以宾衬主”（《欧阳修词新释辑评》）。郁玉英进一步指出，词“上片写西湖游冶之盛、游人之乐”，“充满人间烟火味儿”，是多数人眼中的西湖之美，而下阕“独赏风景的倚栏者”，才真正“解赏西湖好”（《欧阳修词评注》）。刘扬忠则认为词写“西湖的第一点好处，是在于‘佳景无时’……但好中选好，最好的还是黄昏之景”，“这是符合一个垂暮老人的心理常态的”（《欧阳修集》）。李之亮指出：“这首词上、下两阕描写的是西湖截然不同的两种美：前半部分写的是凡俗之辈眼中的西湖……后半部分描写的是有人在此凭栏远望……任何的物质世界在不同人眼里，都会有不同的反应，这也正是作者在开篇时所说的‘何人解赏西湖好’——追欢逐乐的人看到的是四时佳景中飞盖成群、醉饮花间的俗世之乐，心志高远的人看到的则是与其内心相应的芳草斜阳、沙洲白鹭。”（《欧阳修词选》）郁说、李说皆将上下阕两种美对立，前者认为下阕之美才是西湖真美，过于绝对；后者引入现代美学观念，强调美具有主观性，有以今绳古之弊。邱说、刘说承认“西湖风景无时不佳”，只是清幽之美为主，黄昏之景最好，相较郁、李二说更具合理性。然细究其实，《采桑子》组词或写“急管繁弦”之乐，或写“笙歌散尽”之感，其间并无高下之分，“飞盖相追”的是作者，“闲凭阑干”的也是作者。正如序中所言“虽美景良辰，固多于高会；而清风明月，幸属于闲人。并游结于良朋，乘兴有时而独往”，只是作者两种境遇下的不同心情表露而已。

据清陈廷敬、王奕清《钦定词谱》，过片格律为“中平中仄平平仄”，“凭”字属去声。叶嘉莹指出：“闲凭的‘凭’字，有平仄两个读音，欧阳修的这首词，一定要写这个‘凭’字。有另外一个‘憑’字，声音相似，意思也相似，也可以是凭靠的意思。但是我们不能写‘憑’，一定要写‘凭’。为什么缘故？因为另外一个‘憑’字，只有平声一个读音，而‘凭’字有平仄两个读音。这里欧阳修所用的是仄声的读音。”（《唐宋词十七讲》）邱少华补充道：“《康熙字典》引《集韵》等书云：‘皮命切，并凭去声，义同。’今按，诗韵（自注：并词韵）颇多平仄两读字。第一类为词性、词义或用法不同而有两读，常见的如‘教’‘思’‘令’‘论’‘骑’等等。第二类为词性、词义或用法相同，视格律需要而有两读，常见的如‘看’‘听’‘忘’‘醒’‘过’等等，为数颇多，不能备举。通行参考书有《诗韵合璧》。此‘凭’字属第二类。”（《欧阳修词新释辑评》）所论皆是。

“芳草斜晖”为古诗词常见意象搭配。中唐吕岩“归到荒洲无觅处，萋萋芳草对斜阳”（《咏景十首》其四《缆船洲》）、唐末罗邺“垂来别处无人见，芳草斜阳满渡头”（《春江恨别》）、冯延巳“夕阳千里连芳草”（《临江仙》）、后蜀张泌“去程迢递，夕阳芳草”（《河传》）、范仲淹名句“山映斜阳天接水，芳草无情，更在斜阳外”（《苏幕遮·怀旧》）、元虞集“行寻芳草又斜晖”（《次韵朱本初访李溉之学士不遇》）、明张萱“凄凄芳草怨斜晖”（《玉钩斜怀古》其三），皆是其例。柳永尤多写此景，如“斜阳暮草茫茫，尽成万古遗愁”（《双声子》）、“斜阳暮草长安道”（《引驾行》）、“草色烟光残照里”（《蝶恋花》）等。与欧词之清幽不同，柳词更近于衰飒萧瑟。

词上下阕皆以问句起笔，问而不答，以景结情，景中含情，上阕热烈，下阕幽微，整体风格流利轻快。

采桑子

清明上巳西湖好①，满目繁华。争道谁家②，绿柳朱轮走钿车③。　　游人日暮相将去④，醒醉喧哗。路转堤斜，直到城头总是花。

【注释】

① 上巳：节日名。汉以前，称农历三月上旬巳日为“上巳”。魏晋以后，多定于农历三月三日。

② 争道：争占道路。一说指纷纷揣测。

③ 朱轮：古时王侯显贵以朱红漆车轮，代指权贵所乘之车。钿车：金宝嵌饰的车子。

④ 相将：相偕，相傍。

【评析】

此为组词《采桑子十首》其六，写清明、上巳节令期间，游人欢游西湖之景。清明为中国传统二十四节气之一，唐以前，仅有标记时序之用。唐时，寒食节成为官方节日，定于冬至后一百零四日至一百零六日三天，其中第三日亦值清明。人们在三天中上墓、宴饮、踏青等，清明渐具节日特征。上巳为中国传统节日，“巳”有“福祉”“袚除”“子嗣”等义项。魏晋以前之上巳节，人们多于水边行袚除仪式，举行宴会，重在消除灾祸。魏晋以后，曲水流觞、诗酒宴饮等习俗渐兴，唐代更增以曲江会、朝野盛游等风俗。至宋代，清明节进一步兼具寒食节、上巳节习俗，重要性越发提升，三节逐渐融会，人们多于此间出游、宴饮，欣赏春光。韩琦诗曰：“清明池馆足游人，袚禊风光共此辰。”（《清明同上巳》）杨万里诗云：“百五重三并一朝，风光不怕不娇饶。”（《上巳寒食同日，后圃行散》）皆写其景。

本词上片写游人出行，聚焦于“绿柳朱轮”，彰显富贵繁华之气。叶嘉莹指出：“这里的‘华’和‘花’一样，而‘繁华’比‘繁花’的意思要广泛一些，‘繁花’仅限于描写花木的繁茂，而‘繁华’除去包含此意外，还有游人盛多之意。”（《北宋名家词选讲》）其实，“繁花”与“繁荣美盛”是“繁华”的两个义项，不宜混同。此处作后解更佳。李之亮认为，上阕写游人众多，道路堵塞，而柳荫下的太守车子并未受到阻碍，“首先是在说太守不甘寂寞，与民同乐：二十年前自己当太守的时候，不也是要驾车出游，与百姓一起欢游终日吗？其次是在说今非昔比，当年的老知州如今已成为一介平民，无法再有鸣锣开道的那一天了。是失落？是庆幸？还是更感到无官一身轻之后带来的不便”。其意谓“繁华”“争道”是一景，“绿柳朱轮”是另一景，似误，朱轮、钿车当是争占道路的主体。其阐释颇有凿之使深之感。

次首《采桑子》组词有句“不用旌旗，前后红幢绿盖随”，李氏亦谓：“此时他的出行与平民没有任何区别，再也不会像二十年前当知州时那样前呼后拥了。恰恰是这种毫无拘羁的生活，使他更觉得轻松和自由。”（《欧阳修词选》）细读二词，本词更近客观描写，次首更近主观抒情，邱少华、刘扬忠等人认为次首作于皇祐元年（1049）、二年知颍州任上，或即与此有关。李之亮将之一并视为熙宁五年（1072）退居颍州时作，故二词论述相近，似不足据。

下片写日暮游人归去，“醒醉喧哗”与“直到城头总是花”细节生动。韩秋白说：“末句……一方面描写自然实景堤路两旁全是盛开的鲜花，正如冯延巳《蝶恋花》‘百草千花寒食路’之句所描写的那样；另一方面是说游人披着一身春天的气息、带着枝枝束束的春花，心满意足地回去了，从堤岸到城头那长长的人流里‘总是花’。”（贺新辉主编《宋词鉴赏辞典》）邱少华则认为“总是花”重点写游人簪花：“唐宋人有采花簪头之俗。如权德舆《酬九日》：‘他时头似雪，还对插茱萸。’杜牧《九日齐安登高》：‘尘世难逢开口笑，菊花须插满头归。’苏轼《次韵苏伯固主簿重九》：‘髻重不嫌黄菊满，手香新喜绿橙搓。’周必大《送邓曹根移帅扬州》：‘遥知九日平山会，笑插茱萸满鬓红。’真山民的《九日》说得更有意思：‘懒把黄花插满头，正缘老大见花羞。’以上说的是重阳节簪茱萸、簪菊花。刘克庄《上巳》有句云：‘暮归尚有清狂态，乱插山花满角巾。’则是上巳游春簪花的生动写照。我相信‘直到城头总是花’不是一句呆板的话，只是指明一路上都有花；而是描写真正活动起来了的花，人们头上的花。”（《欧阳修词新释辑评》）刘扬忠指出：“唐人杨巨源春游诗有句云：‘若待上林花似锦，出门俱是看花人。’（《城东早春》）……下片则专写黄昏游客归去时的酒态醉语、高声喧哗之状，而以满路繁花作映衬，以见出场面之繁华热闹。”（《欧阳修集》）认为“总是花”

专写路边之花。其实，三种含义并不冲突，不妨并存，末句既可以解作路边鲜花盛放，以景结情，亦可以视为游人带花、簪花归去，全词以游踪为线索，兴味亦盎然。

顾随论本词曰："前半阕蓄势，后半阕尤佳。"（《驼庵诗话》）词开篇二句总领；歇拍二句以物代人，衬起文势。过片点明游人，以声传态；结以"总是花"意象，春意悠长，词味无穷。

采桑子

荷花开后西湖好，载酒来时。不用旌旗，前后红幢绿盖随[①]。　　画船撑入花深处，香泛金卮。烟雨微微，一片笙歌醉里归。

【注释】

①红幢（chuáng）绿盖：指红荷花、绿荷叶。幢，作仪仗用的旗帜，以羽毛为饰。

【评析】

此为组词《采桑子十首》其七，或作于皇祐元年（1049）、二年知颍州任上。邱少华注释"红幢绿盖"道："赤幢曲盖（自注：曲柄之车盖）为将军、刺史之仪仗。宋代的知州，地位大抵相当于唐代的刺史（自注：郡守）。"另指出："此首似是宋仁宗皇祐元年（1049）知颍州时所作。"（《欧阳修词新释辑评》）刘扬忠认为："作者是用一个地方长官的眼光来观赏荷花的。他是颍州太守，按官场惯例，太守出行，要摆威风，用旌旗仪仗左右夹护。而西湖水面上的荷花，红花与绿叶相间，就像一簇簇红色的旌旗和绿色的伞盖，拥卫着太守的游船。作者觉得它们比自己那一套旌旗仪仗更好看。”（《欧阳修集》）二人皆强调“不用”二句写实，并非词人晚年致仕后之感慨，可从。

上阕写荷花开时，载酒设宴，有红荷绿叶追随，不须旌旗随从。宋人诗词多以“红幢绿盖”代指荷花荷叶，如北宋晏殊“妆景趣，红幢绿盖朝天路”（《渔家傲》）、万俟咏“水仙朝罢，间列绿盖红幢”（《芰荷香》）、曹勋“露晓红幢绿盖明，使君千骑会耆英”（《病中寄曾使君湖上》）、赵师侠“灿锦舒霞，红幢绿盖，时递幽香”（《柳梢青·鉴止月下赏莲》）、赵长卿“绿盖红幢笼碧水”（《夜行船·送张希舜归南城》）、南宋葛郯“绿盖红幢，千乘去朝天”（《江神子》）等，大多仅着眼外形，强调红荷绿叶与幢盖仪仗之相似。相较之下，欧词特意与“旌旗”作比，写内心感受，运笔更具曲致。

下阕写画船载酒，藕香环绕，雨中听笙歌归去之景，饶有意境。过片为诗词常见景象，白居易曰：“菱叶萦波荷飐风，荷花深处小船通。”（《采莲曲》）宋祁曰：“荷花深处放舟行，棹触荷珠碎又成。”（《忆与唐公游西湖》其二）李清照云：“兴尽晚回舟，误入藕花深处。”（《如梦令》）皆写船行荷花深处之景。诗家、词家更多写及芦花，如唐末吴融“更欲轻桡放烟浪，苇花深处睡秋声”（《秋事》）、五代阎选“芦花深处隐渔歌”（《定风波》）、李煜“芦花深处泊孤舟”（《忆江南》）、北宋释智圆“鹤发闲梳小棹轻，芦花深处最怡情”（《渔父》）等，皆是其例。这一景致富于纵深感，诗中有画，引人联想船行之声与花气之香，留白丰富，动静相生，韵味空灵。末句如水墨画，点染烟雨背景，视听结合，意蕴更显悠长。

全词结构谨严，上阕写“荷花开后”，下阕收以“入花深处”；上阕点明“载酒来”，下阕关合“醉里归”，前后照应，文气通贯。多用“红”“绿”“金”等颜色字，而不觉色泽杂乱，笔法颇为高妙。

采桑子

天容水色西湖好①，云物俱鲜②。鸥鹭闲眠，应惯寻常听管弦。　　风清月白偏宜夜③，一片琼田④。谁羡骖鸾⑤，人在舟中便是仙⑥。

【注释】

① 天容水色：张融《海赋》："照天容于鳀渚，镜河色于鲨浔。"天容，天空的景象。

② 云物：云容物态。一说指景物，景色。鲜：鲜明。一说指美好。

③ 风清月白：唐顾甄远《惆怅诗九首》其一："帘风清兮窗月白。"北宋魏野《暮秋怀闰师》："风清月白树红时。"王随残句："月白风清残夜影。"偏宜夜：唐末韩偓《曲江夜思》："林塘阒寂偏宜夜。"五代徐铉《梦游三首》其二："窗前人静偏宜夜。"

④ 琼田：初指传说中生灵草之田，后多用于形容江湖、田野莹洁如玉。

⑤"谁羡"句：韩愈《送桂州严大夫同用南字》："远胜登仙去，飞鸾不假骖。"骖鸾，仙人驾驭鸾鸟云游。江淹《别赋》："驾鹤上汉，骖鸾腾天。"唐吕向注："御鸾鹤而升天汉。"唐人多用及，杜甫《送重表侄王砅评事使南海》："或骖鸾腾天，聊作鹤鸣皋。"元稹《冬夜怀李侍御、王太祝、段丞》："飘飘魂神举，若骖鸾鹤舆。"

⑥"人在"句：南朝宋范晔《后汉书·郭太列传》："郭太……唯与李膺同舟而济，众宾望之，以为神仙焉。"白居易《〈三月三日祓禊洛滨〉序》："前水嬉而后妓乐，左笔砚而右壶觞，望之若仙，观者如堵。"

【评析】

此为组词《采桑子十首》其八，咏西湖天水风光与词人悠然情怀，可与组词其三对读。起笔写西湖水色澄澈，倒映天容物态，历历鲜明，着眼天水，以“好”“鲜”凝缩审美感受。《列子·黄帝》载：“海上之人有好沤（鸥）鸟者，每旦之海上，从沤鸟游，沤鸟之至者百住而不止。其父曰：‘吾闻沤鸟皆从汝游，汝取来，吾玩之。’明日之海上，沤鸟舞而不下也。”人无机心，鸥鸟皆与之亲近，反之则不然。本词暗用此典故，以鸥鹭惯听管弦，暗寓人无机心，正衬二者之和谐。相较原典过分强调自然的道家旨趣，欧词增加管弦意象，借“闲眠”写“管弦”，突出人文美与自然美之统一，以静写动，颇为高妙。

过片照应起笔，转入具体描绘，“清”“白”“琼”皆状澄澈之貌，“琼田”尤见天水相衬、表里如一之景。结句“骖鸾”照应上片歇拍“鸥鹭闲眠”，笔法变化，强调不羡骖鸾，借以反衬西湖夜景之美及人在舟中之自得。其后，苏轼赋曰：“清风徐来，水波不兴……月出于东山之上，徘徊于斗牛之间。白露横江，水光接天。纵一苇之所如，凌万顷之茫然。浩浩乎如冯虚御风，而不知其所止；飘飘乎如遗世独立，羽化而登仙。”（《前赤壁赋》）张孝祥词曰：“洞庭青草，近中秋，更无一点风色。玉鉴琼田三万顷，著我扁舟一叶。素月分辉，明河共影，表里俱澄澈……稳泛沧溟空阔。尽挹西江，细斟北斗，万象为宾客。扣舷独啸，不知今夕何夕！”（《念奴娇·过洞庭》）皆由天水空明之景写至天人相交之感，境界颇似欧词。

不同于组词其三上阕重在写人，下阕重在写景，本词上下阕皆写景为主，景中有人，结构亦相近，皆先着笔天光、水色交融之景，后借鸥鹭、鸾鸟突出人与物之和谐，特鸥鹭为正衬，鸾鸟为反衬。章法有序中不乏变化，灵动而不呆板。谢桃坊指出：“欧阳修从中年以后开始有意地转变词风，尤其在晚年作词多用作诗的表现方法，明显出现以诗为词的倾向。这首《采桑子》意群之间缺乏紧密联系，有一定程度的跳跃，句式也像诗句似的爽健，很能代表欧词后期风格。”（唐圭璋等《唐宋词鉴赏辞典》）着眼欧阳修晚年诗、词关系，可备一说。

采桑子

残霞夕照西湖好，花坞蘋汀①。十顷波平②，野岸无人舟自横③。　　西南月上浮云散④，轩槛凉生⑤。莲芰香清⑥，水面风来酒面醒⑦。

【注释】

①“残霞”二句：唐严维《酬刘员外见寄》：“柳塘春水漫，花坞夕阳迟。”花坞，四周高起、中间凹下的种植花木之地。

②十顷波平：李商隐《病中早访招国李十将军，遇挈家游曲江》：“十顷平波溢岸清。”

③“野岸”句：韦应物《滁州西涧》：“春潮带雨晚来急，野渡无人舟自横。”

④月上浮云散：韩愈《玩月，喜张十八员外以王六秘书至》：“浮云散白石，天宇开青池。”欧阳修《游龙门分题十五首》其八《八节滩》：“更待浮云散，孤舟弄明月。”

⑤“轩槛”句：白居易《池上早秋》：“早凉生北槛。”

⑥“莲芰”句：欧阳修《西湖戏作示同游者》：“菡萏香清画舸浮。”

⑦“水面”句：唐张谓《夜同宴用人字》：“竹风能醒酒。”孟郊

《与王二十一员外涯游枋口柳溪》："水意酒易醒。"白居易《桥亭卯饮》："竹风吹面醉初醒。"李商隐《所居》："水风醒酒病。"宋祁《同小侄圭璞溪上泛舟》："酒面任风吹。"

【评析】

此为组词《采桑子十首》其九，写西湖寂静之美。开篇点明时间、地点，刘扬忠认为此句不仅写景，"亦暗喻老年心态"，与刘禹锡"莫道桑榆晚，为霞尚满天"（《酬乐天咏老见示》）及李商隐"夕阳无限好"（《乐游原》）同调，皆以晚霞、夕阳"寄托临老的情思"（《欧阳修集》），可备一说。词评家多赞赏本词"野岸"句化用之妙，艾治平指出："作者改'渡'为'岸'，从字面上看是说此处无渡口，自然也就不会有渡人。但作者的意思并不在此，而是说明'舟自横'是由于当日的游湖活动结束了。因此这'无人'而'自横'的'舟'，就更衬托出了此刻'野岸'的幽静沉寂。"（唐圭璋等《唐宋词鉴赏辞典》）论述颇为缠绕。其实，因游湖结束而无人与因无渡口而无渡人本即改一字而两得之义，二者并不矛盾。邱少华说："西湖不是渡口，这个字不得不改……韦诗本以'春潮带雨晚来急'之动衬托'野渡无人舟自横'之静，欧词则是用以写静中之静。"（《欧阳修词新释辑评》）论述更全面透辟。郁玉英认为欧词改动一字，"既表现了西湖之静，又合西湖无渡口之实"（《欧阳修词评注》），亦颇简明晓畅。

过片时间推移，由黄昏写至月夜：西南月上，浮云开散，主人公倚栏良久，寒意渐升，笔触细致，刻画入微。李煜词云："数点雨声风约住，朦胧淡月云来去。"（《蝶恋花·春暮》）写微雨后云间淡月朦胧之景。本词反其意，写月上云散，笔法近于宋太祖赵匡胤咏月残句"未离海底千山暗，才到中天万国明"。蒲仁指出："'西南月上'点明时间是阴历上半月，月牙悬在西南方向，是'朔月'，《后汉书·马融传》‘月朔西陂’。”（贺新辉主编《宋词鉴赏辞典》）艾治平认为：“月自西南方现出，显然不是满月，那么虽在‘浮云散’之后，这月色也不会十分皎洁。这种色调与前面的淡素画图和谐融洽，见出作者用笔之细。”（唐圭璋等《唐宋词鉴赏辞典》）赏析入微。

结句写景清幽。风吹酒醒之意屡为唐人用及，除注释所举外，另如杜甫“醒酒微风入”（《陪郑广文游何将军山林十首》其九）、“湍驶风醒酒”（《晚秋陪严郑公摩诃池泛舟》）、岑参“回风醒别酒”（《虢州送天平何丞入京市马》）、周元范“风前酒醒看山笑”（《奉和白舍人游镜湖夜归》）、白居易“湖边醒酒风”（《湖上夜饮》）、姚合“松生醒酒风”（《寻僧不遇》）、李涉“一阵风来酒尽醒”（《题湖台》）、李商隐“酒薄吹还醒”（《访秋》）、苏检“楼上清风酒半醒”（《与夫同咏诗》其二）等，皆为其例。诗家甚至偶作反语，如许浑诗句“花前失意共寥落，莫遣东风吹酒醒”（《下第贻友人》），写落第之感，劝春风莫吹酒醒，用笔深婉，与常建“恐逢故里莺花笑，且向长安度一春”（《落第长安》）皆委婉传意，对比孟郊名句“春风得意马蹄疾，一日看尽长安花”（《登科后》），更见其悲。欧阳修诗词亦屡用此意，早年诗曰：“人醒风外酒。”（《与谢三学士唱和八首·送学士三丈》）庆历六年（1046）早春，有句云：“春寒酒力风中醒。”（《送京西提刑赵学士》）同年秋，又有诗曰：“惟有岩风来，吹我还醒然。”（《题滁州醉翁亭》）皇祐元年（1049）夏秋间，亦曰：“举棹南风吹酒醒。”（《送谢中舍二首》其二）治平四年（1067）闰三月，复反用其意：“金钱买酒醉高楼，明月空床（一作清风）眠不醒。”（《赠李士宁》）使用十分频繁。古诗词中常写及酒与风，二者堪为人文意象、自然意象代表。中酒多有体热之感，微风轻拂，确易醒酒。此描写既具诗味，又屡为诗人们所经历，无怪乎每见于诗词之中。

邱少华指出，《采桑子》组词前八首，虽写景不同，然多为“有人之湖”，此首则写“没有游人的西湖”（《欧阳修词新释辑评》），观察细致。前八首或云“轻舟短棹”“兰桡画舸”“稳泛平波”“画船撑入”“人在舟中”，写游湖之见；或云“飞盖相追”“绿柳朱轮”，写观湖之盛；或曰“笙歌散尽游人去”，逗引游人去后之感慨。本词则独观阒寂无人时之西湖，因而得以备赏景致自身之美，更见西湖“佳景无时”。

采桑子

平生为爱西湖好，来拥朱轮[①]。富贵浮云[②]，俯仰流年二十春[③]。　　归来恰似辽东鹤，城郭人民[④]。触目皆新，谁识当年旧主人。

【注释】

①“来拥”句：皇祐元年（1049）正月，欧阳修知颍州，二年七月，改知应天府。朱轮，古代王侯显贵所乘之车，借指地方长官。

②“富贵”句：《论语·述而》：“饭蔬食饮水，曲肱而枕之，乐亦在其中矣。不义而富且贵，于我如浮云。”江淹《效阮公诗十五首》其二：“富贵如浮云，金玉不为宝。”杜甫《丹青引赠曹将军霸》：“富贵于我如浮云。”

③“俯仰”句：熙宁四年（1071）六月，欧阳修以观文殿学士、太子少师致仕。次月，归颍州。五年闰七月，病逝于颍。词人皇祐元年（1049）正月知颍州，至熙宁四年归颍，其间相隔二十二年，此处乃举其成数。治平四年（1067）三月，词人知亳州，假道颍州，五月，作《〈思颍诗〉后序》：“皇祐元年春，予自广陵得请来颍，爱其民淳讼简而物产

美，土厚水甘而风气和，于时慨然已有终焉之意也。尔来俯仰二十年间，历事三朝，窃位二府，宠荣已至而忧患随之，心志索然而筋骸惫矣。其思颍之念，未尝少忘于心。”治平四年与皇祐元年相距十八年，亦称“俯仰二十年”，可参。

④“归来”二句：托名陶渊明《搜神后记》卷一：“丁令威，本辽东人，学道于灵虚山。后化鹤归辽，集城门华表柱。时有少年，举弓欲射之。鹤乃飞，徘徊空中而言曰：‘有鸟有鸟丁令威，去家千年今始归。城郭如故人民非，何不学仙冢累累。’遂高上冲天。”

【评析】

此为组词《采桑子十首》最后一首，当作于熙宁四年（1071）、五年致仕归颍后，写作者与西湖乃至颍州结缘始末及致仕归颍之感慨，含蕴深厚。叶嘉莹认为，本词“是十首的整个的背景，像图画的整个衬底的颜色，欧阳修正是带着这样的心情欣赏西湖的美好”（《唐宋词十七讲》），颇为有见。但须注意的是，组词并非作于一时，不宜将此词情感直接套用于前九首。

起笔写作者知颍系因西湖之美，有诗意夸大成分。刘学锴认为：“这里特意将知颍州和‘爱西湖’联系起来，是为了突出自己对西湖的爱很早就有渊源，故老而弥笃；也是为了表现自己淡泊名利、寄情山水的夙志，为下面的抒情蓄势。”（唐圭璋等《唐宋词鉴赏辞典》）颇有道理。其下“富贵”二句笔势陡转，时间上跨越二十余年，思想上否定“朱轮”之“富贵”，情感上变欣然为慨叹，逗引下阕。

过片收归当下，用丁令威典故而能变，刘学锴论述道：“在原来的故事中，‘城郭如故’是为了反衬‘人民非’，以引出‘何不学仙’的主旨；这里活用故典，改成‘城郭人民，触目皆新’，与刘禹锡贬外都二十余年后再至长安时诗句‘不改南山色，其余事事新’（《初至长安》）用意相同，以突出世情变化，从而逼出末句‘谁识当年旧主人’。”（唐圭璋等《唐宋词鉴赏辞典》）分析鞭辟入里。下阕四句一气呵成，“触目皆新”紧承上句“城郭人民”，句法突破词韵限制。刘扬忠认为，“‘城郭人民’四字，是丁令威的话‘城郭如故人民非’的缩写，用来表达作者的物是人非之感”（《欧阳修集》），似误，“触目皆新”之“皆”字显非仅指人民。

末句反问，谁还识得当年旧太守？深具感慨，而出以平和之声吻，意蕴内敛，难以确指。刘学锴解释道：“欧阳修自己是把颍州当作第二故乡的。他在《再至汝阴三绝》中曾说：‘朱轮昔愧无遗爱，白首重来似故乡。’可见他对颍州和颍州人民确实怀有亲切感。但人事多变，包括退居颍州后‘谁识当年旧主人’的情景，又不免使他产生一种陌生感，产生某种怅惘与悲凉。”（唐圭璋等《唐宋词鉴赏辞典》）认为此句情感低沉。叶嘉莹《唐宋词十七讲》借陶渊明“欣慨交心”（《时运》）形容欧词特色，并指出：“欧阳修虽然有这些感慨，但在这十首词里仍然充满了他对自然界和人世这样高的欣赏的豪兴，这是欧阳修的特点，他的这种爱心和美感至老不减不衰，他曾经说‘白发戴花君莫笑’，和杜甫一样是‘老夫才难尽，秋来兴甚长’（《寄彭州高三十五使君适、虢州岑二十七长史参三十韵》）……但我们一定得注意到他的遣玩的意兴都是对一种伤感、悲哀的反扑，而这也是为什么欧阳修词同样写游赏宴集、听歌看舞，却一点也不肤浅，反会使人感到包含有一种人生之哲理的缘故……像欧阳修和王安石这样的人都不是单纯的，他们都曾经有过自己的理想和事功。不过王安石的两句诗（《封舒国公三首》其二‘今日桐乡谁爱我，当时我自爱桐乡’）只是伤感，而欧阳修虽在第十首里透露出了他的伤感，但他前九首词所写的却都是遣玩欣赏的意兴，都写的是西湖好，而且都写得情真意切，很有水平。”（《北宋名家词选讲》）认为欧词兼具欣、慨二重特质，以豪兴写伤感，表现出特有的遣玩色彩，论述深入。邱少华则认为末二句写“颍州人民，有谁还能识得，今天的年逾六旬的衰翁，就是当年年富力强的颍州太守呢？让一切重新开始吧，让我们以更平等、更自然、更亲切的心态重新相识吧”（《欧阳修词新释辑评》），格调昂扬，但显然是现代观念，不足为据。整体来看，欧阳修诗词确多兼具悲凉、豪宕，此词颇多感慨，并非简单的消沉或昂扬所能概括，叶说更恰切。

全词章法跌宕，上阕两句一转，如山岭起伏，下阕一气流转，如江河千里，笔势纵横多变，收纵自如，与情感之深沉相得益彰。刘学锴指出：“这首词的内容，不过是抒写词人二十年前知颍及归颍而引起的感慨，这在五、七言诗中是极常见的。但在晚唐、五代以来的文人词中，却几乎是绝响。在欧阳修之前，范仲淹的边塞词《渔家傲》已经有诗化的趋势，欧阳修的这首词可以说是完全诗化了。特别是下片，运用故典，化用成语，一气蝉联，略无停顿，完全是清新朴素、自然流畅的诗歌语言。这种清疏隽朗的风格，对后来的苏词有明显影响。”（唐圭璋等《唐宋词鉴赏辞典》）对词风的分析颇为精当。

蝶恋花

庭院深深深几许，杨柳堆烟①，帘幕无重数。玉勒雕鞍游冶处②，楼高不见章台路③。　雨横风狂三月暮④，门掩黄昏，无计留春住⑤。泪眼问花花不语，乱红飞过秋千去。

【注释】

① 杨柳堆烟：雾气迷漫，笼罩杨柳。

② 玉勒：玉饰的马笼头。雕鞍：雕绘精美的马鞍。游冶：艳游。

③“楼高”句：南朝佚名《西洲曲》：“楼高望不见，尽日栏干头。”章台路，汉长安有章台街，唐许尧佐《柳氏传》载歌妓柳氏作《章台柳》，后代指歌妓聚居处。

④ 横：去声，形容雨势猛烈。

⑤“无计”句：杜牧《惜春》：“无计延春日，何能留少年。”

【评析】

此词亦见于冯延巳《阳春集》。李清照《〈临江仙〉序》曰：“欧阳公作《蝶恋花》，有‘深深深几许’之句，予酷爱之，用其语作‘庭院深深’数阕。”宋人所编《乐府雅词》《草堂诗余》《唐宋诸贤绝妙词选》中，本篇皆作欧阳修词。诸人距欧阳修时代未远，所云当有据。

上片以问语起句，自问自答，愈写愈深。首句尤受称赞，托名李廷机曰：“首句叠用三个‘深’字最新奇。”（《新刻注释草堂诗余评林》）明沈际飞曰：“诗中有一句连三字者，刘驾‘树树树梢啼晓莺’、‘夜夜夜深闻子规’。复有一句叠三字者，吴融‘一声南雁已先红，槭槭凄凄叶叶同’。欧公‘深深深’字，方驾刘、吴。”（《镌古香岑批点草堂诗余四集·正集》）金圣叹曰：“‘庭院深深深几许’，问得无端，三个‘深’字奇绝，唐人诗每以此为能。”（《唱经堂批欧阳永叔词十二首》）清陈廷焯曰：“连用三‘深’字，妙甚。”（《云韶集》）“深”字属阳声韵，三叠而下，声情更显委婉悠扬。“杨柳”二句以景语作答，极写庭院与外界之隔。清黄苏曰：“首阕因杨柳烟多，若帘幕之重重者，庭院之深以此，即下句章台不见亦以此。”（《蓼园词评》）近人吴世昌亦执此见：“或以为指帘幕外有杨柳，非也。乃谓杨柳在烟雾中好像许多重的帘幕。”（《词林新话》）其说是。“玉勒”二句意思翻进一层，笔法近于词人“楼高莫近危栏倚。平芜尽处是春山，行人更在春山外”（《踏莎行》）及“楼高不见君家”（《临江仙》），关合庭院之深，章法细密。近人俞平伯指出：“上片一意转折，圆浑而又跌宕。”（《唐宋词选释》）唐圭璋说：“一则深院凝愁，一则章台驰骋，两句射照，哀乐毕见。”（《唐宋词简释》）皆指出“深”字为词眼，上阕纵横捭阖、反复渲染的特点。

下片，思妇由期望转入失望，情景相生，重在抒情。俞平伯曰：“‘三月暮’点季节，‘风雨’点气候，‘黄昏’点时刻，三层渲染，才逼出‘无计’句来。”（《唐宋词选释》）所论有见地。此外，“门”点地点，关联上阕，“掩”字更见其深，整体可与词人“深院锁黄昏，阵阵芭蕉雨”（《生查子》）对读。深院、杨柳、风雨、院门，皆障蔽黄昏之物。“无计”句直抒胸臆，明写“留春”，暗寓留人。结句为名句，历代词评家赞不绝口。清初毛先舒曰：“词家意欲层深，语欲浑成。作词者大抵意层深者，语便刻画，语浑成者，意便肤浅，两难兼也。或欲举其似，偶拈永叔词云：‘泪眼问花花不语，乱红飞过秋千去。’此可谓层深而浑成。何也？因花而有泪，此一层意也；因泪而问花，此一层意也；花竟不语，此一层意也；不但不语，且又乱落，飞过秋千，此一层意也。人愈伤心，花愈恼人，语愈浅而意愈入，又绝无刻画费力之迹，谓非层深而浑成耶？”（王又华《古今词论》引）“层深”指层层深入。“浑成”为词学家常用语，如宋末张炎评周邦彦词曰：“美成词只当看他浑成处，于软媚中有气魄，采唐诗，融化如自己者，乃其所长。”（《词源》）主要指浑然厚重而不滞涩之风。毛氏认为，词中有深致者多出于思索，难以“天然去雕饰”（李白《经乱离后，天恩流夜郎，忆旧游书怀，赠江夏韦太守良宰》），浑然一体者又多轻快而少厚重，两者难以得兼，说颇有据。词评家亦多以“厚”字形容本词结拍，清孙麟趾赞其“以浑厚见长”（《词径·作词十六字诀》)，陈廷焯亦评为“词意殊怨，然怨之深，亦厚之至”(《白雨斋词话》)。“厚”为明清诗学、词学重要范畴，作为词风，主要指“低徊要眇、含蓄沉郁的审美特征”(曹明升《厚：清代中后期宋词风格论的核心范畴》)，意在纠偏清空、空滑之风。本词结句思深笔折，意蕴丰富，意境浑融，深婉而不失明快，确堪“层深而浑成”“浑厚”“厚之至”等评价。毛先舒细致梳理末二句层次，近人夏承焘继其论，亦以为结拍有四层意：“泪眼而问花，是无人可告诉，一层；花不能语，不得花的同情，二层；乱红飞，花自己也凋谢了，三层；花被风吹过秋千去，秋千是她和丈夫旧时嬉游之处，触动愁恨，不堪回首，四层。”(《唐宋词选》)二人所论有同异，不妨合作五层意看。除传统词学评价外，王国维吸收西方美学思想，以欧词作为“有我之境”(《人间词话》)代表，强调其主观性强的特点，颇能别开生面。

前人“问花”颇多，晚唐温庭筠曰：“百舌问花花不语。”(《惜春词》)严恽有诗：“尽日问花花不语，为谁零落为谁开。”(《落花》)欧阳修着“泪眼”二字，沉痛中有执着，悲伤中有热烈，情态毕现。沈际飞指出：“末句参之‘点点飞红雨’句，一若关情，一若不关情，而情思举荡漾无边。”(《镌古香岑批点草堂诗余四集·正集》)吴世昌说：“花不忍语，但非不答，乱红飞过秋千，表示春在邻家，此即花之答也。”(《词林新话》)泪眼问花，而花不语，一若无情之物，然不经意抬头，却见落花凌乱飘过秋千，“乱”字见不能自主之态，即为花之答语。词人无计留春，花亦不能自留，“多情却被无情恼”(苏轼《蝶恋花·春景》)。薄幸不见，雨横风狂，词人问花即自问，无可作答，而结以景，尤见沉痛。

全词主题有争议，清张惠言曰：“‘庭院深深’，闺中既以邃远也。‘楼高不见’，哲王又不寤也。‘章台’‘游冶’，小人之径。‘雨横风狂'，政令暴急也。'乱红飞去'，斥逐者非一人而已。殆为韩、范作乎。"(《词选》)以为别有政治寄托。其中韩指韩琦，范指范仲淹，皆为"庆历新政"主导者，庆历五年(1045)，遭政敌罗织为朋党，欧阳修作《朋党论》以辩。后三人相继离朝，新政被迫中断。张氏为常州词派开山，推尊词体，尤喜论寄托，有时不免失之穿凿，此论即如是。王国维批评道："固哉，皋文之为词也！飞卿《菩萨蛮》、永叔《蝶恋花》、子瞻《卜算子》，皆兴到之作，有何命意？皆被皋文深文罗织。"(《人间词话·删稿》)批评张惠言凿之使深。黄苏指出："通首诋斥，看来必有所指。第词旨浓丽，即不明所指，自是一首好词。"(《蓼园词评》)叶嘉莹说："我们只能说可能有比兴，但不能像张惠言那样肯定。"(《北宋名家词选讲》)持论更通达。即使缺乏比兴，本词艺术价值亦不稍减。而词人一生遭际曲折，与物有情，亦不妨于词中深寓现实之慨。

诉衷情·眉意

清晨帘幕卷轻霜[①]，呵手试梅妆[②]。都缘自有离恨，故画作远山长[③]。　思往事，惜流芳[④]，易成伤。拟歌先敛[⑤]，欲笑还颦，最断人肠。

【注释】

①"清晨"句：冯延巳《临江仙》："高楼帘幕卷轻寒。"

②梅妆：梅花妆，宋李昉等编《太平御览》卷三十引《杂五行书》："宋武帝女寿阳公主人日卧于含章殿檐下，梅花落公主额上，成五出花，拂之不去。皇后留之，看得几时，经三日，洗之乃落。宫女奇其异，竟

效之，今梅花妆是也。”李商隐《对雪》：“忍寒应欲试梅妆。”冯延巳《菩萨蛮》：“和泪试严妆，落梅飞晓霜。”

③“都缘”二句：薛昭蕴《浣溪沙》：“不为远山凝翠黛，只应含恨向斜阳。”远山，远山眉，女子眉妆之一，眉形细长，色青，象征水阔山长，离恨深远。托名汉伶玄《飞燕外传》：“女弟合德入宫为薄眉，号远山黛。”东晋葛洪编《西京杂记》：“文君姣好，眉色如望远山。”

④流芳：过往的时光。

⑤敛：敛眉。中唐羊士谔《彭州萧使君出妓夜宴见送》：“自是当歌敛眉黛，不因惆怅为行人。”一说指敛容正色。

【评析】

本词一作黄庭坚词，误。沈利华、倪培翔指出：“据汲古阁刻《山谷词》，于此词下注云：‘旧刻四首，考“珠帘绣幕卷轻霜”是《六一词》，删去。’按今传宋本山谷《琴趣》中《诉衷情》词，亦仅有‘一波才动’一首，无此首。所以，此词著作权当属欧阳修无疑。”（《欧阳修集》）欧阳明亮考证道：“宋乾道本《类编增广黄先生大全文集》、影宋本《山谷琴趣外编》及明吴讷《唐宋名贤百家词》本《山谷词》皆不载，且宋代词选如《乐府雅词》《唐宋诸贤绝妙词选》等皆作欧词，故应属欧作。”（《欧阳修词校笺》）二说可从。词题“眉意”据《近体乐府》及黄昇《升庵词选》加，其他选本多不载，或为后人所添，有统摄题旨之功。

起笔写女主人公卷起帘幕时，连带着卷入了夜间残留的薄霜，不禁因天寒而呵手取暖。“卷轻霜”，一说指卷落薄霜；“呵手”，一说指将呵胶置于手中呵气，使之融化以贴梅花花钿，亦通。女主人公离恨绵长，连带着眉峰都画作远山形状。“都缘”二句历来受到词评家赞赏，金圣叹批曰：“‘都缘自有离恨，故画作远山长’，即有恨，亦何与画眉事？以画眉作使性事，真是儿女性格也。”（《唱经堂批欧阳永叔词十二首》）清陈廷焯曰：“纵画长眉，能解离恨否？笔妙，能于无理中传出痴女子心肠。”（《闲情集》卷一）以眉之长喻山水之长，“山长水阔知何处”（晏殊《蝶恋花》），又借山水之长写离恨之深，“平芜尽处是春山，行人更在春山外”（《踏莎行》），无理而有情。痴儿女始有此举，既见女子天真使性，又见其痴人心肠。

上阕自空间着笔，下阕引入时间维度。女主人公回忆过往，黯然神伤，歌亦不是，敛亦不是，笑亦不是，颦亦不是，“行也思君，坐也思君”（唐寅《一剪梅》），尤为断肠。“拟歌”二句评价尤高，近人俞平伯曰：“两句蕴藉曲折。后来周邦彦《风流子》词有相似的写法，如‘欲说又休，虑乖芳信；未歌先咽，愁近清觞’，当系拟此。”（《唐宋词选释》）吴世昌评点道：“周词应为‘未歌先噎，愁啭清商’。清商乃曲调，故上文曰‘未歌先噎’，觞为酒杯，与上文文义不属。”（《读〈唐宋词选〉》）二说皆有文献依据。李白诗曰：“举杯销愁愁更愁”（《宣州谢朓楼饯别校书叔云》）“觞”字虽与“歌”字不侔，却与“愁”字关合，亦可通。周邦彦词状拟然未然、先然之态，笔法上更近于欧词“樽前拟把归期说，未语春容先惨咽”（《玉楼春》），句式上更近于本词。除此之外，柳永“执手相看泪眼，竟无语凝噎”（《雨霖铃》）、李清照“欲语泪先流”（《武陵春·春晚》）、辛弃疾“欲说还休，却道天凉好个秋”（《丑奴儿·书博山道中壁》）写法皆相近，可参读。

詹安泰论述欧词之“留”，更具理论建树：“词学有所谓‘留’字诀者，亦非奇创。盖犹欧公所谓‘拟歌先敛，欲笑还颦’耳。为欲‘最断人肠’，故‘先敛’，故‘还颦’，不则尽可笔直写下，谁为拘管者，又安所用其‘留’耶？‘留’与‘顿’有别，或以‘留’为留下遥顶者，非是。”（《无庵说词》）。其说涉及词学“留字诀”内涵问题。清孙麟趾较早论述词中之“留”：“何谓‘留’，意欲畅达，词不能住，有一泄无余之病，贵能留住，如悬崖勒马，用于收处最宜。”（《词径》）主要着眼于章法。清末民初，以“留”字说词颇为盛行，陈洵评周邦彦《瑞龙吟》，提出“留字诀”，又曰：“词笔莫妙于留，盖能留则不尽而有余味，离合顺逆，皆可随意指挥，而沉深浑厚，皆由此得。虽以稼轩之纵横，而不流于悍疾，则能留故也。”（《海绡说词》）杨铁夫《梦窗词选笺释》亦多用“留”字论词。刘永济指出：“所谓‘留’者，从陈氏所论观之，则含蓄甚深而不出一浅露之笔。故虽千言万语而无穷尽也。”又云：“留之作法，因有种种情思，种种言语，留待后来敷写，初不急急说出。此种作法，在初为留，在后为勾勒。勾勒者，愈转愈深，层出不穷也。”（《微睇室说词》）龙榆生说：“至于沉深浑厚，为词家之极轨，而以一‘留’字为能尽运笔之妙，亦犹书家所谓‘无垂不缩’，学者所宜佩以终身者也。”（《陈海绡先生之词学》）“无垂不缩”出自宋米芾《论书·答翟伯寿》，意指写字运笔时，笔锋宜在点画尽处或虚或实地收缩、回锋，不可一泻无余，须有顿挫。诸人“留字诀”着眼于风格、章法，上承明、清学人重“厚”审美追求，强调含蓄顿挫之风，前笔收住，留待后笔勾连，愈描愈深，近于詹安泰“顿”“留下遥顶”概念。结合欧词，詹氏所谓“留字诀”近于欲抑先扬，着眼笔法层面，强调于行此事前忽顿住，转作其他姿态，故设疑问，以使文势更为波澜。对“留”“顿”等笔法的认识有助于更深入理解欧词。

邵祖平论欧词突出名贵气象：“冯梦华云：‘宋初大臣之为词者，寇莱公、晏元献、宋景文、范蜀公与欧阳公并有声艺，然数公或一时兴到之作，未为专诣。独文忠与元献学之既至，为之亦勤，翔双鹄于交冲，驭二龙于天路。且文忠家庐陵，元献家临川，词家遂有西江一派，其词与元献同出南唐，而深致则过之。’自来小词写女子色态者，易得其风流，难得其名贵。如李后主之‘绣床斜凭娇无那，烂嚼红绒，笑向檀郎唾’，酣绮极矣，尚不失身份。和凝之‘佯弄红丝蝇拂子，打檀郎’，牛松卿之‘玉趾回娇步，约佳期’，则稍损身份矣。贺方回之‘心事向人犹腼腆，强来窗下寻红（针）线’‘试问为谁添瘦弱，娇羞只把眉颦着’，则苦乏庄重，然尚未至失格也。及柳屯田之‘盈盈背立银缸（釭），却道你但先睡’，周清真之‘海棠花谢春融暖，偎人恁娇波频溜’，则所写青楼狭邪中之女子，品斯下矣。欧公此词，‘清晨帘幕卷清霜，呵手试梅妆’，发端便可见名贵娴雅气象。‘拟歌先敛，欲笑还颦’，则与‘轻颦浅笑娇无奈’‘挼碎花打人’者异矣。六一更有《临江仙》写妓女睡景云：‘凉波不动簟纹平。水精双枕，旁有堕钗横。’不但不见狎昵，反见名贵艳逸。多少词人反把自家美眷，写成勾栏模样，可为一叹。”（《词心笺评》）标榜“江西词派”，推举名贵、庄重、娴雅之风。先秦时期，孔子已标举“放郑声”（《论语·卫灵公》）之说，词体发展史上，南宋词家多提倡清空骚雅，对邵氏此说皆有影响。其所论“名贵娴雅”，既包括题材不涉淫秽，又强调词中主人公之气质、做派须有“身份”，兼指词风含蓄婉约，以此标准衡之，即使周邦彦词也有“品斯下”者。而所举欧词，或以形传神，或侧面见意，皆点到即止，气象娴雅，亦有风致，故深受邵氏赞赏。

纵观全词，以眉为线索，上片写画眉，明言“离恨”，下片写敛眉，突出“断肠”，既有侧面烘托，又有直抒胸臆，笔法高超，婉约中不失流丽，颇为当行。

生查子·元夕

去年元夜时[①]，花市灯如昼[②]。月到柳梢头，人约黄昏后。　　今年元夜时，月与灯依旧。不见去年人，泪湿春衫袖。

【注释】

① 元夜：即元宵，农历正月十五日夜。

② 花市：此指元宵夜张设、游赏花灯的场所。

【评析】

本词作者有多说，元方回以为是李清照词："如李易安'月上柳梢头'，则词意邪僻矣。"（《瀛奎律髓》）当属误记。纪昀批驳道："'月上柳梢头'一阕，乃欧公小词。后人窜入朱淑真，已为冤抑。此更移之李易安，尤非。"（《瀛奎律髓刊误》）纪昀所引"月上"为朱淑真《断肠集》版本，欧集作"月到"。明佚名《张生彩鸾灯传》及钱允治《续选草堂诗余》等作秦观词，毛晋刻《六一词》亦曰："或刻秦少游。"此说影响较小，沈际飞等人已辨其误。朱淑真说影响较大，首倡于杨慎："朱淑真《元夕·生查子》……词则佳矣，岂良人家妇所宜邪。"（《词品》）除视为朱作外，并借之批评朱氏品格。自清以来，王士禛、四库馆臣、陈廷焯等先后辨为欧作，况周颐《〈断肠词〉跋》指出，南宋初，曾慥编《乐府雅词》，收欧词甚严，而收录此词，可见当为欧作。今人黄嫣梨《朱淑真研究》考证此书作成时，朱淑真年仅十岁左右，更证其非朱词。

上片写约会，起首点明时间、地点。自唐玄宗时起，元宵节于阴历正月十五日前后放灯火三夜，宋太祖时增至五夜，号为“五夜元宵”（佚名《大宋宣和遗事·前集》）。昼摆市，夜赏月观灯，“火树银花合，星桥铁锁开”（苏味道《正月十五夜》），“灯山上彩，金碧相射，锦绣交辉”（孟元老《东京梦华录》），热闹非凡。作者有诗曰：“灯光月色烂不收，火龙衔山祝千秋。缘竿踏索杂幻优，鼓喧管咽耳欲咻。”（《答梅圣俞莫登楼》）即写元夜灯火嬉戏之状。“花市”，通行注为卖花集市，唐圭璋与钟振振主编《宋词鉴赏辞典》载吴翠芬文、邱少华《欧阳修词新释辑评》、郁玉英《欧阳修词评注》、刘扬忠《欧阳修集》、胡可先与徐迈《欧阳修词校注》、欧阳砥柱编《欧阳修诗文赏析》等皆执此见，误。胡云翼注为“繁华的街市”（《宋词选》），杨海明承其说，见曾枣庄主编《欧阳修诗文赏析集》；宋心昌综合诸说，注为“卖花的集市。这里泛指繁华的街市”（《欧阳修诗文选译》），亦不甚准确。此“花”并非繁花、繁华，亦非“纸花、绢花”（邱少华《欧阳修词新释辑评》），而“乃‘火树银花’之‘花’”（周啸天语，见唐圭璋等《唐宋词鉴赏辞典》）。在这样欢乐的时节，花市热闹非凡，“谁家见月能闲坐，何处闻灯不看来”（崔液《上元夜六首》其一），词中主人公亦与心上人相约。明月初拂柳梢，亦即“黄昏后”之时，此处并置，却不显赘疣，反因“黄昏”二字之形象，生发更多美感。“去年”二句以“灯如昼”三字高度概括繁华景象，是写他人之乐；“月上”二句于闹中取静，独写主人公与心上人之乐，有辛弃疾“蓦然回首，那人却在，灯火阑珊处”（《青玉案·元夕》）韵味，遣词或受到北齐薛道衡“人归落雁后”（《人日思归》）及南唐冯延巳“平林新月人归后”（《蝶恋花》）影响。下片与上片相对，由虚写回忆收归现实，写物是人非之伤悲。明月、灯火如旧，他人之欢乐一如去年，而自己心上人已不见踪迹，主人公不禁泪如雨下，沾湿衣袖。情感集中爆发于结句，以动作写心理，有表现力。但前人此类成句已多，如白居易“江州司马青衫湿”（《琵琶行》）等，同样位于结句。珠玉在前，反觉此句收尾，不如上阕歇拍。

金圣叹曰：“‘去年元夜时’，前后两提头，只换一字，章法绝奇。”（《唱经堂批欧阳永叔词十二首》）欧词立意或受崔护《题都城南庄》启发，崔诗曰：“去年今日此门中，人面桃花相映红。人面不知何处去，桃花依旧笑春风。”首句关合今昔，次句写相逢之曼妙，三句转，先写人非，四句合，收归物是。据唐孟棨《本事诗》载，崔护与女子为偶然邂逅，与本词有别。相似结构在后世影响颇大。近人张德瀛指出：“辛稼轩‘去年燕子来’词，仿欧阳永叔‘去年元夜时’词格。”（《词徵》）辛弃疾《生查子》上下阕提头作“去年燕子来”“今年燕子来”，谋篇与欧词无二。今人周啸天补充道：“如王迈《南歌子》上片写‘家里逢重九’，下片写‘官里逢重九’；吕本中《采桑子》上片说‘恨君不似江楼月’，下片说‘恨君却似江楼月’；辛弃疾《采桑子》上片写‘少年不识愁滋味’，下片写‘而今识尽愁滋味’；均是此法的运用或翻新。”（唐圭璋等《唐宋词鉴赏辞典》）黄进德《欧阳修诗词文选评》进一步指出南宋李元膺《茶瓶儿》（去年相逢深院宇）等亦受欧词影响。上述诸词上下片皆属今昔对比结构，宋末蒋捷《虞美人·听雨》分少年、壮年、而今三层时空，更具变化之致。除师法欧词结构外，亦有袭其语句者，明钱允治曰：“关汉卿词本此。”（《类选笺释草堂诗余·续选》）指关氏散曲《白鹤子》：“香焚金鸭鼎，闲傍小红楼。月在柳梢头，人约黄昏后。”末二句即用欧阳修词成句（欧阳修词“月到”一作“月在”）。

除结构、语句外，本词更具突破性、影响亦更大之处在于其内容、风格。明徐士俊曰：“元曲之称绝者，不过得此法。”（卓人月《古今词统》引）大体而言，诗体变为词，更其深婉；词体变为曲，更其晓畅。曲风格更通俗，故事性、戏剧性亦更强。本词明白如话，短短四十字，情节完整，富于变化，可作小说看，明拟话本《张生彩鸾灯传》引此词，即因其故事大略与之相近。词体发展史上，敦煌曲子词产生于民间，至《花间词》而雅化，李煜、苏轼等进一步士大夫化，经周邦彦至南宋姜夔、张炎等，愈见其雅。元曲更近于柳永词风，清末况周颐曰：“柳屯田《乐章集》为词家正体之一，又为金、元已还乐语所自出。”（《蕙风词话》）本词可与柳词一并视为元曲渊源之一。

渔家傲

花底忽闻敲两桨，逡巡女伴来寻访①。酒盏旋将荷叶当②。莲舟荡，时时盏里生红浪。　花气酒香清厮酿③，花腮酒面红相向④。醉倚绿阴眠一饷⑤。惊起望，船头阁在沙滩上⑥。

【注释】

①“花底”二句：南朝民歌《莫愁乐》：“艇子打两桨，催送莫愁来。”敲两桨，李商隐《又效江南曲》：“郎船安两桨，侬舸动双桡。”欧阳修《游龙门分题十五首》其十三《鸳鸯》：“画舷鸣两桨，日暮芳洲路。”逡（qūn）巡，顷刻。

②“酒盏”句：北齐殷英童《采莲曲》：“莲叶捧成杯。”旋，漫。一说指随即。当，当作。

③ 厮酿：相融合。厮，相互。酿，杂和。

④“花腮”句：唐崔护《题都城南庄》：“人面桃花相映红。”花腮，荷花艳丽，宛如女子的美丽面容。南朝梁萧统《锦带书十二月启·蕤宾五月》：“莲花泛水，艳如越女之腮。”王昌龄《采莲曲二首》其二：“荷

叶罗裙一色裁，芙蓉向脸两边开。”

⑤ 一饷（xiǎng）：片刻，一会儿。

⑥ 阁：通“搁”，置放，搁浅。

【评析】

本词作年不详。李之亮以为“大约作于颍州，是作者游西湖时的见闻”（《欧阳修词选》），未详何据。

起首写桨声从荷花深处传出，先声夺人。“闻”“敲”二字点人，“桨”字点船，侧面见义，含蓄空灵。次句承上，不同于白居易诗“忽闻水上琵琶声……千呼万唤始出来”（《琵琶行》），本词女伴顷刻间已驾莲舟来到主人公面前。近人张相指出：“逡巡，迅速之意……欧阳修《渔家傲》词：‘花底忽闻敲两桨，逡巡女伴来寻访。’既曰‘忽’，当为迅速义。”（《诗词曲语辞汇释》卷五）其说是。女伴为寻访而来，故下以“忽闻”“逡巡”，前后照应，章法绵密。“酒盏”句为“旋将荷叶当酒盏”之倒装。女伴寻到主人公，意兴悠然，共摘荷叶作酒杯，把酒言欢。唐段成式记载：“历城北有使君林，魏正始中，郑公悫三伏之际，每率宾僚避暑于此。取大莲叶，置砚格上，盛酒二升，以簪刺叶，令与柄通，屈茎上轮囷如象鼻，传吸之，名为‘碧筒杯’。”（《酉阳杂俎》）赵璘亦载：“靖安李少师，虽居贵位，不以威重隔物。与宾僚饮宴谭笑，曲尽布衣之欢，不记过失。善饮酒，暑月临水，以荷为杯，满酌密系，持近人口，以箸刺之，不尽则重饮。”（《因话录》）以荷叶盛酒，颇具文人雅致。古诗词中多见此意，除注释所举外，另如唐戴叔伦“酒吸荷杯绿”（《南野》）等。至白居易，“荷叶杯”渐用为诗中成辞：“寂寥荷叶杯”（《酒熟忆皇甫十》）、“荷叶杯中酒十分”（《失题》）。后又用作词调名，韦庄、冯延巳、顾夐等人皆有词作。歇拍写莲舟荡漾，荷叶盏里红浪翻涌，造语新奇，意境优美，颇为写意。“红浪”二字，形容荷花倒映于酒面上，花影随小船轻摇而荡漾；一说指女子醉脸倒映酒中，随船摇荡；又说指以盏代荷，莲舟摇荡，荷花如红浪，三说皆通。二句字眼近于唐李群玉“酒花荡漾金尊里，棹影飘飖玉浪中”（《望月怀友》）。相较李诗就美酒写酒沫，就渌水写棹影，本词通贯荷叶、酒盏、美酒、渌水、荷花、倒影多方，运思更曲折，富有深致。

过片承上，进一步描绘饮酒情境，花香、酒香，清芬氤氲，花面、人面，艳红交映。前者写嗅觉，后者写视觉，多角度落墨，花映人美，人如花娇。二句对仗，“花气酒香”“花腮酒面”当句对。不同于律诗，词体偶对要求较宽，不避同字对。“花”“酒”二字位置相同，重复出现，轻快流利，颇有复沓之美。“清”字借音“青”，与“红”字偶对。“斯”意为“相”，与下句“相”字互文同义。对偶手法颇为多样。清沈曾植指出：“欧公词好用‘斯’字，《渔家傲》之‘花气酒香清斯酿’‘莲子与人长斯类’‘谁斯惹’，皆是也。山谷亦好用此字。”（《菌阁琐谈》）沈氏所举欧词后二句，分别出自《渔家傲》（荷叶田田青照水）、《渔家傲》（叶重如将青玉亚）。此外，词人另有“至他人、强来斯坏”（《宴瑶池》）句。黄庭坚用例如“莫是春光斯料理”（《定风波》）、“看承幸斯勾”（《归田乐引》）、“眼斯打、过如拳踢”（《鼓笛令》）、“斯守著、新来好过”（《鼓笛令》）、“见说那斯脾鳖热……待来时、鬲上与斯噉则个”（《少年心》）、“恰恁斯当对”（《千秋岁》），较欧词数量更多，下笔亦更俚俗。除黄词“见说那斯脾鳖热”外，上述用例皆指“相、互相”，此义后起，宋时当为民间用法，不登大雅之堂。欧词凡用四处，欧诗则无一例；黄词用七处，黄诗亦无一例，可见一斑，亦可窥诗、词用语之别。黄庭坚词有“多用俳语，杂以俗谚”（李调元《雨村词话》）之处，历来认为多从柳永词得来，其弊亦相近。清谢章铤曰：“柳耆卿失之滥，黄鲁直失之伧。"（《赌棋山庄词话》）冯煦云："后山以秦七、黄九并称，其实黄非秦匹也。若以比柳，差为得之。盖其得也，则柳词明媚，黄词疏宕。而亵诨之作，所失亦均。"（《蒿庵论词》）柳永词用"厮"字仅一例："剩活取百十年，只恁厮好。"（《传花枝》）就此来看，黄词通俗一面或亦有学欧之处，"山谷俚语，欧公先之矣"（沈曾植《菌阁琐谈》）。"醉倚"句由动至静，主人公与女伴畅饮美酒，醉意升腾，倚荷叶清阴，闲眠一晌。"绿阴"二字，暗与上阕"红浪"相对。醉眠不觉时间，猛然惊起，举目四顾，莲舟已漂荡至沙滩之上。以动写静，以景结情，文势跌宕起伏，余韵悠长。

清沈辰垣于《渔家傲》（妾本钱塘苏小妹）调下注"采莲词五首"（《钦定历代诗余》），包括本词及《渔家傲》（叶有清风花有露）、《渔家傲》（荷叶田田青照水）、《渔家傲》（粉蕊丹青描不得），五词皆写采莲女。张桦指出："以采莲为题材的诗，在六朝乐府和唐代诗歌中不乏其例，但在唐五代及宋初词中并不多见。欧阳修用《渔家傲》词调写了六首采莲词，这是他的独创。"（夏于全主编《唐诗宋词》）刘扬忠则认为："欧阳修用《渔家傲》词牌填写的采莲词一共有七首，大都以男女爱情相思为主题，惟独这一首是写采莲姑娘自身……它突出了采莲女作为水乡女性劳动者的本色。"（《欧阳修集》）除以上五词外，欧阳修另有《渔家傲》（幽鹭谩来窥品格）、《渔家傲》（昨日采花花欲尽）、《渔家傲》（一夜越溪秋水满）、《渔家傲》（近日门前溪水涨）等数词咏采莲女，可参读。

渔家傲·七夕

喜鹊填河仙浪浅①，云軿早在星桥畔②。街鼓黄昏霞尾暗③。炎光敛④，金钩侧倒天西面。　　一别经年今始见，新欢往恨知何限。天上佳期贪眷恋。良宵短，人间不合催银箭⑤。

【注释】

①“喜鹊”句：唐韩鄂《岁华纪丽·七夕》引东汉应劭《风俗通》：“织女七夕当渡河，使鹊为桥。”河，银河。

② 云軿（píng）：神仙所乘之车。星桥：即鹊桥。

③ 街鼓：设置在京城街道的警夜鼓，宵禁开始、终止时击鼓通报。霞尾：残霞，余霞。

④ 炎光敛：南朝梁萧统《和林下妓应令诗》：“炎光向夕敛。”

⑤ 催银箭：南朝陈江总《杂曲三首》其三：“鲸灯落花殊未尽，虬水银箭莫相催。”银箭，标记时刻以计时的银饰漏箭。

【评析】

本词为《渔家傲·七夕》组词三首其一，咏牛郎、织女故事。七夕，农历七月初七之夕，相传牛郎、织女每年此夜于天河相会。此传说起源颇早，逐步演化发展，至东汉已完全成型。《诗经·小雅·大东》曰：“跂彼织女，终日七襄……睆彼牵牛，不以服箱。”先秦已有织女星、牛郎星之名。司马迁曰：“婺女，其北织女。织女，天女孙也。”（《史记·天官书》）织女星变为仙女之名。班固云：“临乎昆明之池，左牵牛而右织女，似云汉之无涯。”（《西都赋》）牵牛、织女已隔银河相望。东汉崔寔记载，七月“七日……祈请于河鼓、织女”（《四民月令》），应劭指出：“织女七夕当渡河，使鹊为桥。”（唐韩鄂《岁华纪丽·七夕》引《风俗通》）其时已产生牛郎、织女七夕过鹊桥相会传说，人间亦于此时乞巧。汉末，《古诗十九首》云：“迢迢牵牛星，皎皎河汉女。纤纤擢素手，札札弄机杼。终日不成章，泣涕零如雨。河汉清且浅，相去复几许。盈盈一水间，脉脉不得语。”写牵牛、织女为银河所隔之恨，故事情节完整，人物形象鲜明，牛郎、织女故事已与今日无二。

词上片铺叙牛郎、织女相会场景。李商隐曰：“鸾扇斜分凤幄开，星桥横过鹊飞回。”（《七夕》）本词更进一步，写喜鹊架桥之际，织女云车已早早在旁边等候，“早”字状迫不及待之貌与相思之切。“街鼓”句点明时间，视、听结合，鼓声叮咚，“余霞散成绮”（谢朓《晚登三山还望京邑诗》），夜渐渐暗去。“炎光”句明写日光暗淡，暗寓暑气消退，“七月流火”（《诗经·豳风·七月》），时节已近秋。一钩残月悬于天西，“明月不到晓，是夜曲如钩”（梅尧臣《七夕咏怀》）。下片重在抒情，句句直抒胸臆。牛郎、织女一年一会，“相见时难别亦难”（李商隐《无题》），索居之恨，相见之欢，恨不得一诉衷肠。“何限”既可解作“多少”，如韦庄“不知芳草情何限？只怪游人思易伤”（《和人春暮书事寄崔秀才》）；亦可解作“无限”，如韩愈“沿涯宛转到深处，何限青天无片云”（《郴口又赠》）。前解委婉，后解截然，皆是深情语。南唐中主李璟云：“多少泪珠何限恨，倚阑干。”（《摊破浣溪沙》）本词过片语近之。“天上”三句写良宵苦短，易转瞬即逝，“良宵惊曙早”（卢纶《七夕诗》），不禁期盼银箭莫相催。南唐后主李煜为宋所俘，有词曰：“梦里不知身是客，一晌贪欢。”（《浪淘沙令》）语极沉痛。本词写佳期贪欢，用意与其相近，而深婉逊之。“人间”句照应“街鼓”，章法绵密。时间自然流逝，本不可阻挡，银箭记录其变化，更以准确为宜，而词人却突发奇想，希望银箭不要催促，以使佳会长久，无理而妙。

近人夏敬观评曰："七夕词三阕，意皆不复，此词选韵尤新。"（龙榆生《唐宋名家词选》引）《渔家傲·七夕》组词其二曰："乞巧楼头云幔卷，浮花催洗严妆面。花上蛛丝寻得遍。颦笑浅，双眸望月牵红线。　　奕奕天河光不断，有人正在长生殿。暗付金钗清夜半。千秋愿，年年此会长相见。"以女子乞巧暗写牛郎、织女相会，用意巧妙。其三写离别："别恨长长欢计短，疏钟促漏真堪怨。此会此情都未半。星初转，鸾琴凤乐匆匆卷。　　河鼓无言西北眄，香蛾有恨东南远。脉脉横波珠泪满。归心乱，离肠便逐星桥断。"组词以时间为序，由相见写至相离，主题不重复。三词并观，可见本篇"良宵"二句非写离别之景，而为相会时殷切之语，尤见深情。三词皆押《词林正韵》第七部，唯本词上片第四句"敛"字押十四部，属俭韵、艳韵，或为词人误记，偶出韵。其另有《梁州令·东堂石榴》，即以"敛"字押十四部。对比其他二词，"畔""暗""敛""限""恋""箭"等韵脚为本词独具，夏氏所谓"选韵尤新"或即就此而言。

七夕与牛郎、织女爱情有关，历来广为诗家、词家题咏。自汉代以来，主题多慨叹二人相遇之难与离别之速，如南朝宋王僧达"来欢讵终夕，收泪泣分河"（《七夕月下诗》）、鲍照"暂交金石心，须臾云雨隔"（《和王义兴七夕诗》）、南朝梁何逊"来欢暂巧笑，还泪已沾裳"（《七夕诗》）等。唐人渐多新意，杜甫曰："义无弃礼法，恩始夫妇恭。"（《牵牛织女》）借七夕习俗以申礼法。李商隐曰："争将世上无期别，换得年年一度来。"（《七夕》）不咏牛郎、织女之苦，反作歆羡语，"深衷浅貌，短语情长"（陆时雍《诗镜·汉诗镜》评《古诗十九首》语）。宋人喜作翻案诗词，梅尧臣道："织女无耻羞，年年嫁牵牛。牵牛苦娶妇，娶妇不解留……天意与物理，注错将何求。尝闻阮家儿，犊鼻竹竿头。人生自有分，岂愧曝衣楼。”（《七夕咏怀》）“尝闻”二句用《世说新语·任诞》典故，写贫人之状，与皇家曝衣楼相对。诗发展杜甫之意，咏织女过错以及牛郎为之所误，喻人生亦有正、误之分，不必强求。秦观咏七夕词尤负盛名，“两情若是久长时，又岂在、朝朝暮暮”（《鹊桥仙》），承续李商隐诗意，更进一步，巧作翻案语。相比之下，欧阳修此词颇为中规中矩，显出某种“复古”倾向。

玉楼春·子规

江南三月春光老[①]，月落禽啼天未晓[②]。露和啼血染花红[③]，恨过千家烟树杪[④]。　　云垂玉枕屏山小[⑤]，梦欲成时惊觉了[⑥]。人心应不似伊心，若解思归归合早。

【注释】

①春光老：岑参《送绵州李司马秩满归京，因呈李兵部》：“眼看春光老，羞见梨花飞。”欧阳修《六一诗话》载宋石延年诗：“莺声不逐春光老，花影长随日脚流。”

②“月落”句：唐张继《枫桥夜泊》：“月落乌啼霜满天。”

③啼血：子规鸟所啼之血。子规鸟喙呈红色，古人以为哀鸣啼血所致。

④“恨过”句：孟浩然《闲园怀苏子》：“鸟从烟树宿。”烟树，云烟缭绕的树木、丛林。杪（miǎo），树梢。

⑤“云垂”句：温庭筠《菩萨蛮》：“小山重叠金明灭，鬓云欲度香腮雪。”云，此处喻指乌黑茂密的鬓发。

⑥“梦欲”句：唐金昌绪《春怨》：“打起黄莺儿，莫教枝上啼。啼时惊妾梦，不得到辽西。”

【评析】

本词作年未详。子规，又名杜鹃，旧说为古蜀国王杜宇所化。相传扬雄作《蜀王本记》，载：“后有男子名杜宇……自立为蜀王，号曰望帝……时玉山出水，若尧之洪水，望帝不能治水，使鳖灵决玉山，民得陆处。鳖灵治水去后，望帝与其妻通，帝自以薄德不如鳖灵，委国授鳖灵而去。”（宋李昉等编《太平御览》引）东晋常璩曰：“后有王曰杜宇，教民务农……帝升西山隐焉，时适二月，子鹃鸟鸣。故蜀人悲子鹃鸟鸣也。”（《华阳国志·蜀志》）李商隐云：“望帝春心托杜鹃。”（《锦瑟》）杜鹃鸟哀鸣啼血，鸣声似“不如归去”，古人多以为系杜宇不得复国之故：“望帝自逃之后，欲复位不得，死化为鹃。每春月间，昼夜悲鸣。蜀人闻之曰：‘我望帝魂也。’”（嘉庆《四川通志》引《太平寰宇记》）又说杜鹃鸟即布谷鸟，杜宇生前“教民务农”，死后亦化为鸟，啼鸣催人播种。

上片善用比兴，词人以春光渐老起兴，以杜鹃拟人，为下片以人比鸟张本。“露和”二句倒装，反用孟浩然《闲园怀苏子》典故，写杜鹃白天飞过无数烟树，“拣尽寒枝不肯栖”（苏轼《卜算子·黄州定慧院寓居作》），含恨而去，夜晚啼鸣达旦，“血渍草木”（张华注《禽经》），意境凄厉。过片转入女主人公视角。她鬓云蓬松，散落玉枕，心上人久久未归，本欲“故欹单枕梦中寻”（《玉楼春》），却被鸟鸣声惊扰，一夜无梦，朦胧中睁开双眼，映入眼帘的仅有精致的小屏风。与金昌绪《春怨》不同，女子并未怨恨啼鸟，反而叹息人心不如禽鸟，杜鹃尚知鸣叫“不如归去”，人却不解思归。不然的话，他岂非早该归来？刘禹锡曰：“长恨人心不如水，等闲平地起波澜。”

（《竹枝》）以人心比流水。五代顾夐云：“换我心，为你心，始知相忆深。”（《诉衷情》）期盼交换心意，皆极善写负心人之无情与痴心者之有情。杜鹃啼鸣，本无深意，人因其声，解作“不如归去”。结拍巧妙关合这一人言与鸟语，将人心与禽鸟之心对比，“比拟精当，且矫健”（潘游龙《古今诗余醉》），前文层层铺垫，从鸟与人两方面着笔，卒章显志，更见思致精深。

本词与前人诗境多有妙合。晚唐罗邺曰：“蜀魄千年尚怨谁，声声啼血向花枝。满山明月东风夜，正是愁人不寐时。”（《闻子规》）范仲淹云：“夜入翠烟啼，昼寻芳树飞。春山无限好，犹道不如归！”（《越上闻子规》）一写春夜子规啼血，愁人无寐；一写子规催归，欲归不得，意境、情感皆近于本词。

鹤冲天

梅谢粉①，柳拖金②，香满旧园林。养花天气半晴阴③，花好却愁深。　　花无数，愁无数，花好却愁春去。戴花持酒祝东风，千万莫匆匆④。

【注释】

①谢粉：梅花花色由粉红逐渐变淡。欧阳修《玉楼春》：“去时梅萼初凝粉。”一说指花瓣凋谢。白居易《酬令狐相公春日寻花见寄六韵》：“粉坏杏将谢。”

②柳拖金：唐牟融《禁烟作》：“柳拖金缕拂朱栏，花扑香尘满绣鞍。”韩鄂《岁华纪丽》：“柳眼挑金。”五代孙光宪《河传》：“柳拖金缕。”冯延巳《金错刀》：“柳条袅袅拖金线。”拖，曳，摇曳。

③ 养花天气：五代李建勋《游栖霞寺》："养花天气近平分。"宋初僧仲休《〈越中牡丹花品〉序》："越之所好尚惟牡丹，其绝丽者三十二种。始乎郡斋，豪家名族、梵宇道宫、池台水榭，植之无间。来赏花者，不间亲疏，谓之看花局。泽国此月，多有轻云微雨，谓之养花天。"半晴阴：唐李绅《溯西江》："江风不定半晴阴，愁对花时尽日吟。"欧阳修《初寒》："秋色半晴阴。"

④"戴花"二句：唐末司空图《酒泉子》："黄昏把酒祝东风，且从容。"欧阳修《浪淘沙》："把酒祝东风，且共从容。"

【评析】

此词作年不详，写惜春之情。开篇点明时间、地点，梅花褪去粉红色，嫩柳摇曳，旧园林芳香飘荡。"粉"字有歧义，一说指粉色，一说借指粉色花瓣，一说指花粉，难以确解。词人另有"惟有东篱黄菊盛。遗金粉，人家帘幕重阳近"（《渔家傲》）句，可对读。粉谢、金拖、香满，炼字精妙，视觉、嗅觉两处着笔，艳丽满目，芳香四溢，读之恍如身临其境。"旧"字意味深长：园林旧而春新，逗引"养花天气"；旧园林惯见春来春去，词人想来亦然，却仍"花好愁春去"，深情不渝。"养花天"为宋人成辞，诗词中尤为习用，如郑文宝"微雨养花天"（《送曹纬刘鼎二秀才》）、赵湘"轻阴新变养花天"（《夫人阁春帖子》）、胡宿"层阴养花天"（《惜花亭》）、邵雍"养花天气为轻阴"（《暮春寄李审言龙图》）、耿仙芝残句"淡云微雨养花天"（陈应行《吟窗杂录》引）等，状天气半晴半阴、轻阴微雨、适宜养花之貌。"养花天"并不确指某一时段，欧阳修诗"三月春阴正养花"（《三日赴宴口占》），时值暮春；释中仁"九十春光已过半，养花天气正融和"（《偈》），又为孟春，可见一斑。歇拍写春花盛放，春意正浓，词人却满怀忧愁，转折强烈，对比鲜明，戛然而止，词情跌宕起伏，蓄起文势。“花好”二字承上，“愁深”二字启下，章法绵密。

换头二句进一步烘托，繁花无数，愁亦无数，美好事物与哀伤情绪关联，颇显矛盾，引人遐思。“花好”句始交代其因，原来词人所愁乃是春去。愈是喜爱春天，便愈担心春天逝去，用情至深。其后，辛弃疾“惜春长怕花开早”（《摸鱼儿·淳熙己亥，自湖北漕移湖南，同官王正之置酒小山亭，为赋》）师其意。人之常情，多于暮春时节见花残春去而生美景不常在、岁月催人老之感，如李煜“林花谢了春红，太匆匆”（《相见欢》）、晏几道“满路落花红不扫，春色渐随人老”（《清平乐》）等。相较而言，本词写“花好愁深”，思致更为曲折，深情愈显无限。末二句承上文势，顺笔写下，词人簪花把酒，于春风中祝祷，愿春光常在，切莫匆匆。“千万”二字，语极叮咛。

欧词最具特色处，在寓豪宕沉着于清新疏畅之中。清周济曰：“永叔词只如无意，而沉着在和平中见。”（《介存斋论词杂著》）钱基博说：“欧阳修以蜀词化南唐，抒深婉以疏俊，清新闲逸。”（《中国文学史》）此词情感浓厚沉挚，章法延宕，愈描愈深，而出之以清新晓畅、婉约流丽，颇具代表性。

夜行船

满眼东风飞絮，催行色、短亭春暮①。落花流水草连云②，看看是、断肠南浦③。　檀板未终人去去④，扁舟在、绿杨深处⑤。手把金尊难为别，更那听、乱莺疏雨⑥。

【注释】

①行色：远行时的气氛和情状。短亭：古时于城外大道旁五里设一

短亭，十里设一长亭，供人饯别、休憩。

②“落花”句：唐司空曙《题鲜于秋林园》：“远山芳草外，流水落花中。”草连云，白居易《李白墓》：“绕田无限草连云。”张先《蝶恋花》：“淡烟芳草连云远。”

③“看看”句：柳永《倾杯》：“离宴殷勤，兰舟凝滞，看看送行南浦。”看看，正当。一说指转瞬之间。南浦，水边送别之所。江淹《别赋》：“春草碧色，春水绿波，送君南浦，伤如之何！”

④檀板：檀木作成的拍板，用于歌者掌握节拍。丁绍仪《听秋声馆词话》：“歌以木音为节，古用柷敔，后世易以檀板，往往见于词中。六一词云：‘檀板未终人又去。’子野（张先）词云：‘缓板香檀，唱彻伊家新制。’海野（曾觌）词云：‘丝管暗随檀板。’曰‘缓’、曰‘随’、曰‘未终’，其节奏犹可想见。亦有用象牙者。”去去：远去。

⑤“扁舟”句：唐储光羲《杂咏五首·钓鱼湾》：“日暮待情人，维舟绿杨岸。”

⑥那：怎堪，不堪。一说指何况。

【评析】

本词作年不详，意主送别。开篇写暮春短亭，东风吹絮，催人远行，点明时间、地点，烘托离别氛围。春将尽暗寓相聚将尽，飞絮满天暗合离愁满天。其后，贺铸以“一川烟草，满城风絮，梅子黄时雨”（《青玉案》）明写闲愁，取譬更繁，意境亦更凄迷。“落花”句连下四意象，写落花流水，芳草远连云，近于李煜“别时容易见时难，流水落花春去也，天上人间”（《浪淘沙令》）、“离恨恰如春草，更行更远还生”（《清平乐》），进一步渲染离愁别绪。落花飘零，一似人生无常，终有聚散；芳草连云，“接长亭，迷远道”（梅尧臣《苏幕遮·草》），恰如离愁绵延无尽。“‘看看是’三字咄咄逼人”（陈廷焯《词则·别调集》)，“南浦”呼应起笔“短亭”，暗点送别，反复渲染，前番还只是“行色”，此处已成“断肠”，离情越发浓厚。

下阕正式抒发别情。过片承上“南浦”，写扁舟行踪：离歌未终，人已远行，遥遥望去，已至绿杨深处。二句师法李白“孤帆远影碧空尽，唯见长江天际流”(《黄鹤楼送孟浩然之广陵》)之意，而造境更柔婉，近于柳永“今宵酒醒何处，杨柳岸，晓风残月”(《雨霖铃》)，显露诗、词之别。结拍收归自身，词人以己之眼望友人，渐渐失却友人踪迹，不禁手把金樽而无心畅饮。离愁难以排遣之际，又听乱莺啼鸣，又见春雨淅沥，“这次第，怎一个愁字了得”(李清照《声声慢》)。层层递进，以景结情，余韵悠长。

词上阕写别前、别时，以描写为主；下阕写别后，兼用描写、抒情，线索清晰，次序井然，反复渲染，“寻常意写得如许浓至”(陈廷焯《词则·别调集》)。上阕无一字明写离别，又无一字不含离别；下阕句句有景，句句含情，景是凄迷纷乱，情是惆怅不舍，情境浑融，可谓“笔致楚凄”，“笔端有神”(陈廷焯《云韶集》)，“情景兼到”(陈廷焯《词则·别调集》)。全词虽结构略显简单，但情感婉约，意境雅致，不失为欧词上品。

渔家傲

近日门前溪水涨，郎船几度偷相访。船小难开红斗帐[①]。无计向[②]，合欢影里空惆怅[③]。　　愿妾身为红菡萏[④]，年年生在秋江上[⑤]。重愿郎为花底浪。无隔障，随风逐雨长来往。

【注释】

① 斗帐：小帐。形如覆斗，故称。

② 无计向：无可奈何。

③ 合欢：即合欢莲，又名双头莲、同心莲、嘉莲。因莲为怜之谐音，故常借喻男女恋情。

④ 菡萏（hàn dàn）：荷花。

⑤ “年年”句：高蟾《下第后上永崇高侍郎》：“芙蓉生在秋江上，不向东风怨未开。”

【评析】

本词作年不详，咏水乡莲塘爱情。开篇顺笔直写：溪水上涨，情郎驾船偷访，“几”字暗露双方相爱之久及感情之深，虽未直写采莲女，而其之欣喜已见于言外。“船小”三句转折，既可解释为小船难开斗帐，情郎无法久居，独留采莲女于莲塘荷叶遮掩下怅然神伤，亦可解释为船小难开帐，无法达至约会目的，情郎与采莲女只能望莲兴叹。三句情绪由欣喜转入惆怅，语言简练，运笔含蓄，感情曲折，形象丰满。相较李白笔下“耶溪采莲女，见客棹歌回”（《越女词五首》其三），更显幽怨，深挚之情近于唐崔国辅“相逢畏相失，并著采莲舟”（《采莲曲》）。

下片两“愿”字题首：采莲女希望自己化身荷花，情郎化为花底水浪，花年年长于此，水年年流于此，长相厮守，永无隔障，想象丰富，取喻恰切。爱情诗词中此类想望颇多，张若虚笔下思妇“愿逐月华流照君”（《春江花月夜》），期盼如月华般常伴夫君身旁。宋吕本中化用其义：“恨君不似江楼月，南北东西。南北东西，只有相随无别离。　　恨君却似江楼月，暂满还亏。暂满还亏，待得团圆是几时？”（《采桑子》）上阕，思妇怨游子不能如江楼月般，无论南北东西，皆长相随；下阕，女子又怨心上人聚少离多，一如江楼月般，圆满时少，残缺时多。一着眼方位，一着眼圆缺，情思窅渺，无限低回。刘禹锡云：“花红易衰似郎意，水流无限似侬愁。”（《竹枝词》）以繁花易衰喻情郎意不坚贞，以水流无限喻己之长愁，两处取譬，妙合无垠。欧词亦以花、水分喻恋人，反刘诗之意，写荷花年年生在江边，流水年年陪伴荷花，境界骤新，以寻常意象作比，发掘二者不常见联系，富于陌生化效果。

全词活泼流丽。上片以实笔叙事，胜在含蓄；下片以虚笔抒情，胜在酣畅。前后映照，既见采莲女之柔婉可人，不能自主；又见其情深意挚，至死不渝，词笔、词情融会无间。

少年游

栏杆十二独凭春①，晴碧远连云②。千里万里，二月三月，行色苦愁人③。　谢家池上④，江淹浦畔⑤，吟魄与离魂。那堪疏雨滴黄昏⑥。更特地、忆王孙⑦。

【注释】

①“栏杆”句：南朝佚名《西洲曲》：“楼高望不见，尽日栏干头。栏干十二曲，垂手明如玉。”欧阳修《渔家傲》：“十二栏杆堪倚处。”

②“晴碧”句：白居易《李白墓》：“绕田无限草连云。”刘禹锡《酬窦员外使君寒食日途次松滋渡先寄示四韵》（一作杜牧《江上偶见绝句》）：“草色连云人去住。”

③“千里”三句：唐顾况《春草谣》：“春草不解行，随人上东城。正月二月色绵绵，千里万里伤人情。”千里万里，王维《榆林郡歌》：“千

里万里春草色。”后蜀张泌《河传》：“夕阳芳草，千里万里。”二月三月，崔颢《行路难》：“二月三月花如霰。”晚唐隐峦《牧童》：“二月三月时，平原草初绿。”行色，远行时的气氛和情状。欧阳修《夜行船》：“催行色、短亭春暮。”

④“谢家”句：南朝梁钟嵘《诗品》引《谢氏家录》：“康乐每对惠连，辄得佳语。后在永嘉西堂，思诗竟日不就。寤寐间，忽见惠连，即成‘池塘生春草’。故尝云：‘此语有神助，非吾语也。’”张籍《感春》：“谢家池上又逢春。”

⑤“江淹”句：江淹《别赋》：“春草碧色，春水绿波，送君南浦，伤如之何！”

⑥那堪：何况。一说指怎堪。疏雨滴黄昏：孟浩然《秋怀》：“微云淡河汉，疏雨滴梧桐。”温庭筠《更漏子》：“梧桐树，三更雨，不道离情最苦。一叶叶，一声声，空阶滴到明。”

⑦特地：突然，忽然。忆王孙：汉淮南小山《招隐士》：“王孙游兮不归，芳草生兮萋萋……王孙兮归来，山中兮不可以久留。”杜甫《客居》：“短畦带碧草，怅望思王孙。”唐李君房《石季伦金谷园》：“衰草忆王孙。”王孙：贵族子弟。此处代指游子。

【评析】

本词一作梅尧臣词。宋吴曾记载：“梅圣俞在欧阳公坐，有以林逋《草词》‘金谷年年，乱生青草谁为主’为美者，圣俞因别为《苏幕遮》一阕云：‘露堤平，烟墅杳。乱碧萋萋，雨后江天晓。独有庾郎年最少。窣地春袍，嫩色宜相照。　　接长亭，迷远道。堪怨王孙，不记归期早。落尽梨花春又了。满地残阳，翠色和烟老。’欧公击节赏之，又自为一词云：‘栏杆十二独凭春……’盖《少年游》令也。不惟前二公所不及，虽置诸唐人温、李集中，殆与之为一矣。今集本不载此篇，惜哉。”（《能改斋漫录》）以为本词系欧阳修作。纪昀曰：“诸选本中有梅尧臣《少年游》（阑干十二独凭春）一首，吴曾《能改斋漫录》独引为修词，且云‘不惟圣俞、君复二词不及，虽求诸唐人温、李集中，殆难与之为一’，则尧臣当别有词，此词断当属修。”（《四库全书总目》）欧阳明亮指出：“此词《近体乐府》《醉翁琴趣》未收，载吴曾《能改斋漫录》，作欧阳修词。《词律》误作梅尧臣词。《全宋词》断为欧阳修词。”（《欧阳修词校笺》）今人李逸安《欧阳修全集》、谭新红《欧阳修词全集》、胡可先等《欧阳修词校注》皆视为欧词，可从。词作年不详。李之亮指出：“如果此词确为欧阳修所作，其写作的时间当在明道（1032—1033）初年任西京留守推官时，或在其后被贬谪夷陵时。”（《欧阳修词选》）词人一生与梅尧臣交往频繁，其解可备一说。宋吴曾《能改斋漫录》置本词于“咏草词”条下，朱彝尊等《词综》、周济《宋四家词选》题作“草”，有统摄题旨之功，附录于此。

起笔写主人公凭栏望春，青草绵远连云。“十二栏干”为诗词成辞，“十二”虚指，状栏杆曲折之态，李商隐“碧城十二曲阑干”（《碧城三首》其一），唐末吴融“十二阑干压锦城”（《太保中书令军前新楼》）、“阑干十二忆登临”（《八月十五夜禁直寄同僚》），张先“十二阑干，尽日珠帘卷”（《蝶恋花》）、“尊前有个好人人，十二阑干同倚遍”（《玉楼春》）等，皆为其例。谭新红注“晴碧”为“湛蓝的天空”（《欧阳修词全集》），误，天空何须“远”而“连云”。“草连云”为诗词常见意象，除注释所举外，另如杜牧“连云芳草日初斜”（《街西长句》）、晚唐李群玉“连云草映一条陂”（《南庄春晚二首》其一）、皮日休“草树连云雉堞平”（《青城暮雨》）、崔涂“渡头春在草连云”（《赤壁怀古》）、张先“淡烟芳草连云远”（《蝶恋花》）等，不胜枚举。欧阳修亦于词中写及：“落花流水草连云。”（《夜行船》）唐圭璋指出："'晴碧'一句，实写草色无际。"（《唐宋词简释》）胡可先、徐迈注"晴碧"为"晴日下的碧草"（《欧阳修词校注》），二说是。

"千里"三句自空间、时间、情感三方面着笔。"千里"句写草之绵延，呼应"远连云"，暗寓离人之远。"二月"句写时间，照应"凭春"，暗寓离别之久。"行色"句点明离别，关合"独"字，前呼后应，章法绵密。先著、程洪曰："拙处已是工处，与'金谷年年'一调又别。'千里万里，二月三月'，此数字甚不易下。"（《词洁》）词体虽未必如近体诗般惜字如金，但若以八字仅写地点、时间，且用语重复，亦为忌讳。本词亦写草，亦写人，即草即人，复沓回环，流利明快，而又意蕴悠长，耐人寻味，确于朴拙中显出工致。

换头连用二典，借"池塘生春草"（谢灵运《登池上楼》）、"春草碧色"（江淹《别赋》）关合青草，王国维曰："问'隔'与'不隔'之别……如欧阳公《少年游·咏春草》上半阕……语语都在目前，便是不隔。至云'谢家池上，江淹浦畔'，则隔矣。"（《人间词话》）吴世昌解释道："静安所谓'不隔'，乃指写具体形象之物，'语语都在目前'者。所谓'隔'，指抽象笼统之语，或用前人典故凑合者，如欧阳'谢家池上，江淹浦畔'二语皆咏草典故。"（《词林新话》）周振甫亦指出："这里举'谢家池上，江淹浦畔'为隔的例，主要是因为它用典。谢灵运有'池塘生春草'，所以'谢家池上'就是指春草。江淹的《别赋》里有'春草碧色，春水绿波，送君南浦，伤如之何'，因此，'江淹浦畔'也是指春草。这样用典不容易懂，表情不真切，所以说隔。"（《诗词例话》）上阕明写现实时空，过片明写历史时空，确有"隔"之感，然未必非佳句。王国维排斥用典、代字，与其论词重北宋、轻南宋的审美趣味，以及接受钟嵘"多非补假，皆由直寻"（《诗品》）、清代常州词派词论及西方美学的知识结构有关，不代表公论、定论。《人间词话》刊发数年后，王氏发表《二牖轩随录》，论本词上阕与前者相同，论下阕则曰："至换头云'谢家池上，江淹浦畔，吟魄与离魂'，使用故事，便不如前半精彩。然欧词前既实写，故至此不能不拓开。若通体如此，则成笑柄。南宋人词则不免通体皆是'谢家池上'矣。"加入"吟魄"句，承认过片"拓开"之功及其必然性，论述更全面、客观、深入。"吟魄"句与前二句关系密切，不宜分开论述。谭新红引杜荀鹤"江月渐明江（汀）露湿，静驱吟掀（魄）入玄微"（《秋日泊浦江》）注"吟魄"，释"离魂"为"游子的思绪"（《欧阳修词全集》），即显此弊。谢灵运因谢惠连而得句"池塘生春草"（《登池上楼》），江赋云："送君南浦，伤如之何！"（《别赋》）"吟魄"即指谢灵运，照应"谢家池上"，"离魂"指江淹，关合"江淹浦畔"。刘永济认为"吟魄指谢诗，离魂指江赋"（《唐五代两宋词简析》），略显不确。过片"谢家"二句明写历史时空，暗借典故关合春草，寄寓离愁，其下"吟魄"句章法回环，复借掌故强化、深化愁情，运思精深，用笔微妙。

结拍由"晴"至"雨"。黄昏疏雨，思念游子，谁人能堪？戛然而止，词情悠长。汉淮南小山曰："王孙游兮不归，芳草生兮萋萋。"（《招隐士》）唐以后，碧草、王孙成为诗中常见组合，如唐白居易"又送王孙去，萋萋满别情"（《赋得古原草送别》）、喻凫"萋萋芳草色，终是忆王孙"（《即事》）、许浑"芳草思王孙"（《题青山馆》）、李郢"忽忆王孙草"（《元日作》）、储嗣宗"唯有阶前芳草色，年年惆怅忆王孙"（《和顾非熊先生题茅山处士闲居》）、赵光远"萋萋芳草忆王孙"（《题妓莱儿壁》）、韦庄"自有春愁正断魂，不堪芳草思王孙"（《春愁》）等，皆是其例。吴融甚至反用典故："幸有白云眠楚客，不劳芳草思王孙。"（《秋日经别墅》）抒发闲逸之情。结拍明点"忆王孙"，暗写黄昏疏雨滴春草之景。"那堪"句省略青草意象。陈廷焯曰："将'忆王孙'三字插在'疏雨滴黄昏'之后，笔力横绝。”(《云韶集》)又云:“将‘忆王孙’三字插在‘疏雨’‘黄昏’之后,笔力既横,意味亦长,故应胜君复、圣俞作。”(《词则·大雅集》)赞不绝口,或即就此而言,抑或单纯论述黄昏疏雨忆王孙之景令人凄绝。近人刘永济曰:“后半阕三用春草故事……以见谢池、江浦之草虽亦感人,不如疏雨黄昏中之草,使人更特别思念王孙,隐喻时衰则思贤更切也。”(《唐五代两宋词简析》)吴世昌反驳道:“‘那堪’此处应解为‘何况’,不是‘不如’。即谢池、江浦之草尚且感人,何况疏雨黄昏中之草。末句何来‘时衰’?增字以诬古人,心劳日拙!”(《词林新话》)二人皆认为“疏雨黄昏中之草”与“谢池、江浦之草”为递进关系,区别在于对后者评价有别。“那堪”又有“怎堪”义,若取此义项,则下阕意谓主人公神游历史,与“吟魄”“离魂”共鸣,满怀愁思之际,怎堪黄昏疏雨,加诸思念游子,亦可备一说。刘氏以“时衰则思贤”论词,未脱常州词派张惠言“词……缘情造端,兴于微言以相感动,极命风谣里巷男女哀乐,以道贤人、君子幽约怨悱不能自言之情,低回要眇,以喻其致”(《〈词选〉序》)藩篱,其误显然。

词评家对本词评价颇高。除前引吴曾认为本词胜于林逋《点绛唇》“金谷年年”、梅尧臣《苏幕遮》(露堤平),可与温庭筠、李商隐作品相提并论,以及纪昀误引作胜过温、李之外,清沈雄指出:“梅圣俞有《苏幕遮》咏草词云:(词略),与《六一词》咏草一首同妙。”(王弈清《历代词话》引《古今词话》)认为二词同臻妙境。许昂霄曰:“清劲。”(《词综偶评》)陈廷焯云:“骨格自高,风韵亦胜,真绝唱也。”(《云韶集》)清中有劲,有风有骨,看似矛盾,实则正道出本词即物即人特质。王国维曰:“人知和靖《点绛唇》、圣俞《苏幕遮》、永叔《少年游》三阕为咏春草绝调,不知先有正中‘细雨湿流光’五字,皆能摄春草之魂者也。”(《人间词话》)称许三词为“绝调”，另推举冯延巳词，以为皆能得草之神理。吴梅曰：“余按：公词以此（《踏莎行·候馆梅残》）为最婉转，以《少年游》咏草为最工切超脱，当亦百世之公论也。”（《词学通论》）工切超脱，若即若离，正系咏物词至境。

《少年游》词调变体繁多，约有近二十体。清万树《词律》卷五本词独列一体，作梅尧臣词，全词五十字，过片为“谢家池上江淹浦”，少一“畔”字，变作七字句。陈廷敬、王奕清《钦定词谱》卷八“格十一”列杜安世《少年游》（小楼归燕又黄昏）一体，格式与本词最相近。据《钦定词谱》标示平仄，本词“栏”“十”“晴”及前一“里”字、“月”字皆犯。其后，舒梦兰《白香词谱》未收此调。龙榆生《唐宋词格律》未收相似词格。今人谢映先《中华词律》列杜安世一体，未标平仄。潘慎单列《少年游令》词调，本词为正体，并注：“此即《少年游》，与51字之杜安世《少年游》（自注：小楼归燕）词体同。”（《中华词律辞典》）综合来看，本词确与杜安世《少年游》（小楼归燕又黄昏）体式相同，今《全宋词》此体亦仅留存二首。就词调而言，本词亦属特出。